DIE AKADEMIE DER
SCHWARZEN FELDSCHERE

DIE AKADEMIE DER SCHWARZEN FELDSCHERE

GREG WALTERS

© 2024 Gregor Timme

Autor: Greg Walters

Umschlaggestaltung, Illustration: Alexander Kopainski

Lektorat: Ursula Tanneberger

Karte HRRdN: Karlos Valero

Karte Kloster: Barney2147

info@gregwalters.de

www.gregwalters.de

Verlag: BoD • Books on Demand GmbH, In de Tarpen 42, 22848 Norderstedt

Druck: Libri Plureos GmbH, Friedensallee 273, 22763 Hamburg

ISBN: 978-3-7597-8744-6

Die Deutsche Nationalbibliothek verzeichnet diese Publikation in der Deutschen Nationalbibliografie; detaillierte bibliografische Daten sind im Internet über http://dnb.dnb.de abrufbar.

Bellum suscipere facile est, difficile autem finire.

Es ist leicht, einen Krieg zu beginnen, aber schwer, ihn zu beenden.

— ARISTOTELES

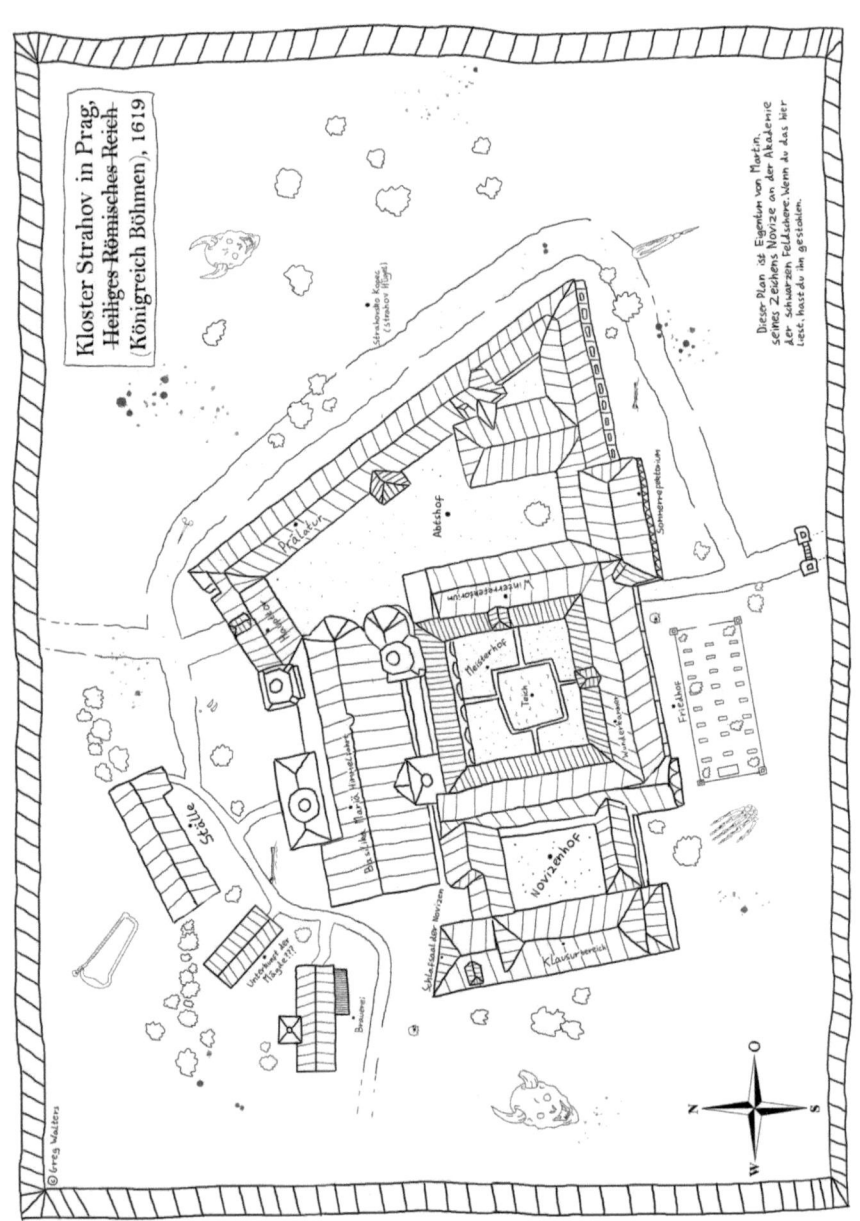

I

DER VERKAUFTE SOHN

Slabce, Königreich Böhmen, November 1619, 2. Kriegsjahr

»Na, wie geht es dir, mein braves Mädchen?«
Lukas hielt seine Hand in den kleinen Verschlag, in dem die
beiden letzten Tiere der einst florierenden Zucht seines Vaters
untergebracht waren. Der Stall war direkt an das heruntergekom-
mene Fachwerkhaus angebaut, das Lukas sein Zuhause nannte,
und hier war es angenehmer als im Haus selbst. Die braune Stute
Oslička und ihr Fohlen Jolande gaben so viel Wärme ab, dass
Lukas sich in den Herbst- und Wintermonaten nach getaner
Arbeit oft in den Stall zurückzog und sich zu den Tieren ins Stroh
setzte.

Doch nicht nur die Wärme des Stalls war der Grund, warum
Lukas hier immer öfter Zuflucht suchte. Ein anderer waren die
Fäuste seines Vaters. Seit dem Tod seiner Frau war aus dem einst
so freundlichen Pferdezüchter Karl Holub ein reizbarer, verein-
samter Mann geworden, der seine Sorgen im Schnaps ertränkte
und sich dabei immer mehr von dem Menschen entfernte, den

Lukas einst als seinen Vater kennengelernt hatte. Die Wutausbrüche des Pferdezüchters hatten dazu geführt, dass mit Manfred der vorletzte seiner vier Söhne im Frühjahr das Weite gesucht hatte. Lukas war mittlerweile der einzige, auf dem sich der Zorn des gebrochenen Mannes entlud. Striemen auf seinem Rücken und blaue Flecken an den Oberarmen zeugten davon.

Lukas seufzte und streckte den Handrücken näher zur Schnauze des Fohlens. »Keine Angst, meine Schöne«, redete er sanft auf das hellgraue Maultier ein. »Ich will dich nur zwischen den Ohren kraulen, wie du es gernhast.«

Jolande ignorierte ihn. Das Fohlen forderte mit ruckenden Kopfbewegungen Milch aus den Zitzen seiner Mutter.

»Du bist ein richtiges Muttermädchen«, frotzelte Lukas. »Du kannst jetzt auch schon Heu fressen und brauchst keine Milch mehr. Gönn deiner Mama ein wenig Ruhe.«

Jolande würdigte ihn keines Blickes, sondern setzte stattdessen ihre Bemühungen mit noch größerer Intensität fort.

»Diesen Dickschädel hast du von deinem Vater«, war sich Lukas sicher und das erste Mal an diesem Tag lächelte er. Jolande brachte ihn immer zum Lächeln, egal wie bedrückend sein Tag oder die Nächte mit seinem Vater auch waren. Nur wegen des Fohlens verweilte er noch immer auf dem heruntergekommenen Hof. Mit seinen sechzehn Jahren hätte er sich längst bei irgendeinem Bauern verdingen können, zumal er ein erfahrener Pferdewirt war und dazu über geschickte Hände verfügte. Außerdem konnte er ganz gut rechnen und sogar lesen und schreiben, was er seiner Mutter verdankte, die aus besserem Hause stammte als sein Vater. Gerade gestern erst hatte ihn der dicke Bauer Louka aus dem Nachbardorf angesprochen und gefragt, ob er nicht zu ihm in den Dienst kommen wollte. Sein Knecht habe sich einem der herumstreifenden Söldnerheere angeschlossen, weil er sich dort ein besseres Auskommen erhoffe. Freundlich, aber bestimmt hatte Lukas verneint. Knecht auf einem anderen Hof zu werden, würde bedeuten, sein Zuhause verlassen zu müssen. *Ich kann Jolande nicht im Stich lassen.*

Als sein Vater im letzten Herbst bemerkt hatte, dass Oslička trächtig war, hatte er sich zunächst gefreut und dieses ungeplante Ereignis als ersten Silberstreif nach einer langen Zeit der Düsternis interpretiert. Längst hatten sie da keine eigenen Hengste mehr gehabt und auch kein Geld, um die Stute von einem der Pferde der Nachbarn decken zu lassen. Osličkas Trächtigkeit erschien Lukas' Vater als ein göttliches Zeichen, dass es von nun an aufwärtsgehen würde. In dieser Zeit hatte er viel weniger getrunken und Lukas nur selten geschlagen. Als Jolande allerdings im Frühjahr zur Welt gekommen war, hatte sich diese kurzzeitige Wesensveränderung in das Gegenteil umgekehrt. Denn statt des gewünschten Pferdefohlens war aus Osličkas schwitzendem Leib ein zarter, grauer Körper geschlüpft, dessen Ähnlichkeit mit ihrem Eselsvater nicht zu übersehen war.

Das Maultier war für Karl eine Katastrophe. Maultiere konnten sich nicht fortpflanzen, und so war Jolandes Geburt für ihn das Ende seiner beruflich ohnehin kaum noch bestehenden Existenz. Alkohol und Schläge waren mit doppelter Wucht in Lukas' Leben zurückgekehrt und sein Vater war seitdem nur noch ein Schatten seiner selbst, mit dem er am Tag kaum ein Dutzend Worte wechselte.

Lukas seufzte. »Ich habe hier etwas für dich, Jolande«, lenkte er sich mit einem erneuten Annäherungsversuch an das Fohlen von seinen trüben Gedanken ab und holte einen schrumpeligen Apfel unter seinem Wams hervor. Das Obst war Teil seiner Bezahlung als Tagelöhner auf dem Nachbarhof gewesen. Da auf dem verfallenden Gehöft seiner Familie längst nichts mehr angebaut wurde, hatte er sich mit seinem Vater auf diese erniedrigende Arbeit verlegt. Ständig verdingten sie sich bei wechselnden Land-

3

wirten in der Gegend, um für einige Kreuzer die niedrigsten Aufträge zu erledigen, für die sich die Knechte zu schade waren. Die Arbeit blieb dabei meist an Lukas hängen. Auch heute hatte er, wie so oft, das Soll seines in irgendeiner Ecke seinen Rausch ausschlafenden Vaters mit einarbeiten müssen, sodass ihm alle Muskeln seines sehnigen Körpers wehtaten.

Das Maultier schenkte ihm endlich seine Aufmerksamkeit. Mit skeptischem Blick aus den großen, braunen Augen kam es auf seinen noch viel zu lang erscheinenden Beinen auf Lukas' ausgestreckte Hand zu.

»Ja, so ist es gut!«, freute der sich und streckte sich über den Bretterzaun, um dem misstrauischen Fohlen seine Gabe reichen zu können.

Das Maultier schnupperte an dem Apfel.

»Der schmeckt, glaub mir. Deine Mama ist ganz ...« Weiter kam er nicht, da ihm ein Schmerzensschrei entwich. »Aua!« Blitzschnell zog er die Hand zurück, in der die Milchzähne des Fohlens deutliche Spuren hinterlassen hatten. »Warum machst du das nur immer?«

Jolande schien ihn höhnisch anzugrinsen, bevor sie erneut ihre Mutter malträtierte.

»Vielleicht hätte ich meinem Vater doch erlauben sollen, dich zu verwursten«, schimpfte er, ohne es so zu meinen. Mit Grauen erinnerte er sich daran, wie sein alter Herr einige Tage nach Jolandes Geburt im Vollsuff einen Holzhammer genommen hatte und wankend in Richtung Stall gelaufen war, um ›der Missgeburt, die eine Schande für jeden Pferdezüchter ist‹, den Garaus zu machen. Lukas war mit dem Fohlen in den Wald geflohen und hatte dort die Nacht verbracht. Am nächsten Tag konnte sein Vater sich schon an nichts mehr erinnern oder tat zumindest so.

. . .

Am nächsten Morgen erwachte Lukas, weil ihm Wasser ins Gesicht platschte. Regentropfen trommelten auf das schräge Dach über seinem Bett und suchten sich durch die verrottenden Holzschindeln ihren Weg in seine Kammer. *Ich hätte doch im Stall übernachten sollen.* Er lauschte, ob sein Vater schon wach war, doch aus dem Untergeschoss war nichts zu vernehmen. Schon seit Jahren nutzte Karl nicht mehr das einst elterliche Schlafgemach, sondern nur noch die unbequeme Bank direkt vor dem Ofen, unter der ein halbes Dutzend leerer Schnapskrüge lag. Ein Gähnen entschlüpfte Lukas. Der Hahn vom Nachbarhof mahnte ihn, sich nicht noch einmal umzudrehen und weiterzuschlafen. Stöhnend richtete er sich auf und ein weiterer, eiskalter Wassertropfen fiel ihm genau in den Kragen seines bis zu den Knöcheln reichenden Nachthemds. Das warme Kleidungsstück aus Wolle hatte seine Mutter noch genäht. Es hatte seinem ältesten Bruder Adam gehört, der in einer Nacht-und-Nebel-Aktion nur mit dem, was er am Leib trug, aus dem Fenster geklettert war, nachdem ihn Karl am Abend zuvor beinahe totgeschlagen hatte. Das war nun mehr als drei Jahre her. Lukas fragte sich bis heute, warum sein Bruder sich nicht von ihm verabschiedet hatte. Sie hatten sich an dem Tag darüber gestritten, wer die Ställe ausmisten sollte ...

»Das ist die Vergangenheit«, sagte er zu sich selbst und stieg aus dem Bett. Der grobe Holzboden war eiskalt. Ohne ein Licht zu entzünden, schlüpfte er in seine mit abgewetztem Schaffell gefütterten Stiefel und tapste zur Treppe hinüber, um auf dem Misthaufen seine Notdurft zu verrichten.

Draußen empfing ihn feuchtkühle Luft, in der schon ein kräftiger Hauch Frost enthalten war. Wie stets blickte Lukas zum Himmel. Als der sich dunkel und ohne besondere Auffälligkeiten präsentierte, seufzte er erleichtert auf. Im vorletzten Herbst hatte der sogenannte Winterkomet mit seinem blutroten Schweif den

Nachthimmel über Monate erhellt und Lukas immer Angst gemacht, wenn er vor die Tür ging. Er teilte die verbreitete Meinung, dass dieses blutfarbene Himmelsgestirn Vorbote eines großen Unglücks gewesen sei. Die Ereignisse im fernen Prag, wo man Gesandte des Kaisers aus dem Fenster geworfen hatte und sich Friedrich V. mithilfe der böhmischen Adelsstände zum König hatte krönen lassen, waren Beweis genug dafür. Krieg lag in der Luft, das sagte fast jeder, den er kannte.

Nachdem sich Lukas auf dem Misthaufen erleichtert hatte, ging er in Richtung Stall. Das gedrungene Gebäude sah selbst im Dämmerlicht des beginnenden Tages heruntergekommen aus. Der Putz war an vielen Stellen abgefallen, Moos bedeckte die Wände und das löchrige Dach, durch das man sogar schon einige Dachsparren sehen konnte. Dass dort zu den besten Zeiten seiner Familie bis zu acht Pferde untergebracht gewesen waren, konnte man sich fast nicht mehr vorstellen. *Heute können wir uns kaum das Futter für Oslička und Jolande leisten.* Im Suff hatte sein Vater Schulden angehäuft, die er im Laufe der Jahre durch den Verkauf von Pferden abgetragen hatte, bis nur noch die Stute übrig geblieben war. Es war nur eine Frage der Zeit, bis er sie ebenfalls versoff. Doch bis es so weit war, wollte Lukas für Oslička und Jolande sorgen. Selbst für Maultiere bezahlten Bauern gutes Geld. *Wenn sie nicht allzu störrisch sind.* Unbewusst rieb er seine Hand, die von Jolandes Biss noch immer ein wenig schmerzte.

Mit einem freudigen Wiehern begrüßte Oslička ihn. Neugierig schob die Stute den Kopf über das Gatter ihres Verschlags und blickte ihn aus ihren großen, braunen Augen an. Nachdem Lukas sie ausgiebig liebkost hatte, sah er sich nach Jolande um. Das Fohlen versuchte wie stets, an die Zitzen seiner Mutter zu kommen. Rabiat stieß es mit seinem Kopf gegen den Bauch der Stute.

6

Mit Verschwörerstimme raunte Lukas dem Pferd zu: »Ehrlich, mich würde das auch nerven. Egal, wie niedlich sie ist.«

Als könnte es ihn verstehen, hielt das Fohlen in diesem Moment inne und zeigte ihm seine Milchzähne.

»Dein freches Grinsen kannst du dir sparen«, redete er mit dem Tier. »Wenn ich nicht gewesen wäre ...« Ein lautes Krachen wie von brechendem Holz unterbrach ihn. *Was war das?* Vorsichtig entfernte er sich vom Verschlag, um aus der Stalltür hinauszusehen – und erstarrte. Mehrere dunkle Gestalten wuselten über ihren Hof. Das Krachen kam von denjenigen, die versuchten, die Vordertür des Hauses aufzubrechen. Lukas war froh, dass er das Haus über die Hintertür verlassen hatte – und darüber, dass die Kerle nicht auf die Idee kamen, um das Haus herumzugehen.

»Die muss aus Eiche sein und dazu mit Stahlbändern verstärkt«, jammerte eine tiefe Stimme.

»Dann nehmt doch die Axt«, keifte jemand. »Wir haben nicht ewig Zeit. Ich bin doch nicht in der halben Nacht los, nur um hier an einer saublöden Tür zu scheitern. Ich will die anderen Höfe in dieser gottverlassenen Region heute noch abarbeiten, bevor uns wieder andere Kameraden zuvorkommen. Gibt hier eh kaum Menschen und die Wege zwischen den Bauerngehöften sind ewig lang. Euch ist doch schon klar, dass der olle Mansfeld seinem gesamten Heer erlaubt hat zu plündern. Die Letzten beißen die Hunde, wie man so schön sagt. Wenn wir nicht vorhin diese hübschen Pferdchen auf der Koppel entdeckt hätten, würden wir dumm aus der Wäsche schauen.«

Landsknechte, wurde Lukas' Befürchtung in diesem Moment Wirklichkeit. *Hat der rote Komet seinen Schrecken nun auch vor unsere Tür gebracht?* Den Namen Erich von Mansfeld kannten alle im Königreich Böhmen. Der Heerführer, der im Namen des Königs Friedrich V. für die Protestantische Union gegen Kaiser

Ferdinand II. und dessen Katholische Liga focht, hatte mit seinem Söldnerheer im Sommer die kaisertreue Stadt Pilsen belagert und schließlich eingenommen. Allerdings hatte er seinen Truppen verboten, die Stadt zu plündern, und ihnen stattdessen den Freibrief erteilt, sich im Umland alles zu nehmen, was sie brauchten. Diesem Diebstahl hatte er den Leitspruch »Unterstützung für die gerechte Sache« zugedacht.

»Wir könnten auch eine Fackel nehmen«, mischte sich eine fistelige Stimme ein. Im Fackelschein erkannte Lukas ein spitznasiges Gesicht, das ihn an eine Ratte erinnerte. Der Junge konnte nicht viel älter sein als er.

Vater ist noch im Haus. Trotz allem, was der Mann ihm angetan hatte, war er der letzte Mensch, der Lukas noch geblieben war. Er holte tief Luft und nahm all seinen Mut zusammen. »Ich kann Euch die Tür von innen öffnen, wenn Ihr einen Moment wartet«, rief er den Männern zu und trat mit langen Schritten auf sie zu.

Augenblicklich richteten sich alle Blicke auf ihn. Hände wurden an Degen gelegt, Hellebarden erhoben und Pistolen gezückt.

Trotzdem ging Lukas mit gespieltem Selbstbewusstsein auf die Männer zu. »Mein Name ist Lukas Holub, meinem Vater gehört dieser Hof.«

»Also gut«, erwiderte ein besonders dicker Landsknecht, der offenbar die Führung des halben Dutzends innehatte, »aber mach schnell. Wir haben nicht den ganzen Tag Zeit.«

Wie könnte ich nur so unverschämt sein und eure Zeit beim Plündern meines Geburtshauses verplempern, ging es Lukas durch den Kopf, aber er nickte nur demütig.

Rattengesicht zog seine Fackel zurück. Er schien geradezu enttäuscht, Lukas' Zuhause nicht niederbrennen zu können.

»Gut, ich gehe zur Hintertür rein.«

8

»Mach nur keine Mätzchen, Junge«, warnte der Dicke und pikte ihm mit seinem dreckigen Finger auf die Brust. »Es muss heute hier niemand sterben.« Er ließ seine Stimme zu einem Raunen zusammenschrumpeln. »Wir haben allerdings auch kein Problem damit, wenn es anders käme.« Er legte seine Pranke auf die Steinschlosspistole, die er lässig unter den Gürtel gesteckt hatte.

»Ich werde mich beeilen.« Erst jetzt wurde Lukas bewusst, dass er noch immer nur sein Nachthemd trug. So schnell er konnte, rannte er um das Haus herum und riss die Hintertür auf. Seine Füße trugen ihn die Treppe zu seiner Kammer hinauf, wo er sich in sein flickenübersätes Hemd, seine Hose, das zu große Wams und eine grobe Wolljacke warf. Als er die Stufen wieder hinunterrannte, lief er am Fuß der Treppe in seinen Vater, der ihn mit glasigen Augen anblickte.

»Was machst du nur für einen elenden Krach?«, brummte der ihn wütend an. Seinem Mund entströmte ein widerlicher Geruch nach Schnaps und Zwiebeln. »Willst du das Haus einreißen?«

Um keine Zeit mit Erklärungen zu verschwenden, versuchte Lukas sich an dem breitschultrigen Mann vorbeizuschieben.

Etwas, das Karl Holub gar nicht gefiel. Er setzte seinen noch immer muskulösen Körper ein, um ihn aufzuhalten. Seine raue Hand packte Lukas im Nacken. »Was wird das denn, Bursche? Vergiss nicht, dass ich noch immer dein Vater bin.« Der Griff um Lukas' Hals wurde fester. *Dagegen war Jolandes Biss von gestern gar nichts*, durchzuckte ihn ein unsinniger Gedanke. »Solange du deine Füße unter meinen Tisch steckst, hast du mir Respekt entgegenzubringen.« Er schüttelte Lukas, sodass es in seinem Nacken nur so krachte. Der Schmerz trieb ihm Tränen in die Augen.

»Ja, Vater, aber ...«

»Kein Aber, sonst fängst du dir eine, die sich gewaschen hat!«

9

Unvermittelt ließ er Lukas los und wandte sich zur Hintertür. »Und jetzt muss ich pissen.«

Unsicher blickte Lukas zwischen seinem zum Misthaufen torkelnden Vater und der Eingangstür hin und her. Er entschied sich für die Tür. Mit wenigen Schritten durchquerte er den Raum und riss die Haustür auf. Zu seinem Schrecken blickte er auf die Klinge einer erhobenen Axt. »Nein!«, schrie er angstvoll und war froh, dass er seine Blase bereits entleert hatte.

Höhnisches Lachen aus rauen Männerkehlen brandete auf. »Das war aber im letzten Augenblick, Junge«, rief der Dicke. »Nimm die Axt runter, Wolf, du erschreckst unseren Gastgeber. Und jetzt los!«

Gastgeber, echote es in Lukas' Kopf und doch senkte er gefügig den Kopf, als die Landsknechte an ihm vorbei ins Haus strömten. Sie brachten einen herben Geruch nach Schweiß und kaltem Rauch mit.

»Lass es einfach über dich ergehen, Junge«, empfahl der Dicke, schob ihn nach draußen und stellte sich leutselig neben ihn. Im Mundwinkel balancierte er einen Strohhalm und auf seinem Kopf saß ein speckiger Schlapphut, den er mit einer auffälligen roten Feder verziert hatte. Seinen gewaltigen Bauch hatte er in ein ärmelloses, bis zu den Knien reichendes Wams gezwängt, aus dem muskelbepackte Arme herausschauten. Das auffälligste Kleidungsstück an dem Mann waren seine weißroten Doppelsocken, die er über das gesamte Schienbein hinaufgezogen hatte. Er schien zu bemerken, dass Lukas dieses Detail von ihm betrachtete. Lachend erklärte er: »Viele von uns tragen zwei Paar Socken in verschiedenen Farben übereinander. Irgendwie müssen wir in all das Elend ja ein bisschen Farbe bringen.«

Von drinnen kam plötzlich Gekeife.

Der Dicke bewegte sich schnell wie eine Schlange. Blitzartig waren in seinen Händen zwei gebogene Messer aufgetaucht, als er nun das Haus betrat.

Hastig folgte Lukas ihm. Drinnen erwartete ihn sein mit zwei Landsknechten ringender Vater.

»Raus mit euch, ihr elenden Diebe!«

»Davon hat der Bengel aber nichts gesagt, Lorenz«, wandte sich Rattengesicht an den Dicken. »Der wollte uns in eine Falle locken. Wir massakrieren die beiden, dann werden wir hier schneller fertig, schlage ich vor.«

Schon hatte Lukas einen Dolch am Hals. Rattengesicht schien es kaum erwarten zu können, dass Blut floss. Seine schmalen Augen funkelten vor Vorfreude.

»Bitte nicht, das ist mein Vater!«

Lorenz sah ihn finster an. Dann fiel sein Blick auf Lukas' roten Hals. »Packt dich manchmal ein bisschen fester an, dein Alter, was?« Ohne auf eine Antwort zu warten, sagte er: »War bei meinem auch so. Ein elender Drecksack war der.«

Ein dumpfes Keuchen ließ alle Blicke zu Lukas' Vater schnellen. Einer der Landsknechte musste ihm einen Kinnhaken verpasst haben. Taumelnd hing Karl in den Armen der beiden anderen Söldner, die so verhinderten, dass er zu Boden ging.

»Sollen wir dir zukünftig Schläge ersparen?« Fragend blickte Lorenz Lukas an.

Allein der Gedanke ängstigte Lukas. So sehr er das Leben bei seinem Vater auch hasste, die Liebe zu ihm überwog doch in seinem Herzen. »Nein, bitte nehmt, was Ihr braucht, und lasst uns dann in Frieden«, sagte er daher mit so fester Stimme, wie es ihm möglich war.

Lorenz schlug ihm mit seiner Pranke so heftig auf den Rücken, dass Lukas einen Ausfallschritt machen musste, um nicht umzufallen. »Ist deine Entscheidung, Kleiner.« An seine

Männer gewandt, rief er: »Lasst den Kerl in Ruhe schlafen und sucht weiter.«

»Aber …«, versuchte Rattengesicht sich zu beschweren.

Sein Anführer unterbrach ihn. »Das gilt auch für dich, Kasper. Du jammerst doch immer, dass wir zu wenig Beute machen.«

Mit einem zornigen Blick auf Lukas verschwand der junge Landsknecht tiefer im Haus. Im nächsten Moment waren das Klirren von Geschirr und das Krachen von brechendem Holz zu vernehmen. Die Suche der Söldner würde nicht viel von Lukas' Zuhause übrig lassen. Um weniger davon mitzubekommen, ging er nach draußen und lehnte sich an die weiß gekalkte Lehmwand.

Es dauerte nicht lange, da kam der erste Landsknecht mit den Armen voller Bettwäsche, Kleidung und Decken heraus. Viele der Sachen waren noch mit der feinen Spitze verziert, die Lukas' Mutter so meisterlich geklöppelt hatte, nur aus diesem Grund hatte sein Vater die Sachen noch nicht zu Geld gemacht. Ein Weiterer folgte mit dem Geschirr, das seine Mutter als Mitgift in die Ehe eingebracht hatte. Und so verschwand nach und nach alles, was Lukas und seiner Familie wertvoll war. *Immerhin haben sie die Pferde noch nicht entdeckt.* Jetzt war er froh, dass der Stall so heruntergekommen aussah. Wahrscheinlich dachten die Söldner nicht mal daran, dass man darin noch Tiere halten konnte.

Schließlich trat der dicke Lorenz aus dem Haus. »Jetzt schau nicht so drein, Junge. So sind die Zeiten nun mal. Du könntest dich uns anschließen und auf der Seite der Sieger stehen, weißt du.«

Alles in Lukas sträubte sich dagegen. Man erzählte, dass Landsknechte mordeten und vergewaltigten. Dazu verdienten sie ihren Lebensunterhalt oft durch Plünderungen, wenn ihre Heerführer ihnen mal wieder keinen Sold zahlen konnten, wie er es gerade selbst erlebte. Ein Leben als Verbrecher wollte er auf keinen Fall führen. »N-n-nein«, stotterte er daher nur.

Schulterzuckend sagte Lorenz: »Wie du meinst, Junge. Dann weiter«, wandte er sich an seine Männer. »Es sieht schon wieder nach Regen aus und ich will im nächsten Haus sein, bevor wir alle nass werden.«

»Viel zu holen war hier aber nicht«, maulte Kasper und verzog sein Rattengesicht. »Ich wette, die haben die wirklich wertvollen Sachen irgendwo versteckt. Ich glaube, wir sollten den Bengel mal mit dem Messer kitzeln, damit er uns sagt, wo.«

»Jetzt lass doch gut sein, Kasper«, seufzte Lorenz.

»Nein, nein, meine Nase sagt mir, dass es hier noch mehr gibt.« Schnurstracks ging er auf den Stall zu.

Verflucht, ärgerte Lukas sich. »Ich habe oben noch eine sehr schöne Sammlung bunter Kieselsteine aus dem Slabecký Potok, die habe ich hinter einem Balken versteckt. Wenn Ihr wollt, kann ich sie Euch holen ...«

»Schon gut, Junge«, unterbrach ihn Lorenz. »Kasper, komm jetzt! Wir wollen weiter.« Er ging auf die bepackten Pferde zu, bei denen seine Kameraden bereits ungeduldig warteten.

Doch Kasper war bereits im Stall verschwunden.

»Dieser Idiot«, stöhnte Lorenz, nestelte unter seinem Wams herum und angelte ein kleines Metallfläschchen hervor. Hastig trank er.

Mittlerweile wachte Lukas' Vater wieder auf. Stöhnend und sein Kinn reibend taumelte er aus dem Haus. Ein mahnender Blick von Lorenz ließ ihn augenblicklich »Ich mache Euch keinen Ärger mehr, versprochen« murmeln.

Für Lukas waren all dies Nebensächlichkeiten. Seine gesamte Aufmerksamkeit galt dem Stall. Er wunderte sich, warum Kasper noch nicht wieder herausgekommen war. Oslička und Jolande waren eigentlich nicht zu übersehen. *Vielleicht ...*

Ein Wiehern ließ ihn alle Hoffnung verlieren.

»Wusste ich doch, dass die ihre Schätze vor uns versteckt haben«, jubilierte Kasper im nächsten Moment und führte Oslička am Strick aus dem Stall.

»So ist das also«, knurrte Lorenz und mahlte wütend mit den gewaltigen Unterkiefern.

»Wir haben gar nichts vor Euch versteckt«, verteidigte sich Lukas mit klopfendem Herzen. »Der Stall lag so offensichtlich da wie alles andere, und niemand von Euch hat gefragt, ob wir Pferde haben.«

Der dicke Landsknecht legte den Kopf schräg. Lukas meinte beinahe hören zu können, wie es in seinem Kopf arbeitete. Schließlich grinste der Söldner und sagte: »Auch wieder wahr. So, Kasper, dann nimm den Gaul, und Abmarsch. Ich habe schon ein paar Tropfen abbekommen.«

»Da drinnen ist auch noch ein Maultier«, rief Kasper, sichtlich stolz auf seine Entdeckungen. »Allerdings würde ich das Biest gleich hier vor Ort abstechen. Es hat mich gebissen. Für mehr als einen Braten taugt das Vieh nicht.«

Fassungslos öffnete Lukas den Mund, doch zu seiner Überraschung war es sein Vater, der ihm zuvorkam.

»Bitte nehmt mir Oslička nicht«, jammerte er und tätschelte die Stute. »Sie ist das Letzte, was mir von meiner Frau geblieben ist.«

Na, vielen Dank, ärgerte sich Lukas, war gleichzeitig aber froh, dass sein Vater um das Pferd kämpfte.

»Ts ts ts«, kam es tadelnd von Lorenz. »Du weißt, dass ich das nicht machen kann. Meine Männer haben seit Monaten keinen Sold bekommen, wir alle haben im Tross Mäuler zu stopfen. Ich sogar ganze sieben«, erklärte er lachend. »Lass es gut sein, Bauer. Dein Leben kannst du immerhin behalten. Das sollte großzügig genug sein für heute.«

Doch Karl Holub gab nicht auf. »Und wenn ich euch etwas anderes von Wert gebe?«

»Das könnten wir uns doch ohnehin nehmen«, giftete Kasper, der offensichtlich nicht vorhatte, seine Beute wieder herauszurücken.

»Da hörst du es«, entgegnete Lorenz schulterzuckend.

»Nein, eine Sache könnt ihr nicht einfach nehmen.« Karls Blick fiel auf Lukas.

Wovon spricht er?

»Ich weiß, dass ihr ständig versucht, Männer anzuwerben, und dass es dafür eine ordentliche Prämie gibt. Diese Burschen müssen die Anwerberpapiere unterschreiben oder mit einem Daumenabdruck beglaubigen. Und sie müssen vorm Hurenweibel bestätigen, dass sie wirklich freiwillig mitgekommen sind.«

»Pah«, kam es von Lorenz. Kasper und die anderen rollten die Augen. »Nichts für ungut, Bauer. Aber Trinker mit Wampe haben wir schon genug, du wiegst die Stute nicht auf.«

Ein gemeines Grinsen schob sich auf Karls Gesicht. »Ich spreche auch nicht von mir, sondern von ihm.«

Die Welt begann sich vor Lukas' Augen zu drehen, als sein Vater auf ihn zeigte.

»Ich bin der Vater dieses Jungen, und solange er unter meinem Dach lebt, kann ich alle Entscheidungen für ihn treffen. Ich werde die Papiere unterschreiben und einen Schrieb dazugeben, den ihr dem Hurenweibel vorlegen könnt. Da steht dann drin, dass das Ganze freiwillig abgelaufen ist.«

»Ich will aber nicht«, flüsterte Lukas, den der Verrat seines Vaters in Schockstarre hielt. *Er verkauft mich für ein Pferd.*

Lorenz wischte sich über sein stoppeliges Kinn. »Heerführer Mansfeld hat gerade erst die Belohnung für Anwerbungen erhöht. Er glaubt wohl, dass uns bald eine große Schlacht ins Haus steht.«

Er blickte zwischen Oslička und Lukas hin und her. »Also gut, so kommen wir ins Geschäft.«

»Lorenz, aber ich ...«, begann Kasper.

»Du hältst dein Maul, wenn ich es dir nicht stopfen soll«, grunzte der dicke Landsknecht. »Mach dich lieber nützlich und hol die Papiere aus meiner Satteltasche!«

Wie ein geprügelter Hund trollte sich Rattengesicht, warf Lukas aber noch einen finsteren Blick zu, als wäre der an allem schuld.

»Vater, wie kannst du nur?«, fragte der weinerlich.

Doch Karl würdigte ihn keines Blickes, sondern sah nur zu Kasper, der ihm eine kleine Pergamentrolle reichte.

»Du kannst doch schreiben und lesen?«, fragte Lorenz skeptisch, als Karl die Dokumente entrollte.

»Ja, eine Errungenschaft aus besseren Zeiten«, versicherte Lukas' Vater. Dass er diese Lukas' Mutter und ihrer Geduld mit dem einstmals ungebildeten Bauernspross zu verdanken hatte, erwähnte er nicht.

Tränen übermannten Lukas. Er wusste nicht, wohin mit sich, nur, dass er seinen eigenen Verkauf nicht mit ansehen wollte. Ohne darüber nachzudenken, lief er in Richtung Stall.

»Der Bengel will weglaufen, ich werde ihm ...«, zischte Kasper böse.

Doch Lorenz schnitt ihm das Wort ab. »Lass den Jungen, er wird nicht weit kommen.«

Das hatte Lukas ohnehin nicht vor. Er lief geradewegs zu Jolande, die ohne ihre Mutter ähnlich verloren wie Lukas selbst aussah. Das Fohlen blickte ihn fragend aus seinen dunklen Augen an. »Ich bin ja da«, versuchte Lukas das Tier und sich selbst zu beruhigen. Er hielt die Hand über das Gatter.

Jolande schaute ihn erst skeptisch an, doch dann kam sie näher und ließ sich zwischen den Ohren kraulen. Ihr Fell war herrlich weich und unter anderen Umständen hätte sich Lukas über diesen Vertrauensbeweis gefreut.

Eine schwere Hand legte sich auf seine Schulter. Lorenz. »Los geht's, Junge«, sagte der Hüne überraschend sanft.

»Ich werde nicht ...«

»Doch, wirst du. Weil meine Kameraden sonst dich und deinen Alten abmurksen. Sie ärgern sich schon, dass wir hier so viel Zeit verloren haben. Nur die Belohnung für deine Anwerbung macht all das wett.«

Lukas begriff, dass ihm keine andere Wahl blieb. Er wischte sich mit dem Ärmel die Tränen aus dem Gesicht und schniefte: »Also gut, aber ich will sie mitnehmen.« Er schaffte es, ein schiefes Grinsen aufzusetzen, das hoffentlich verwegen wirkte. »Wenn ich jetzt einer von euch bin, kann ich doch ebenso plündern wie ihr.«

Ein befreites Lachen dröhnte aus Lorenz Mund. »Du bist mir ja ein ganz schlaues Kerlchen.« Er hielt Lukas die Hand hin. »So soll es sein, Kamerad.«

Dann bin ich jetzt also ein Landsknecht.

Mit Jolande, der er einen Strick um den Hals gebunden hatte, trat Lukas hinaus aus dem Stall und gleichsam hinein in sein neues Leben.

»Was wird das denn?«, erregte sich Kasper sofort.

»Das ist ab heute unser neuer Kamerad Lukas und er nimmt sich seinen Teil der Beute. Wonach sieht es denn sonst aus?«, entgegnete Lorenz und schob Lukas an Rattengesicht vorbei.

Lukas merkte es kaum. Sein Blick blieb auf seinen Vater gerichtet, der neben Oslička stand und sie ausgiebig liebkoste. Für seinen Sohn hatte er weder einen Blick noch Abschiedsworte parat. Mit Mühe schluckte Lukas seinen Zorn hinunter und rief Jolande zu: »Komm, mein Mädchen. Das hier ist nicht länger unser Zuhause.«

Erstaunlicherweise folgte ihm das Maultier.

Seine neuen Begleiter nickten Lukas nur vom Rücken ihrer Pferde knapp zu. Es schien für die Landsknechte nichts Besonderes zu sein, einen neuen Mann in ihre Reihen aufzunehmen.

Oder ihre Kameraden sterben alle so schnell, dass es ihnen egal sein kann, wer da mit ihnen geht, überkam Lukas ein beängstigender Gedanke.

»So, dann weiter«, befahl Lorenz und schwang sich auf seinen Noriker. Es war das größte Pferd, das Lukas je gesehen hatte. Aber vermutlich wäre ein kleineres Tier gar nicht in der Lage gewesen, das Gewicht des massigen Söldners zu tragen.

Jetzt erkannte er das Tier. Er hatte es das letzte Mal als Jährling gesehen. *Es gehört Bauer Ondřej aus dem Nachbardorf.* Wie alles andere, was die Landsknechte zu besitzen schienen, waren die Pferde also auch gestohlen. *Willkommen in meinem neuen Leben*, dachte Lukas niedergeschlagen.

»Der Bengel macht uns nur langsam«, schüttete Kasper erneut seinen Unmut und seine Abscheu über Lukas aus. »Er hat kein Pferd und das Maultier ist gemeingefährlich.«

»Da hat er nicht unrecht, Gevatter«, pflichtete ihm ein hagerer, pockennarbiger Landsknecht bei, an dem Lukas vor allem breitkrempige Becherstiefel wahrnahm.

»Ihr setzt mir heute gewaltig zu, das mag ich gar nicht«, drohte Lorenz, rutschte schnaufend vom Rücken seines Riesenpferds und stapfte auf Lukas' Vater zu, der gerade dabei war, Oslička in den Stall zurückzuführen. Noch im Gehen zog er unter seinem Gürtel die Pistole hervor.

Hektisch kraulte Lukas Jolandes Ohren. *Was hat er vor?* Er hatte nach diesem Vormittag überhaupt nichts mehr übrig für seinen Vater. *Hass ist wohl das bessere Wort.* Aber seinen Tod wollte er dennoch nicht.

»Gib uns den Gaul!«, fuhr Lorenz Karl an.

»Nein, ich habe euch dafür meinen Sohn gegeben.«

»Ja, das ist schon richtig.« Der dicke Landsknecht kratzte sich mit dem Lauf seiner Pistole am Hinterkopf. »Aber wir sind der Meinung, dass wir einen Schweinepriester von Vater, der seinen eigenen Sohn verkauft, nicht auch noch belohnen sollten. Nicht, dass dieses Verhalten noch Schule macht.« Betont langsam bewegte er die Waffe und hielt sie Karl schließlich direkt ins Gesicht. »Und jetzt her mit dem Pferd, sonst nehme ich es mir selbst.«

»Ihr gottlosen Söldner. Ich verfluche euch alle. Möget ihr alle in der nächsten Schlacht verrecken.«

Lorenz griff Osličkas Zügel. »Bedenke, dass dieser Fluch ab jetzt auch für deinen Sohn gilt.«

2
DAS JOCH

Von Oslička s Rücken aus sah Lukas ein letztes Mal zu
seinem verfallenden Elternhaus zurück. Sein Vater saß zusammengesunken im Dreck und bejammerte sein elendes Leben. *Als ob er
nicht selbst dafür verantwortlich wäre.* Plötzlich konnte Lukas es
kaum noch erwarten, von hier wegzukommen, und er hoffte, dass
er seinen Vater nie wiedersehen musste.

»Hier, Junge ...« Lorenz schloss zu ihm auf. Trotz seiner
Körperfülle schien der Söldner ein guter Reiter zu sein.

»Ich heiße Lukas«, unterbrach ihn Lukas unwirsch.

Der Landsknecht grinste. »Noch bist du der Junge oder der
Namenlose, wenn dir das lieber ist«, entgegnete Lorenz.

»Junge ist in Ordnung«, erwiderte er hektisch.

»Dachte ich mir. Hier, das ist für dich.« Er warf Lukas einen
kleinen Geldbeutel zu.

Münzen klimperten, als Lukas ihn geschickt auffing. »Wofür
...?«, fragte er verdattert.

»Das ist dein Laufgeld. Ein Vorschuss, der dir deine Verpflegung bis zum Sammelplatz der Neulinge sicherstellen soll. Gebe

ich dir aus meinem privaten Vorrat, wenn du verstehst, was ich meine.«

Das hat er also irgendwo geklaut, war sich Lukas sicher.

»So ein Blödsinn, der reitet doch mit uns und ist spätestens bei Sonnenuntergang dort. Bis dahin wird er schon nicht vom Fleisch fallen«, mäkelte Kasper.

»Es ist Tradition!«, beharrte Lorenz und zwinkerte ihm zu. »Es wäre in jedem Fall trotzdem gut, wenn du bis heute Abend noch etwas zu dir nimmst. Du wirst deine Kräfte brauchen.«

Was meint er damit?

DEN REST DES TAGES VERBRACHTE LUKAS DAMIT, DIE geplünderten Habseligkeiten der umliegenden Höfe auf den Pferden seiner neuen Kameraden zu verstauen. Es war eine schamhafte Aufgabe, zumal ihn viele in der Gegend kannten. *Immerhin habe ich verhindert, dass jemand gestorben ist oder Häuser angezündet wurden.* Beides Dinge, die insbesondere Rattengesicht wohl nur zu gern getan hätte.

Als Lorenz den Befehl gab, zurück ins Lager zu reiten, zischte ihm Kasper zu: »Gleich wirst du die gerechte Strafe dafür bekommen, dass du mir heute etwas genommen hast.«

Noch immer wusste Lukas nicht, was im Lager auf ihn wartete. Nur, dass es nichts Gutes sein konnte. Er sah zu Jolande, die den gemächlich trabenden Pferden der Landsknechte und Oslička ohne Strick folgte. Lukas war froh darüber. Hätte das Maultierfohlen die Gruppe aufgehalten, wäre das wohl sein Ende gewesen.

Am purpurfarbenen Himmel zeichneten sich mit einem Mal unzählige dünne Rauchfahnen ab. Die ersten Vorzeichen des mansfeldischen Heerlagers. Kaum kamen sie aus dem kleinen Birkenwäldchen heraus, erblickte Lukas auch die vielen Lagerfeuer. Sie brannten vor einem Sammelsurium aus Zelten, Wagen, zusammengezimmerten Ständen und provisorischen Holzhütten.

»Warst du schon einmal in einem Heerlager?«, fragte Lorenz und ließ seine kleine Flasche unter dem Wams verschwinden, aus der er sich bei ihrer Rückreise kräftig bedient hatte.

»Nein«, gestand Lukas. *Und ich hätte gewünscht, niemals eines betreten zu müssen.* Erste Fluchtpläne schlugen Wurzeln in seinem Geist. Das laute Durcheinander, das ihn empfing, als sie die nachlässig von einigen Betrunkenen bewachte Grenze des Lagers überschritten, erschien ihm geradezu perfekt dafür, sich davonzumachen. *Wenn sie erst einmal alle so berauscht sind, dass sie schlafen wie die Kinder ...*

»Lorenzzz«, lallte ein in einen Brustharnisch Gekleideter und lief einige Schritte neben ihnen her, als sie in den Hauptweg der rollenden Stadt eingebogen waren. »Bringst du uns da etwa Frischfleisch?«

»Ja, Hermann«, rief der dicke Landsknecht fröhlich. »Ich bringe ihn zum Sammelplatz.«

»Wie wunderbar«, freute sich Hermann, »dann gibt es heute doch noch ein bisschen mehr Abwechslung als Würfelspiel und die immer gleichen Huren. Ich sage den anderen Bescheid. Leute, heute wird es ...«

Die Stimme des Mannes verklang, als sie ihn hinter sich ließen.

Lukas hatte kaum auf sie gehört. Er kam aus dem Staunen nicht heraus. So viele Menschen an einem Ort hatte er noch nicht gesehen. Er hatte zwar von großen Städten mit vielen Menschen wie Prag oder Pilsen gehört, doch das laute Gewusel aus brüllenden Händlern, knapp bekleideten Dirnen, Schmieden, Schankwirten und Spielern rechts und links des Wegs kam ihm vor, als wäre er aus seinem Dorf geradewegs in das biblische Babylon katapultiert worden.

Etliche der Marketender kamen auf ihren Trupp zu, als sie

sahen, dass sie reichlich Plünderbeute mit sich führten. Sofort fingen sie an zu feilschen. Lorenz ließ vier seiner Leute zurück, um die Sachen möglichst gewinnbringend zu Geld zu machen, und ritt mit Lukas und Kasper weiter.

»Du glaubst vielleicht, dass wir heute fette Beute gemacht haben«, erklärte er Lukas, »aber hier im Lager kostet alles ein Vielfaches von dem, was man im normalen Leben bezahlt. Und ich rede hier nicht nur von Huren und Schnaps. Wir alle müssen uns selbst ausrüsten, um zu kämpfen. Eine Hellebarde oder Muskete ist so teuer, dass die meisten von uns mit Forken kämpfen. Von vernünftigen Rüstungen gar nicht zu sprechen.« Er klopfte Lukas auf die Brust, die nur von seiner alten Kleidung geschützt wurde. »Du siehst also, dass wir nicht aus Böswilligkeit oder Habgier plündern, sondern weil wir es müssen, um selbst zu überleben. Auch du wirst dir überlegen müssen, wie du vor der nächsten Schlacht zu deiner Ausrüstung kommst. Ein guter Anfang wäre, deine zwei Klepper zu verkaufen. Wir werden unsere auf jeden Fall verhökern. Gäule sind für uns Fußtruppen unnötiger Luxus, den wir mit uns herumschleppen und durchfüttern müssen. Meine vielen Frauen und Kinder reichen mir schon.« Er lachte rau. »Ich kenne einen Händler, der macht dir einen guten Preis für die beiden, und einen anderen, der dir günstig ein gebrauchtes Lederwams verkauft. Du darfst nur kein Problem mit Einschusslöchern oder Blutflecken haben.« Nach dieser für Lukas beängstigenden Aussage zwinkerte der Landsknecht verschwörerisch und grinste breit.

Sie kamen an einen freien Platz, der von einigen besonders großen Zelten umgeben war.

»Da hinten sitzt der Hurenweibel. Das Oberhaupt des Trosses. Er ist für alles außerhalb des Militärs zuständig. Der Drecksack bereichert sich daran, dass wir Männer nicht ohne Wein,

Weib und Gesang auskommen.« Lorenz lachte dröhnend. »Die Musterung findet hier statt.«

»Musterung?«, fragte Lukas und rutschte von Osličkas sattellosem Rücken.

»Klar, du musst doch beweisen, dass du ein ganzer Kerl bist«, rief Kasper und grinste gehässig. »Ich werde mich mal darum kümmern, dass sie schnell das Joch für dich vorbereiten.«

Joch?

Lorenz war ebenfalls abgestiegen. Mit zusammengekniffenen Augen blickte er sich suchend um. »Ich hoffe, dass heute noch ein paar mehr Frischlinge kommen werden.«

»Warum?«, fragte Lukas irritiert und ging zu Jolande. »Alles in Ordnung, mein Mädchen? Das war ein aufregender Tag heute ... aua!« Das Maultier hatte ihn erneut gebissen.

»Ich an deiner Stelle würde das Vieh loswerden wollen«, riet Lorenz. »Dahinten gibt es einige gute Abdecker, die werden dir einen anständigen Preis für deinen Wolf im Maultierpelz bezahlen.«

»Nein, das will ich nicht. Sie ist noch jung und hat viel zu lernen. Außerdem hat sie Angst.« *Und da ist sie nicht allein.*

»Wie du meinst. Ich hole mir mal was zu trinken. Soll ich dir was mitbringen?«

»Gern«, entgegnete Lukas freudig überrascht. »Ich habe großen Durst und den ganzen Tag kaum Wasser getrunken.«

»Ich bringe dir Bier mit«, entgegnete Lorenz bestimmt. »Du willst kein Wasser von einem Ort trinken, an dem sich täglich Tausende Ärsche entleeren. Das Bier ist noch aus Pilsen und damit nicht mit menschlichen Ausscheidungen verseucht, wenn du verstehst, was ich meine.«

Das tat Lukas nur so halb, aber im gleichen Moment drehte der Wind und ein durchdringender Geruch nach Exkrementen wehte ihm in die Nase. »Dann gern ein Bier.«

»Dachte ich mir.« Lorenz rieb Daumen und Zeigefinger aneinander. »Dann mal her mit deinem Laufgeld.«

Er ist freundlich, aber wir sind keine Freunde, ermahnte sich Lukas und händigte dem dicken Söldner einen Kreuzer aus seiner neuen Börse aus.

»Schon vergessen, dass hier alles besonders teuer ist? Zwei Kreuzer musst du für ein Bier schon rausrücken.«

Nachdem sich Lukas von einem weiteren Geldstück getrennt hatte, blickte er dem breitschultrigen Söldner nach, bis ihn die grölende Menge verschluckt hatte. »Wir müssen hier schnellstmöglich weg«, flüsterte er Jolande zu.

Das Maultier wackelte als Antwort mit den Ohren.

Plötzlich stand Kasper neben ihm. »Leider bist du heute der einzige Frischling, habe ich erfahren«, trällerte er zufrieden. »Aber natürlich stellen sie das Joch dennoch extra für dich auf, damit du in unsere Gemeinschaft aufgenommen werden kannst.« Er lachte böse.

»Warum ein Joch?«, fragte Lukas verwirrt. »Habt ihr hier Ochsen oder andere Zugtiere, die ich ...«

»Zugtiere, ich glaub es ja nicht. Guck mal, das ist das Joch eines Landsknechtsheers!« Kasper wies mit seinem dreckigen Zeigefinger auf zwei Männer in grünen Umhängen, die beide eine Hellebarde und einen Langspieß trugen. In der Mitte des Platzes blieben sie stehen und rammten die Schäfte der Hellebarden in den Boden. Den Langspieß legten sie auf die axtschneidenähnlichen Klingen der Hiebwaffen, sodass eine Art Tor entstand. »Wenn du da durchgegangen bist, bist du einer von uns und unterwirfst dich unseren Gesetzen und Gebräuchen, die nichts mehr mit deiner armseligen Existenz von vorher zu tun haben.« Rattengesicht spuckte aus. »*Falls* du durch das Tor durchkommst, was ich bezweifle.«

Lukas konnte nicht erkennen, was daran schwer sein sollte.

»Oh, sie sind ja schon so weit«, rief Lorenz, der mit zwei Bierkrügen in den Fäusten zurückkehrte.

»Ja, sie wollten keine Zeit verschwenden, da heute ohnehin keine anderen Frischlinge gekommen sind und den meisten Männern das Feuer fehlt, wenn sie später am Abend zu viel getrunken haben«, erklärte Rattengesicht und griff nach einem der Krüge.

Lorenz riss ihm das Gefäß aus der Hand. »Der ist für Lukas.«

»Was für eine Verschwendung«, stöhnte der missgünstige Landsknecht und rollte übertrieben mit den Augen.

»Trink mal lieber was«, mahnte Lorenz und drückte Lukas den schaumbefleckten Humpen in die Hand.

Unsicher, was er machen sollte, betrachtete Lukas erst das Bier und dann das Joch. *Warum machen hier alle so viel Aufhebens darum?*

Plötzlich veränderte sich die Stimmung im Lager. Das ausgelassene Lachen und grelle Kreischen der Dirnen verwandelten sich in aufgeregtes Gemurmel.

»Oho, ich denke, es geht los«, freute sich Kasper über diese Veränderungen. »Ich glaube, heute schickt der alte Mansfeld seinen guten Freund Georg Friedrich zur Zählung der Neuen. Der Hurenweibel ist wahrscheinlich jetzt schon zu betrunken dafür.«

»Ausgerechnet Georg Friedrich von Hohenlohe-Neuenstein-Weikersheim«, näselte Lorenz gespielt arrogant den überlangen adligen Namen und kippte sein Bier in einem Zug hinunter. Er hob Lukas' Krug an und nötigte ihn, das Gleiche zu tun. »Mach schon, du wirst es brauchen.«

Reichlich mit Bier besudelt, fragte Lukas hustend: »Wer ist Georg Friedrich?«

Nachdem er sich den Bierschaum von der bärtigen Oberlippe gewischt hatte, entgegnete Lorenz: »Schlick ist einer der Stellvertreter unseres obersten Heerführers von Mansfeld. Die beiden sind so was wie beste Freunde oder Brüder im Geiste, könnte man sagen. Alles, was Georg Friedrich sieht, sieht auch der Mansfeld. Alles, was Mansfeld sagt, sagt auch Georg Friedrich. Verstehst du?«

Das tat Lukas nicht so richtig, aber er nickte pflichtbewusst.

»An jedem Musterungstag kontrolliert der Hurenweibel oder einer der hohen Offiziere auf dem Musterungsplatz die Anzahl der neuen Rekruten. Es gibt eine recht ansehnliche Belohnung für jeden von euch, außerdem geht ein Teil deines Soldes direkt an deinen dir vorgesetzten Offizier. Also kann es schon mal sein, dass in den Listen mit den Neuen doppelt so viele Namen stehen, wie es tatsächliche Bewerber gibt, und daher zählen die Großkopferten lieber gleich selbst, wie viele es tatsächlich sind. Unser Mansfeld hat nämlich ein recht großes Interesse daran, dass die Reihen seiner Untergebenen gut gefüllt sind. Seitdem der Kaiser nach der Eroberung von Pilsen eine Reichsacht über ihn verhängt hat, kann er sich nur noch sicher fühlen, weil wir für ihn da sind.«

Ein Trupp Bewaffneter schälte sich aus dem Zwielicht der Lagerfeuer. Diese Landsknechte trugen allesamt Harnische, die so sehr glänzten, dass sich der Schein ihrer Fackeln darin widerspiegelte. Über ihren Schultern lagen weinrote Umhänge, die bei jedem Schritt wogten. Ihre auf der einen Seite hochgeklappten Kavaliershüte waren mit großen Federn geschmückt und an den Hüften baumelten schlanke Degen.

»Das sind Profose«, hauchte Lorenz und sein schaler Bieratem zog Lukas unangenehm in die Nase. »Sie halten die Ordnung im Lager aufrecht. Bestrafen Diebe oder Vergewaltiger und jagen Deserteure. Möchte gar nicht wissen, wie viele gute Männer diese Kerle schon aufgeknüpft haben.«

Zwischen den beeindruckenden Soldaten lief ein kleiner Mann, der allein wegen seines forschen Gangs schon Respekt einflößte. Er mochte Ende dreißig sein, hatte schlohweißes Haar und auch sein fein getrimmter Spitzbart war komplett weiß. Sein Waffenrock war aus mintgrünem Brokat gefertigt und über und über mit Silber- und Goldfäden bestickt. Wie seine bewaffneten Begleiter trug er einen bodenlangen Umhang, allerdings war seiner am Kragen mit Fuchsfell abgesetzt. Auf dem Kopf trug er einen Federhut.

Lukas schätzte, dass der Mann sich mindestens ein Dutzend bunte Federn unter das Hutband gesteckt haben musste. *Er sieht aus wie ein Gockel.*

Die im Gleichschritt marschierende Gruppe kam vor dem Joch zum Stehen. Einer der Soldaten befahl: »Alle neuen Rekruten in Zweierreihen antreten!«

Niemand meldete sich. Stille legte sich über den Platz. Irgendwo krähte ein einsamer Rabe.

»Was soll das?«, brüllte Georg Friedrich. »Ich bin doch nicht hierhergekommen, um mich für dumm verkaufen zu lassen. Wer hat es gewagt, das Joch aufzustellen und mich zu holen?«

Unwillkürlich blickte Lukas zu Kasper, der rot angelaufen war.

Doch Rattengesicht ließ diese Schmähung nicht auf sich sitzen. »Hier ist ein Neuer!« Er gab Lukas einen Schubs, sodass der auf den freien Platz taumelte.

»Aha«, gab sich Georg Friedrich noch immer unzufrieden. »Und wo sind die anderen? Wenn die Herrschaften sich nicht mal dem Joch zu stellen wagen, werden sie uns wohl auf dem Schlachtfeld keine besonders große Hilfe sein.«

Wieder beherrschte nur angespannte Stille den Platz.

»Er ist der Einzige und konnte es nicht erwarten«, machte Kasper frohgemut weiter.

Am liebsten wäre Lukas ihm für diese Lüge an die Gurgel gegangen. Jetzt freute er sich doch, dass wenigstens Jolande sich schon an diesem Widerling gerächt hatte.

Georg Friedrich stöhnte. »Also nur einer heute. Dafür habe ich also mein Zelt verlassen.«

»Und seine Hure«, flüsterte jemand.

Lukas stand wie verloren auf dem menschenumringten Platz. »Zeig die Liste her«, forderte Georg Friedrich mit einem genervten Handwedeln.

Ein untersetzter Mann mit einem gewaltigen Schnauzer kam aus der Menge herbei.

»Der Hurenweibel ist heute aber gewaltig auf Zack. Merkwürdig, dass er noch nicht vollkommen besoffen ist«, kommentierte Lorenz diesen Auftritt lautstark.

Leises Lachen kam auf, das Georg Friedrich mit einem bösen Gesichtsausdruck sofort wieder beendete. Er hielt sich das Pergament vor die Nase und las laut vor: »Lukas Holub.«

Es dauerte einen peinlich langen Moment, bis Lukas mit vor Aufregung trockener Kehle piepste: »Hier.«

Stöhnend ließ der General das Schreiben sinken und leierte herunter: »Sein Vater hat dafür gebürgt, dass er freiwillig hier ist. Und ich bestätige hiermit, dass Musterungsliste und tatsächliche Anwesende übereinstimmen. Der Zahlmeister wird beauftragt, nach Durchquerung des Jochs die entsprechende Kopfprämie an den Anwerber und seinen Offizier auszuzahlen sowie den Sold für einen Monat im Voraus, falls der Kandidat das Joch übersteht.«

Falls? Mit einem Mal ehrfürchtig, betrachtete Lukas die Konstruktion aus den beiden Hellebarden und dem darüberliegenden Spieß. Nichts daran erschien ihm gefährlich.

Georg Friedrich rief mit befehlsgewohnter Stimme: »Aufstellen!«

Lukas hatte keine Ahnung, was von ihm erwartet wurde. Erst als er sah, dass sich die bisher in einem lockeren Kreis um ihn versammelten Landsknechte in zwei lange Reihen gegenüberstellten, begriff er, was ihn erwartete. Schnell hatte sich eine Doppelreihe aus Männern gebildet, die mindestens fünfzig Schritt lang war. Sie endete am Joch. Jeder der Söldner hatte eine Waffe in der Hand.

»Ich erinnere nochmal daran, dass nur mit den stumpfen Seiten zugeschlagen wird. Möglichst nicht auf den Kopf und in die Weichteile.«

Möglichst nicht! Lukas traute seinen Ohren nicht.

»Und los, Neuer«, rief Georg Friedrich. »Schaffst du es durch das Joch, wirst du anschließend ein stolzer Angehöriger des mansfeldischen Heeres sein.«

Zwei der gut gekleideten Soldaten packten Lukas hart am Oberarm und schleiften ihn zum Beginn der menschlichen Gasse. Ganz vorn standen Lorenz und Kasper. Während der dicke Landsknecht nur seinen Ledergürtel in der Hand hielt, trug Rattengesicht einen Besenstiel in den Fäusten, durch den so geschickt Nägel getrieben waren, dass nur ihre Spitzen zu sehen waren. Vermutlich war Lukas der Einzige, der diese schändliche Vorrichtung sah. *Dieses Dreckschwein*, ärgerte er sich.

»Und los, oder brauchst du eine Extraeinladung, Lukas Holub«, rief Georg Friedrich.

»Leg die Hände über den Kopf und renn, so schnell du kannst«, raunte ihm Lorenz zu und nickte aufmunternd.

»Und fall bloß nicht hin«, schob Kasper gehässig hinterher.

Nachdem er zwei Mal tief Luft geholt hatte, trat Lukas in die Menschengasse. *Wenn ich richtig schnell ...* Er kam nicht dazu, den Gedanken zu beenden, da ihm Kasper seinen präparierten Besenstiel über den Kopf zog. Unsägliche Schmerzen durchzuckten ihn. Vor seinen Augen tanzten Sterne. Etwas Klebriges lief seine Schläfe herunter. Blut. Am liebsten wäre Lukas in diesem Augenblick umgekehrt, aber er wollte sich gar nicht ausmalen, was Kasper dann mit ihm machen würde. Aus dem Augenwinkel sah er erneut Kaspers nagelbewehrten Stock heruntersausen. Er machte einen langen Schritt nach vorn und der Angriff verfehlte ihn. Dafür krachte etwas mit einem Knall auf seinen Rücken. Vermutlich Lorenz' Gürtel. Doch dieser Schmerz war nichts im Vergleich zu dem, was ihm Kasper angetan hatte. *Weiter, ich muss weiter.* Der Weg aus Leibern wankte in seinem Blickfeld, trotzdem versuchte er, sich auf das Joch am Ende zu konzentrieren. Immer wieder trafen ihn heftige Schläge. Pferdepeitschen klatschten auf seine Arme, mit Stoff umwickelte Schwerter in seine Seite, Hellebardenschäfte in seinen Bauch. *Weiter. Weiter. Weiter ...,* trieb er sich an. Jetzt verstand er auch, warum Kasper so erpicht darauf gewesen war, dass er heute sofort das Joch durchschritt. Wäre er Teil einer Gruppe gewesen, wäre den Landsknechten schnell die Lust am Schlagen vergangen, so aber musste niemand Kraft und Geduld für nachfolgende Rekruten aufsparen, sondern jeder konnte sich ganz auf ihn konzentrieren. Der Schlag mit einem Axtstiel ließ ihn in die Knie gehen, beinahe wäre er zusammengebrochen und damit den Schlägen so lange ausgesetzt gewesen, bis er nie wieder aufstand, aber er schaffte es irgendwie, sich hochzurappeln.

Ein anerkennendes Raunen ging durch die Reihen.

Das spornte Lukas an. *Weiter. Weiter. Weiter ...* Das Joch war vielleicht noch zehn Schritte von ihm entfernt. Die Schläge prasselten so erbarmungslos auf ihn nieder wie Hagel auf ein Gerstenfeld. Seine blutenden Hände schützend auf den Kopf gepresst und mit gebeugtem Rücken taumelte er vorwärts durch diese Welt der Schmerzen.

Noch fünf Schritte.

Erneut wurde er heftig am Kopf getroffen. Er verschwendete keine Kraft, um herauszufinden, wovon. Blut lief ihm in die Augen. Seine Beine fühlten sich an, als wären sie aus Watte. Ohne zu wissen, was geschah, fand er sich plötzlich auf den Knien wieder. Ein Stein stach ihm in die Handfläche, als er sich aufstützte.

Noch drei Schritte.

Das Bier kam Lukas hoch. Er übergab sich, sehr zur Erheiterung seiner Kameraden.

»Saufen hilft auch nicht gegen den Schmerz des Jochs«, höhnte eine Stimme über ihm.

Weiter. Weiter. Weiter ... Mit letzter Kraft kam er wieder hoch. Gekrümmt wie ein alter Mann wankte er weiter.

»Mumm hat er, das muss man ihm lassen«, lobte eine knarrige Stimme.

Bevor sich Lukas etwas auf dieses Lob einbilden konnte, traf ihn ein heftiger Schlag in die Nieren. Ein Schmerzblitz bahnte sich einen Weg durch seinen Körper. Die Welt wurde schwarz, nur um im nächsten Moment verschwommen wieder vor seinen Augen zu erscheinen. Er glaubte, dass ihm jemand eine Hand hinhalten würde, aber das konnte nur ein Trugbild sein, das ihm sein geschundener Körper vorspielte. Trotzdem griff er danach. Im nächsten Moment wurde er mit einem kräftigen Ruck nach vorn gezogen – direkt durch das Joch.

Jubel brandete auf.

Das hörte Lukas kaum. Er brach endgültig zusammen. Blinzelnd versuchte er zu erkennen, wer ihm geholfen hatte. Lorenz. Der dicke Landsknecht hatte eine blutende Wunde am Kopf.

»Großmütig, für den Frischling in die Gasse zu gehen, Gevatter«, sagte irgendjemand, den Lukas nicht sah.

Der Söldner lachte sein dröhnendes Lachen. »Ich lasse mir doch nicht meine Belohnung kaputtschlagen.«

»Danke«, nuschelte Lukas, bevor eine Ohnmacht ihn überwältigte.

3

DAS HANDWERK DER KRIEGSKUNST UND DER ARMSELIGKEIT

SCHARFER BRANNTWEINGERUCH ZOG Lukas in die Nase und ließ ihn aus seinem traumlosen Schlaf aufschrecken. Stöhnend versuchte er die Augen zu öffnen, nur um festzustellen, dass das rechte sich seinem Befehl verweigerte. *Zugeschwollen.* Doch das war noch die geringste seiner körperlichen Blessuren. Jeder Knochen im Leib tat ihm weh, dazu dröhnte sein Schädel, als hätte er drei Tage hintereinander durchgezecht.

»Guten Morgen, meine verschlafene Jungfer«, begrüßte ihn Lorenz fröhlich und hielt ihm einen Becher hin. »Trink das, hilft gegen die Schmerzen.«

Einem Faustschlag gleich, kamen Lukas beim Anblick des kräftigen Landsknechts die Ereignisse des gestrigen Tages zurück in sein Gedächtnis. Er hatte sein Zuhause, seinen Vater und fast sein Leben verloren. »Wo sind meine Pferde?«, war das Erste, was er krächzend fragte.

»Der Stute geht es gut. Das elende Maultier hat mich gebissen, sodass ich es am liebsten zu Hackfleisch verarbeitet hätte.«

Nein. Lukas hielt den Atem an.

Der dicke Söldner schien seine Gedanken zu lesen. »Keine Sorge, ich habe es bei einem herzhaften Schlag in den Nacken belassen. Das Mistvieh steht zusammen mit der Braunen hinter dem Zelt und frisst, was es hier halt so finden kann.«

Das war eine Nachricht, die den Pferdewirt Lukas freute. *Endlich hat sich Jolande vom Säugen entwöhnt.*

»Warum grinst du so dumm? Hat Kasper deinen Schädel etwa so schwer getroffen, dass er dir damit deinen Verstand ausgeprügelt hat? Ich habe übrigens gesehen, dass er Nägel in den Besenstiel getrieben hatte. Er ist ein hinterhältiges Wiesel und ich habe ihm dafür eine doppelt so feste Schelle wie deinem Maultier verpasst, aber du solltest ihm zukünftig vielleicht doch lieber aus dem Weg gehen.«

Unter Mühen richtete sich Lukas auf. *Wo bin ich?* Drei Armlängen über ihm wogte beiges Leinen im Wind. *Ein Zelt.* Das Einmannzelt musste Lorenz gehören. Der Hüne machte sich gerade klein wie eine Maus, um gemeinsam mit Lukas hineinzupassen. Mit zusammengepressten Schultern und angelegten Armen saß er im Eingang, während Lukas auf einem mit Stroh gefüllten Sack lag. »Ohh, mein Schädel dröhnt.« Er fasste sich an den Kopf, nur um festzustellen, dass der von einer Bandage umwickelt war. »Wer ...«

Breit lächelnd antwortete Lorenz: »Ich war das. Im Laufe meines langen Söldnerlebens habe ich schon einige Wunden verbinden müssen. Viele schlimmer als das, was dir Kasper beigebracht hat.«

»Danke«, hauchte Lukas.

»Kein Problem«, wiegelte Lorenz ab. »Nimm es als erste Lektion deines zukünftigen Lebens als Landsknecht. Vertraue niemals den Feldscheren hier im Lager. Das sind bessere Metzger.

Zum Haareschneiden und Zähneziehen sind die vielleicht noch zu gebrauchen, aber wenn es um Leben und Tod geht, mach bloß einen großen Bogen um die. Diese Quacksalber sind nur daran interessiert, Geld mit dir zu verdienen. Im Zweifel sägen sie für eine fette Rechnung lieber dein Bein ab, als es zu verbinden. Das wollte ich mit deinem Kopf besser nicht riskieren.« Er zwinkerte, dabei verrutschte sein fettiger Haarschopf und brachte eine verschorfte Wunde auf der Stirn zum Vorschein.

Er hat mich gerettet, indem er in die Gasse gegangen ist, fiel Lukas in diesem Moment ein. »Danke, ich weiß gar nicht, wie ich das jemals wiedergutmachen kann.«

»Schon gut!« Der Landsknecht winkte mit seiner großen Pranke ab. »Versprich mir einfach, dass du, wenn es mal so weit kommt, mein Leben auf dem Schlachtfeld rettest, dann sind wir quitt.« Er hielt Lukas grinsend seine schwielige Hand hin.

Der schlug nur zu gern darin ein. »Abgemacht.«

»Und jetzt trink endlich«, nötigte Lorenz ihn.

Allein vom Geruch des gelblichen Gebräus in dem Becher wurde Lukas übel, aber er wollte seinem Beschützer diesen Wunsch nicht abschlagen. Mit angehaltenem Atem kippte er das Gesöff hinunter. »Das ist ja widerlich«, brachte er anschließend heraus und schüttelte sich. Er hoffte, dass sein Magen dieses Zeug bei sich behalten würde. Trotzdem kam er nicht umhin, sich einzugestehen, dass die kurz darauf einsetzende Leichtigkeit in seinem Kopf recht angenehm war. Auf eine gewisse Weise verstand er in diesem Moment zum ersten Mal, warum sein Vater und so viele andere Männer sich im Alkohol verloren. »Das hilft tatsächlich ein bisschen gegen die Schmerzen. Trotzdem fürchte ich, dass ich noch ein paar Tage Erholung brauche, um wenigstens einen halben Landsknecht abzugeben, der mit dir in die Schlacht ziehen kann.«

An seinem Daumen knabbernd, schaute ihn Lorenz aus seinen dunkelbraunen Augen an. Nachdem er den Nagel ausgespuckt hatte, sagte er mit krausgezogener Stirn. »Ich denke mal, so viel Zeit wird dir der Drill-Feldwebel nicht geben. Deine Ausbildung beginnt schon heute Nachmittag.«

»Meine Ausbildung?«, stöhnte Lukas fassungslos. In seinem Magen bildete sich ein kalter Klumpen.

»Natürlich«, entgegnete Lorenz. »Die Kriegskunst ist ein Handwerk wie jedes andere, das man erlernen muss.«

Handwerk des Tötens wäre wohl die bessere Bezeichnung, ging es Lukas durch den Kopf.

»Du schaffst das schon.« Lorenz knuffte ihm freundschaftlich gegen die Schulter, was einen weiteren Schwall Schmerzen durch Lukas' Körper schickte. »Wer das Joch schafft, der schafft den Drill im Vorübergehen. Sag einfach immer zu allem Ja und Amen, was dein Ausbilder von dir verlangt, und dann kommt der Rest von allein.«

Für meine Fluchtpläne gilt das vermutlich nicht.

Es kostete Lukas sein letztes Verpflegungsgeld, um für Oslička und Jolande Stroh sowie einen Wassereimer zum Tränken zu kaufen. Er wusste, dass er sich die beiden auf absehbare Zeit nicht leisten würde können, aber er würde es so lange versuchen, wie es ihm möglich war. »Macht's gut«, säuselte er ihnen ins Ohr und machte sich auf zum Appellplatz, dem Ort, welchem er die größten Qualen seines bisherigen Lebens zu verdanken hatte. *Heute habe ich keinen Lorenz, der auf mich aufpasst.* Der massige Söldner war am späten Vormittag erneut losgezogen, um zu plündern, und würde erst bei Sonnenuntergang wieder zurück im Lager sein. Lukas stand in der Schuld des freundlichen Landsknechts und schämte sich daher, dass seine

36

Gedanken sich nur um die Flucht drehten. Er wollte damit allerdings noch einige Tage warten, bis möglichst niemand mehr auf ihn achtete. Wie schlimm konnte die Ausbildung schon sein?

Ein kleines Grüppchen weiterer Rekruten wartete bereits auf dem Platz. Lukas war der Jüngste der Runde. Die zwei schwarzhaarigen Zwillinge, die ihn mit finsterer Miene beäugten, mussten mindestens zwei Jahre älter sein als er. Ihnen folgte ein hoch gewachsener Blonder mit einem Gesicht voller Sommersprossen, den Lukas auf etwa fünfundzwanzig schätzte. Ein drahtiger Kerl mit feuerrotem Haar sowie ein untersetzter, narbengesichtiger Mann stellten die Fraktion der Dreißiger, die in Lukas' Augen eigentlich viel zu alt für den Kampf waren. In diesem Alter zogen die meisten Bauern schon aufs Altenteil, weil ihr ältester Sohn den Hof übernahm. Doch diese beiden waren nichts gegen den ältesten Teilnehmer dieser uneinheitlichen Runde: ein grauhaariger Mann mit altersfleckigen Händen und mehr Falten im Gesicht, als Lukas hätte zählen können. Er fragte sich, wie dieser Greis den Spießrutenlauf überstanden hatte.

»Weiß irgendjemand, wer unser Feldwebel ist?«, lenkte ihn der Blondschopf von diesem Gedanken ab.

Lediglich verneinendes Gemurmel antwortete ihm. Niemand schien Wert auf ein längeres Gespräch zu legen.

Lukas war das nur recht. Ihm war es egal, wer sein Ausbilder oder seine Mitrekruten sein würden. Die Hauptsache war, dass er möglichst weit weg von Kasper blieb. *Das darf nicht wahr sein.*

Im selben Moment kam Rattengesicht vorbeigeschlendert. Sein rechtes Auge zierte ein gewaltiges Veilchen. *Wir könnten fast Zwillinge sein,* übte sich Lukas in Galgenhumor. Lorenz hatte ganze Arbeit geleistet. Sein eigenes Auge konnte er nur unter Mühen offen halten, daher fand Lukas es sehr befriedigend, dass es Kasper nicht besser erging. Trotzdem machte er sich klein, damit Rattengesicht ihn nicht entdeckte. Er hatte genug Ärger mit dem Landsknecht gehabt. Zu seiner Bestürzung war dieser Versuch sinnlos, da Kasper direkt auf ihre kleine Gruppe zusteuerte.

»Ihr seid der elendeste Haufen, den ich je gesehen habe«, brüllte er sie an. »Wie sollen aus euch denn jemals echte Soldaten werden? Nehmt erstmal Haltung an!«

Fassungslosigkeit bemächtigte sich Lukas. *Er ist der Feldwebel?* Trotzdem stellte er sich gerade hin und legte die Arme an die Seite.

»Lächerlich«, mäkelte Kasper augenblicklich und stellte sich selber stramm. »So geht das! Haken und Arschbacken zusammen. Brust raus und Kinn nach vorn. Es ist mir unerklärlich, wie ihr alle das Joch durchqueren konntet.« Gehässig grinsend sah er zu Lukas.

Jetzt hat er die Gelegenheit nachzuholen, was er gestern verpasst hat. Ich werde diesen Tag nicht überleben, war sich Lukas in diesem Moment sicher.

»So, dann in Zweierreihen antreten, damit ...«

»Kasper, Kasper, Kasper ...«, rief eine tiefe Stimme tadelnd. »Gibst du gerade das bisschen weiter, was dein hohler Schädel in den letzten sechs Monaten meiner fundierten Ausbildung aufzunehmen nicht in der Lage war?« Ein hoch gewachsener Mann Mitte zwanzig mit schulterlangen Haaren und einem teuer aussehenden lindgrünen Rock samt weinrotem Spitzkragen gesellte sich zu ihnen. Sein hochherrschaftlicher, arroganter Blick offenbarte, dass es sich bei ihm um einen Adligen handeln musste. Affektiert stützte er sich auf einen Stock, dessen Silberknauf in Form eines Adlerkopfs gestaltet war, obwohl er offensichtlich problemlos ohne laufen konnte.

Verwirrt blickte Lukas von ihm zu Kasper und wieder zurück.

»Ab in Reih und Glied, Kasper. Nur weil du heute deinen dritten und letzten Versuch machst, ein vollwertiger Landsknecht zu werden und deine Ausbildung endlich zu beenden, heißt das noch lange nicht, dass du hier das Kommando führst. Das habe nämlich noch immer ich inne, wie dein dummes Hirn sich vielleicht erinnert.«

Kasper muss den Drill bereits zum dritten Mal absolvieren – weil er durchgefallen ist, kombinierte Lukas. Er war noch jünger als Kasper. *Wenn ich die Ausbildung bestehe, er aber nicht …*

»Ich bin Feldwebel Hans Ulrich von Schaffgotsch«, stellte sich der Feldwebel näselnd vor, »und ich werde aus euch Weicheiern Soldaten machen, die diesen Namen auch verdienen. Seid ihr erst durch meine harten Hände gegangen«, er rieb sich seine schwielenlosen, wohlgepflegten Hände, »werdet ihr darauf brennen, in der ersten Reihe loszustürmen, um euch den Truppen der Liga und des Kaisers entgegenzuwerfen.« Er verstummte, als würde er auf etwas warten.

Einzig Kasper schien zu wissen, was das war. »Jawohl, Herr Feldwebel«, brüllte er begeistert.

Blasiert nickend goutierte Schaffgotsch diese Arschkriecherei, die Lukas schon jetzt zuwider war. Kein Mensch, der bei klarem Verstand war, würde jemals freiwillig oder gar freudig in der ersten Angriffsreihe einer Schlacht stehen wollen. »Wenigstens das hast du kapiert, Kasper. Alle anderen brauchen offenbar eine erste Lektion. Ein Vorgesetzter hat immer recht und ist mit dem größtmöglichen Respekt zu behandeln. Merkt euch das für alle Zeiten.« Er zupfte an seinem Kragen herum, als müsste er überlegen. »Als kleine Gedächtnisstütze streiche ich euch allen für eine Woche den Sold.«

Wie ungerecht, ärgerte sich Lukas, aber er schluckte dieses Gefühl schnell herunter.

»Versuchen wir es noch einmal.« Der Adlige richtete sich auf. »Ich bin Feldwebel Hans Ulrich von Schaffgotsch und werde aus euch Lumpenhunden echte Soldaten machen.«

Lukas nahm Haltung an und brüllte gemeinsam mit den anderen Rekruten: »Jawohl, Herr Feldwebel.«

»Geht doch«, knurrte der drahtige Mann. »So, dann einmal in Zweierreihen aufstellen.«

Von Angst getrieben, suchten Lukas' Kameraden einander so schnell einen Partner, dass für ihn nur Kasper übrig blieb. *Ausgerechnet.*

Rattengesicht verdrehte die Augen, stellte sich aber ohne ein Wort des Widerspruchs neben ihn.

»Vielleicht seid ihr doch nicht vollkommen hoffnungslos«, kommentierte Schaffgotsch die zügige Aufstellung. »Und jetzt hört gut zu! Was ich euch jetzt sage, wird nicht nur darüber entscheiden, ob ihr ehrbare Landsknechte werdet, sondern wortwörtlich über Leben und Tod.«

Ehrbar?

»Ich werde euch im Umgang mit Waffen ausbilden und euch gleichzeitig zeigen, wie ihr euch gegen eure Gegner verteidigen könnt.«

Bei dieser Aussicht grinsten sich die beiden teiggesichtigen Zwillinge, die vor Lukas standen, an.

»Außerdem werde ich euch darin schulen, wir ihr in Formationen kämpft und nicht zurückweicht, wenn hundert wilde Reiter oder Musketiere brüllend auf euch zulaufen.«

Das war so gar nicht nach Lukas' Geschmack.

»Taktik müsst ihr auch lernen. Die besten Landsknechte sind diejenigen, die verstehen, welchen großen Gesamtplan ihre Vorgesetzten verfolgen, und nicht die, welche nur wie dumme Rindviecher in die Richtung rennen, die ihnen gewiesen wird. Leider sind von euch geistig minderbemittelten Bauern nur wenige dazu in der Lage, daher werde ich auf dieses Thema nicht allzu viel Zeit verschwenden. Natürlich funktioniert all das nur mit absoluter Disziplin. Bricht während einer Schlacht auch nur ein Mann wegen Feigheit aus der Formation aus, könnten Hunderte, gar Tausende deswegen sterben. Mein Wort und das aller eurer Vorgesetzten ist daher von heute an Gesetz für euch. Haben wir uns verstanden?«

»Jawohl, Herr Feldwebel«, leierte Lukas lustlos runter, was ihm sofort einen bösen Blick von Kasper einbrachte, der brüllte, als würde es um sein Leben gehen.

»Also gut, fangen wir an. Das Ziel für heute lautet, dass ihr marschieren lernt, und das lernt man am besten, indem man es ausgiebig macht. Schaut her!« Er stellte sich gerade hin, legte die Arme an die Seite und machte einen langen Schritt, bei dem sein Fuß so heftig auf dem Boden aufkam, dass es knallte. Dann einen weiteren und noch einen ...»So, jetzt ihr.« Er pfiff, und ein junger Stallbursche brachte ihm einen schönen Lipizzaner-Wallach, auf dessen glänzend eingeölten Sattel er sich leichtfüßig schwang. »Unser Ziel ist das Ufer der schönen Berounka.«

Wie weit das wohl weg ist?

»Bereit machen zum Abmarsch!« Schaffgotsch hob seinen Arm.

Alle stellten sich gerade auf. Hände an die Seite, Kinn nach oben, Brust raus.

»Und los!«

Lukas machte einen so langen Schritt, dass er seinem Vordermann in die Hacken trat, der Zwilling kam dadurch ins Stolpern und rempelte den vor ihm Laufenden an. Die schöne Ordnung, die ihre Gruppe im Stehen noch gehabt hatte, brach augenblicklich zusammen.

»Was seid ihr doch für wertlose Lumpen«, schrie der Feldwebel daraufhin und wendete geschickt sein Pferd. »Aber das werde ich euch schon noch austreiben. Stillgestanden!«

Mit Mühe kam die kleine Gruppe zurück in eine einigermaßen vorzeigbare Formation.

»Stiefel aus!«, befahl Schaffgotsch vom Rücken seines Pferds aus. Betont aufreizend zupfte er an seinem dicken Wollumhang herum, der ihn hervorragend gegen den einsetzenden Schneeregen schützte.

»Es is beinahe Winter, mir wern uns alle Zehn abfriern«, wagte sich der Narbengesichtige mit deutlichem sächsischem Zungenschlag zu beschweren. »Dann sind mir als Landsknechte oaber schon nachm ersten Tag nich zu gebrauchen.«

Lukas gab dem Mann vollkommen recht, war aber zu feige, sich seinem Protest anzuschließen.

»Willst du etwa einen Befehl verweigern?«, fragte Schaffgotsch bedrohlich leise.

»Nä, oaber ich will mir ooch nich die Fieße kaputt machen. Ich werd keen guter Soldat, wenn ich nur noch humpeln kann. Ich bin hier, doss sich mei Leben verbessert und nich umgekehrt.«

Sehe ich auch so, dachte Lukas.

»Jetzt zieh schon deine verdammten Botten aus«, zischte Kasper ihm zu.

Von dem lasse ich mir gar nichts sagen, ärgerte sich Lukas und beobachtete weiter, wie sich der Streit zwischen dem Feldwebel und dem Sachsen entwickelte. Dabei stellte er fest, dass Kasper der Einzige war, der seine Stiefel auszog. Keiner der anderen hatte wohl vor, sich dies im November anzutun.

»Das stimmt«, gab sich Schaffgotsch tatsächlich einsichtig. »Ein Soldat braucht gesunde Füße. Noch besser wird es aber, wenn er reiten kann. Darf ich dir vielleicht einen Platz auf meinem Pferd anbieten, da wären deine Füße noch besser geschützt.«

»Na ja, wenn Ihr so frogt …«

»Befehlsverweigerung ist das größte Vergehen, das es in einem Heer gibt«, schrie der Offizier mit einem Mal und sein Kopf wurde rot vor Zorn. »Ihr alle seid durch das Joch gegangen und habt euch damit freiwillig der Gerichtsbarkeit des Heeres unterworfen. Wir Offiziere sind die Richter dieses Heeres.« Schaffgotsch rutschte so schnell von seinem Pferd, dass Lukas sich fragte, ob er zuvor überhaupt im Sattel gesessen hatte.

Plötzlich stand der Offizier vor dem Sachsen, den er um eine Kopflänge überragte. »Und für Befehlsverweigerung kann es nur eine Strafe geben.« In einer raschen Bewegung nahm der Feldwebel seinen Degen und zog ihn dem Sachsen gnadenlos durch die Kehle.

Fassungslos blickte der den Offizier aus aufgerissenen Augen an und versuchte noch die Wunde, aus der sein Blut fontänenartig schoss, mit den Händen zu verschließen. Ein sinnloses Unterfangen. Röchelnd fiel er nach wenigen Augenblicken vornüber.

Schaffgotsch wischte seine Klinge am Wams seines Opfers ab und fragte: »Noch jemand, der nicht vorhat, seine Stiefel auszuziehen?«

»Nein, Herr Feldwebel«, war die gebrüllte Antwort.

Nachdem sämtliche Schuhe neben der Leiche des Sachsen zu einem Berg aufgetürmt worden waren, befahl Schaffgotsch: »Und Abmarsch. Jeden, der hinter der Formation zurückbleibt, werde ich ebenfalls als Befehlsverweigerer ansehen.«

Barfuß durch die Kälte zu laufen, war furchtbarer, als Lukas es hätte sich ausmalen können. Sie liefen durch Pfützen, deren von einer dünnen Eishaut überzogenes Wasser so kalt war, dass es sich auf der Haut wie Tausende Nadeln anfühlte. Steine stachen in seine Fußsohlen und vertrocknetes Gras schnitt ihm die Haut auf. Schon bald war der Marsch nichts weiter als pure Qual. Schaffgotsch legte auf seinem Wallach ein strammes Tempo vor, sodass Lukas nur mit viel Mühe mithalten konnte. Bald schon waren von ihm und seinen Kameraden nur ein gleichmäßiges Keuchen sowie das Klatschen ihrer blanken Fußsohlen zu hören.

Der Feldwebel stopfte sich währenddessen versonnen brummend ein Pfeifchen. »Na, geht doch. Wäre doch gelacht, wenn wir keine Landsknechte aus euch machen.« Er schwenkte seine Pfeife. »Jetzt hätte ich wirklich viel Lust, die hier zu entzünden. Allerdings mache ich das nicht gern auf dem Pferd sitzend. Aber glücklicherweise haben wir ja die Berounka fast erreicht. Ich höre sie schon plätschern.« Er legte sich eine Hand ums Ohr. »Am Ufer machen wir eine kleine Pause, die ich dafür nutzen kann. Was haltet ihr davon?«

»Jawohl, Herr Feldwebel«, presste Lukas keuchend hervor.

Sichtlich zufrieden richtete sich Schaffgotsch im Sattel auf und befahl: »Marschieren einstellen!« Bevor Lukas über diesen Befehl erleichtert ausatmen konnte, sprach der Feldwebel auch schon weiter: »Jetzt zeigt mal, wie schnell ihr rennen könnt. Ich habe eure Stiefel von meinem Adjutanten zum Ufer bringen lassen. Allerdings ein Paar weniger, als ihr seid. Wer als Letzter ankommt, muss auch den Rückweg barfuß antreten.« Daraufhin gab er seinem Pferd die Sporen und galoppierte voraus.

Kasper reagierte unverzüglich und rannte ihm als Erster hinterher. Seine Füße hinterließen blutige Abdrücke auf dem Kiesweg. Die Zwillinge drängten als Nächste an Lukas vorbei. Genauso wie der Blonde und sein rothaariger Marschpartner.

Als Lukas schließlich selbst loslaufen wollte, stolperte der Grauhaarige über eine Wurzel und schlug lang vor ihm hin. Der Gruppenälteste röchelte gequält. Sein Gesicht war bleich und schweißüberströmt. Einen Moment lang wollte Lukas einfach über ihn hinwegspringen, um nicht als Letzter ins Ziel zu gehen, doch dann dachte er an seinen Vater und daran, was ein kaltes Herz aus einem Menschen machen konnte. »Komm hoch, Väterchen.«

Der Alte krächzte ein schwaches »Danke«.

Lukas nickte und wollte schon loslaufen, da sah er, wie der

Mann schwankte. »Ich habe mir einen spitzen Ast in den Fuß gerammt und kann kaum auftreten«, erklärte er mit einem schiefen Grinsen. »Geh du nur vor, Junge. Wir wissen alle, wer den Rückweg ohne Schuhwerk antreten wird.«

So wirst du nirgendwohin gehen, dachte Lukas und fasste sich ein Herz, so wie Lorenz es getan hatte, als er ihn aus dem Joch gezogen hatte. »Komm jetzt«, drängte er den Alten und hakte sich bei ihm unter.

»Da muss ich wohl schon wieder Danke sagen«, lächelte er ihn mit braunen Zähnen an. »Ich heiße übrigens Wilhelm.«

»Lukas«, hielt er sich nicht mit weiteren Höflichkeiten auf. *Ich werde ihn bis kurz vors Ufer schleifen und ihn dann zurücklassen, um nicht der Letzte zu sein*, nahm er sich vor.

Schnell kam ihre kleine Gruppe in Sicht. Der Feldwebel saß auf einem kleinen Felsen am Ufer des schnell dahinfließenden Flüsschens. Aus seiner glühenden Pfeife stiegen fröhlich kleine Rauchwölkchen in Richtung Himmel. Mit vornehm übereinandergeschlagenen Beinen und einem süffisanten Lächeln beobachtete er Lukas und den alten Wilhelm.

»Geh schon, Junge! Ohne dich hätte ich es ohnehin nicht mal bis hier geschafft«, keuchte der, als sie beinahe das Ufer erreicht hatten.

Ihre Kameraden schienen das ähnlich zu sehen. »Lass den Alten los und renn«, riefen die Zwillinge wie aus einem Mund.

Kasper zeigte ihm schlicht einen Vogel.

»Ich ...« Lukas blickte auf die blutigen Füße des Alten und verwarf seinen ursprünglichen Plan. *Damit schafft er es barfuß niemals zurück ins Lager.* Er straffte sich und blickte Wilhelm direkt in die Augen. »Wir gehen gemeinsam, dann soll doch der Feldwebel entscheiden, wer der Letzte von uns ist.«

Wilhelm schenkte ihm ein mildes Lächeln. »Ich glaube, du bist ein zu guter Mensch für diesen Unsinn hier.«

Gemeinsam traten sie vor den Feldwebel, der noch immer genüsslich an seiner Pfeife zog. Ihre Kameraden wühlten inzwischen in einem fleckigen Sack herum, um an ihre Schuhe zu kommen. »Soso ...«, begrüßte Schaffgotsch sie. »Ich hatte doch wohl eindeutig befohlen, dass jemand der Letzte zu sein hat«, zischte der Offizier.

»Befehlsverweigerung, Herr Feldwebel«, mischte sich Kasper ungefragt ein. »Lukas und dieser alte Heini haben wohl noch immer nicht begriffen, welch großes Vergehen dies ist. Ihr solltet sie bestrafen. Ich würde mich auch anbieten, das zu tun, damit Ihr Euch Eure Finger nicht schmutzig machen müsst.« Zaghaft näherten sich Rattengesichts dreckige Finger dem Degen des Offiziers.

Unentwegt musste Lukas daran denken, wie Schaffgotsch dem dunkelhaarigen Sachsen gnadenlos die Kehle durchgeschnitten hatte. *Das ist der Lohn der guten Tat.*

»Wann ich mir die Hände schmutzig mache und wann nicht, entscheide ich noch immer selbst und kein Rekrut«, ranzte Schaffgotsch Kasper an und schlug ihm mit der heißen Pfeife auf die Finger.

»Herr Feldwebel, falls Ihr jemanden bestrafen möchtet, dann nehmt nur mich«, bat jetzt Wilhelm. »Der Junge hat mir altem Tor nur geholfen ...«

»Ruhe!«, schrie Schaffgotsch, warf seine Pfeife wütend auf den Boden und sprang federnd auf.

Jetzt wird er auch mir die Kehle durchschneiden, war sich Lukas sicher und schloss die Augen.

»Wer hat euch erlaubt, mich anzusprechen?«

Tödliche Stille legte sich über den kleinen Trupp. Zaghaft öffnete Lukas die Augen.

Auch der Feldwebel schien die Anspannung zu spüren. Seine Hand wanderte zu dem Degen an seiner Hüfte, als würde er sich daran festhalten müssen. »Disziplin bedeutet, dass man niemals einen Befehl hinterfragt. Niemals! Geht das in eure Köpfe, ihr filzlausbevölkerten Schwachköpfe?« Sein strenger Blick legte sich auf Lukas.

Ein schneller Stich mit dem Degen ... Lukas musste sich zwingen, nicht nach einem Fluchtweg zu suchen. Wilhelm neben ihm schnaufte wie ein brünstiger Eber. Die schmale Brust des Alten hob und senkte sich unablässig.

»Disziplin ist das Herz eines jeden guten Heeres«, dozierte Schaffgotsch weiter, »aber Kameradschaft ist seine Seele.« Ein Grinsen, offen und ehrlich, schob sich auf sein schlankes Gesicht. »Und das ist es, was wir hier gerade gesehen haben. Echte Kameradschaft. Nur wenn ihr füreinander durchs Feuer geht, werdet ihr die Schlacht gewinnen. Seite an Seite gemeinsam mit euren Kameraden zu fechten und einander das Leben zu bewahren, ist eine Erfahrung, die euch stärker aneinanderbinden wird als jedes Weib, das ihr mal ehelicht.« Er stand auf und kam mit großen Schritten auf Lukas zu. Fest klopfte er ihm auf die Schulter. »Und du ...« Er ließ eine Pause, um Lukas' Namen zu erfahren.

»Lukas, Herr Feldwebel.«

»... Luu-kas«, sprach Schaffgotsch den Namen langsam und überbetont aus, »hat sich heute als wahrer Kamerad erwiesen. Als Auszeichnung für dieses herausragende Verhalten darf jeder seine Stiefel wieder anziehen.« Er wies grinsend auf den Sack. »Natürlich habe ich sämtliche Stiefel einpacken lassen. Ich will ja keine Infanteristen mit kaputten Füßen ausbilden. Wenn ich es mir recht überlege, ist sogar ein Paar mehr dabei, als wir noch Beine haben.« Er lachte meckernd, als wäre die Ermordung eines Menschen eine belustigende Angelegenheit.

Dieser Mann ist ein Mörder. Lukas ließ das vergiftete Lob an sich abprallen und humpelte zu dem Schuhsack hinüber.

. . .

ALS SIE ZURÜCK IM LAGER WAREN, WIES IHNEN
Schaffgotsch ein vielfach geflicktes Zelt zu, das sie von nun an
gemeinsam zu nutzen hatten. Auch das sollte offenbar ihre Kame-
radschaft stärken, aber Lukas befürchtete eher, dass ihn Kasper im
Schlaf ersticken würde. Das Rattengesicht war jetzt, nach dem
Lob des Feldwebels, noch schlechter auf Lukas zu sprechen.

»Holt euer Zeug, und bis spätestens Sonnenuntergang
erwarte ich euch selig schlafend auf euren Feldpritschen vorzufin-
den! Keinen Alkohol, keine Huren, keine Würfel. Haben wir uns
verstanden?«, fragte Schaffgotsch drohend.

»Jawohl, Herr Feldwebel!«

Zufrieden mit dieser Antwort ritt er von dannen.

*Vermutlich besäuft er sich jetzt mit einer Hure und würfelt
dabei mit ihr*, übte sich Lukas in Galgenhumor. Ohne sich auch
nur einen Moment mit seinen neuen Kameraden auszutauschen,
humpelte er zielstrebig auf Lorenz' Zelt zu. Die Zeit bis zum
Sonnenuntergang war kurz.

Oslička und Jolande hoben aufgeregt den Kopf, als sie ihn
entdeckten.

Er freute sich ebenso, die beiden zu sehen. Sie waren bei all
dem Schrecken, den er seit dem Verlassen seines Zuhauses erlebt
hatte, so etwas wie ein sicherer Hafen im Sturm.

Die Stute drückte den Kopf gegen seine Brust. »Ja, ich habe
dich auch vermisst«, begrüßte er sie.

Jolande hingegen gab jene Mischung aus Eselsschrei und
Wiehern von sich, die eher einem Schweinegrunzen als dem Ruf
eines Pferds glich. Wütend kratzte sie mit den Hufen über die
abgefressene Erde und beschnüffelte die Stelle, wo Lukas heute
Morgen das Stroh abgelegt hatte. Es war bis auf den letzten Halm
aufgefressen.

Seufzend sagte er: »Ihr habt Hunger.« Wie viel einfacher wäre es gewesen, wenn er im Frühling Rekrut geworden wäre, da hätten die beiden überall Futter finden können. So aber waren sie darauf angewiesen, dass Lukas sie versorgte. Sein eigener Magen knurrte.

Plötzlich landete ein beachtlicher Haufen Heu vor seinen Füßen.

»Ähm …« Erschrocken und überrascht zugleich, sah er sich um.

Lorenz grinste ihn an. »Habe ich dir von unserem heutigen Ausflug mitgebracht. Der Bauer war froh, dass wir das statt seiner Tochter mitgenommen haben.«

Ausflug war eine mehr als beschönigende Beschreibung für das Plündern, aber Lukas war dennoch dankbar.

Die beiden Reittiere ebenfalls. Gierig beugten sie sich über das Heu.

»Danke, Lorenz … ich … ähm … ich kann das aber nicht bezahlen.«

Das Grinsen auf dem Gesicht des kräftigen Landsknechts verschwand. »Ich weiß, und deswegen wollte ich mit dir reden.« Er blickte Lukas streng an. »Du musst die Tiere verkaufen …«

»Aber …«, unterbrach ihn Lukas, aber Lorenz hob die Stimme und übertönte ihn.

»Ich weiß, dass du sehr an ihnen hängst, dass sie quasi die letzte Erinnerung an dein Zuhause sind.«

Es erstaunte Lukas, wie feinfühlig dieser so grob wirkende Mann sein konnte.

»Und ich weiß auch, dass du davon träumst, mit der Stute von hier zu fliehen.«

»Ich …«

»Leugne es nicht. Jeder träumt an seinen ersten Tagen davon.« Er kam jetzt so nah an Lukas heran, dass der die Poren

49

auf der knubbeligen Nase des Söldners hätte zählen können. »Ich rate dir: Tu es nicht. Egal ob mit Pferd oder ohne. Du hast keine Chance. Ich kenne unzählige Männer, die diesen Rat nicht beherzigt haben. Sie hängen am Strick und verfaulen im Wind. Desertieren ist das schlimmste Verbrechen, das ein Landsknecht begehen kann, und das will viel heißen.« Der in einen riesigen Umhang aus Bärenfell gekleidete Söldner verstummte für einen Moment und schien weit weg zu sein. Er rollte mit den Schultern, als müsste er etwas Unsichtbares abwerfen. »In dem Moment, wo du dieses Lager verlässt, bist du vogelfrei. Jeder darf dich töten und jeder Landsknecht muss es tun, wenn er auf dich trifft.« Er drückte mit seiner Pranke Lukas' Schulter so fest, dass es wehtat. »Verstehst du das?«

Auch er würde mich töten, wenn ich fliehe.

»Wir sind nichts anderes als eine Meute, die zum Töten ausgebildet wurde, und diese Meute würde sich unverzüglich an deine Fersen heften. Die Profose sind wie Bluthunde, die noch jeden zur Strecke gebracht haben. Mansfeld ist bei Deserteuren unerbittlich.«

»Ich verstehe«, entgegnete Lukas mit trockenem Mund.

»Gut«, gab sich Lorenz zufrieden und klopfte ihm versöhnlich auf den Rücken. »Und da das so ist, verstehst du sicher, dass es das Beste ist, die beiden Pferde zu verkaufen. Sie führen dich nur in Versuchung und binden dich über Gebühr an ein Leben, das endgültig vorbei ist. Von den Kosten für die beiden einmal ganz abgesehen.«

Unwillkürlich traten Lukas Tränen in die Augen. Er wandte sich von Lorenz ab und streichelte die zufrieden kauende Jolande zwischen den Ohren. Als würde sie seine Emotionen spüren, schnappte sie dabei nur sehr halbherzig nach ihm. »Ich fürchte, dass du recht hast«, flüsterte er leise.

Nickend hielt Lorenz ihm die Hand hin, damit ihm Lukas die

Stricke der Tiere übergeben konnte. »Ich werde einen guten Preis für dich herausholen, das verspreche ich dir. Vielleicht retten dir die beiden damit das Leben, weil du dir davon eine vernünftige Ausrüstung kaufen kannst, die dich in der nächsten Schlacht schützt.«

Schluchzend nickte Lukas und verabschiedete sich ein letztes Mal von seinen tierischen Freunden. »Lebt wohl!«

»Und jetzt ab ins Zelt der Rekruten mit dir. Du weißt doch, dass der hochheilige Schaffgotsch befohlen hat, dass ihr nach Sonnenuntergang nicht mehr im Lager herumlaufen dürft, damit euch das Söldnerleben nicht zum Sündigen verführt.« Lorenz verdrehte die Augen.

Trotz allem musste Lukas lachen. »Danke, Lorenz.« Er wischte sich mit dem Ärmel Rotz von der Nase. »Für alles.«

»Gern, ich bin froh, wenn ich mit den paar Nettigkeiten vielleicht einen kleinen Teil der vielen Sünden, die ich begangen habe, vergeben bekomme.« Ohne das genauer zu erklären, schnalzte er mit der Zunge und ging mit Oslička und Jolande im Schlepptau davon.

Das Maultier blickte Lukas im Vorbeilaufen aus seinen großen, dunklen Augen an. Jetzt hätte er sich darüber gefreut, wenn Jolande noch einmal nach ihm geschnappt hätte. Doch nichts dergleichen geschah.

Lukas holte tief Luft. Lorenz' Erklärungen machten ihm zu schaffen. Die Gedanken an Flucht trösteten ihn nun nicht mehr, sondern ängstigten ihn. Mit hängenden Schultern lief er in Richtung der Rekrutenunterkunft.

Er blieb einen Moment vor dem wasserfleckigen und von Flicken übersäten Zelt der Rekruten stehen. Aus dem Innern drangen gedämpftes Gemurmel und ein intensiver Geruch nach Eintopf, der Lukas das Wasser im Munde zusammenlaufen ließ. *Vielleicht gibt der Feldwebel ja einen aus, weil wir heute so gut waren.*

Doch es war Wilhelm, der in einem über einem kleinen Feuer hängenden Topf herumrührte. »Zelňačka«, erklärte der Alte ungefragt und schnitt Wurst in den Kessel. »Als kleines Dankeschön für deine Hilfe und zur Feier unseres Einstands als Rekruten. Ich habe meine geheime Gewürzmischung reingetan.«

Eigentlich hasste Lukas Sauerkrautsuppe, aber er war so hungrig, dass er heute sogar den Topf gegessen hätte. Er musste schlucken, bevor er antworten konnte. »Danke, Wilhelm.«

Der Alte grinste. »Bedank dich auch bei Bernd und Matej«, er nickte zu dem Blonden und dem Rothaarigen, deren Pritschen nebeneinanderstanden, »von ihnen haben wir Salz und den Kohl.«

»Aaaalso ...«, ertönte es daraufhin vorwurfsvoll.

»Und natürlich bei den Zwillingen. Von ihnen ist die Wurst.«

Die beiden Rekruten saßen auf ihren Pritschen und spielten Lansquenet. Das Kartenspiel war bei den Landsknechten äußerst beliebt und oft wurde um große Geldbeträge gespielt. Sie blickten kurz auf und sagten wie aus einem Mund: »Ich bin Jan und das ist Jiří.«

»Ähm ...«, entfuhr es Lukas, was den beiden ein fröhliches Lachen entlockte.

»Ist nicht schlimm, wenn du uns verwechselst, das ist sogar unserer Mutter manchmal passiert.«

»Dann macht es ja nichts, wenn ich das nicht schaffe«, entgegnete Lukas und schüttelte die ihm dargebotenen Hände.

»Willst du mitspielen? Der Feldwebel hat nur das Würfeln verboten. Wir beiden kennen uns so gut, dass wir ohnehin jedes Mal merken, wenn der andere versucht zu täuschen.« Sie lachten gleichzeitig.

»Vielleicht ein anderes Mal.« Lukas hatte nicht vor, sein

weniges Geld beim Kartenspiel gegen die beiden gewitzten Zwillinge zu verlieren.

»Wir nehmen dich beim Wort«, sagten sie erneut wie aus einem Mund. Etwas ernster setzte der, den Lukas für Jiří hielt, nach: »Was du heute für Wilhelm getan hast, war beeindruckend.«

Alle Blicke richteten sich auf Lukas, was dem äußerst unangenehm war.

»Aber vor allen Dingen war es dumm«, ertönte eine knarzige Stimme in Lukas' Rücken. Kasper stand am Zelteingang. »Ein Leben zu retten, ist nie dumm.«

»Doch, in diesem Fall schon«, beharrte der rattengesichtige Junge und warf einen neuen, sauberen, gut gefüllten Sack auf eine der freien Pritschen. »Meint ihr etwa, dass Schaffgotsch den Alten morgen schonen wird oder übermorgen? Dass das Ziel seiner Ausbildung darin besteht, Mansfeld Greise als Soldaten zu übergeben, die kaum eine Hellebarde heben können?« Seufzend ließ Kasper sich auf seine Schlafstatt fallen. »Dazu kommt, dass Schaffgotsch ein elender Menschenschinder ist. Er will immer Blut sehen. Am Anfang und am Ende seiner Ausbildung stirbt stets jemand.« Er zog sich vielsagend den Finger über die Kehle.

»Wolltest du mich deswegen im Joch so niederschlagen, dass ich verstümmelt bin, damit er mich als Ersten auswählt und nicht dich? «

»Wenn du das sagst«, gab sich Rattengesicht gespielt entspannt. Doch das nervöse Zucken seiner grauen Augen verriet ihn.

»Du warst schon einmal dabei, hat Schaffgotsch gesagt«, redete sich Lukas in Rage. »Ganz offenbar hast du aber nicht bestanden. Hättest du nicht derjenige sein müssen, der am letzten Tag aussortiert wird? Wie kannst du hier sein, wenn dein Schauermärchen über den Feldwebel wahr sein soll?«

Betont langsam entledigte Kasper sich seiner Stiefel. Alle Augen waren auf ihn gerichtet. »Ihr könnt ja den Sachsen fragen, ob ich die Wahrheit sage.«

Erneut sah Lukas vor seinem inneren Auge, wie der Feldwebel dem pockennarbigen Rekruten die Kehle durchgeschnitten hatte, nur weil der eine Frage gestellt hatte. *Ich bin in der Hölle gelandet, ohne jeden Ausweg.*

4
ANDAUERNDES STERBEN

IN DER NÄHE VON JIČÍN, Königreich Böhmen, 12. Januar 1620, 2. Kriegsjahr

GESCHREI HOLTE LUKAS AUS DEM TIEFSCHLAf. SEITDEM ihn Feldwebel Schaffgotsch tagein, tagaus mit Marschieren, Exerzieren, Waffenkunde, Strategie und Manöverübungen drillte, driftete sein Körper sofort in die Traumwelt ab, sobald er sich niedergelegt hatte. Normalerweise machte es Wilhelm, der in seinem Alter nicht mehr so viel Schlaf brauchte, reichlich Mühe, ihn und die anderen Rekruten mit dem ersten Hahnenschrei aufzuwecken – mehr als einmal hatte er dazu den Wassereimer benutzt. Der alte Rekrut hatte es bisher Kaspers Unkenrufen zum Trotz genau wie alle anderen geschafft, durchzuhalten. In dem drahtigen Körper des Grauhaarigen steckten erstaunliche Kräfte und eine Härte gegen sich selbst, die jedem von ihnen Respekt abnötigte. Das reichte bislang, um die Gebrechen des Alters auszugleichen. Besonders bei den stundenlangen Märschen, die immer dann anstanden, wenn die Armee und das gesamte Lager weiterzogen, hatte er sich als ausdauernd erwiesen. Lukas hasste diese ständigen Märsche durch Schnee und Kälte, aus denen das Leben der Söldner hauptsächlich zu bestehen schien. Von dem Geld, das ihm der Verkauf seiner Stute gebracht hatte, hatte er sich schnellstmöglich neue und vor allem wasserdichte Stiefel gekauft, die ihm jetzt wertvolle Dienste leisteten, genauso wie Lorenz es vorausgesagt hatte. Jeden Abend schmierte er sie mit einer feinen Schicht Schweineschmalz ein.

Der Verlust des Pferdes schmerzte ihn zwar, aber er hatte etwas, das ihn darüber hinwegtröstete: Jolande. Das Maultier hatte am Verkaufstag den Händler gebissen, und so war Lorenz mit ihr zurückgekommen und hatte Lukas wütend ihren Strick in die Hand gehauen. Lukas hatte anschließend darauf bestanden, sie zu behalten. Inzwischen gaben alle aus ihrer kleinen Truppe – mit Ausnahme von Kasper – einen Teil ihres Soldes, um Heu für das Maultier zu kaufen. Jolande war trotz ihres jungen Alters eine große Hilfe, wenn sie wieder einmal Dutzende Meilen marschieren mussten. Ihr schmaler Rücken konnte erstaunliche Mengen an Ausrüstung tragen. Selbst Schaffgotsch schien den Vorteil darin zu erkennen und ließ das Maultier gewähren. Außerdem hatte Jolande sich als guter Wachhund herausgestellt und durch ihr Blöken bereits zwei nächtliche Diebstähle durch Kameraden verhindert.

Lukas lauschte auch jetzt auf Jolandes Ruf, aber das Maultier blieb still. *Was hat mich dann geweckt?*, fragte er sich. Er sah sich in dem dunklen Zelt um, erkannte aber nichts als die Silhouetten seiner schlafenden Kameraden. Wilhelm, der direkt neben ihm lag, zuckte ein wenig im Traum. Kasper, der wie stets in der Nähe des Eingangs schlief, war nur als zusammengerollter Schatten zu erkennen, schien aber ebenfalls fest zu schlafen. Bernd und Matej füllten abwechselnd das Zelt lautstark mit ihren Ausdünstungen, nachdem sie reichlich Bohnen zum Abendessen zu sich genommen hatten. Die Zwillinge, die dahinter ihre Pritschen aufgebaut hatten, gaben ihr sägendes Schnarchkonzert zum Besten. In manchen Nächten taten sie das so laut, dass sie schon Beschwerden von ihren Zeltnachbarn bekommen hatten. Lukas machte sich normalerweise nichts aus diesem Krach, aber heute ließ ihn das Sägen von Jan und Jiří nicht wieder einschlafen. Außerdem drückte seine Blase.

Seufzend stand er auf. So leise es ihm möglich war, schlüpfte er in seine Stiefel und zog den noch immer nach Schafbock riechenden Wollmantel über, für den er einen Großteil seines letzten Solds ausgegeben hatte. Eine Investition, die er nicht bereute. Der Winter hatte Böhmen in seinem eisigen Griff und daran würde sich in den nächsten Wochen auch nichts ändern. Kurz überlegte er, den speckigen Filzhut, den Lorenz ihm überlassen hatte, aufzusetzen, entschied sich aber dagegen, weil er bei der Suche danach eventuell jemanden aufgeweckt hätte. *Ich bin eh gleich wieder hier.* Auf den Zehenspitzen schlich er zum Eingang. Kurz fiel sein Blick auf Kasper, dessen Körper durch ein einsames Wachfeuer ein wenig der Dunkelheit entrissen wurde. Selbst im Schlaf sah der Junge verschlagen und bösartig aus.

Er wandte den Blick ab und klappte den rechten Teil der überlappenden Stoffplane hoch, um nach draußen zu gelangen. Beißende Kälte schlug ihm entgegen. Es schneite und der Wind war so heftig, dass die sandfarbenen Zeltplanen sich hoben und senkten. Schnell schloss er den Eingang wieder, um das Innere nicht zu sehr auskühlen zu lassen. Im Laufen knöpfte er den Wollmantel über seinem Wams zu, mit dem er immer schlief. Bereits jetzt ärgerte er sich, dass er den Hut nicht aufgesetzt hatte. Seine Ohren schmerzten schon vor Kälte. So schnell es ging, stapfte er durch den Neuschnee in Richtung des großen Latrinenlochs, das für ihren Teil des Lagers vorgesehen war. Feldwebel Schaffgotsch hatte seinen Rekruten nicht erklären müssen, dass sie ihr Zelt stets möglichst weit weg von dieser Kloake aufschlagen sollten. Lukas wollte sich gar nicht ausmalen, wie es im Lager wohl im Sommer riechen würde. Einen Vorteil hatte der Gestank aber: Er leitete ihn sicher durch das nur unzureichend mit einigen wenigen Wachfeuern beleuchtete Lager. Kein Mensch war zu sehen. Der zehrende Marsch heute hatte selbst die besonders trinkfesten Kameraden auf die Pritsche gezwungen.

Die Latrinengrube zeichnete sich am Ende des zeltgesäumten Wegs wie ein großes, schwarzes Loch ab. *Ich hätte einfach hinters Zelt pinkeln sollen.* Eigentlich hatten sie vereinbart, dass niemand dies tat, aber wer hätte ihn schon verraten sollen? Jolande, die dort unter ihrer Decke döste, sicher nicht. Der Gedanke an das Maultier tröstete Lukas. Sie war nach den langen Tagen der Schinderei und Erniedrigung sein einziger Lichtblick.

Längst hatte er sich vom Gedanken an eine Desertion verabschiedet. Mehr als einmal hatte er in den letzten Wochen erlebt, wie morgens Landsknechte aus anderen Zelten fehlten. Keinem dieser Männer war die Dienstflucht gelungen. Die meisten waren von den Profosen noch am selben Tag aufgebracht und gehängt worden. Seufzend öffnete er die Hose und erleichterte sich plätschernd in die stinkende Grube. *Ich sollte nur noch nachts gehen, dann muss ich mir die Hinterlassenschaften der anderen nicht ansehen,* überlegte er, als ihn ein höhnisches Kichern zusammenzucken ließ. Schnell packte er ein, was in der Kälte außergewöhnlich klein geworden war. Dass er sich dabei die Finger besudelte, bemerkte er kaum. »Kasper, bis du das?«

Noch immer herrschte zwischen ihm und Rattengesicht Krieg. Der Rekrut mit den mausgrauen Haaren schwärzte ihn bei jeder sich ergebenden Gelegenheit bei Schaffgotsch an, indem er dem Feldwebel irgendwelche Lügengeschichten über ihn erzählte. Nur die Unterstützung der anderen hatte bisher dafür gesorgt, dass Kasper erfolglos versucht hatte, Lukas statt seiner zum Opfer des Offiziers zu machen.

Was, wenn er sich meiner endgültig entledigen will? Er würde vermutlich allen erzählen, dass ich desertiert sei, und das ist wie ein Todesurteil. Ein schneller Stich in den Rücken, und dann ab mit mir in die Grube. Ein Grab voller Scheiße. Keine Spuren, und Schaffgotsch hätte trotzdem sein zweites Opfer. Wütend ballte Lukas die Fäuste. Auf keinen Fall würde er so enden. »Kasper, ich weiß, dass du das bist. Zeig dich und kämpfe wie ein Mann. Ich habe keine Angst vor dir.« Das entsprach zwar nicht ganz der Wahrheit, aber Lukas fühlte sich längst nicht mehr so hilflos wie noch an den ersten Tagen. Schaffgotschs Drill mochte menschenverachtend sein, aber er wirkte. Lukas' Bauch wurde von Tag zu Tag fester und an seinen Oberarmen hatten sich kuglige Muskeln herausgebildet, die sein Hemd fast zerrissen, wenn er sie in unbeobachteten Momenten anspannte und sich selbst bewunderte. »Komm schon, stell dich mir!«

Doch nur das schrille Kichern antwortete ihm.

Er blickte sich um. Hinter der Grube war nur Schwärze. Er stand am Rand des Lichtscheins von einem Wachfeuer. Mit langen Schritten ging er auf den tröstlichen Schein zu. Im gleichen Moment kam ein so heftiger Windstoß auf, dass er sich regelrecht dagegenstemmen musste. »Gut, dass ich den Hut nicht mitgenommen habe«, versuchte er der Situation etwas Positives abzugewinnen. Vermutlich wäre der sonst in die Latrinengrube geflogen. Doch der Wind bewirkte etwas anderes. Er löschte das ohnehin nur schlecht brennende Feuer und ließ diesen abgelegenen Teil des Lagers in völlige Dunkelheit abgleiten. *Das kann Kasper ja auf keinen Fall bewirkt haben.* Trotzdem beschleunigte Lukas seine Schritte. Das nächste Wachfeuer war seine Orientierung, doch auch dieses erlosch.

Gleichzeitig erklang wieder jenes schaurige Kichern, das ihm schon beim Urinieren die Nackenhaare zu Berge hatte stehen lassen.

Was ... Erst jetzt bemerkte er, was ihm eigentlich sofort hätte auffallen müssen: Nicht nur die Feuer waren erloschen, auch die Wachleute fehlten. Zwar wurde dieser Pflichtdienst von den meisten Landsknechten ohnehin nur sehr nachlässig vollzogen, aber noch nie hatte Lukas erlebt, dass keiner der Posten besetzt war. Natürlich war ein Feldlager ein Hort voller Waffen und Kämpfer, aber auch diese mussten nachts bewacht werden, wollte man sich dem Feind nicht auf dem Silbertablett präsentieren. Der Dienst am Scheißloch, wie die Latrine im Lager nur genannt wurde, war der unbeliebteste Wachposten, aber auch der wichtigste. Am Rand war der Tross am verwundbarsten. Dass hier niemand stand, hatte Lukas noch nie erlebt. *Was ist hier los?* Hatte ihn bisher die Wut über Kasper erfüllt, bekam er nun Angst. Er war Teil einer Armee im Krieg, die jederzeit angegriffen werden konnte. Was, wenn bereits Landsknechte der Katholischen Liga im Lager waren und seinen Kameraden gerade im Schlaf die Hälse durchschnitten?

Das mysteriöse Kichern holte ihn zurück zu sich selbst. *Nicht nur meinen Kameraden will man bei einem Angriff ans Leder, sondern mir auch.* Hastig versuchte er sich nach möglichen Angreifern umzublicken. Dabei glaubte er einen Lichtschein zu sehen. Allerdings bewegte sich dieser so schnell, dass die Laterne an einem durchgehenden Hengst hängen musste. Der goldene Schein stoppte plötzlich. »Nein, es müssen zwei Lichter sein«, sprach er mit sich selbst. Erst jetzt wurde ihm bewusst, dass er an einer ihm unbekannten Kreuzung des ausufernden Lagers zum Stehen gekommen war. *Verflucht, ich habe mich verlaufen.* Das passierte ihm immer wieder, wenn das Lager weiterzog und erneut aufgebaut wurde. Zelte standen anders, Hütten wurden neu gezimmert, Wagen verschwanden. Unschlüssig sah er sich um.

Der Lichtschein kam jetzt aus dem zu seiner Rechten liegenden Weg. *Ob das die fehlenden Wachleute sind oder sind es gar Feinde, die uns angreifen?* Unsicher, ob er versuchen sollte, zu seinem Zelt zurückzufinden oder die Feinde zu verfolgen, verharrte er bewegungslos. Diesen Augenblick der Unschlüssigkeit nutzten die Unbekannten, um die Blendklappen ihrer Laternen zu schließen. Die beiden Goldpunkte verschwanden so schnell, wie sie gekommen waren. »Sapperment«, ärgerte sich Lukas über seine Unentschlossenheit. *Ist das Lager in Gefahr oder nicht?* Ginge er jetzt auf gut Glück in eines der Zelte und schlüge fälschlich Alarm, würde er eine Menge Ärger bekommen, weil er nicht in seiner Unterkunft war und die geheiligte Nachtruhe von gestandenen Landsknechten unterbrach. Er musste erst herausfinden, ob er nur einem einsamen Pinkler folgte oder der Vorhut der kaiserlichen Armee. Ohne weiter darüber nachzudenken, bog er in den Zeltweg ein und lief auf die Stelle zu, an der er das Licht zuletzt gesehen hatte.

Auch hier waren sämtliche Feuer gelöscht und von den dazugehörigen Wachen keine Spur zu entdecken. Darüber hinaus hatte sich eine drückende Stille über das auch in der Nacht stets quirlige Lager gelegt. Normalerweise schlief nie der ganze Tross. Von irgendwo war stets ein Kichern, Husten oder Stöhnen zu hören, wie es an einem Platz mit Tausenden Menschen auf engstem Raum nicht weiter verwunderlich war. Doch nun hörte Lukas nur sein eigenes Keuchen. Als er die nächste Wegkreuzung in dem Meer aus Zelten beinahe erreicht hatte, stolperte er über etwas, das mitten im Weg lag. »Verfluchteeer ...«, schrie er und schlug mit von sich gestreckten Armen hin. Er versuchte zu ertasten, worüber er gefallen war. »Was ist das?« Seine Hände berührten einen überdimensionalen Maulwurfshügel. Offenbar frisch aufgeworfen, die Erde war noch nicht mit Schnee bedeckt. »Das Vieh muss so groß wie ein Pony sein«, wunderte er sich und rappelte

61

sich mühselig auf. Er sah sich um, immer darauf gefasst, dass ihn jemand von hinten angriff. Doch nichts dergleichen geschah. Stattdessen vernahm er nun ein gequältes Röcheln aus dem schmalen Gang, der links von ihm abging.

»Hallo?«, flüsterte er und näherte sich dem Geräusch.

Im gleichen Moment verzog sich die bisher vor dem zunehmenden Halbmond verharrende Wolke und gab den Blick auf eine am Boden liegende Gestalt frei. Sie war von einem schwarz glänzenden See aus Blut umgeben.

Ohne innezuhalten, lief Lukas auf den Verletzten zu. Beinahe wäre er in dem glitschigen Blut des Mannes ausgerutscht. »Was ist passiert?« Vor ihm lag ein Landsknecht in voller Kampfmontur. Neben ihm befand sich eine Hellebarde und ein Degen hing ungenutzt an seiner Seite. *Das ist einer der verschwundenen Wächter*, begriff Lukas. *Was ist hier passiert?* Warum hatten die Waffen dem groß gewachsenen Mann nichts gegen seinen Angreifer genutzt? Er hatte sie ja nicht einmal gezogen. Ein Angriff von hinten hätte dies erklären können. Dass dies nicht der Fall gewesen war, bewies ein anderes Detail, das Lukas in Schockstarre versetzte. Der metallene Brustpanzer des Mannes war über seiner Brust der Länge nach aufgerissen. *Welche Waffe schlägt solche Kerben?*

»Es war ...«, kam es plötzlich gurgelnd von dem Söldner, »... entsetzlich .... diese Augen ...«

»Augen, was für Augen?«, drängte Lukas, aber er bekam keine Antwort mehr.

Ein einzelner langer Atemzug entwich dem Wächter, bevor er für immer schwieg. Seine Gesichtszüge entspannten sich und seine Glieder erschlafften.

»Ruhe in Frieden«, murmelte Lukas. *Zeit, das Lager zu wecken. Allein komme ich hier nicht zurecht.* Er öffnete den Mund, als er erneut die goldenen Lichtpunkte sah. Diesmal waren es drei. Sie schienen direkt durch die Plane des Zelts vor ihm. Nach einem langen Atemzug griff er die Hellebarde des Toten, nur um sie sofort wieder fallen zu lassen. Der Schaft war nass vor Blut. »Dann leihe ich mir den mal aus. Ich gebe ihn zurück, so schnell es geht. Versprochen«, murmelte er, während er den Degen vom Gürtel des Toten nahm. Er hielt die feine Waffe, die der Mann vermutlich bei einem Plünderungszug erbeutet und sicher noch nie benutzt hatte, abwehrbereit vor sich. Der Degen bebte in seinen Händen. Nie zuvor hatte er eine derartige Klinge benutzt. Schaffgotsch legte eher Wert auf Handfesteres: Hellebarden, Spieße, Äxte und Breitschwerter waren bisher Teil seiner Ausbildung gewesen. Die Zahnstocher der Adligen hielt er beim Fußvolk vermutlich für vollkommen unnütz. *Man muss nehmen, was man kriegen kann.* Sacht strich Lukas über die Klinge und schnitt sich augenblicklich. *Scharf ist das Ding immerhin.* Der Mondschein spiegelte sich auf der daumenbreiten Schneide. *Ist die etwa aus Silber?* Mit zitternden Beinen trat er auf den halboffenen Zelteingang zu. *Ich werde diesen Verräter aufhalten, damit er nicht fliehen und anschließend nach Hilfe rufen kann. Damit lasse ich ihn nicht davonkommen.*

In dem Zelt war es ungewöhnlich warm, obwohl die hochbeinige Feuerschale nur noch schwach glühte. Das Licht reichte aber aus, um Lukas das ganze Grauen zu offenbaren. In dem großen Zelt lagen mindestens zehn Leichen, voll gerüstete Landsknechte, die in ähnlicher Weise zugerichtet waren wie ihr Kamerad draußen. Einigen fehlten darüber hinaus Arme und Beine und zweien der Kopf.

Lukas musste sehr an sich halten, um sich nicht zu übergeben. Das war das Entsetzlichste, was er je gesehen hatte. *Wer hat das getan?* Erst jetzt wurde ihm klar, dass die drei Lichtpunkte, die er gesehen hatte, verschwunden waren. Da das Zelt aber nur einen Eingang hatte, konnte dies nur eines bedeuten: *Die Mörder sind noch hier drinnen und lauern mir im Dunkeln auf.* Er holte tief

Luft, schob den groben Stoff zur Seite und trat mit erhobener Waffe ein. Sofort entdeckte er, dass das Zelt auf der anderen Seite zerrissen war. Träge bewegte sich der Stoff im kalten Wind. *Ob der Mörder da raus ist?* »Ist hier jemand?«, flüsterte er panisch und ging darauf zu.

»Nein«, antwortete eine hohe Stimme hinter der zerrissenen Zeltplane.

»Was ...« Panisch stach er mit dem Degen auf die zerstörte Plane ein. Die Klinge traf auf Widerstand.

»Aua!«, zischte die hohe Stimme. Im gleichen Moment erwachten die Lichtpunkte hinter der Zeltplane wieder zum Leben, nur dass es diesmal vier waren – und keine Lichtpunkte.

»Augen«, keuchte Lukas ungläubig, als die Plane von einer furchtbaren Klauenhand zur Seite geschoben wurde. Er musste an die Worte des Sterbenden vor dem Zelt denken. Die golden leuchtenden Augen, die ihn nun anblickten, gehörten zu einer grotesken Fratze, aus deren Maul gebogene Hauer kamen und die an jeder Kopfseite zwei Hörner hatte. Grüne Schuppenhaut bedeckte das Antlitz des Wesens, das Lukas höhnisch anzugrinsen schien. *Eine Maske, das muss eine Maske sein*, betete er. In der kleinen Dorfkirche zu Hause hatte er bereits Darstellungen des Teufels gesehen, und diese Kreatur kam diesen näher, als er es sich in seinen schlimmsten Albträumen auszumalen gewagt hätte. »Zieht die Maske vom Kopf und ergebt Euch«, forderte er drohend mit erhobenem Degen. Es war an der Zeit, dass er die Kontrolle zurückerlangte. Offenbar hatte die schmale Waffe den Mann unter dieser Kostümierung verletzt, sonst hätte er sich vermutlich nicht so schnell zu erkennen gegeben.

»Also gut, Junge«, quietschte der Unbekannte und legte die riesenhaften Pranken an die Seiten seines Schädels. Selbst seine Hände hatte er hergerichtet. Die Finger waren grün geschuppt und bewehrt mit ungewöhnlich langen, spitzen Nägeln, ähnlich wie Vogelkrallen.

Er hat nur vier Finger, fiel Lukas ein unwichtiges Detail ins Auge. Er zwang sich, darauf zu achten, dass der Mörder nach dem Absetzen seiner Maske keine Spielchen mit ihm trieb. Die Spitze der Silberwaffe hielt er genau auf den Punkt gerichtet, wo er die Kehle des Unbekannten unter der Maskerade vermutete.

Der Mann drückte die Hände an seinen Kopf und schob sie nach oben. Dabei verdrehte er angestrengt seine goldenen Augen.

Gleich werde ich sein wahres Gesicht sehen.

Doch statt eines menschlichen Antlitzes kam nur eine lange Zunge zum Vorschein, die aus dem plötzlich aufgerissenen Maul schoss. »Buh!«

Vor Schreck stach Lukas zu. Sein Degen traf eines der goldenen Augen, das daraufhin verlosch.

»Auuuu«, jammerte der Mann daraufhin.

Wie kann er das überhaupt spüren, wo es doch nur eine Verkleidung ist?

»Elendes Kacksilber«, machte der Mörder seiner Verärgerung Luft.

»Es gibt noch mehr davon. Leg deine Kostümierung ab, oder mein nächster Stich durchbohrt deine Brust, das schwöre ich.«

Daraufhin kicherte der Unbekannte, so wie es Lukas schon zuvor gehört hatte. »Würde ich gern, Kleiner, aber leider ist das hier«, er wedelte mit seiner Pranke vor seinem Gesicht herum, »kein Kostüm, sondern pure Naturschönheit.«

»Er ist kein Mensch«, keuchte plötzlich jemand hinter Lukas kraftlos. »Stich ihm mit dem Silberdegen ins Maul. Schnell! Schnell!«

»Ich ...« Lukas stach zu. Doch es war zu spät. Die Waffe traf nur noch die kalte Luft, die durch den Riss in der Plane hereinströmte.

»Verfluchtes Vieh«, stöhnte derjenige, der ihn eben zum Angriff aufgefordert hatte.

Eilig drehte sich Lukas um und beugte sich zu dem Verletzten hinunter. Es war ein schlanker Mann in seinem Alter. Er hatte ihn beim Eintreten nicht gesehen, da er unter der Leiche eines korpulenten Landsknechts lag.

»Kannst du mich bitte befreien?«, stöhnte der schwarzhaarige Fremde und drückte kraftlos gegen die schwere Leiche, die auf ihm lag.

»Natürlich!« Lukas zog mit aller Kraft an dem erkaltenden Arm des Landsknechts, um ihn von dem Unbekannten herunterzubekommen.

Es gelang. Hustend richtete sich der Junge mit den aristokratischen Gesichtszügen auf. »Danke ... euch beiden«, sagte er mit schwachem Grinsen. »Dir fürs Befreien und dem Dicken, dass sein mit Bier und Schweinefett gestählter Körper mich vor dem Vieh verborgen hat, bevor es beenden konnte, was es begonnen hat.« Wieder hustete er. Etwas Blut lief ihm dabei aus dem Mund. »Obwohl das eigentlich auch keinen Unterschied mehr macht, es hatte mich vorher schon erwischt, und davon werde ich mich nicht wieder erholen.«

Für einen kurzen Moment betrachtete Lukas den Unbekannten. Er war in feine Kleidung gehüllt. Das taillierte, blutverschmierte Wams war aus blauem Brokat, der Umhang aus rotem Samt und an den Stiefeln blitzten silberne Schnallen. *Offenbar kein Landsknecht*, war sich Lukas sicher. »Wer seid Ihr? Und warum behauptet Ihr, dass dieser Mörder kein Kostümierter gewesen ist? Wieso hat er Euch angegriffen? Weshalb ...«

»Ganz ruhig! Ich habe keine Zeit, all deine Fragen zu beantworten«, unterbrach ihn der Schwerverletzte. »Wichtiger ist, was du jetzt tun musst.«

»Ich?«, fragte Lukas unsicher. »Ich werde endlich Alarm schlagen, das muss ich tun, und Ihr braucht einen Feldscher.«

Jetzt lachte der Junge. »Bitte hole auf gar keinen Fall einen Feldscher, das musst du mir versprechen.«

»Meinetwegen, aber die Offiziere ...« Lukas war aufgesprungen und im Begriff, das Zelt zu verlassen.

»Nein, bitte bleib hier und sag niemandem Bescheid! Alles könnte davon abhängen.«

»Was?« Lukas hielt inne. »Was soll das?«

»Komm her, damit ich nicht so schreien muss. Ich habe keine Kraft mehr dafür.« Wieder hustete er Blut.

Wer bin ich, einem Sterbenden seine letzten Wünsche zu verwehren. Lukas setzte sich neben den fein gekleideten Jungen.

»Danke«, sagte der und tätschelte ihm den Unterarm. Dabei berührte er zufällig den silbernen Knauf des Degens, den Lukas noch immer umklammert hielt. »Oh, wo hast du den denn her?«

Trotz allem errötete Lukas. Er wollte nicht als Dieb dastehen. »Ich ... ich habe ihn mir von dem Landsknecht ausgeliehen, der vor dem Zelt liegt, und werde ihn natürlich zurück...«

»Schon gut, schon gut«, beruhigte der Junge ihn. »Du kannst gar kein Dieb sein, weil du ihn von einem Dieb hast. Der Kerl und vier seiner Kameraden haben mich auf der Landstraße ausgeraubt. Freibrief haben sie das genannt. Anschließend haben sie mich hierhergebracht, weil sie sich ein Lösegeld erhofft haben.«

»Lösegeld?«, fragte Lukas ungläubig.

»Meine Familie ist als kaisertreu und wohlhabend bekannt, mit mir kann man das dann machen.« Er lachte gurgelnd und spuckte Blut aus. »Ihre Bezahlung haben die gierigen Landsknechte ja bekommen, nur anders, als sie gedacht haben. Ich hatte sie gleich gewarnt, dass mir nichts Gutes auf den Fersen ist, aber sie wollten nicht hören.« Er schenkte Lukas, der nur einen Bruchteil der Geschichte des Fremden verstand, ein schwaches Lächeln. »In jedem Fall ist es gut, dass du Durandal dabeihattest. Nicht auszudenken, was passiert wäre, wenn es eine normale Klinge gewesen wäre. Am besten gehst du nie wieder ohne ihn aus dem Haus.«

»Die Waffe gehört Euch? Sie hat einen Namen? Bitte ...« Er hielt dem Jungen den Degen hin, aber der schüttelte nur den Kopf.

»Ich habe mich seiner nicht als würdig erwiesen und ihn mir stehlen lassen. Außerdem werde ich nie wieder einen Degen führen. Behalte du ihn. Silber ist eines der wenigen Dinge, die gegen sie helfen, und nachdem du dem Grüngeschuppten ein Auge ausgestochen hast ...« Er sah Lukas vielsagend an.

»Ich habe eine Kerze in einem Kostüm ausgestochen«, beharrte Lukas, dem die Worte des Jungen mehr Angst machten als all die Leichen um sie herum.

»Du hast wohl noch nie einen von ihnen gesehen«, entgegnete der Unbekannte einfühlsam.

»Einen was?«

»Einen Dämon«, sagte sein Gegenüber, als wäre es das Selbstverständlichste auf der Welt.

»Nein, ich bin ein gottesfürchtiger Mensch!«

»Damit hat das rein gar nichts zu tun. Diese mörderischen Wesen sind weder von Gott noch vom Teufel geschaffen worden.« Erneut hustete er. Ein Blutschwall strömte ihm dabei aus dem Mund. Seine ebenmäßigen Zähne hatten sich rot verfärbt. »Egal, uns läuft die Zeit davon. Das Wichtigste ist, dass du sie sehen kannst. Das kannst du doch, oder?«

»Den Maskenmann? Natürlich, der stand doch vor mir.«

Dem Jungen entwich ein gequältes Stöhnen. »Wie viele Augen hatte er?«

»Vier, die hat er sich aufgemalt. Wahrscheinlich mit Kerzen dahinter.«

»Keine Kerzen! Aber auch das ist jetzt egal. Du kannst sie sehen, und nur das ist von Bedeutung. Gib mir bitte meine Tasche von da drüben.«

Lukas streckte sich und reichte ihm die Umhängetasche aus feinem Leder.

»Da drin ist alles, was du brauchst, damit sie dich reinlassen. Du musst noch heute Nacht aufbrechen und darfst niemandem sagen, wohin du gehst. Sie sind in so vielen Menschen, dass du niemandem trauen kannst. Ich weiß nicht, wer diesen Wahnsinn ausgelöst hat, ob Union oder Liga, aber das wird Questenberg schon herausfinden. Wichtig ist nur: Vertraue auf deinem Weg niemandem. Jeder kann ein Verräter sein. Jeder, verstehst du das!« Jetzt schrie er beinahe.

»Ich verstehe«, entgegnete Lukas, um ihn zu beruhigen, obwohl er gar nichts verstand.

»Das Kloster ist nicht mehr weit von hier. Ich habe mich auf den letzten Meilen einlullen lassen. Eine Nacht mal nicht in der Kälte, sondern in einem warmen Zelt. Der Schutz von freundlichen Landsknechten. Ich war so dumm.«

»Mhh ...« Lukas wusste nicht, was er dazu sagen sollte.

»Öffne die Tasche!«, forderte der Junge ihn bestimmt auf. Gleichzeitig kippte er ein wenig zur Seite, da er nicht mehr die Kraft hatte, sich aufrecht zu halten.

Eiligst kam Lukas der Aufforderung nach.

»Siehst du den Briefumschlag?«

Zu Lukas' Überraschung war es hell in der Tasche. Eine gläserne, verkorkte Phiole gab ein phosphoreszierendes Leuchten ab, sodass er den gewünschten Umschlag schnell fand. *Was ist das?* »Ja, ich sehe ihn.«

»Gut, gib das Fläschchen am Tor ab und sie werden dich reinlassen. Dann kannst du den Brief abgeben und ihnen sagen ...«

»Wo soll ich den Brief abgeben? Ich verstehe kein Wort von dem, was Ihr sagt. Und warum leuchtet Eure Tasche?«, brach es aus Lukas heraus.

»Ich ...« Der fremde Junge sackte weiter zur Seite.

Lukas entdeckte dabei, dass sein Wams der Länge nach aufgeschlitzt war, so wie der Brustpanzer des Landsknechts. *Als hätte der Maskierte das mit seinen Krallenpranken gemacht.*

»Geh nach Prag ins Kloster Strahov.«

»Ich weiß nicht, wo ...«

»Wenn du nach Prag kommst«, unterbrach ihn der Junge, »schau dich nach dem Hradschin um. Die Burg liegt hoch oben und ist das größte und auffälligste Gebäude der Stadt und nicht zu übersehen. Vom Hradschin aus westlich liegt das Kloster mit den weißen Mauern und den Kirchtürmen auf einem Hügel in einem Teil der Stadt, der Kleinseite heißt. Geh direkt durch das westliche Haupttor in die Stadt. Es heißt Strahov, genau wie das Kloster. Mach, so schnell du kannst. Übergib diesen Brief Abt Questenberg. Nur ihm persönlich. Verstanden? Alles hängt davon ab. Alles!«

»Ich bin Rekrut und kann nicht ...«

»Zeige die Phiole mit dem Blut am Tor und sie werden dich einlassen. Dem Abt erzählst du ...« Erneut quälte ihn der Husten.

»... dass ich ...« Aus dem Husten wurde ein Zittern, das den ganzen Körper des Jungen erfasste. Er fiel endgültig zur Seite. Seine Augen rollten in die Höhlen.

»Nein«, schrie Lukas panisch und beugte sich zu ihm hinunter.

»Geh sofort! Sofort! So...« Ein Schwall Blut brach sich aus seinem Mund Bahn und er verstummte.

Lukas tastete am Hals des Jungen nach dem Herzschlag.

Nichts. *So viel Tod! Ich kenne nicht einmal seinen Namen, sondern nur den seines Degens. Durandal.* Lukas sah auf den toten Jungen, der mit blutverschmiertem Mund und weit aufgerissenen Augen dalag. Er musste an seine letzten Worte denken. *Geh nach Prag ins Kloster Strahov. So schnell du kannst.* »Abt Questenberg«, sprach er den Namen desjenigen aus, für den der Brief bestimmt war. Er war noch nie in Prag gewesen, auch das Kloster kannte er nicht. Zaghaft öffnete er die Tasche. Wieder leuchtete ihm die Phiole entgegen. Doch es war nicht das Glas, welches das Licht abgab, sondern die darin befindliche Flüssigkeit, die träge bei jeder Bewegung herumschwappte. *Der Junge hat gesagt, dass es sich dabei um Blut handelt. Leuchtendes Blut? Das ist unmöglich.* Wieder musste er an den Angreifer denken, der allein so viele bewaffnete Männer aus dem Weg geräumt hatte. An die brutalen Verletzungen, die mit keiner normalen Waffe gerissen worden sein konnten. *Was, wenn es doch keine Maske war? Dämon,* so hatte der Fremde das Wesen genannt. »Das kann ich nicht glauben.« Was er aber glauben konnte, war, dass der Angreifer sehr gefährlich war. Jemand musste ihn aufhalten. Offenbar war das Kloster sein Ziel und die gottesfürchtigen Männer dort mussten gewarnt werden. *Mansfeld oder gar Schaffgotsch werden keinen einzigen Landsknecht dafür abstellen, wenn sie mir überhaupt glauben,* war sich Lukas sicher. Man würde stattdessen die Kleidung des Fremden, den Inhalt der Tasche und alles andere, was er besaß, requirieren und schnellstmöglich zu Geld machen. *Wahrscheinlich erklären sie ihn zum Mörder der anderen.* Lukas' Blick fiel auf den Degen in seiner Hand. *Oder mich?*

Damit war die Entscheidung gefallen. Die Waffe fest umklammernd und die Tasche um die Brust geschnürt, rannte er durch das Loch, das der maskierte Angreifer – der Dämon – ins Zelt gerissen hatte. Ohne darüber nachzudenken, führten seine Beine ihn zurück zum Rekrutenzelt. Doch er hatte nicht vor, seinen Kameraden Lebewohl zu sagen. Leise lief er um das Zelt herum.

Jolande schlief im Stehen.

Vorsichtig näherte er sich dem Fohlen. *Ohne das Maultier gehe ich nicht.* Zwar konnte er noch immer nicht auf ihm reiten, aber es war die letzte Verbindung zu seinem früheren Leben. *Und wenn ich die Grenzen des Lagers passiere, bin ich schließlich ein vogelfreier Verbrecher.* »Ich bin es, meine Kleine. Du musst ganz leise sein.« Er hielt ihr seine Hand entgegen und hoffte inständig, dass sie nicht beißen würde.

Sie tat es nicht. Stattdessen schmiegte sie sich an ihn.

»Gut!« Er löste den Strick und führte sie auf den Hauptweg. »Zeit, das andauernde Sterben hinter uns zu lassen.«

5
AUF DER STRASSE

»Komm, meine Süsse«, murmelte Lukas und holte tief Luft. Er war im Begriff, die letzte Begrenzung des Feldlagers zu übertreten. Die Grenze, die darüber entschied, ob er ein Landsknecht blieb oder zum Todgeweihten wurde. Er schloss kurz die Augen, als er das letzte Zelt hinter sich ließ. Seine Kameraden würden keine Gnade mit ihm haben, wenn er diesen letzten Schritt tat. *Mehr noch, vermutlich halten sie mich für den Mörder, der eine Schneise des Todes im Lager hinterlassen hat.* Wer würde ihm schon glauben, dass ein grün geschuppter Maskierter mit glühenden Augen dafür verantwortlich war? *Falls es denn ein Mensch war,* schob sich ein ketzerischer Gedanke in seinen Kopf.

»Was soll es denn sonst gewesen sein«, zischte er und musste gleichzeitig an die schrecklichen Wunden der Opfer und die leuchtende Phiole in der Tasche des Fremden denken, die nun über seiner Schulter hing.

Das metallische Klirren aufeinanderschlagender Eisenstangen erklang. Ein Warnruf, der das gesamte Lager augenblicklich aus dem Schlaf reißen würde. Man hatte das Zelt voller Leichen entdeckt.

Jetzt musste Lukas sich entscheiden. Er sah zu Jolande, die ihn unbeteiligt aus ihren riesigen braunen Augen anblickte. Noch konnte er einfach umkehren und behaupten, dass er beim Klang der Warnrufe in Panik ausgebrochen und mit Jolande im Schlepptau blind drauflosgelaufen war. Vielleicht würde ihn der Feldwebel zur Strafe zu einigen Schlägen verurteilen, aber das wäre mit Sicherheit schon alles. Floh er stattdessen, hatte jeder im Königreich die Erlaubnis, ihn zu töten. Wieder gingen ihm die flehenden Worte des unbekannten Jungen durch den Kopf: *Geh, so schnell du kannst.* Der Fremde hatte gewusst, dass er sterben würde, hatte aber während des gesamten Gesprächs nicht einmal mit seinem persönlichen Schicksal gehadert. Nur dass Lukas nach Prag ging, um den Brief zu übergeben, war ihm wichtig gewesen. Diese Opferbereitschaft im Angesicht des eigenen Endes wagte Lukas nicht zu ignorieren. Er zog an Jolandes Strick und ging weiter. »Prag erwartet uns, mein Mädchen.«

Geduckt laufend, überquerte Lukas die schneebedeckten Felder, zwischen denen das mansfeldische Heer sein Lager aufgeschlagen hatte. Glücklicherweise war der Schnee von den Tausenden Füßen der Menschen, die täglich ins Lager kamen und gingen, so festgetreten, dass er schnell und sicher vorankam. Der Mond und der helle Schnee wiesen ihm einen Weg, so wie sie seinen Verfolgern aber leider auch seinen Standort verrieten. »Komm schnell, meine Hübsche«, redete Lukas daher auf das Maultier ein.

Zu seinem Erstaunen schien Jolande erfreut über diesen nächtlichen Ausflug. Ihre langen Stelzenbeine flogen fröhlich über den Schnee und mehr als einmal musste Lukas sie mithilfe des Stricks bremsen, da er nicht so schnell laufen konnte, wie sie galoppierte.

»Endlich«, entfuhr es ihm, als sie die Waldgrenze erreicht hatten. Sein Herz schlug ihm bis zum Hals. Hektisch riss er seinen

Mantel auf, da ihn eine Hitzewelle überkam. Schweiß lief ihm in die Augen. Hinter einer dicken Eiche verborgen, wagte er einen Blick zurück. Mittlerweile erhellten zahlreiche Lichter das bisher so verschlafene Feldlager. *Vermutlich rätselt alles, wer das Massaker angerichtet hat und wohin der Mörder geflohen ist.* Ein schweres Schlucken quälte sich seinen Hals hinunter. Erst jetzt wurde er sich seines brennenden Dursts gewahr. Er streichelte Jolandes weichen Widerrist. »Vielleicht lenken die vielen Toten alle davon ab, dass wir verschwunden sind«, wisperte er dem Maultier ins Ohr. Seine Kameraden trauerten eventuell sogar schon um ihn, weil sie seine Abwesenheit damit erklärten, dass er ebenfalls ein Opfer des bestialischen Mörders geworden war. Seine gesamte Habe war im Zelt zurückgeblieben, sodass es kein Anzeichen dafür gab, dass er desertiert war. Auch wenn es Lukas schwerfiel, das zuzugeben, aber die furchtbaren Taten des Maskierten verschafften ihm Zeit. Niemand würde sich jetzt mit einem Fahnenflüchtigen beschäftigen. Es galt, ein brutales Verbrechen aufzuklären und eventuell einen Angriff auf das Heer oder gar ganz Böhmen abzuwehren.

Die Zeit drängte. Er musste so viel Abstand wie möglich zwischen sich und seine Verfolger bringen. »Los, weiter«, forderte er Jolande auf. Tiefe Wälder, zahlreiche Hügel und dazu die ersten Ausläufer des Riesengebirges lagen vor ihnen. Er hatte es dem Fremden gegenüber nicht aussprechen wollen, aber ohne Pferd würde er mindestens drei Tage bis Prag brauchen. Der Weg war mühsam und gefährlich. Schneller ging es auf keinen Fall. Doch dass er die Gegend zwischen hier und der Hauptstadt so gut kannte, gereichte ihm zum Vorteil gegenüber seinen Verfolgern. Die meisten seiner Kameraden waren aus allen Teilen Europas zusammengewürfelt, sie folgten einzig dem Ruf des Geldes und kannten sich daher in Böhmen nicht besonders gut aus. Er hingegen war oft in dieser Landschaft unterwegs gewesen, um

Pferde auszuliefern, sie medizinisch zu versorgen oder sich nach Stuten oder Hengsten umzusehen, die sie für die Zucht nutzen konnten. Prag selbst hatte er zwar nie betreten, aber die Silhouette der Stadt bereits mehrmals von Weitem gesehen.

Er zog Jolande tiefer in den Schutz der immer enger stehenden Bäume hinein und versuchte, sich in Hoffnung zu üben. Dass er weder über Wasser noch Nahrung verfügte und noch nicht mal eine Mütze trug, verdrängte er. Auch Jolandes klamme Pferdedecke würde ihn nur wenig gegen den alles beherrschenden Frost schützen – falls das Maultier sie denn mit ihm teilte. Je länger er lief, desto mehr nahm die Kälte von ihm Besitz. Er war barfuß in seine Stiefel geschlüpft und hatte keine Fußlappen angelegt, was sich nun rächte. Seine Ohren brannten, als würden sie jeden Moment abfallen wollen. Seinen ungeschützten Händen ging es nicht viel besser. Dazu rieselte ihm von den Bäumen immer wieder Schnee in den Kragen. Trotzdem dachte er nicht einen Moment daran, aufzugeben oder gar umzukehren. *Endlich ist Schaffgotschs Drill mal zu etwas nütze.* Er ignorierte all diese Probleme und marschierte in den nächsten Stunden stur in immer derselben Geschwindigkeit weiter. Anhand des Nordsterns orientierte er sich, so gut er konnte, in dem wilder werdenden Wald. Immer mal wieder griff er im Laufen eine Handvoll Schnee, taute sie im Mund auf und schluckte das Wasser hinunter, um seinen Durst zu bekämpfen. Alles genau so, wie der Feldwebel es ihm beigebracht hatte. »Ein Hoch auf die Armee«, frotzelte er.

Jolande zuckte zusammen. Seine Stimme war in der Stille der winterlichen Nacht laut wie ein Musketenschuss.

»Entschuldige«, murmelte er und streichelte das Maultier.

Doch Jolande beruhigte sich nicht. Ihre Augen blieben weit aufgerissen und sie legte die Ohren an. Ihr Bauch hob und senkte sich unablässig unter ihrem hektischen Atem.

»Was ist los, meine Liebe? Hast du etwa Angst im Dunkeln?«

Während er das Maultier streichelte, spürte Lukas, wie sich ihr Körper versteifte. Jolandes große Ohren lagen flach am Kopf. *Sie hat Todesangst.* Das ängstigte ihn, da er eine derart heftige Reaktion von Jolande bisher nicht kannte. Das Maultier war normalerweise die Ruhe selbst.

Er versuchte herauszufinden, wovor sie Angst hatte, aber sein Keuchen und die immer stärker werdende Erschöpfung überlagerten all seine Sinne. Das von silbernem Mondlicht beschienene Meer an Bäumen um ihn herum verschwamm vor seinen Augen. Seine Nase roch nichts anderes als seinen und Jolandes Schweiß. Er versuchte, ruhiger zu atmen, hatte aber jedes Mal das Gefühl, dass er ersticken würde, was dazu führte, dass er noch heftiger nach Luft schnappte. Dann kam ihm eine Idee: »Zeig mir ... was los ... ist«, bat er Jolande zwischen tiefen Atemzügen.

Das Maultier sah ihn aus seinen dunklen Augen an, in denen sich der Mond widerspiegelte. Es machte einen Schritt vorwärts.

»Du verstehst ... mich«, jubilierte Lukas. »Führe mich und ...«

Weiter kam er nicht, da das Maultier einen Satz nach vorn machte. Da er noch immer ihren Strick in der Hand hatte, wurde er schmerzhaft zu Boden gerissen und ein Stück mitgeschleift, bis ihm das Seil aus der Hand rutschte. Ohne einen Blick zurück rannte Jolande wie von Sinnen in den dunklen Wald hinein.

»Warte!«, rief Lukas, um nach einem Moment der Verzweiflung ein gehauchtes »Bitte!« hinterherzusetzen.

Es war zwecklos, Panik hatte sich des Tiers bemächtigt.

Seufzend ließ sich Lukas zurück in den Schnee fallen. »Oh, du verstehst mich«, äffte er sich selbst nach. »Lukas, der Maultierflüsterer.« Wütend spuckte er aus. Alles in seinem Mund schmeckte nach Kupfer, als würde er auf einem Kreuzer herumlutschen. Um dem Geschmack der Erschöpfung etwas entgegenzusetzen, stopfte er sich erneut Schnee in den Mund und schluckte ihn sofort hinunter, was sein Magen mit einem bösen Knurren beantwortete. »Jaja«, kommentierte Lukas diese Reaktion. »Verschwöre du dich ruhig auch noch gegen mich.«

Tatsächlich knurrte sein Bauch erneut. Deutlich tiefer und lauter diesmal.

»Na schön, ich kann zwar nicht mit Maultieren sprechen, aber immerhin mit meinen Innereien«, höhnte er und setzte sich auf. Das Liegen im Schnee begann ihn einzulullen. Nur mit Mühe konnte er noch die Augen aufhalten. »Kein schön'rer Tod ist in der Welt, als wer vorm Feind erschlagen. Auf grüner Heid, im freien Feld, darf nicht hör'n groß Wehklagen ...«, sang er mit zittriger Stimme das Lied, das Schaffgotsch sie während all der langen Märsche immer wieder hatte anstimmen lassen. Das Singen half ihm und den anderen Rekruten, im Gleichschritt zu marschieren, und gleichzeitig lenkte es ihren Geist von den Qualen des endlosen Laufens ab.

»Mit Trommelklang und Pfeifeng'tön, manch frommer Held ward begraben. Auf grüner Heid gefallen schön, unsterblich Ruhm tut er haben ...« Mit der zweiten Strophe kam er wieder zum Stehen. Bedächtig klopfte er sich den Schnee vom Mantel und bewegte vorsichtig Arme und Beine. *Es scheint nichts gebrochen zu sein. Ein paar blaue Flecken und eine ordentliche Brandblase in der Hand, damit kann ich leben.* Ein weiteres Mal klopfte er sich ab. Dabei ertasteten seine Finger plötzlich einen zerrissenen Lederriemen. »Die Tasche«, rief er atemlos. »Sie ist weg!« Hektisch blickte er sich um. »Wo bist du?« Der mysteriöse Inhalt der Ledertasche war der Grund, warum er desertiert war und sein Leben riskierte. Sollte das nun alles umsonst gewesen sein? Verzweifelt lief er in die Richtung, von der er annahm, dass er von dort gekommen war.

Doch die Gestirne waren ihm in diesem Moment nicht gut

gesinnt. Eine Wolke schob sich über den schmalen Mond und Schwärze sickerte zwischen die Bäume wie auslaufende Tinte.

Augenblicklich verlor Lukas die Orientierung. Mit ausgestreckten Händen tastete er sich vorwärts. Dennoch schlug er mit der Schulter gegen einen Baumstamm, nur um im nächsten Moment einen tief hängenden Ast ins Gesicht gepeitscht zu bekommen. »Warum nur? Warum?«, jammerte er. Das Gefühl totaler Einsamkeit traf ihn wie ein Faustschlag. Jolande fehlte ihm bereits schrecklich, auch wenn das Tier ihn schändlich im Stich gelassen hatte. Jeder Atemzug fiel ihm schwer, als würde die Nacht ihm die Luft abschnüren. Er drehte den Kopf in alle Richtungen, den Silberdegen kampfbereit vor sich. Die Nacht gaukelte seinen Augen sich bewegende Schemen vor. Etwas Säuerliches stieg vor Aufregung seinen Hals empor. Am liebsten hätte er in diesem Moment wieder Schnee in seinen Mund gestopft, aber sein böse knurrender Magen warnte ihn, dies erneut zu tun. »Schon gut«, redete er mit seinem Bauch.

Doch der schien ernsthaft böse zu sein, denn das Knurren wurde lauter – und aggressiver.

»Wer will sich denn heute noch alles gegen mich verschwören?«, ärgerte er sich. Dann zog ihm ein durchdringender Moschusgeruch in die Nase. Animalisch, wie von feuchtem Hundefell.

Das Knurren kam eindeutig nicht aus seinem Bauch – und es war bedrohlich.

Lukas kannte nur ein Tier, das im Wald derartige Geräusche von sich gab. »Wölfe«, wisperte er und versuchte, rückwärtszugehen. Weg von dem aggressiven Knurren. Normalerweise hatte er keine Angst vor Wölfen. Immer mal wieder kam es vor, dass sie auf abgelegenen Höfen Schafe oder Ziegen rissen, aber für gewöhnlich mieden die Raubtiere Menschen. *Außer man kommt allein und unbewaffnet nachts mitten im Winter in ihr Jagdrevier. Ich bin leichtere Beute als ein flinker Rehbock.* Kurz musste er daran denken, was wohl aus Jolande geworden war, deren Instinkte sie rechtzeitig hatten fliehen lassen. *Wahrscheinlich holen sie erst mich und dann sie.* Merkwürdigerweise betrübte ihn Jolandes Schicksal mehr als sein eigenes. Er ging weiter rückwärts, ohne genau zu wissen, wohin er eigentlich wollte. Jetzt vernahm er auch das Tapsen von Pfoten auf Schnee. Eindeutig von mehr als einem Tier. *Das Rudel hat mich längst eingekreist.*

Die Tiere begannen zu heulen. Es hörte sich an wie ein Triumphschrei. Sie waren sich ihrer Beute sicher und teilten dies einander mit.

Bisschen wie ein Ruf zum Essen, flüchtete sich Lukas' Geist in Galgenhumor. Eigentlich hätte dies der Moment sein müssen, in dem er seine Angst hinausschrie, aber seine Aufmerksamkeit richtete sich für einen kurzen Moment auf etwas anderes: ein feines, goldenes Schimmern, wie er es in dieser Nacht schon einmal gesehen hatte. »Die Tasche.« Sie lag etwa fünf Schritte links neben ihm. Der leuchtende Schein funkelte in der alles verschlingenden Dunkelheit wie die Strahlen der aufgehenden Sonne. Ohne darüber nachzudenken, rannte Lukas darauf zu.

Die Wölfe schienen dies als Angriffssignal zu sehen. Knurrend brachen sie aus dem Unterholz hervor. Ein wildes Knäuel aus Fell und Zähnen.

Lukas erreichte die Tasche, bevor die Tiere bei ihm waren. Einer inneren Stimme folgend griff er nach der leuchtenden Phiole, riss sie aus der Tasche und hielt sie hoch in die Luft. Ihr goldener Schein erschuf einen Lichtdom, der zwei Schritte um ihn herum die Dunkelheit verdrängte, als wäre eine künstliche Sonne aufgegangen.

Aus dem freudigen Hecheln des siegesgewissen Wolfsrudels wurde ein gequältes Winseln. Sie blieben so abrupt stehen, dass sie sich teilweise überschlugen. In dem Chaos zählte Lukas mindestens fünf Tiere.

Warum machen sie das? Er schob die Frage beiseite und freute sich seines Glücks. Die Phiole wie den Degen vor sich gestreckt, ging er auf die jammernden Tiere zu, die nun geduckt am Boden kauerten und ihren Blick nicht von dem leuchtenden Glasfläschchen ließen. »Ja, da staunt ihr, was?«, rief er ihnen zu. »Ich kann feuerloses Licht herbeizaubern.« Er schwang die Phiole in einem Halbkreis. »Und jetzt verschwindet! Husch!«

Die Tiere starrten weiter regungslos auf das goldene Fläschchen.

»Ihr sollt abhauen, habe ich gesagt«, schrie Lukas nun bestimmter. Gleichzeitig holte er mit dem Degen aus und stampfte auf den Boden.

Das half. Träge, als wären sie von dem Licht hypnotisiert, erhoben sich die Wölfe und trotteten von dannen. Wenige Momente später hatte der Wald sie verschluckt, als hätte es sie nie gegeben. Nur ihr durchdringender Moschusduft erinnerte noch an die Raubtiere.

Unwillentlich begann Lukas zu lachen. »Ich habe ein Rudel Wölfe vertrieben. Kann man es glauben?« Das Lachen steigerte sich so sehr, dass ihm der Bauch wehtat. »Den Wolfsflüsterer sollte man mich besser nennen. Warum nur habe ich mich jahrelang mit Pferden abgegeben?« Diese Worte ließen ihm das Lachen vergehen. »Jolande«, rief er und befürchtete gleichzeitig das Schlimmste. Das Maultier hatte keine leuchtende Phiole. Er steckte den Degen zurück unter seinen Gürtel und behielt das merkwürdige Licht in der Hand. Wer konnte schon ahnen, ob die Wölfe zurückkamen, wenn er es wieder verschwinden ließ? Die wiedergefundene Tasche klemmte er sich unter den anderen Arm. Dann machte er sich auf die Suche nach Jolande. Mit seiner gläsernen Lampe leuchtete er nach ihren Spuren. Es dauerte einen

Moment, bis er sie fand, die Wölfe hatten mit ihren Pfoten den Schnee im näheren Umkreis umgewühlt. Nachdem er die Spur aber gefunden hatte, stellte er freudig fest, dass den Abdrücken von Jolandes kleinen Hufen keine Pfoten folgten. *Vielleicht hat sie es ja rechtzeitig geschafft.* »Jolande, komm her, meine Hübsche!« Er schnalzte laut.

Während er der Fährte des Maultiers folgte, lobte er sich fröhlich weiter: »Isegrimbändiger, das wäre auch ein passender Name für mich.« Er würde seinen wirklichen Namen ohnehin ablegen müssen, damit ihm die Profose nicht auf die Spur kamen. »Wolfsbezwinger finde ich auch gut.« Er stieg über einen schneebedeckten umgestürzten Baum, den Jolande offenbar im Sprung überwunden hatte. »Wolfsbrecher würde noch eindrucksvoller wirken«, sinnierte er weiter. »Oder irgendwas mit Graufell. Graufellkönig wäre vielleicht zu vermessen, oder ...«

»Wie wäre es mit König Hosenscheißer?«, ächzte plötzlich eine knarrige Stimme.

»Nein, das würde mir gar nicht ...« Lukas hielt inne. *Mit wem unterhalte ich mich denn hier mitten im Wald?* Ein Geruch nach Zimt stieg ihm in die Nase.

»Gut. Wäre dir Fahnenflüchtiger lieber? Oder wahlweise ginge auch Deserteur, Verräter oder mein persönlicher Favorit: Wendehals.«

»Ähm ...« Wenn man es so betrachtete, wäre König Hosenscheißer Lukas' erste Wahl gewesen, aber er hoffte, diese Entscheidung gar nicht erst treffen zu müssen. Er leuchtete mit der Phiole, um herauszufinden, woher die Stimme kam. *Ich kenne sie irgendwoher,* war sich Lukas sicher. Es musste jemand aus dem Feldlager sein, wie sonst hätte er wissen können, dass er fahnenflüchtig war? »Wer bist du?« Vorsichtig löste er den Degen.

»Ich würde vorschlagen, dass du mir erstmal deinen Namen verrätst, und dann sprechen wir weiter.«

Irgendetwas in Lukas sträubte sich dagegen, dem Unbekannten seinen Namen zu verraten. *Wenn er weiß, dass ich desertiert bin, warum kennt er dann meinen Namen nicht?* »Nenn mir du erstmal deinen.«

Ein beleidigtes Grunzen erklang. Lukas blickte nach oben, weil er glaubte, die Stimme wäre aus dem Baum über ihm gekommen. »Ist das der Dank dafür, dass *ich* die Wölfe vertrieben habe, die dich sonst zerfleischt hätten?«

Mit gerunzelter Stirn betrachtete Lukas die leuchtende Phiole.

Als könnte der Unbekannte seine Gedanken lesen, sagte er: »Meinst du, diese kleine Funzel und dein Zahnstocher hätten ein Rudel hungriger Wölfe mitten im Winter davon abgehalten, eine so dumme Beute wie dich zu reißen? Ich habe ihnen befohlen, dich in Ruhe zu lassen.«

»Glaubst du etwa, dass du mit Wölfen sprechen kannst?«, versuchte sich Lukas ebenfalls an einem höhnischen Ton.

»Ja«, raunte die Stimme, »genau das kann ich.« In diesem Moment erglommen drei leuchtende Augen in der Dunkelheit.

»Du!« Lukas ärgerte sich, dass er nicht gleich darauf gekommen war. Die hohe Stimme hätte er niemals vergessen sollen. Es war der Maskierte. Der Mörder. »B...b...bist du es nicht leid, immer noch dein Kostüm zu tragen?«, stammelte er.

Der Fremde trat einen Schritt näher an ihn heran. »So viel Ignoranz, mein Lieber. Es wird noch ein schlimmes Ende mit dir nehmen.« Er kratzte sich ungeniert im Schritt und roch anschließend an seiner bekrallten Pranke. »Was sage ich, es wird sogar ganz sicher ein furchtbares Ende mit dir nehmen.« Jetzt stand er nur noch einen Schritt von Lukas entfernt. »Weil ich dafür sorgen werde.«

Lukas hörte die Worte kaum. Er betrachtete stattdessen den Mörder. Sein Kostüm sah so echt aus. Die im Schein der Phiole grünlich glänzenden Schuppen hoben sich mit jedem Atemzug an seinem kesselartigen Bauch. Das mit langen Reißzähnen bewehrte Maul stand lauernd offen und ließ eine gespaltene Schlangenzunge erkennen, die immer wieder über die dunkle Hundenase leckte. Er blickte nach unten. Um die kurzen Beine des Kostümierten hatte sich ein langer Schwanz geringelt, der unentwegt zuckte. Die stiefellosen Füße hatten nur vier Zehen und scheußlich gebogene Krallen, die sich in den Schnee gruben. Das Schlimmste aber waren die Augen. Jedes von ihnen blickte ihn direkt an. Sie hatten nichts Menschliches und strahlten dennoch eine furchtbare Intelligenz aus, die keinem Tier innewohnte. Unbewusst streckte Lukas die Hand nach dem aus, was er unbedingt für eine Maskerade halten wollte.

Mit angewidertem Gesichtsausdruck sprang der Unbekannte zurück. »Nimmst du wohl deine abstoßenden Menschengriffel weg? Fünf Finger – wenn ich nur dran denke, kommt mir alles hoch. Willst du etwa, dass ich deinen ekligen Gestank annehme?«

»Ähm ...« *Vielleicht ist es wirklich kein Kostüm. Dämon, so hat der Junge diese Kreatur genannt.* »Was bist du?«

»Du weißt es doch. Trau dich, es auszusprechen!«, forderte sein Gegenüber.

Lukas holte tief Luft. »Dämon ...«

»Jetzt hat er es endlich.« Die Kreatur klatschte höhnisch mit den monströsen Pranken. »Dachte, das wird nie was. Ja, ich bin ein Dämon und du bist einer der wenigen Menschen, die mich sehen können. Glückwunsch dazu. Mit dem Rest deiner Spezies ist ja sonst nicht viel los.«

»Das kann ich einfach nicht glauben, weil ...« Ein Peitschenknallen und gleichzeitig ein brennender Schmerz auf Lukas' Hintern ließen ihn innehalten. Die Kreatur hatte ihm einen Hieb mit ihrem zwei Schritt langen Schwanz verpasst, dessen Ende an ein Herz erinnerte.

»Glaubst du es nun?«

»Ich ... ich ...«, stammelte Lukas, dessen Welt innerhalb weniger Wochen ein zweites Mal dabei war zusammenzubrechen.

»Mir ist schon klar, dass dich meine Pracht erstarren lässt, aber dafür haben wir jetzt keine Zeit. Ich habe mich nicht Ewigkeiten durch diesen furchtbar langweiligen Wald geschleppt, um einen weiteren Bewunderer zu beglücken, sondern um ... nun ... äh ... um ...«

»Ja?«, hakte Lukas nach und rieb über seine schmerzende Backe. Den Degen hielt er mit der anderen Hand unentwegt auf den Dämon gerichtet. Die Waffe flößte dem Wesen ganz offensichtlich Respekt ein. *Der will was von mir, sonst hätte er mich nicht verfolgt oder vor den Wölfen beschützt,* war er sich sicher. *Oder bereits getötet.*

»Na ja«, der Grüngeschuppte betrachtete seine langen Finger, als müsste er nachdenken, »es ist nur eine Kleinigkeit und eigentlich brauche ich dich gar nicht dazu, aber da du sicher darauf brennst, mir einen Gefallen zu tun, habe ich mir gedacht ...«

»Hast du dir gedacht, dass du dich Ewigkeiten durch diesen furchtbar langweiligen Wald schleppst, um mich danach zu fragen«, konfrontierte Lukas den Dämon mit seinen eigenen Worten. »Du willst etwas, das nur ich dir geben kann, gib es ruhig zu. Und jetzt sag's schon, ich muss mein Maultier suchen«, fand Lukas seinen Mut wieder.

»Jetzt hetz mich doch nicht so. Stell dich erstmal mit Namen vor, und dann können wir uns wie zivilisierte Dämonen unterhalten.« Er machte eine Pause, um auf Lukas' Antwort zu warten.

Er fragt jetzt schon zum zweiten Mal nach meinem Namen, irgendwas stimmt da nicht. »Sag mir erstmal deinen!«

Das Dreiauge stöhnte übertrieben und wedelte böse mit einem Krallenfinger. »Typisch Mensch, stets die Unfreundlichkeit in Person«, umging er geschickt die Antwort auf diese Frage.

Namen scheinen bei Dämonen in irgendeiner Weise bedeutsam zu sein, schlussfolgerte Lukas, ohne genau zu verstehen, warum.

»Kaum schubst man mal einen von euch um …«

»Umschubsen? Du hast ein halbes Dutzend Menschen getötet. Also: Was! Willst! Du!«, drang Lukas auf eine Antwort und schwang drohend den Silberdegen. »Mach schon, bald geht die Sonne auf, ich muss weiter.«

»Die Sonne, jaja, ist vielleicht doch nicht dumm, ein bisschen schneller zu machen. Immerhin das bringen sie euch Rekruten bei. Stets bei der Sache. Ich kannte mal einen jungen Kriegsknecht, der …«

Affektiert räusperte sich Lukas.

»Hach.« Der Dämon rollte mit den Augen – allen drei gleichzeitig. »Manchmal vergesse ich, dass der beschränkte menschliche Geist im Gegensatz zu dem von uns Dämonen nicht in der Lage ist, allzu viele Informationen aufzunehmen. Kein Wunder, dass ihr euch noch immer in offenen Löchern über euren eigenen Ausscheidungen erleichtern müsst.« Er holte durch seine pferdegroßen Nasenlöcher tief Luft. »Gut, dann sage ich es frei von der Leber weg, damit du es auch begreifst: Ich möchte, dass du den Brief in deiner Tasche zerstörst.« Theatralisch legte er sich die Hand an die Stirn und schloss die Augen. »Ist es nicht wunderbar, wenn man mit solchen Sachen endlich rausrückt? Richtig befreiend.«

»Ich soll was tun?«

Schlagartig wurde der Dämon ernst. Sein Blick bohrte sich in Lukas’ Augen. »Du hast mich verstanden! Und jetzt mach, oder ich fresse dich auf.«

»Du machst was?« Lukas gingen die Augen über. *Sie fressen Menschen.* Heftige Übelkeit überkam ihn.

»Dich auffuttern.« Der Dämon schmatzte und seine Schlangenzunge schlängelte sich über seine Lefzen. »Muss ich aber nicht, du bist mir eh zu dünn. Ich mag es eher, wenn mein Essen mehr auf den Hüften hat, wenn du verstehst, was ich meine.« Er wiegte seine eigenen, die ziemlich ausladend waren, und zwinkerte Lukas dabei zu.

»Nein, d-d-das verstehe ich ganz und gar nicht.«

»Nicht schlimm. Du kannst ja nichts für deine Blödheit. Nimm einfach den Brief und zerreiß ihn oder iss ihn oder mach ein Feuer damit, was auch immer: Aber vernichte das blöde Ding. Jetzt!« Wieder sah der Dämon zum Himmel. Der hatte jene purpurne Färbung angenommen, die vom baldigen Sonnenaufgang kündete.

Unbewusst presste Lukas die Tasche fester an sich. Er hatte dem sterbenden Jungen versprochen, dass er den Brief nach Prag bringen würde, und noch war er nicht bereit, davon abzulassen. »Woher weiß ich denn, dass du mich nicht frisst, nachdem ich gemacht habe, was du willst?« Ihm schoss noch die Frage durch den Kopf, warum der Dämon sich nicht einfach den Brief gewaltsam nahm und vernichtete, aber die sprach er lieber nicht aus. Er wollte das Wesen nicht auf dumme Gedanken bringen.

»Mein Wort.« Der Dämon streckte Lukas zwei Finger wie zum Schwur entgegen. Seine andere Hand verschwand aber gleichzeitig hinter dem breiten Rücken.

»Kreuzt du etwa heimlich deine Finger?«, fragte Lukas fassungslos.

»Erwischt«, kicherte der Dämon. »Gut, jetzt nochmal richtig. Zerreißt du den elenden Brief, lasse ich dich laufen. Dämonenehrenwort!«

»Ich ...«

»Na los jetzt!« Jetzt wurde die Kreatur wütend. In einer blitzschnellen Bewegung entriss sie Lukas die Tasche und kippte sie aus.

Neben einer kleinen Feldflasche, einem prallen Geldbeutel,

einem Fernrohr und reichlich Krümeln segelte auch der Brief zu Boden. Im Licht der Phiole sah Lukas, dass Schriftzeichen darauf aufleuchteten. *Was ist das bloß für ein Brief?*

»So, und jetzt nimmst du diesen elenden Brief und zerreißt ihn.«

»Warum machst du es nicht selbst?«, entfuhr es ihm wütend. Die letzten Habseligkeiten des armen Jungen hier so achtlos verteilt zu sehen, machte ihn zornig.

Aggressiv biss sich der Dämon in seine Pranke und nuschelte undeutlich: »Die elenden Schwarzen haben ihn mit Silbertinte präpariert, sodass ich ihn nicht anfassen kann.«

»Die Schwarzen? Silbertinte?«

Der Dämon nahm die Hand wieder aus dem Maul. »Siehst du, wie dumm du bist? Warum zerbrichst du dir dein hässliches Köpfchen über derlei unwichtige Dinge? Mach einfach, was ich sage, und jeder von uns kann seiner Wege gehen!«

Das Funkeln in den Augen des Dämons verriet, dass der Brief ganz und gar nicht unwichtig für ihn war. *Und auch dem Jungen war er so bedeutsam, dass er in der Stunde seines Todes an nichts anderes denken konnte.* Lukas holte tief Luft und rief: »Nein, das werde ich nicht tun.«

Langsam schüttelte der Dämon seinen massigen Schädel. »Eine sehr, sehr dumme Entscheidung von dir. Ich wollte dir gegenüber korrekt sein, weil du so ein beschränkter Tölpel bist, nicht viel schlauer als eine Kaulquappe, aber dein störrisches Benehmen bedeutet nun dein Ende. Meine Aufgabe besteht einzig darin, dafür zu sorgen, dass der Brief nicht in das vermaledeite Kloster kommt.«

Er weiß von dem Kloster.

»Bisher dachte ich, dass ich ihn dafür vernichten müsste.« Er kicherte verschlagen und näherte sich Lukas mit ausgestreckten Pranken. Langsam umrundete er den Jungen.

Wohl oder übel drehte sich Lukas mit, bemüht, die Spitze des Silberdegens weiterhin auf die Kehle des Ungeheuers zu richten. »Aber ich habe viel zu kompliziert gedacht. Wichtig ist nicht, dass der Brief zerstört wird, wichtig ist nur, dass er sein Ziel nicht erreicht. Und wie schaffe ich das wohl?«

Indem er mich tötet. »K-k-keine Ahnung.« Der Dämon tippte sich an seine Schnauze. »Das ist eine Lüge, und das wissen wir beide. Ich werde dich einfach fressen und den Brief dem Wald und den Elementen überlassen. Dagegen hilft auch nicht der Firlefanz der Schwarzkittel. In ein paar Tagen wird nichts mehr von seiner Existenz zu entdecken sein und von deiner auch nicht.« Er riss das Maul auf.

Ängstlich kniff Lukas die Augen zusammen. Gleichzeitig holte er ungeschickt mit dem Degen aus.

Spielend wich der Dämon aus. »Du bist kein besonders guter Fechter«, höhnte er. »Zu dumm für dich.« Ein Stöhnen entwich seinem Maul und die Reißzähne bewegten sich aus dem Kiefer heraus. »Zeit zu sterben, Dummbatz.«

»Nein, ich ...«

Ein Blöken unterbrach ihn. Verwundert blickten er und der Dämon in Richtung des Schreis. Es war Jolande. Tapfer hatte sie sich hinter dem sie um mehrere Hauptlängen überragenden Unwesen aufgebaut.

»Was ist das denn nun schon wieder?«, jammerte der Dämon. »So kann ich nicht arbeiten. Ich gebe mein Bestes, aber ...« Ihm entwich ein Keuchen. Taumelnd lief er ein paar Schritte zurück.

»Jolande«, staunte Lukas. »Auch du kannst ihn sehen!« Das Maultier hatte den Dämon mit mehreren Bissen heftig attackiert. Freudig streichelte Lukas das Fohlen. »Komm schnell, wir müssen hier weg.«

»Dafür werdet ihr beide sterben«, knurrte der Dämon. Der Goldton seiner Augen hatte sich dunkel gefärbt. Brüllend rannte er mit weit ausgebreiteten Armen und aufgerissenem Maul auf sie zu.

Der Degen in Lukas' Hand kam ihm jetzt lächerlich klein vor. Was sollte der gegen eine Bestie dieser Größe ausrichten? Er presste sich an Jolande. »Alles wird gut.«

Der Dämon drückte sich vom Boden ab. Erstaunlich behände für seinen Körperumfang schoss er in die Höhe.

Vollkommen überrascht von diesem Manöver, schaffte Lukas es nicht mehr, den Degen nach oben zu reißen. Der Dämon raste auf ihn und Jolande zu. Ihm blieb nur noch, die Augen zu schließen, um sich auf das Unvermeidliche vorzubereiten. »Wärst du mal lieber weg von mir geblieben, Jolande«, presste er durch die zusammengebissenen Zähne. Gleich würde er das zentnerschwere Gewicht der Kreatur spüren, das ihm jeden Knochen im Körper brach.

Jolande blökte.

»Es tut mir leid!« Jetzt schrie er und fuchtelte gleichzeitig blind mit dem Degen. »Ich ziehe das Unglück irgendwie ...« Ein strenger Zimtgeruch ließ ihn ein Auge öffnen. Schnell nahm er das zweite dazu, weil er dem ersten nicht traute. »Wo ist er hin?« Der auf ihn zufliegende Dämon war verschwunden. Stattdessen waberte eine kleine Nebelwolke über seinem und Jolandes Kopf, die der Wind nach wenigen Augenblicken auseinandertrieb.

6

TRAUE NIEMANDEM

»Dämonentöter, so sollte ich mich in Zukunft nennen«, fabulierte Lukas, als er mit Jolande weiterzog. Eine blasse Wintersonne brach durch die schneebedeckten Spitzen der Fichten. Der neue Tag hatte endgültig begonnen und machte die beschwerliche Wanderung durch den Wald etwas erträglicher. Versonnen klopfte Lukas auf die Ledertasche, deren Riemen er zusammengeknotet hatte, um sie wieder über der Schulter tragen zu können. »Wäre doch gelacht, wenn wir das Ding nicht nach Prag bringen.« Er öffnete die Klappe, um sich zu versichern, dass er wieder alles hineingetan hatte, was der grün geschuppte Dämon ausgekippt hatte. »Brief, Geldbeutel ...«, murmelte er und an das Maultier gewandt: »Wir sind übrigens jetzt reich, Jolande, zumindest bis wir am Kloster ankommen, da geben wir das, was wir auf der Reise nicht aufgebraucht haben, natürlich zurück. Ich kaufe dir aber auf jeden Fall eine neue Decke, als Ersatz für die, die du im Wald verloren hast.« Grinsend kramte er weiter. Der überraschende Sieg über den Dämon euphorisierte ihn noch immer. »Hier ist auch das Fernrohr und da die Phiole ...« Seine Finger umschlossen das Fläschchen. »Nein!«, fluchte er und zog es heraus. Mit offenem Mund betrachtete er das feine Glasgefäß. »Wie ist das möglich?« Er blieb so abrupt stehen, dass Jolande einfach weiterlief und ihn am Strick, der in seiner Hand lag, weiterzog. »Warte mal!« Er brachte das Tier mit einem Ruck am Seil zum Stehen. »Es leuchtet nicht mehr!« Die Flüssigkeit im Innern war verschwunden. »Sie muss ausgelaufen sein.« Er drehte an dem kleinen mit Wachs versiegelten Korken, doch der saß noch immer fest. Jetzt drehte er das Fläschchen, konnte jedoch keinen Riss oder gar ein Loch entdecken. »Merkwürdig.« Nun hielt er sich die Flasche direkt vors Auge. »Nein, sie ist nicht leer. Es ist ganz feiner Nebel darin.« *Genauso wie nach dem Verschwinden des Dämons.*

Jolande kommentierte diese Erkenntnis mit einem Blöken und zog ungeduldig am Strick.

»Du hast Hunger, da interessiert dich so was nicht, habe ich schon verstanden.« Er blickte sich um. »Ich fürchte, Heu werden wir hier nicht finden.«

Diese Erkenntnis veranlasste Jolande zu einem weiteren wütenden Schrei.

In diese Unmutsbekundungen mischte sich auch Lukas' leerer Bauch gurgelnd ein. »Ich schätze mal, wir müssen für uns beide etwas zu essen organisieren, wenn wir eine Chance haben wollen, Prag zu erreichen.« Er seufzte und rieb sich seine eiskalten Hände. »Handschuhe und eine Mütze wären auch nicht schlecht.« Seine Ohren waren so kalt, dass er das Gefühl hatte, sie würden nicht mehr zu seinem Körper gehören. »Das wird nicht ungefährlich.« Derartiges zu organisieren würde bedeuten, dass sie sich menschlichen Siedlungen nähern mussten. Genau jene Orte, wo die Profose und seine alten Kameraden zuerst nach ihnen suchen würden. Unsicher, was er tun sollte, sah er zum Himmel. Die einzelne gekräuselte Rauchfahne, die sich dort abzeichnete, gab den Ausschlag für seine Entscheidung. »Das könnte der Jelinek-

Hof sein. Ich war vor drei oder vier Jahren einmal mit meinem Bruder dort, um ein Huzulen-Fohlen zu verkaufen. Die Kleine hätte dir gut gefallen, sie war vom Temperament das ganze Gegenteil von dir. Ruhig und friedlich.« Er lachte, was Wölkchen aus seinem Mund heraufbeschwor. »Bin gespannt, was aus ihr geworden ist. Geld, um Essen und mir eine Mütze und Handschuhe zu kaufen, haben wir. Allerdings besteht die Gefahr, dass mich der Bauer wiedererkennt.« Nachdenklich saugte er an seinen Schneidezähnen. »Allerdings konnte der alte Jelinek damals schon nicht mehr besonders gut sehen ...«

Jolandes hungriges Brüllen überzeugte ihn, dass sie das Risiko eingehen mussten.

»Du hast ja recht. Noch so eine Nacht im Wald schaffen wir ohne Essen und richtige Kleidung nicht. Komm!«

DIE SONNE HATTE IHREN ZENIT HINTER SICH, ALS SIE endlich das hölzerne Bauernhaus vor sich sahen. Der Weg hierher war kräftezehrend gewesen. Starker Schneefall hatte eingesetzt, der die Sicht verschleierte und jede Ritze in Lukas' Kleidung fand. Die Gegend war inzwischen ziemlich hügelig und das ewige Rauf und Runter forderte seinen Tribut. Schnaufend betrachtete Lukas das gedrungene Gebäude mit den hübschen grünen Fensterflügeln. Der eingeschossige, von einem einfachen Weidezaun umgebene Hof mit Satteldach stand auf einer gerodeten Fläche in einem kleinen Tal. Direkt hinter dem Wohnhaus schien eine Ansammlung kleinerer Nebengebäude zu liegen, vermutlich Scheunen und Ställe. Daran schloss sich direkt ein bewaldeter Berg an. Vorsichtig lief Lukas den Hügel hinunter, auf dem er stand.

Unten angekommen, verbarg Lukas sich hinter dem Stamm einer dicken Fichte und sah sich um. Er konnte im Schnee weder Fuß- noch Hufspuren entdecken, die darauf hindeuteten, dass irgendwelche Landsknechte bereits bis hierher gekommen waren. »Gut, damit sollten wir hier erstmal sicher sein. Die Nachricht unserer Flucht ist noch nicht bis hierhin vorgedrungen.« Er wagte sich aus dem Wald heraus. »Trotzdem wäre es besser, wenn wir unsere echten Namen nicht preisgeben. Ich werde mich mit dem Namen meines großen Bruders vorstellen, der hat mir ohnehin immer besser gefallen als mein eigener.«

Von Jolande kam ein amüsiert klingendes Schnauben, das Lukas zum Lachen brachte.

»Verstehe schon, dir gefällt dein Name. Ich mag ihn auch, und du bist ja glücklicherweise nicht besonders geschwätzig. Da wird es schon kein Problem sein, wenn nur ich meinen ändere.«

Zügig überquerten sie die schneebedeckten Felder, die das Haus umgaben. Als der Hof nur noch etwa zwanzig Schritte entfernt war, zwang er sich, langsamer zu gehen. Gleichzeitig setzte er ein gequältes Lächeln auf. Im Kopf hatte er sich bereits eine Geschichte zurechtgelegt, warum er so schlecht ausgerüstet und nur mit einem Maultier im Schlepptau mitten im Wald unterwegs war. *Ich werde erzählen, dass wir von Räubern überfallen worden sind.* Eigentlich gab es in der Gegend kaum Räuber, wenn man einmal von den Landsknechten absah. *Die Wölfe würden als Ausrede auch gut funktionieren.* Hatte er nicht einmal von irgendwem gehört, dass diejenige Lüge die beste sei, die möglichst nah an der Wahrheit blieb? *Wenn sie dann aber fragen, wieso ich nachts allein durch die Wälder streife, wären die Räuber doch besser. Da könnte ich eine tränenreiche Geschichte über verlorene Kameraden auftischen.* Er stolperte über unter dem Schnee verborgene Stoppeln. Reflexhaft presste er die Tasche des Jungen fester an sich. *Andererseits könnten sie sich dann wundern, warum ich überhaupt noch eine Tasche habe und dazu einen Silberdegen und einen prall gefüllten Geldbeutel. Die Wölfe wären vielleicht doch ...*

Über seiner Grübelei hatte er gar nicht bemerkt, dass er bereits vor der Tür stand. Durch das Holz hindurch klang eine schöne hohe Stimme, die ein Lied sang, das Lukas auf merkwürdige Weise bekannt vorkam, ohne dass er genau sagen konnte, woher. Unbewusst fiel er summend in die Melodie mit ein. Noch immer unentschieden, was er den Jelineks sagen wollte, verharrte er mit erhobener Faust vor der Tür. Bevor er sich aber für eine Geschichte entscheiden konnte, wurde die Tür bereits aufgerissen und er blickte auf eine dreizinkige Forke, die direkt auf seinen Kopf zielte.

»Was schleichst du über meine Felder und drückst dich dann auch noch vor meinem Haus herum, Fremder?«, zischte eine tiefe Stimme böse. Der schöne Gesang war verstummt.

So unauffällig wie gehofft war ich wohl doch nicht. Völlig überrumpelt von dem Auftauchen des Bauern stotterte er: »W-w-wölfe haben mich gejagt, als ich Räuber überfallen habe.« *Ich Idiot.* »Nein, umgekehrt, meine ich.«

Im Gesicht des mit einem stattlichen blonden Vollbart gesegneten Bauern spiegelte sich Verwirrung. »Meint Ihr damit, dass Ihr von Räubern gejagt wurdet, während Ihr Wölfe überfallen habt?«

Jetzt rückten die Forkenzinken noch näher an Lukas heran. Fast berührten sie nun seine Augen. »Nein, nein ... ich ... war im Wald allein ...« *Das wollte ich eigentlich auch nicht verraten.*

»Allein im Wald? Im Winter? Nachts? Nennt mir einen Grund, warum ein ehrenhafter Mann dies freiwillig tun sollte!«

Die Forke war jetzt nur noch einen Fingerbreit von Lukas' Augen entfernt. Beständig musste er blinzeln, um scharf sehen zu können. »Ich ... nun ...« *Vielleicht sollte ich das von dem Dämon erzählen.* Er griff nach diesem letzten Notnagel. »Ein Grüngeschuppter mit Hörnern und leuchtenden Augen hat mich ...«

»Ich höre mir diesen Unsinn nicht länger an.« Die

Geschichte war dabei, von einem Notnagel zu seinem Sargnagel zu werden. Die Oberarme des Bauern schwollen an. Er machte sich bereit zuzustoßen.

In Ermangelung anderer Möglichkeiten schloss Lukas die Augen, um die Forke nicht auf sich zuschießen sehen zu müssen.

»Bist du das, Lukas?«, fragte plötzlich eine junge Frauenstimme, die eindeutig der talentierten Sängerin gehörte.

»Verschwinde, Zuzanna. Ich will nicht, dass du mit ansehen musst, was ich mit dem Kerl hier gleich anstelle.«

»Aber Táta, erkennst du ihn denn nicht unter seinem dicken Mantel und mit den ungewaschenen Haaren? Das ist Lukas Holub, der Sohn des Pferdezüchters, von dem wir Růže haben. Großvater hat sie in dem Sommer vor seinem Tod gekauft.«

Růže – Rose, ging es Lukas trotz allem durch den Kopf. *Ein schöner Name für die Gefleckte.* Er öffnete die Augen. Noch immer verharrten die Zinken vor seinem Gesicht. »Eure Tochter hat recht, ich bin Lukas Holub.« *So viel dazu, dass ich unerkannt reisen will.* Aber in diesem Fall hatte er wohl keine andere Wahl, wenn er der Forke entkommen wollte. Er neigte vorsichtig den Kopf, um sich bei seiner Retterin zu bedanken. Zuzanna war bei seinem letzten Besuch auf dem Hof ein blondbezopftes Mädchen gewesen, die das Fohlen begeistert begrüßt hatte. Die hasenzahnige Göre hatte ihn bei diesem Besuch so lange mit Fragen über Pferde gelöchert, dass er schließlich einen fadenscheinigen Grund erfunden hatte, um ihr zu entkommen. Dass sie nun ausgerechnet seine Retterin spielte, war eine besondere Pointe seines an merkwürdigen Eskapaden nicht gerade armen Lebens. Er versuchte, an den breiten Schultern des Bauern vorbeizuschauen. Zu seiner Überraschung entdeckte er allerdings kein blondbezopftes Mädchen mit zu großen Zähnen und Ohren, sondern eine Schönheit in einem kornblumenblauen Kleid, dessen figurbetonter Schnitt offenbarte, dass Zuzanna längst kein Kind mehr war.

»Oh, du bist aber groß geworden«, entfuhr es ihm zu allem Übel auch noch.

Zuzanna lachte. »Ich freue mich auch, dich wiederzusehen, Lukas. Und du, Táta, nimm doch endlich mal die rostige Forke herunter.«

Lukas bemerkte das Absenken des tödlichen Werkzeugs gar nicht, zu sehr war sein Blick auf Zuzanna fixiert. *Sie ist wunderschön.*

Breit lächelte ihn das Mädchen an. »Was hat uns der Winter denn da Hübsches auf die Schwelle getragen?«, rief sie euphorisch.

Beschämt errötete Lukas. Er hatte bisher gehofft, ganz ansehnlich zu sein, aber hübsch hatte ihn noch niemand genannt. *Und das aus dem Mund dieses Engels.* In gespielter Bescheidenheit zuckte er mit den Schultern. »Ach ... ich achte ein wenig auf ...«

Zuzanna kam mit weit ausgebreiteten Armen auf ihn zu.

Vor Aufregung befeuchtete Lukas die Lippen. *Sie will mich küssen,* war er sich sicher. Noch nie zuvor hatte er ein Mädchen geküsst, aber er war durchaus bereit dafür. Und Zuzanna war mehr, als er sich in seinen Träumen jemals auszumalen gewagt hätte. Er schloss die Augen, um diesen besonderen Moment genießen zu können.

»So ein hübscher Kerl«, rief die junge Frau.

Jetzt übertreibt sie aber.

»Ach nein, du bist ja ein Mädchen.«

Moment mal ... Er öffnete hastig die Augen.

»Ganz durchgefroren bist du Arme. Hat dich der freche Lukas bei diesem Wetter in den Wald geschleppt, um dich an irgendwen zu verhökern? Wie grausam.«

Blökend bestätigte Jolande die Aussage und drückte ihren Kopf an Zuzanna, als müsste sie aus purem Elend gerettet werden.

Mit vor Röte glühendem Kopf betrachtete Lukas, wie Zuzanna das Maultier überschwänglich herzte.

Ihr Vater warf ihm einen vernichtenden Blick zu und drehte seinen Finger über seiner Schläfe. »Alles in Ordnung in deinem Oberstübchen, Junge? Warum stehst du auf meiner Schwelle mit geschlossenen Augen und gespitzten Lippen? Oder säufst du inzwischen mehr als dein Alter?« Er schnupperte laut hörbar.

Hätte man vor Scham im Boden versinken können, hätte es Lukas in diesem Moment getan. Bei all dem Schrecklichen, das ihm in den letzten Wochen passiert war, würde ihm diese Episode mit Sicherheit für immer als die furchtbarste im Gedächtnis bleiben.

Jolande brüllte fröhlich und funkelte ihn aus ihren dunklen Augen an, als würde sie ihn verhöhnen wollen.

»Nein, ich bin nicht betrunken. Ich ...«

»Jetzt lass die beiden doch endlich rein, Táta«, beschwerte sich Zuzanna. »Siehst du nicht, dass sie eine beschwerliche Reise hinter sich haben? Freu dich doch ein bisschen, sie sind immerhin unser erster Besuch seit langer Zeit.«

Ein Lächeln schlich sich auf sein Gesicht. *Vielleicht bleibe ich ja einfach hier, bei Zuzanna. Ihren grimmigen Vater werde ich schon noch für mich einnehmen. Spätestens, wenn er nach unserer Heirat aufs Altenteil zieht ...*

»Jetzt komm schon, Junge, oder willst du hier Wurzeln schlagen? Rein in die gute Stube oder zieh deines Weges, je nachdem, wie es dir lieber ist«, holte ihn der blondbärtige Bauer aus seinen sich überschlagenden Zukunftsträumen.

»Er kommt rein!« Eine schlanke Hand legte sich um seine. Zuzanna. Wieder schenkte sie ihm ihr strahlendes Lächeln. Jetzt sah er, dass sie tiefblaue Augen unter einem Meer aus geschwungenen Wimpern besaß.

Mit einem Mal zog Zuzanna ihm Jolandes Strick aus der

Hand. »Ich bringe sie in den Stall, während du dich drinnen aufwärmen kannst.«

»Was ...« Er atmete tief ein. »Natürlich, ein Stall ist der richtige Ort für ein Tier«, dozierte er mit hochmütiger Stimme, um sie zu beeindrucken.

Sie nickte nur und zog mit dem Maultier von dannen, das ihr fröhlich und ohne zu beißen folgte.

Was ist nur mit mir los?, ärgerte sich Lukas, während sich eine kräftige Hand auf seine Schulter legte. »Dann komm endlich rein. Ich habe den Ofen nicht angefeuert, um meine Felder damit zu beheizen.«

»Ja, entschuldige bitte.« Nach einem Blick auf Zuzannas schlanke Silhouette wandte er sich um und betrat das mollig warme Bauernhaus.

Das Innere unterschied sich kaum von dem seines ehemaligen Zuhauses, obwohl es hier deutlich sauberer war. Schmale Fenster, die kaum Licht einließen, eine bemalte Truhe an der gegenüberliegenden Wand, in der vermutlich die gute Wäsche aufbewahrt wurde, ein offener, aus groben Feldsteinen gemauerter Kamin sowie ganz in der Ecke zwei Betten, die sich hinter mit bunten Blumen bestickten Vorhängen verbargen. *Ich habe kein Zuhause mehr*, wurde Lukas in diesem Moment so deutlich, dass es fast wehtat. Er betrachtete den runden Esstisch, auf dem noch zwei geleerte Holzschüsseln mit Breiresten standen. *Die beiden müssen gerade mit dem Mittagessen fertig geworden sein. Die beiden*, fiel ihm auf. Als er das letzte Mal hier gewesen war, hatte die Familie noch aus mehr Personen bestanden. *Was ist in der Zwischenzeit passiert?*

»Setz dich doch«, lud ihn der Bauer ein und wies auf den Stuhl am Tisch, der dem offenen Kamin am nächsten stand.

»Danke«, entgegnete Lukas und ging steifbeinig auf den Tisch zu. Jeder seiner Schritte hinterließ einen unschönen Wasserfleck aus schmelzendem Schnee auf dem gebohnerten Holzboden.

Zuzannas Vater ließ sich ihm gegenüber auf einem der anderen Stühle nieder. Für einen Moment war das Knarzen der Sitzmöbel das einzige Geräusch, das den Raum erfüllte. Durchdringend sah ihn der Bauer an.

Unbehagen überkam Lukas. Er konnte Stille schlecht aushalten. Zumindest in diesem Punkt war ihm das Leben als Landsknecht zupassgekommen: Im Tross herrschte niemals Ruhe. »Thomas«, entsann er sich des Namens des Bauern und durchbrach so die Ruhe. »Ein schönes Haus ist das und ...«

»Warum bist du hier?«, ließ sich der Bauer davon nicht einlullen.

Stille war vielleicht doch gar nicht so schlecht.

»Falls du glaubst, ich würde diesen mageren Klepper von einem Maultier kaufen, hast du dich geschnitten. Die Zeiten sind so schlecht, dass ich es mir nicht leisten kann, ein weiteres Maul durchzufüttern. Selbst Růže behalte ich nur, weil sie Zuzanna wichtig ist. Seitdem ihre Mutter ...« Er räusperte sich, als hätte er gemerkt, dass er Lukas zu viel erzählte.

»Ich will Jolande nicht verkaufen ...«

Thomas hob fragend die Augenbrauen.

»Das Maultier.«

»Aha. Und warum bist du dann hier?«

Umständlich schälte sich Lukas aus seinem Mantel. Die Nähe zum Kamin hatte ihn unter dem dicken Kleidungsstück zum Schwitzen gebracht, außerdem wollte er Zeit gewinnen, um sich eine glaubhafte Geschichte zurechtzulegen. Insgeheim hoffte er auch, dass Zuzanna zu ihnen stoßen würde. In ihrer Gegenwart würde er sich besser fühlen. Doch auch nachdem er sich seines Mantels entledigt und ihn zum Trocknen über die Stuhllehne gehängt hatte, war das schöne blonde Mädchen noch nicht wieder aufgetaucht. Seufzend gab er seinen Widerstand auf. »Ich bin hier, weil ich Hilfe brauche. Mein Aufbruch war etwas überstürzt und daher bin ich schlecht ausgerüstet. Wenn ihr mir mit einem Hut, etwas Proviant und Heu, so viel Jolande auf ihrem Rücken tragen kann, aushelfen könntet, wäre ich dankbar. Selbstverständlich werde ich dafür zahlen.« Er klopfte auf die Ledertasche. Jetzt war er froh, dass die leuchtende Flüssigkeit aus der Phiole verschwunden war. Nicht auszudenken, welche Lügen er hätte erfinden müssen, wenn der Bauer dieses Phänomen zu Gesicht bekommen hätte.

»Aha. Und warum musstest du überstürzt aufbrechen? Du warst wohl in Sorge darüber, dass das Fohlen zu alt sein würde, wenn du mit ihm bei seinem neuen Besitzer auftauchst?«

Falsch lachte Lukas über den Scherz.

»Na los«, ranzte ihn der Bauer an. »Irgendwas stimmt an deiner Geschichte nicht, das spüre ich ganz deutlich. Nur meiner Tochter hast du es zu verdanken, dass du meine Schwelle lebend überschreiten durftest.« Drohend stieß er mit dem Stiel der Forke auf den groben Holzboden auf. »Aber überstrapaziere meine Geduld und meine Gastfreundschaft nicht.«

»Darf ich?« Nach einem Nicken des Bauern wühlte Lukas hastig in der Ledertasche herum und förderte schließlich den prallen Geldbeutel zutage. »Hier, ich kann für alle Unannehmlichkeiten bezahlen.« Er schüttelte das lederne Behältnis, das verheißungsvoll klimperte. Lukas war sich sicher, dass er noch nie so viel Geld in der Hand gehabt hatte.

Diese großmütig gemeinte Geste löste das vollkommene Gegenteil von dem aus, was Lukas beabsichtigt hatte. Das Gesicht des Bauern verwandelte sich zu einer Maske des Abscheus. »Wenn du hergekommen bist, um dich über uns zu erheben, dann schere dich sofort davon! Ich will dein Geld nicht, woher es auch immer stammt. Wir mögen arm sein, aber meine Tochter und ich sind immer gottesfürchtige und ehrliche Leute gewesen. Blutgeld werden wir niemals annehmen, selbst wenn wir verhungern müssten.«

Beschwichtigend hob Lukas die Hände. »Bitte entschuldige, so war das nicht gemeint. Ich ...« Seufzend fuhr er sich durch seine Haare, die schon vor Wochen hätten geschnitten werden sollen. Mittlerweile fiel ihm seine mausbraune Mähne in die Stirn und reichte ihm fast bis zur Schulter.

»Sag einfach die Wahrheit, Lukas«, erklang plötzlich Zuzannas Stimme. Sie musste durch eine Hintertür hereingekommen sein. Sie brachte den Lukas nur zu vertrauten Geruch nach Stall und Pferden mit. In der Schürze ihres einfachen Wollkleids steckte noch ein verlorener Strohhalm.

Ein Mädchen, das Pferde liebt, durchzuckte es Lukas und in diesem Moment verlor er sein Herz endgültig an die Blondine.

»Ich weiß, dass jemand, der Tieren wie Růže und dem Maultierfohlen sein Leben widmet, kein schlechter Mensch sein kann. Daher brauchst du dich vor uns nicht hinter Lügen zu verstecken. Du bist hier unter Freunden.«

Lukas sah ihr direkt in die Augen, dann ihrem Vater. Die beiden lebten jenes bescheiden erfüllte Leben, das er ebenfalls angestrebt hatte und das ihm für immer genommen worden war. Nie wieder würde er Teil einer bäuerlichen Gemeinschaft sein können. *Oder Teil irgendeiner Gemeinschaft. Ich bin ein Fahnenflüchtiger.* Diese Erkenntnis und all die Qualen sowie Ängste der letzten Nacht trieben ihm die Tränen in die Augen.

»Du kannst uns vertrauen«, sagte Zuzanna und streichelte ihm über die Schulter.

»Also gut ...«, seufzte er und ergab sich in sein Schicksal. Ohne innezuhalten, erzählte er, was ihm passiert war und warum er an diesem Ort im Nirgendwo gelandet war. Es tat gut, die Geschichte zu teilen, und doch konnte er nicht die ganze Wahrheit offenbaren. Das Wort Dämon und der Grüngeschuppte tauchten mit keiner Silbe in seiner Erzählung auf. Es war schwer genug für ihn, dies zu begreifen, keinesfalls würde er diese braven Leute damit quälen.

Nachdem er geendet hatte, legte sich bedrückende Stille über den Raum, nur unterbrochen vom Knacken des Feuers im Kamin.

Es war Zuzannas Vater, der als Erster die Stimme wiederfand. Seufzend stieß er aus: »Ein Fahnenflüchtiger also. Es ist schlimmer, als ich befürchtet hatte.«

»Er kann nichts dafür, Táta, sein Vater hat ihn an die Mansfeldischen verkauft wie ein hinkendes Pferd.« Tröstend legte sie ihre feingliedrige Hand auf Lukas' Unterarm.

Diese beiläufige Geste brachte diesen gleich wieder dazu, davon zu träumen, sich hier für immer zu verkriechen.

»Das mag alles schön und gut sein, aber diesen Silberdegen und die volle Börse, die hat er nicht als Belohnung für seine Fahnenflucht bekommen, das kann ich dir versichern«, gab ihr Vater seinen Widerstand nicht auf.

Jetzt sah ihn auch Zuzanna fragend an. Ihre Hand hatte sie von seinem Arm genommen.

»Die Sachen gehören mir nicht«, begann Lukas.

Das reichte Zuzannas Vater. Er sprang auf und bedrohte ihn erneut mit der Forke. »Wusste ich es doch. Einen Dieb dulde ich nicht unter meinem Dach.«

»Ich bin kein Dieb, sondern ein Bote, das müsst ihr mir glauben. Ich habe einem sterbenden Jungen versprochen, seine Sachen nach Prag zu bringen. Es ist eine Aufgabe von überaus großer Dringlichkeit. Falls ihr mir mit ein wenig Wegzehrung und Kleidung helft, schaffe ich es vielleicht, sie auszuführen. Mehr kann ich euch darüber nicht erzählen.«

»Táta, bitte«, drängte Zuzanna ihren Vater, die Forke wieder sinken zu lassen. »Wir müssen Lukas helfen, er hat sich sein Schicksal nicht selbst gewählt.«

»Eine Schüssel Brei und Heu für dein Fohlen, dann geht ihr wieder!« Drohend zeigte Thomas mit dem Finger auf Lukas.

»Táta«, tadelte Zuzanna ihren alten Herrn erneut.

»Schon gut, er kann auch meinen alten Filzhut haben, aber mehr nicht. Ich will nichts von seinem Geld, und mehr können wir wirklich nicht entbehren.«

Zuzanna stieß ihrem Vater den Ellenbogen in die Seite.

»Na ja, vielleicht finden wir irgendwo auch noch ein paar Handschuhe und eine Decke.«

»Ich mache mich gleich daran, alles zusammenzupacken«, rief Zuzanna fröhlich, sprang vom Tisch auf und zwinkerte Lukas zu.

Ihr Vater schlurfte zum Herd und schöpfte aus einem verbeulten Kessel Brei in eine Schale.

»Danke!« Gierig stürzte Lukas sich darauf. »Daff werdet ihr niff bereuen«, schwor er mit vollem Mund.

»Das glaube ich erst, wenn du hinter dem nächsten Hügel verschwunden bist.«

Lukas hatte bereits den Grund seiner Schale erreicht und kratzte akribisch die letzten Reste aus dem Gefäß.

»Es ist gut, dass du dich eilst«, kommentierte Thomas das. »Du weißt doch sicher, was die Landsknechte mit denjenigen machen, die einem Fahnenflüchtigen Unterkunft und Hilfe gewähren? Von dem, was sie jungen Frauen antun, gar nicht zu reden.«

Ich bringe diese Menschen hier in Gefahr. Der letzte Rest blieb ihm im Halse stecken. »Ich werde sofort aufbrechen, um ...« Ein Wiehern ließ ihn innehalten. Er wechselte einen schnellen Blick mit dem Bauern. Es war unverkennbar, dass der Mann das Gleiche dachte wie er selbst. *Sie haben mich gefunden.*

»Bleib hier sitzen, ich werde nachsehen, wer das ist!«, befahl sein Gastgeber mit strenger und besorgter Miene gleichzeitig. Scharrend schob er den Stuhl zurück und griff nach der Forke. Die bis vor wenigen Minuten noch so bedrohlich aussehende Mistgabel wirkte jetzt jämmerlich auf Lukas. Er dachte an die Pistole von Lorenz sowie die Rüstungen, Hellebarden und Musketen seiner ehemaligen Kameraden. Dazu ging ihm die Szene durch den Kopf, wie Schaffgotsch dem armen Sachsen wegen einer Nichtigkeit die Kehle durchgeschnitten hatte. Über dieses Bild legte sich das Gesicht Zuzannas, die ebenfalls blutüberströmt zusammenbrach. *Das werde ich nicht zulassen.* Er sprang auf und zog umständlich den Degen aus seinem Gürtel. Die scharfe Klinge hatte bereits tiefe Kerben in das Leder geschnitten. *Wenn ich nicht aufpasse, schneide ich mir noch den …*

Der böse Blick des Hausherrn ließ ihn dieses Gedankenspiel beenden. Thomas wandte sich wieder ab und sah mit zusammengekniffenen Augen aus dem Fenster. Mit einer Hand hielt er die Forke, mit der anderen schob er die Gardine zur Seite.

»Vier oder fünf kann ich von hier aus zählen. Das Schneetreiben trübt die Sicht gewaltig«, sprach der Bauer mehr zu sich selbst als zu Lukas. »Alle vermutlich bis an die Zähne bewaffnet. Jetzt erkenne ich Hellebarden, also eindeutig Landsknechte. Verflucht. Ihre Pferde quälen sich langsam durch den hohen Schnee und die Reiter sitzen zusammengesunken auf den Gäulen. Niemand ist freiwillig bei diesem Wetter da draußen. Da werden sie umso brutaler vorgehen, wenn sie einen Fahnenflüchtigen an meinem Esstisch finden.«

»Ich verschwinde durch die Hintertür «, raunte ihm Lukas zu.

»Mach schnell, du Unglücksrabe!«, wisperte Thomas. »Je früher du hier weg bist, desto besser. Ich werde versuchen, die Kerle aufzuhalten.« Breitbeinig stapfte er auf die Tür zu. »Denk nicht, dass ich das für dich mache. Ich tue das nur, um Zuzanna zu beschützen. Dein Schicksal ist mir vollkommen egal, solange es sich nur nie wieder mit dem meinen verbindet.« Er riss die Tür auf. »Was macht ihr auf meinem Land?«, bellte er ungehalten.

Ich weiß nicht, ob es eine gute Idee ist, so mit meinen ehemaligen Kameraden zu sprechen. Da er wusste, dass er hier ohnehin nichts ausrichten konnte, schlich Lukas zur Hintertür. Im Laufen warf er seinen Mantel über. Mit spitzen Fingern zog er die Tür am Holzgriff auf und hörte dabei, was die Landsknechte Zuzannas Vater zuriefen:

»Wir sind hier, weil wir einen flüchtigen Mörder suchen.«

Lukas drehte sich noch einmal um und sah, dass sich der Bauer bei diesen Worten versteifte. Da er den Teil mit dem Dämon ausgelassen hatte, hatte er auch nichts von dessen Opfern erzählt. *Er wird glauben, dass ich ihn angelogen habe.* Würde der Bauer ihn verraten?

»Aha«, entgegnete Thomas allerdings nur vielsagend. »Und warum kommt ihr darauf, dass er sich ausgerechnet hier verbirgt? Wir haben hier nur sehr selten Besucher, und schon gar nicht im Winter.«

Eine Zentnerlast fiel Lukas vom Herzen. Der Bauer verriet ihn nicht. *Noch nicht.* Schnell schlüpfte er durch die Hintertür nach draußen. Er fand sich umgeben von einem selbst gezimmerten Sammelsurium aus Ställen und Schuppen. Schafe blökten. Aus einem Käfig blickten ihm mümmelnde Hasen entgegen und irgendwo war das unverkennbare Grunzen von Schweinen zu vernehmen. Aber all das interessierte ihn nicht. Sein Blick war auf jene grazile Gestalt gerichtet, die im Pferdestall gerade etwas in einen löchrigen Rucksack stopfte. Zuzanna. *Sie hat noch nichts von der Gefahr mitbekommen. Ich muss sie warnen.* Schnellen Schrittes lief er auf sie zu. »Zuzanna«, raunte er.

Das blonde Mädchen zuckte beim Klang seiner Stimme

zusammen. Ein Apfel, den sie gerade einpacken wollte, fiel ihr aus der Hand. Er rollte in den Verschlag, wo sie Jolande untergebracht hatte. »Ach, du bist es, Lukas.« Sie schenkte ihm ihr strahlendes Lächeln.

»Ja ... ich ... ähm«, verschlug es Lukas augenblicklich die Sprache. *Reiß dich zusammen, hier geht es um Leben und Tod.*

»Was machst du hier? Mein Vater hat dich doch wohl nicht aus der warmen Stube vertrieben? Falls dem so sein sollte, wird er gleich was erleben.«

»Nein, nein, dein Vater ... äh ...« Es fiel ihm schwer, zu beschreiben, womit sich ihr Vater seinetwegen gerade auseinandersetzen musste. »Es sind Männer gekommen. Bewaffnete.« Er schluckte schwer, bevor er es aussprach. »Ehemalige Kameraden von mir, die mich suchen. Ich muss sofort von hier verschwinden. Es tut mir leid, dass ich euch alle in Gefahr gebracht habe.«

Sie wurde blass.

Jetzt hasst sie mich, war sich Lukas sicher.

»Wie schade, dass du schon gehen musst«, sagte sie jedoch zu seiner Überraschung. »Hier.« Sie hielt ihm den prall gefüllten Rucksack entgegen. »Das wird dir hoffentlich helfen, dein Ziel zu erreichen.«

»D-d-danke.« *Ich bringe sie in Lebensgefahr, und dann das.* »Eigentlich kann ich das gar nicht annehmen, weil ...«

»Papperlapapp«, fuhr sie ihm über den Mund und streckte sich. Auf Zehenspitzen stehend griff sie nach einem an einem Haken hängenden, breitkrempigen Filzhut. In einer fließenden Bewegung wischte sie einige nicht vorhandene Staubkrümel von dem dunkelgrünen Material und setzte ihm die Kopfbedeckung auf. »Das ist zwar Vaters neuer Hut, aber das werde ich ihm schon erklären können.«

»Zuzanna, das ist zu ...«

Blitzschnell schoss sie nach vorn und verschloss ihm den

Mund mit einem Kuss. Ihre Lippen waren voll und herrlich weich. Sie schmeckte nach Apfel und verströmte ein wunderbares Aroma nach frischem Stroh und Kräuterseife. »Entschuldige bitte«, zog sie sich viel zu schnell von Lukas zurück. »Ich träume davon schon seit deinem letzten Besuch bei uns …« Sie schlug beschämt die Augen nieder.

»Es war wunderbar«, sagte Lukas das Erste, was ihm in den Sinn kam. Nur zu gern hätte er sie ein weiteres Mal geküsst, aber von vor dem Haus waberte Gebrüll zu ihnen herüber. »Ich muss gehen.« Er griff in die Tasche und hielt ihr die Geldbörse hin. »Nimm sie, ich brauche das Geld nicht, und derjenige, dem es einst gehört hat, auch nicht. Bitte!«

Zaghaft griff Zuzanna danach. »Ich werde es vor Vater verbergen und nur das Nötigste davon kaufen, damit wir gut über den Winter kommen. Was ist mit Jolande?«

Am liebsten hätte Lukas das Tier einfach hiergelassen, aber er wusste nicht, ob Rattengesicht oder andere dabei waren, die das Maultier hätten wiedererkennen können. »Sie kommt mit.« Beherzt öffnete er den Verschlag und warf ihr die Schlaufe des Seils über den Hals.

Das Maultier, das sich gerade genüsslich über den Apfel hermachte, fühlte sich offenbar beim Fressen gestört. Wütend biss es ihn ins Bein.

»Lass das, du störrischer Esel«, zischte Lukas wütend, rüttelte sich los und zerrte sie aus dem Stall heraus.

»Geh dort hinaus«, wies ihm Zuzanna einen schmalen Weg zwischen dem Stall und einem Schuppen. »Die Gebäude sollten euch so lange verbergen, bis ihr wieder im Wald seid.« Ihre Stimme war matt und traurig.

Das Brüllen wurde lauter. Zuzannas Vater würde die Lands-knechte nicht länger hinhalten können.

»Bitte entschuldige, in was für eine Situation ich euch gebracht habe. Ich hoffe …«

Wieder küsste sie ihn. Diesmal war der Kuss intensiver. Überrascht und erfreut zugleich spürte Lukas ihre Zunge in seinem Mund. »Geh jetzt!«

Das Brüllen verstummte, was nach dem Krach lauter als ein Pistolenschuss wirkte.

»Mit denen wird mein Táta schon fertig. Es steckt mehr in ihm, als man auf den ersten Blick sieht. Vertrau mir!« Sie gab Jolande einen Klaps, die Lukas daraufhin in den Gang zog.

»Werde ich dich wiedersehen?«, flüsterte Lukas über die Schulter blickend, bevor Zuzanna in dem wilden Schneetreiben gar nicht mehr sehen konnte.

»Ich hoffe doch sehr, Lukas Holub. Du weißt ja, wo ich wohne.«

7

LUKAS OHNENAMEN

KÖNIGLICHE HAUPTSTADT PRAG, Königreich Böhmen, ehemals kaiserliche Erblande, 15. Januar 1620, 2. Kriegsjahr

»UND DA IST SIE ENDLICH, DIE GOLDENE STADT!« Lukas wischte sich den Schweiß von der Stirn und tätschelte mit der anderen Hand Jolandes Widerrist. Zwei mühselige und kalte Tage im Wald hatte er gebraucht, um bis hierher zu kommen. Weder Dämonen noch Landsknechte oder Wölfe hatten sich ihnen in den Weg gestellt. Dank Zuzannas prall gefülltem Rucksack, der inzwischen merklich leichter geworden war, hatte er keinen Hunger leiden müssen – im Gegensatz zu Jolande, die sich mit dem Wenigen begnügen musste, was sie im Wald gefunden hatten. Im Rucksack hatte Lukas auch noch eine ungewöhnlich weiche Wolldecke entdeckt, die leicht nach Zuzanna roch und in der er sich in den kalten Nächten in die Arme der schönen Bauerstochter geträumt hatte.

Das Maultier kommentierte seine Euphorie nicht und

beschnüffelte erneut den Schnee nach Essbarem. Es war seit dem Aufbruch aus dem Heerlager erschreckend abgemagert.

»Also, ich hätte mir schon etwas mehr Begeisterung erwartet. Wir haben es geschafft. Wir sind endlich in Prag.« Er ließ den Blick über die Stadt schweifen. Als Erstes betrachtete er die Prager Burg. Der Komplex aus Palästen, Kathedralen und einer zusätzlichen Befestigungsanlage krönte die Stadt. Der Sitz der böhmischen Könige und die darauf zuführende Karlsbrücke mit ihrem Reigen aus steinernen Heiligen lagen zugedeckt unter einer dicken Schicht aus Schnee. Das winterliche Weiß nahm den epochalen Bauwerken dennoch nichts von ihrer Strahlkraft.

»Die Mutter der Städte«, murmelte Lukas unter Bezug auf eine alte Legende, die behauptete, dass Prag nach der biblischen Sintflut die erste Stadtgründung gewesen sei. Er betrachtete die sich träge durch die Stadt schlängelnde Moldau, die Prag in zwei ungleiche Teile zerschnitt. Der größere Teil, die Kernstadt, war ein Sammelsurium aus unterschiedlichsten Häusern in allen möglichen Formen und Baustilen. Viele der Gebäude waren aus Holz und Lehm errichtet worden. Aus ihren Schornsteinen schlängelten sich unzählige Rauchfahnen in den spätnachmittäglichen Winterhimmel hinauf. Dort lebten die normalen Einwohner der böhmischen Hauptstadt. Handwerker, Dienstmägde, niedere Beamte und Tagelöhner, wie Lukas aus Erzählungen von Landsknechtskameraden wusste. Auf der anderen Seite des Flusses, der Kleinseite, standen riesige, steinerne Bürgerhäuser, von denen einige kleinen Palästen glichen. Der ganze Reichtum der wohlhabenden Stadt war ganz offenbar hier konzentriert. Es wirkte auf Lukas beinahe so, als wollten die Einwohner dieses Stadtteils mit denjenigen auf der gegenüberliegenden Seite der Moldau nichts zu tun haben. Ihm ging es genauso. »Dort haben wir nichts verloren, meine Liebe«, erklärte er dem Maultier seine Beobachtung, »auch wenn

111

unser Ziel ganz in der Nähe liegt.« Er fuhr mit dem Finger ein Stück nach links, um dem Tier zu zeigen, was er meinte. »Siehst du diesen Hügel dort, der direkt an die Kleinseite angrenzt? Und was steht da auf seiner Spitze? Naaa?«, machte er sich einen Spaß daraus, dem maulfaulen Maultier ein Rätsel zu stellen.

Jolande legte tatsächlich den Kopf ein wenig schief.

»Richtig geraten, das Kloster Strahov, der Ort, wo wir unseren Brief abgeben sollen. Falls sie uns denn in die Stadt lassen.« Besorgt betrachtete er die lange Schlange Wartender, die sich vor dem westlichen Haupttor, das laut dem toten Jungen ebenfalls Strahov hieß, gebildet hatte. »Sollen wir es dort versuchen oder lieber an einem der anderen?« Durch das Strahov-Tor wären sie direkt auf die Kleinseite gekommen und damit schnell an ihr Ziel, das sah er von hier aus, aber an der mit einer Zugbrücke und Fallgittern gesicherten Stadteinfahrt schien die Kontrolle ziemlich streng zu sein, wenn er die wartende Menschenmenge richtig deutete. Da er ein Fremder war, der weder auf Geschäfte in der Stadt noch Familie oder Freunde verweisen konnte, bestand die Möglichkeit, dass man ihn abwies.

»Wir nehmen das Aschenbrunner-Tor«, rief er daher Jolande entschlossen zu und ruckte am Strick, um sie zum Laufen zu bewegen. »Das ist zwar das kleinste, wie ich einmal von einem befreundeten Pferdehändler gehört habe, aber dafür soll man dort nie warten müssen, was vielleicht für freundliche und weniger wachsame Stadtwachen spricht«, übte er sich in Hoffnung. Er verließ den Schutz des Waldes und begab sich auf den Königsweg. Die breite Straße, die direkt auf die Stadt zulief, war voller Menschen, Karren und Kutschen, die alle darauf drangen, noch vor Einbruch der Dunkelheit in die Stadt zu gelangen. Zu Lukas' Beruhigung beachtete ihn niemand. Ein Stimmengewirr aus Tschechisch und Deutsch schlug ihm entgegen, das nach der bedrückenden Stille des Waldes richtiggehend angenehm war. Dennoch sprach er niemanden an, um nicht aufzufallen.

Nach etwa einer Stunde des stummen Gehens über den von zahllosen Füßen und Rädern verharschten Schnee – Jolande blieb dabei vorbildlich unauffällig – erreichten sie eine Weggabelung. Der Großteil der Besucher strömte geradeaus auf das Strahov-Tor zu, um direkt auf die Kleinseite zu gelangen, wo vermutlich die besten und die profitabelsten Geschäfte abgeschlossen wurden. Nur wenige Reisende bogen in Richtung der kleineren Tore ab. Lukas schloss sich denjenigen an, die nach links gingen. Es war die mit Abstand kleinste Gruppe.

Ein hinkender Mann, der auf seinem Rücken eine aus Weidenruten gefertigte Kiepe trug, die fast so groß war wie er selbst, stieß beim Abbiegen beinahe mit Jolande zusammen, die ausgerechnet in diesem Moment beschloss, nicht weiterzugehen.

»Entschuldigung«, murmelte Lukas verschämt und zerrte wütend an dem Strick des Maultiers. *So viel dazu, nicht aufzufallen.*

»Kein Problem«, gab sich der hagere Lastenträger entspannt und tätschelte Jolande. »Ist übrigens 'ne gute Idee, das Aschen- brunner zu nehmen, Junge. Am großen Tor kontrollieren sie heute so streng, da bist du am kleinen schneller durch.«

»Warum sind sie denn so streng?«, ging Lukas nach gefühlten Ewigkeiten der Monologe mit Jolande im Wald sogleich auf das Gespräch mit dem Fremden ein.

»Es gab wohl vor einigen Tagen einen Anschlag auf unser Heer, so habe ich auf dem Weg hierher gehört.«

Ein Klumpen Eis bildete sich bei diesen Worten in Lukas' Bauch. *Wieso habe ich mich nur auf dieses Gespräch eingelassen und bin nicht einfach wortlos weitergegangen?* Trotzdem versuchte er, ein Gesicht aufzusetzen, das Interesse heuchelte, gleichzeitig aber Überraschung zeigte. »Was Ihr nicht sagt?«, kam es hölzern aus seinem Mund.

Der Träger bemerkte es glücklicherweise nicht. »Ja, es geht das Gerücht, dass Kaiser Ferdinand II. persönlich Meuchelmörder ins Feldlager geschickt haben soll, die Dutzende Männer nachts in ihren Zelten abgeschlachtet haben.«

»Ohh ...« Lukas konnte nicht fassen, welches Grauen der Dämon im Feldlager angerichtet hatte. *Ich habe nur einen Bruchteil seiner Schandtaten gesehen.*

»Auf jeden Fall soll unser neuer König nach diesen schlimmen Nachrichten angeordnet haben, dass die Hauptstadt und besonders die Kleinseite und auch die Prager Burg schärfer bewacht werden. Unserem Friedrich von der Pfalz ist schon klar, dass es eigentlich sein Hintern ist, hinter dem der Kaiser seit der Geschichte mit dem Fenstersturz her ist. Deswegen so viel Aufhebens am Strahov-Tor. Glück für uns, dass wir nicht auf die Kleinseite müssen, was, Junge? Wir kommen sicher ohne Probleme hinein, die Viertel der normalen Leute brauchen nicht so viel Schutz wie die der Großkopferten.« Er kicherte heiser.

»Hoffen wir es«, murmelte Lukas mehr zu sich selbst denn zu dem Kiepenträger.

Sein Gegenüber hörte ihm gar nicht richtig zu. »Die Meuchelmörder sind noch nicht gefunden. Ich habe sogar gehört, dass es sich um Landsknechte handeln soll, die wochenlang vorgaben, auf unserer Seite zu kämpfen, bis sie dann ihr wahres Gesicht zeigten. Ich hoffe, man vierteilt diese fahnenflüchtigen Verbrecher, wenn man sie findet.«

Ich nicht. Lukas lief ein kalter Schauer über den Rücken.

Seine heftige Reaktion entging dem humpelnden Mann nicht. »Alles in Ordnung, Junge? Du siehst plötzlich so blass aus.«

»Ich bin nur hungrig.« Blitzschnell dachte er sich eine Lüge aus. »Ich muss sie erst in der Stadt verkaufen«, er zeigte auf

Jolande, »um mir etwas zum Essen kaufen zu können. War ein harter Winter für meine Familie«, endete er achselzuckend. Immerhin der letzte Teil war nicht gelogen.

Verständnisvoll blickte ihn sein Gesprächspartner an, ging ächzend in die Knie und hielt ihm die Öffnung seiner Kiepe entgegen. »Greif einmal unter das Tuch.« Überrascht tat Lukas, was er ihm auftrug. Seine Hand erspürte ein Meer halbrunder Klumpen, von denen er einen ergriff. Erfreut zog er einen Zelten heraus. Das feste Früchtebrot war schon immer eine seiner liebsten Süßigkeiten gewesen, auch wenn seine Familie sich derartigen Luxus nur zu hohen Feiertagen leisten konnte. Er hielt sich das Gebäck vor die Nase. Ein herrlicher Geruch nach Honig und Nüssen zog ihm in die Nase, der ihm das Wasser im Mund zusammenlaufen ließ. Zwar hatte er seit seinem Besuch auf dem Jelinek-Hof dank Zuzanna keinen Hunger leiden müssen, da sie ihm einen halben Laib Brot und eine Handvoll Äpfel in den Rucksack gesteckt hatte, aber richtig satt war er dennoch seit Langem nicht gewesen. *Und jetzt halte ich einen solchen Schatz in den Händen.*

Das schien auch Jolande so zu sehen. Neugierig versuchte sie, an dem Zelten zu schnuppern.

Hektisch riss Lukas das Gebäck aus der Reichweite des Maultiers. »Das ist nicht gut für dich.« Er sah den edlen Spender an. »Danke, aber ich kann Euch nicht bezahlen ...«

»Schon gut«, winkte der Fremde ab. »Das ist meine gute Tat für heute.« Er blickte zum Himmel. »Der Herr wird es mir schon vergelten.« Er richtete sich stöhnend wieder auf.

Schnell half Lukas ihm, indem er die Kiepe anhob.

»Siehst du, jetzt habe ich zu danken, so schnell geht das.« Er lächelte Lukas an und offenbarte dabei ausgeschlagene Schneidezähne. »Ich bin übrigens Václav.«

»Lukas«, antwortete er, ehe er sich auf die Zunge beißen

115

konnte. *Jetzt kennen schon drei Leute seit meiner Flucht meinen wahren Namen, da könnte ich mich genauso gut auf die Karlsbrücke stellen und ihn hinausbrüllen.*

»Freut mich, dich kennenzulernen, Lukas«, entgegnete Václav freundlich.

»Iff mich auch«, entgegnete Lukas mit vollem Mund. Der Zelten war köstlich. Süße durchströmte seinen ganzen Körper und schien ihn mit neuer Kraft zu erfüllen.

»Was ist Euer Begehr?«, raunzte eine gelangweilte Stimme, als sie das Tor erreicht hatten. Sie gehörte einem in ein dunkelrotes Wams gekleideten Wachmann mit tränenden Froschaugen. Der beleibte Soldat stützte sich auf seine Hellebarde, als würde er ohne sie umfallen. Was er vielleicht auch getan hätte, denn sein Bauch war groß wie ein Kupferkessel und hing ihm schürzengleich über die schwarze Hose. Seine Fettleibigkeit war vermutlich auch der Grund, warum er, anders als die beiden anderen Wachen, kein Kettenhemd trug. Vermutlich gab es so etwas gar nicht in seiner Größe.

»Er und ich, wir treiben hier jede Woche das gleiche Spiel. Halt dich an mich und du kommst in die Stadt«, raunte Václav Lukas zu.

Der schluckte das letzte Stück des Früchtebrots hinunter und nickte kaum merklich.

»Handel, werter Wachmann.«

»Aha«, entgegnete der Dicke, als hätte er mit nichts anderem gerechnet. »Was für Handel?«

»Gebäck, Herr.«

Jetzt kam Bewegung in den Wächter. »Ich muss Eure Kiepe kontrollieren.«

Wieder ging Václav in die Hocke. Vor Anstrengung quollen die Adern und Sehnen an seinem Hals hervor.

Gierig wühlte der Bewaffnete unter dem Tuch herum. Als

seine dicken Hände wieder zum Vorschein kamen, befanden sich vier Zelten darin. Er legte sie auf das Mäuerchen hinter sich und nahm sich einen weiteren, in den er direkt hineinbiss. »Ihr könft paffieren!« Er wedelte sie ungeduldig durch, um in Ruhe essen zu können. Lukas würdigte er dabei keines Blicks.

Das Glück hat mich also doch noch nicht gänzlich verlassen, freute der sich und trat durch das Tor hinein in die Goldene Stadt. Die Hauptstadt Böhmens strotzte hinter den Mauern nur so vor Leben. Ein Klangteppich aus Gelächter, Gebrüll und Geschimpfe schlug ihm entgegen. Gern hätte er sich ein wenig Zeit genommen, um das quirlige Leben in den engen Gassen genauer in Augenschein zu nehmen, aber von hinten drängten bereits weitere Reisende, die ihn und Jolande unbarmherzig weiterschoben.

»Dann dir viel Erfolg bei deinem Handel«, verabschiedete sich Václav von ihm in dem Gewühl.

»Ich hoffe, ich finde das Kloster ...«

»Meinst du Strahov?«

»Ja«, gab Lukas zu.

»Ganz einfach. Nimm diesen Weg dort.« Er zeigte auf eine in westliche Richtung verlaufende Straße, die sich zwischen gedrungenen Häusern sanft aufwärtsschlängelte. »Lauf immer nach Westen. Du merkst, dass du richtig bist, wenn der Weg beständig ansteigt und du immer wieder an kleinen Kapellen und Heiligenstatuen vorbeikommst, die entlang der Straße aufgestellt sind. Vergiss nicht, dass du hier auf geheiligtem Boden bist. Wie auch immer ...« Der freundliche Händler lachte und straffte sich. »Jetzt muss ich aber wirklich los.«

Lukas konnte kaum die Hand heben, da war sein Helfer bereits in der Menschenmenge verschwunden. »Danke für alles«, rief er ihm hinterher, unsicher, ob der Bäcker das bei dem allgegenwärtigen Krach überhaupt verstehen konnte. »Tja, nun sind wir wieder auf uns allein gestellt, meine Gute«, redete er aus

Gewohnheit mit Jolande. »Ich hoffe, das Glück bleibt uns hold. Immerhin ist unser Ziel weithin sichtbar und damit nicht zu verfehlen.« Er blickte zu dem Hügel, von dem aus das weiß gestrichene Kloster mit den beiden gedrungenen Kirchtürmen über die Stadt wachte.

DER AUFSTIEG ZUM KLOSTER KOSTETE LUKAS überraschend viel Kraft. Der von unten so unscheinbare Hügel hatte es in sich. »Wenn ich diesen elenden Brief los bin, werde ich nicht einmal mehr einen Maulwurfshügel überschreiten«, schwor er sich brummelnd. Die Hradčany genannte Erhebung offenbarte ihm einen schönen Blick auf die gesamte Stadt, und das sich über ihm aufbauende Kloster selbst war nicht weniger beeindruckend. Der zweistöckige Bau mit den roten Dachschindeln wurde von einer imposanten Basilika mit ihren Doppeltürmen überragt und war so groß, dass Lukas aus seiner Position nur einen Bruchteil der Anlage überblicken konnte. »Warte mal einen Moment, ich muss Luft holen«, rief er Jolande zu, der der Aufstieg weniger Probleme bereitet hatte, und stützte sich auf den Oberschenkeln ab. »Die letzten Tage waren doch etwas viel.« *Bis auf Zuzanna.* Die Gedanken an das blonde Mädchen waren das strahlende Licht selbst in seinen dunkelsten Stunden.

Eine Gruppe schwarz Gekleideter passierte ihn schweigend. Ihre Umhänge kräuselten sich dramatisch, als sie durch ein säulengestütztes Portal ins Innere des Klosters gingen.

»Komm, denen hinterher, vielleicht klappt das hier nochmal so gut wie am Stadttor.« Er sammelte seine verbliebenen Kräfte und rannte die letzten Schritte. Dabei blickte er zu den Statuen über dem Tor hinauf, die ihn geradezu strafend anzusehen schienen. Den streng blickenden Mann in der Mitte samt goldenem Hirtenstab erkannte er. Es war der heilige Norbert von Xanten, der berühmte Gründer des Prämonstratenserordens. Die Gestalten, die rechts und links neben ihm standen und die er mit seinem Stab und dem Schwert in der anderen Hand abzuwehren schien, kamen Lukas auf eine unangenehme Art ebenfalls bekannt vor. Es waren groteske Bestien mit Hörnern, Reißzähnen und Klauen. *Dämonen.* Die beiden Figuren aus Sandstein sahen im Vergleich zu der des heiligen Norbert hell und neu aus, als wären sie erst vor kurzer Zeit erschaffen und über dem Portal aufgestellt worden.

Lukas warf dem Heiligen einen entschuldigenden Blick zu und trat keuchend durch das im Vergleich zur Größe des Gebäudes recht kleine Tor in den dahinterliegenden Innenhof. Gerade noch sah er die schweigsame Gruppe in Schwarz in der rechts neben ihm liegenden Basilika verschwinden. »Wir haben es wirklich geschafft«, freute sich Lukas, als er im Innern der auf eine unbestimmte Art verwaist wirkenden Anlage stand. »Gib zu, du hättest bei unserem Aufbruch nicht geglaubt, dass uns das gelingt«, formulierte er seine eigenen Befürchtungen als Frage an Jolande.

Das wie stets schweigsame Maultier kratzte statt einer Antwort mit den Hufen über das Kopfsteinpflaster des Innenhofs.

»Du brauchst gar nicht erst zu versuchen, es zu bestreiten, deine Flucht vor den Wölfen war alles andere als eine Ruhmestat.«

Jetzt gab das graufellige Tier ein beleidigtes Schnauben von sich.

Weiter plappernd zog Lukas sie tiefer in die Anlage. »Na gut, irgendwie kann ich dich ja verstehen, spätestens als der Dämon erschien, wurde mir auch anders.« Ein breites Grinsen schob sich auf sein Gesicht. »Nun, ich will nicht angeben, aber nachdem ich den besiegt hatte, war ich mir sicher, dass wir es bis hierhin schaffen.«

Aus der Klosterkirche erhob sich dumpf ein Chor junger Stimmen, die weit über den merkwürdig verwinkelten Innenhof trugen.

Das Geräusch ließ Lukas zusammenzucken, während sich Jolande nicht darum scherte, sondern sich begeistert auf einen vertrockneten Löwenzahn stürzte, der zwischen den welligen Pflastersteinen ein einsames Dasein führte. »Elende Singerei«, machte er seinem Schrecken Luft, »ich bin froh, dass ich nicht in solch einer Einrichtung eingesperrt bin. Stell dir nur vor, wie furchtbar das Leben hier sein muss. Den ganzen Tag singen, ich weiß ja nicht ...«

Ein heiseres Räuspern ließ ihn in seinem Monolog innehalten. Erneut schreckte er zusammen. Sein Blick fiel auf einen kleinen, in eine schwarze Mönchskutte gekleideten Mann mit einem Besen in der Hand.

»Hallo«, begrüßte der ihn lächelnd, sagte dann aber kein weiteres Wort mehr.

»Ähm ... hallo«, entgegnete Lukas unsicher. Der Schreck über den plötzlich Aufgetauchten hatte ihm die Sprache verschlagen.

Danach breitete sich eine drückende Stille zwischen ihnen aus. Der graubärtige Besenmann hatte offensichtlich weder vor, ihn zu fragen, was er hier machte, noch ihn hinauszuschmeißen.

Es war schließlich Jolande, die das Eis brach. Das Maultier schnupperte an dem schwarzen Habit des Mannes und versuchte anschließend, daran zu knabbern.

Bestimmt, aber nicht grob schob der das Maultier zur Seite, das sich dies zu Lukas' Erstaunen auch gefallen ließ und nicht mal den Versuch unternahm, nach dem Mann zu schnappen.

»Euer Maultier scheint mir hungrig zu sein.«

»Ja, wir haben eine lange Reise hinter uns«, fand Lukas seine Stimme wieder.

»Dann kommt einmal mit, ich weiß, wo es für das Fohlen was zu fressen gibt.«

Er scheint hier so was wie Stallknecht zu sein, dachte Lukas erfreut.

»Darf ich?« Er hielt Lukas die Hand hin, um ihm den Strick abzunehmen.

»Ihr dürft es gern versuchen, aber ich muss Euch warnen, sie ist manchmal recht störrisch und beißt auch hin und wieder.«

»Ach, das kriegen wir schon hin. Stimmt's, meine Schöne?«, säuselte der Knecht Jolande ins Ohr und schnalzte mit der Zunge. Sofort folgte ihm das Maultier.

Eine Tatsache, über die Lukas sich ein wenig ärgerte. Ihm machte das Maultier das Leben stets schwer und bei diesem dahergelaufenen Stallburschen biederte sie sich an, als wäre er König Friedrich persönlich. Wortlos folgte er den beiden über den Hof.

Der Mann führte sie in einen abgetrennten Bereich des unübersichtlichen Klosterhofs. An der Wand des dortigen Gebäudes waren eiserne Ringe eingelassen, davor befanden sich hölzerne Tröge mit Wasser und Heu. Der schwarz Gekleidete band das Maultier fest, klopfte ihm auf den Rücken und sagte sanft: »Dann stärke dich mal ordentlich, meine Hübsche. Später kann ich das Tier dann in die Ställe vor dem Kloster bringen, wenn Ihr mögt.«

»Ach, ich denke, das wird nicht nötig sein. Wir wollen gar nicht so lange bleiben«, erklärte Lukas.

»Verstehe, verstehe«, murmelte der kahlköpfige Stallbursche und zog die Kordel, die seine pechschwarze Mönchskutte auf der Hüfte zusammenhielt, fester. »Warum seid Ihr überhaupt hier?«

»Ähm ...« Lukas hatte nicht vor, den streng geheimen Brief, den er mit seinem Leben verteidigt hatte, einem beliebigen Stallburschen zu übergeben. »Nun, das würde ich lieber mit dem Abt Questenberg besprechen. Ich hoffe, Ihr habt dafür Verständnis, aber es handelt sich um eine Sache von höchster Wichtigkeit.«

»Natürlich, natürlich«, murmelte der freundliche Knecht und schien tatsächlich in keiner Weise deswegen beleidigt zu sein.

Was für ein hilfsbereiter Mann, freute sich Lukas.

»Kommt bitte.« Der Knecht führte ihn in Richtung des Haupttors zurück. Noch immer erfüllten die jungenhaften Stimmen den Innenhof. Darüber hatten sich dunkelgraue Wolken zusammengeballt, die von baldigem Schnee kündeten.

Verfluchtes Wetter, das wird die mir bevorstehende Nacht im Freien deutlich ungemütlicher werden lassen. Vielleicht finde ich ja eine Brücke, unter der ich mich verkriechen kann, übte er sich in Hoffnung.

Sie blieben vor einem lang gezogenen Gebäude schräg gegenüber der Klosterkirche stehen.

»Das hier ist die Prälatur«, erklärte der schwarz Gekleidete und stellte seinen Besen an der Wand des weiß getünchten, zweistöckigen Baus ab. »Kommt, es wird gleich schneien, und da wollt Ihr doch sicher lieber im Warmen sein. Ein wichtiger Bote wie Ihr hat das doch bestimmt verdient.«

»Sehr gern.« Mit langen Schritten folgte er dem Mann durch eine mit aufwendigen Schnitzereien versehene Doppeltür. Aus dem Augenwinkel glaubte er auch darauf Dämonen zu erkennen, die mit irgendwelchen Bewaffneten rangen.

»Bitte nehmt hier Platz«, bat der Knecht demütig und wies auf eine schmale Holzbank, die an der Wand des langen Flurs stand.

»Danke!« Lukas war froh, endlich einmal sitzen zu können. Seine Füße waren in den letzten Tagen mehr als überbeansprucht worden.

»Wen darf ich dem Abt melden?«

»Lukas«, war es ihm entschlüpft, bevor er sich auf die Zunge beißen konnte. *Verflucht, ich bin so geschwätzig wie ein Waschweib.* Der Knecht sah ihn fragend an. »Und weiter?«

»Nur Lukas, wenn es recht ist.« Er presste bei diesen Worten die Tasche des Jungen fest an sich. *Was, wenn mich diese frömmelnden Brüder an die Profose verraten?*

Verständnisvoll nickend verabschiedete sich der Stallbursche und schlurfte zu einer großen Tür am Ende des schmucklosen, komplett weiß gekalkten Gangs, von dem an beiden Seiten zahlreiche dunkle Türen abgingen.

Nachdem er hinter einer Tür verschwunden war, ließ sich Lukas ächzend gegen die Lehne der Bank sinken. Das Sitzmöbel war eher unbequem, als würde es versuchen, ihn daran zu hindern, dass er sich darauf wohlfühlte. Um die Wartezeit zu überbrücken, sah er sich um. Nirgendwo war eine Menschenseele zu sehen oder zu hören. Außerdem war es erstaunlich still dafür, dass sie sich in einer solch großen Stadt befanden. Ein intensiver Geruch nach Asche und Weihrauch hing in der Luft. Darunter mischte sich etwas, das Lukas bekannt vorkam. Ein Geruch, den er vor Kurzem erst wahrgenommen hatte, den sein Kopf jetzt aber nicht zuordnen konnte.

Die Tür, hinter welcher der freundliche Diener verschwunden war, öffnete sich. Eine befehlsgewohnte Stimme bellte. »Kommt herein, Lukas Ohnenamen.«

Trotz seiner Aufregung verdrehte Lukas die Augen bei dieser Anrede. *Die machen hier aber auch einen Aufriss.* Jetzt erkannte er den Geruch: Zimt.

Mit pochendem Herzen lief er den Flur entlang. Seine dreckigen Stiefel gaben in dem kahlen Gang ein Echo von sich, als er über die penibel gesäuberten Fliesen lief. Verschlungene Ornamente waren in den Boden eingearbeitet. Dreiecke und Kreise, die von oben betrachtet sicher ein Gesamtbild ergaben, das er aus seiner Position aber nicht erkennen konnte. Lukas konzentrierte sich auf das, was vor ihm lag. Kurz bevor er die Tür zur Prälatur durchschritt, fiel ihm noch ein, seinen Hut abzusetzen. Immerhin betrat er den Arbeitsraum eines hohen Geistlichen. *Warum gibt es hier überhaupt noch ein Kloster? Friedrich V. ist doch jetzt König und der Kaiser hat keine Macht mehr. Seitdem wollen wir hier auch keine Katholiken mehr in Böhmen haben. Was machen dann diese Mönche hier noch?* Daran hätte ich lieber gleich denken sollen, als der Junge mich um Hilfe gebeten hat,* schoss es ihm durch den Kopf, doch das grinsende Gesicht der kahlköpfigen Gestalt hinter dem großen Schreibtisch aus Ebenholz ließ ihn auf einen Schlag all seine Gedanken vergessen. »Ihr ...«

»Ja, ich«, entgegnete der vorgebliche Stallbursche, der nun ebenfalls einen Umhang trug, den er mit einer silbernen Fibel am Hals verschlossen hatte. »Ich freue mich, Euch begrüßen zu können. Ich bin Kaspar Questenberg, meines Zeichens Abt dieses altehrwürdigen Klosters.«

Questenberg, dem soll ich den Brief geben, hat der Junge gesagt.
»Es tut mir leid. Warum habt Ihr nicht gesagt, dass Ihr ...«

»Hättet Ihr mir denn geglaubt und mir Eure ach so wichtige Nachricht überlassen? Jetzt, inmitten der chaotischen Pracht meiner Arbeitsgemächer, fühlt Ihr Euch sicher ernster genommen.« Der Klostervorsteher machte eine ausladende Geste, die sein mit Büchern, Ölgemälden, Waffen und allerlei Instrumenten vollgestopftes Amtszimmer umfasste.

Doch Lukas' Blick blieb starr auf den riesigen, gelben Gobelin gerichtet, der an der Wand hinter dem Schreibtisch seines Gastgebers hing. Auf dem Wandteppich war eine groteske Fratze abgebildet, die ihn höhnisch anzusehen schien. *Ein Dämonenschädel,* war er sich sicher, konnte jedoch nicht verstehen, warum jemand mit solch einer Scheußlichkeit einen Raum schmückte. *Der Teppich muss ein Vermögen gekostet haben und ...*

124

»Nein!«, hauchte er fassungslos, als sich der Gobelin vor seinen Augen veränderte und statt des Schädels eine Rose darauf erschien.

»Was seht Ihr?«, fragte der Abt. Jedweder Schalk war aus seiner Stimme verschwunden.

Erst jetzt fiel Lukas auf, dass die silberne Fibel, mit welcher der Umhang des Abts verschlossen war, exakt so aussah wie der scheußliche Schädel auf dem Gobelin. »Ich ... sehe ...«

»Sagt mir, was Ihr seht! Sofort!«, rief der Klostervorsteher aufgeregt und sprang aus seinem knarzenden, lederbezogenen Lehnstuhl hoch.

»Einen unmenschlichen Totenkopf ...«, begann Lukas.

Questenberg schien damit schon zufrieden zu sein. Er ließ sich in seinen knarrenden Stuhl zurückfallen. »Hervorragend, das hätte ich nie erwartet. Ein schöner Zufall für einen Boten, dann können wir ja jetzt ...«

Vor Lukas' Augen veränderte sich die Darstellung unablässig, als wären die Fäden des Wandteppichs lebendig. »... und eine Rose«, unterbrach er den Abt.

Der sprang erneut auf, als hätte er sich auf einen zusammengerollten Igel gesetzt. Jetzt kam er hinter dem Schreibtisch hervor und baute sich vor Lukas auf. »Sagt das nochmal und wagt es nicht, mich anzulügen, Lukas Ohnenamen.«

Lukas spürte, dass dieser Moment bedeutsam war. Vielleicht der bedeutsamste in seinem Leben. »Ich sehe einen Schädel *und* eine Rose. Beide wechseln sich beständig ab.«

»Das ist unglaublich. Wir hatten bisher gedacht, dass dies unmöglich wäre, aber ich habe immer geglaubt ...« Er unterbrach sich, griff nach einem silbernen Glöckchen auf seinem Schreibtisch und ließ es klingeln. »Wir müssen noch so viel über sie lernen und offensichtlich auch über uns.«

»Was müssen wir über wen lernen?«, fragte Lukas verwirrt.

Ich hätte dem Abt einfach draußen auf dem Hof meinen Brief geben und verschwinden sollen, ärgerte er sich über sich selbst.

Im selben Moment ging die Tür auf und ein großer, breitschultriger Mann trat ein. Beinahe wäre Lukas vor dem Unbekannten zurückgewichen. Er trug zwar ebenfalls einen schwarzen Habit, sah ansonsten aber keineswegs wie ein Mönch aus. An seiner Kordel hing ein Silberdegen, ähnlich dem, den Lukas trug, nur dass derjenige des Mönchs deutlich schlichter war. In der Hand hielt er einen mannslangen Stock, dessen Enden ebenfalls mit Silber beschlagen zu sein schienen. Das Holz dazwischen sah aus, als wäre es mit irgendetwas verätzt worden. Am auffälligsten an dem Neuankömmling war aber sein Gesicht. Er hatte nur ein Auge. Über die leere Höhle des anderen verlief eine gezackte Narbe. Die massigen Hände des Mannes waren in schwarze Lederhandschuhe gepresst. Sein schwarzer Umhang wurde von einer Silberbrosche zusammengehalten, die wie eine übergroße Fischschuppe aussah.

»Ehrwürdiger Vater.« Er verbeugte sich ehrfürchtig vor dem zwei Köpfe kleineren Questenberg. »Du hast geläutet.«

»Da kommt ja unser Prior. Mein lieber Bruder Peter, ich wollte dich dabeihaben, wenn unser Besucher, Lukas Ohnenamen ...«

Bruder Peter sah Lukas böse an. »Warum bist du so respektlos und verrätst dem Abt nicht deinen Namen?«, knurrte er.

»Peter, Peter«, tadelte ihn der Abt freundlich. »Der brave Lukas ist nicht hier, um bei uns ausgebildet zu werden, daher muss er sich nicht an unsere Regeln halten. Er ist nur hier, weil er ...«, er sah Lukas direkt in die Augen, »eigentlich weiß ich gar nicht, warum er hier ist. Bisher hat er mir nur gesagt, dass er auf dem Wandteppich einen Schädel *und* eine Rose sieht.« Die Konjunktion betonte er besonders.

126

Peter gab nur ein ungläubiges Schnauben von sich. »Das sieht niemand auf dem Wandteppich.«

»Genau das will ich überprüfen.« Der Abt stellte sich so neben Lukas, dass sie mit Bruder Peter eine kleine Reihe gegenüber dem Gobelin bildeten. »So, Lukas, sag uns doch bitte, was du jetzt gerade siehst.«

Was soll das? »Einen Schädel. Er hat zwei Hörner und vier furchtbare Reißzähne«, beschrieb er von sich aus die Details, die bei jenem Test offenbar wichtig waren.

»Und jetzt?«

Als wäre es lebendig, verwandelte sich das Bildnis vor Lukas' Augen. »Eine Rosenblüte mit kurzem Stiel.«

»Wie viele Dornen hat sie?«

»Drei!«

Questenberg sah zu Bruder Peter, der zustimmend nickte.

»Es ist unglaublich«, raunte Bruder Peter. »Genauso habe ich sie damals in den Teppich gewebt und selbst ich kann sie heute nicht mehr sehen.«

»Das ist es. Dieses Geheimnis sollte erst einmal unter uns dreien bleiben. Einverstanden, Lukas?«

Der zuckte nur mit den Schultern. »Von mir aus.«

Damit offenbar zufrieden, lief Questenberg zurück zu seinem Stuhl und nahm hinter seinem Schreibtisch Platz. »Nun verrate uns doch bitte, warum du hier bist. Dass du zu diesem Ort eine besondere Beziehung hast, beweist der Teppich zur Genüge, aber das wusstest du bis eben offensichtlich auch noch nicht ...«

»Nun, ich ...« Er sah zwischen den beiden schwarz gekleideten Männern hin und her, »... ich habe einen Brief für Euch.«

»So gib ihn mir doch«, bat Questenberg und streckte die Hand aus.

Vor dem Fenster donnerte es plötzlich. Alle sahen in diese Richtung. Selbst durch das angelaufene Bleiglas konnte man die

Massen an Schneeflocken sehen, die draußen zu Boden fielen. Außerdem war es so dunkel geworden, dass Bruder Peter eine an der Wand hängende Öllampe entzündete. Der merkwürdige Wandteppich beleuchtete die Szenerie ebenfalls mit dem sanft schimmernden Schädel sowie der sich damit abwechselnden Rosenblüte. »Ein Schneesturm, wir sollten die Tore schließen«, stellte der muskelbepackte Mönch fest.

»Gleich, gleich, ich will nur erst sehen, was Lukas uns mitgebracht hat.«

Zögerlich überreichte Lukas ihm das knitterige Schreiben, das er aus der ramponierten Ledertasche geholt hatte. Die Buchstaben leuchteten hell in der ungewöhnlichen Dunkelheit.

»Er ist von Graf von Schwarzfels«, raunte Bruder Peter.

»Ja«, bestätigte der Abt und brach mit seinem Daumennagel das schwarze Siegel. Er las das Schreiben und reichte es an Bruder Peter weiter. »Was dort steht, darf diese vier Wände nicht verlassen, Peter. Ist das klar?«

Ein Spätnachmittag voller Geheimnisse, dachte Lukas genervt und freute sich schon darauf, diesen Ort bald hinter sich zu lassen.

Nachdem er sich einen Moment genommen hatte, das Schreiben zu lesen, nickte Peter. »Selbstverständlich, das gefährdet alles, was wir in den letzten eineinhalb Jahren hier aufgebaut haben. Gerade nach dem, was wir erfahren haben, was mit dem ...«

»Bitte lass jetzt die Tore schließen, Peter«, unterbrach ihn der Klostervorsteher ungewöhnlich scharf. Der Abt sah seinen Ordensbruder intensiv an. »Schick Posten die Türme hoch. Feldschere und keine Novizen! Und organisiert ausgebildete Wachleute. Ich will, dass das Kloster von nun an besser beschützt wird.«

»Natürlich, ehrwürdiger Vater«, verabschiedete sich der

einäugige Mönch und warf Lukas im Gehen einen schwer zu deutenden Blick zu.

Die seltsame Unruhe, die den Raum erfasst hatte, ging auch an Lukas nicht spurlos vorbei. *Was stand in diesem Schreiben?* Er hätte danach fragen können, aber diese Frage hätte weitere nach sich gezogen, die zu beantworten er nicht bereit war.

»Lukas Ohnenamen, es war schlau von Euch, Euren echten Familiennamen zu verheimlichen. Von Schwarzfels ist nur zu bekannt unter unseren Gegnern. Euer Vater hat Großes geleistet im Kampf gegen die Dämonenplage. Viele seiner Erkenntnisse bilden die Grundlage dessen, was wir hier vermitteln. Was er mir hier berichtet, ist schlimmer, als ich es mir hätte vorstellen können.«

Er hält mich für den toten Jungen. Wahrscheinlich stand in dem Schreiben, dass er der Bote sein würde. Was für ein Zufall, dass wir beide den gleichen Vornamen tragen. Wenn er recht überlegte, war der Zufall vielleicht doch nicht so groß. Er allein kannte schon ein halbes Dutzend Jungen und Männer, die mit dem Namen des Evangelisten gesegnet waren. Ihre Kinder nach den Verfassern der Evangelien zu benennen, machte Eltern die Namenswahl leicht. Lukas war das nur recht. Je besser seine wahre Identität verschleiert wurde, desto eher hatte er eine Chance, den Häschern der Landsknechte zu entgehen. »Vielen Dank, ich werde es meinem Vater ausrichten«, ließ er sich auf das Spiel ein. Zwar war es ihm nicht recht, dass er die persönlichen Gegenstände des Jungen jetzt doch behalten musste. Aber was hätte der noch mit dem Silberdegen und den anderen Sachen anfangen können? Seine adlige Familie würde sicher keinen Hunger leiden, nur weil Lukas die wenigen Sachen nicht zurückgab. *Mir werden sie es aber ermöglichen, ein neues Leben anzufangen. Weit weg von Böhmen und den mansfeldischen Landsknechten.*

Questenberg sah ihn aus zusammengekniffenen Augen an.

Dann kam er auf Lukas zu und legte ihm vertrauensvoll die Hand auf die Schulter. »Ich fürchte, das wird nicht möglich sein, Lukas.«

Was meint er?

»Wir haben vor zwei Tagen Nachricht durch einen Raben bekommen, dass die Feste Eurer Familie von plündernden Truppen der Union überfallen wurde. Die Burg wurde gebrandschatzt«, er hielt kurz inne und drückte Lukas' Schulter, »und Eure gesamte Familie getötet. Es tut mir sehr leid.«

»Mhh ...«, entwich es Lukas.

Der Abt schien es als stille Trauer zu interpretieren. »Nehmt Euch Zeit, Lukas. Es wird dauern, diesen Schmerz zu verarbeiten.« Questenberg ließ ihn los und ging hinter seinen Schreibtisch zurück. »Da Ihr Euer Zuhause verloren habt, kann ich Euch Strahov als neue Heimat anbieten. Der Test mit dem Wandteppich hat klar bewiesen, dass Ihr hier gut aufgehoben wärt. Was sage ich, vermutlich hat Euer hochgeschätzter Vater Euch Dinge im Kampf gegen die Plage beigebracht, von denen selbst ich noch nie gehört habe.«

»Mhh ...« *Für heute Nacht? Warum nicht? Vielleicht ist das hier sowieso das perfekte Versteck. Ich mache eine Weile den Hokuspokus mit, den sie hier veranstalten, und wenn sich Staub über meine Fahnenflucht gelegt hat, nehme ich Jolande und spaziere hier als freier Mann im schwarzen Umhang hinaus. Eine bessere Tarnung gibt es nicht.*

»Was sagt Ihr? Es wäre mir eine Ehre, den Sohn von Graf Konstantin von Schwarzfels in unsere Reihen aufzunehmen. Mit Euren Fähigkeiten könntet Ihr viel dazu beitragen, der Plage Herr zu werden.«

Die Plage, ging es Lukas kurz durch den Kopf, bevor er sich auf das Wesentliche konzentrierte. »Also gut ...« Er sammelte sich und bedachte noch einmal seine Optionen. Ein heftiger Donnerschlag überzeugte ihn. *Ein festes Dach über dem Kopf, das wird nicht schaden.* Mit falschem Namen in einem von der weltlichen Gemeinschaft abgeschotteten Kloster zu bleiben, war der beste Schutz, den er heute bekommen konnte. *Besser als unter irgendeiner Moldaubrücke zu schlafen, ist es in jedem Fall.* »Ich bleibe gern. Vielen Dank für das Angebot ...« Er hielt kurz inne, weil er nicht wusste, wie er den Abt anreden sollte.

»Du«, erklärte der Abt, »kannst mich dann in Zukunft als ehrwürdigen Vater ansprechen. In der Hoffnung, dass ich deinen leiblichen ein wenig ersetzen kann.«

»Danke«, war das Einzige, was Lukas dazu einfiel.

Mit ernster Miene nickte der Abt. »Eine andere Sache noch, Lukas. Ich denke, es wäre gut, wenn du hier bei uns bis auf Weiteres Lukas Ohnenamen bleibst. Das, was dein Vater mir in dem Brief berichtet, macht diese Vorsichtsmaßnahme in meinen Augen unumgänglich.«

Was steht nur in diesem verflixten Brief? Lukas traute sich nicht, nach dem Inhalt zu fragen, um nicht zu offenbaren, dass er kein Adliger von Schwarzfels war.

»Daher bleibst du vorerst besser namenlos. «

Darauf kann er sich verlassen.

»Auch in diesen Mauern kannst du nicht jedem trauen. Die Vertreter der Plage sind sehr geschickt darin, sich Menschen untertan zu machen.«

»Ich verstehe«, entgegnete Lukas, obwohl er gar nichts verstand.

»Gut, dann herzlich willkommen im Kloster Strahov, Novize Lukas.« Wieder ließ der Abt das Silberglöckchen schellen. Doch diesmal klang es ganz anders als beim ersten Mal, wie Lukas auffiel.

Nur wenige Augenblicke später klopfte es an der Tür.

»Komm rein, Bruder Adelbart.«

Ein asketisch schlanker Mann mit Halbglatze trat ein. Er war so groß, dass er ein wenig den Kopf einziehen musste, als er durch den Türrahmen trat. Wie alle, die Lukas bisher innerhalb des Klosters gesehen hatte, trug auch er eine schwarze Mönchskutte samt Umhang. Bei ihm achtete Lukas das erste Mal bewusst auf die Brosche, die diesen zusammenhielt. Die Fibel war dem herzförmigen Ende eines Dämonenschwanzes nachempfunden, wie auch der Grüngeschuppte einen gehabt hatte. »Ehrwürdiger Vater, wie kann ich zu Diensten sein?«

Trotz der respektvollen Begrüßung hörte Lukas am Tonfall, dass der Mönch alles andere als begeistert zu sein schien, hier sein zu müssen.

»Lukas«, ging der Abt darüber hinweg, »das ist Novizenmeister Adelbart. Er wird dich mit allem vertraut machen, was du als Neuling in unserem Kloster wissen musst. Du bist gegenüber den anderen Novizen, die Weihnachten mit ihrem Noviziat begonnen haben, zwar bereits etwas im Rückstand, aber ich bin mir sicher, dass du dies mit besonderem Fleiß ausgleichen kannst.« Verschwörerisch zwinkerte der Abt ihm zu.

Das bezweifle ich, war sich Lukas im Gegenzug sicher. Trotzdem lächelte er gespielt bescheiden.

»Die Schlafkammern sind beinahe voll belegt und ich habe …«, begann der Novizenmeister, doch sein Abt schnitt ihm das Wort ab.

»Es ist mein Wille, dass Lukas einen Platz in den Reihen unserer Novizen bekommt. Erfüll ihn, Novizenmeister!«

»Natürlich, ehrwürdiger Vater«, gab Adelbart sofort nach.

»Gut, dann könnt ihr gehen. Wir sehen uns dann spätestens zur Cena.«

Adelbart packte Lukas grob am linken Oberarm und zog daran. »Komm, Junge. Du hast viel aufzuholen, da sollten wir keine Zeit verschwenden.«

Obwohl der Mann größer als er selbst war, hielt Lukas dagegen und bewegte sich nicht. Das hatte er von Jolande gelernt.

»Gibt es noch etwas, Lukas?«, fragte der Klostervorsteher.

»Er ist nur störrisch«, zischte Adelbart böse und riss grob an ihm.

»Genau«, sagte Lukas aufgeregt, »nein, ich meine, ›störrisch‹ ist ein gutes Stichwort. Wer kümmert sich um mein Maultier Jolande?«

»Jolande, Jolande«, wiederholte der Abt lächelnd. »Ein schöner Name für ein schönes Mädchen. Ich werde das übernehmen. Sie wird gleich in die Ställe geführt, wo sie es warm haben wird.«

»Ich danke Euch.«

Questenberg winkte nur ab und wandte sich dann dem Berg an Papieren auf seinem Tisch zu. Den Brief, den er mitgebracht hatte, konnte Lukas nicht mehr entdecken.

Er hat ihn versteckt. Damit dieser Adelbart ihn nicht sieht?, fragte er sich und vergaß dabei loszugehen.

»Komm jetzt endlich, du halsstarriger Esel«, zischte ihm Adelbart zu und zerrte ihn aus dem Raum. Kaum war die Tür ins Schloss gefallen, raunte ihm der Novizenmeister zu: »Glaub bloß nicht, dass du solche Mätzchen wie mit Questenberg auch mit mir veranstalten kannst. Ich lasse mich nicht von jedem dahergelaufenen Streuner verzaubern, der ihm vorlügt, er könnte etwas auf diesem scheußlichen Wandteppich sehen. Wenn du die Ausbildung meiner Novizen störst oder nicht mithalten kannst, werde ich dafür sorgen, dass du dieses Kloster schneller verlässt, als du ›ora et labora‹ sagen kannst.«

»Ohra was?«, fragte Lukas ehrlich verwirrt. Sie waren inzwischen auf dem Innenhof angekommen. Der riesige, verwinkelte Platz lag bereits unter einer ansehnlichen Schneedecke und der Himmel schien noch lange nicht vorzuhaben, seine Pforten wieder zu schließen. Flocken, so dick wie Daunenfedern, fielen herab, sodass man kaum ein paar Schritte weit sehen konnte.

Adelbart seufzte theatralisch. »Sag mir bloß nicht, dass du kein Latein verstehst.«

»N-n-nein«, gestand Lukas stammelnd.

»›Ora et labora‹ heißt: Bete und arbeite. Das war das Motto der wahren Mönche dieses Klosters, bevor jener scheußliche Schwarzkittelorden hier einzog.«

»Welcher Orden?«, entschlüpfte es Lukas.

Adelbart seufzte, als würde er eine schwere Last schultern. »Nicht mal das weißt du? Wo kommst du denn her? Sie schicken mir schon genügend Gossenköter, die mir die Arbeit hier ungemein schwer machen. Wie ist dein Familienname, wenn du denn einen hast?«

Nachdem er tief Luft geholt hatte, antwortete er: »Lukas Ohnenamen.«

Ein falsches Lachen kam aus dem schmallippigen Mund des Novizenmeisters. »Warum überrascht mich das nicht? Die nächste Straßenratte innerhalb dieser Mauern.« Er blieb stehen und tippte Lukas mit seinem langen Zeigefinger auf die Brust. »In diesem Fall fürchte ich, dass Strahov nicht besonders lange dein Zuhause sein wird, Lukas Ohnenamen.«

8
DIE AKADEMIE DER SCHWARZEN FELDSCHERE

ADELBART FÜHRTE Lukas über den verschneiten Hof auf das der Prälatur gegenüberliegende Gebäude zu. Als sie es durchquerten, grunzte er ohne jede weitere Erklärung: »Das ist das Winterrefektorium.«

Lukas erhaschte nur einen kurzen Blick auf mehrere lange Tafeln samt Holzbänken zu beiden Seiten. Ein durchdringender Geruch nach Bratfett verriet ihm, dass es sich um den gemeinschaftlichen Essensbereich des Klosters handeln musste.

Kaum hatten sie das Refektorium hinter sich gelassen, erreichten sie einen weiteren Hof. Dieser war kleiner als der vorherige und quadratisch. In seiner Mitte befand sich ein rechteckiger Teich, der von einer zugeschneiten Eisschicht bedeckt war. Ihn ließen sie in angespannter Stille hinter sich, durchquerten einen weiteren Bau, von dem Lukas nur einen Blick auf schmucklose, weiß gekalkte und ausgesprochen kühle Gänge erhaschte, und erreichten einen dritten Hof.

Allein finde ich hier nie wieder raus, war er sich in der Zwischenzeit sicher.

So schnell es der mittlerweile knöchelhohe Schnee zuließ,

führte ihn Adelbart über diesen kleinsten der drei Höfe und in südöstlicher Richtung direkt auf einen Gebäudekomplex zu, der im Schatten der Basilika lag. »Das ist der Klausurbereich«, erklärte er leiernd, als hätte er dies schon unzählige Male getan. »Dort leben und schlafen diejenigen, die geeignet sind, in diesem Kloster zu bleiben«, schob er eine vergiftete Erklärung nach. Mit der Schulter drückte der Novizenmeister eine abgegriffene Tür auf, deren Klinke wie eine Löwentatze gestaltet war. Dahinter lag ein großer Schlafsaal.

Kalte, abgestandene Luft und der Geruch von Staub schlugen Lukas von dort entgegen. Im schummrigen Licht, das durch mehrere schmale, spitz zulaufende Fenster fiel, erkannte er zwei Dutzend Betten. Die groben Wolldecken, die darauf lagen, waren zu akkuraten Vierecken zusammengelegt, sodass die Schlafstätten einer zur Parade aufgereihten Armee ähnelten. Nirgendwo entdeckte er persönliche Gegenstände. *Hier schläft niemand.* »Bin ich etwa der Einzige, der hier ruhen wird?«, fragte er verwundert und dachte an die Gruppe von Jungen, die er bei seiner Ankunft gesehen hatte.

»Sei nicht albern, natürlich nicht. Hier schläft niemand, seitdem das Kloster säkularisiert wurde«, entgegnete Adelbart unwirsch und führte ihn an den Reihen der leeren Betten entlang zu einer halbrunden Tür, die im gleichen auffälligen Gelbton gestrichen war wie der Gobelin im Arbeitszimmer des Abts.

»Säku... was?«, fragte Lukas, den seine Unwissenheit langsam, aber sicher überrollte.

Adelbart blieb direkt vor der gelben Tür stehen. »Junge, warum tust du mir und dir nicht den Gefallen und gehst einfach wieder? Ich bin auch bereit, für dich zu lügen und dem Abt zu sagen, dass du es dir anders überlegt hast. Das wäre gar kein Problem, du hast deinen Schwur noch nicht geleistet und den Umhang noch nicht angelegt. Wenn du nachher nicht beim

Abendessen sitzt, ist es einfach so, als wärst du nie hier gewesen.« Er schenkte Lukas ein falsches Lächeln. »Ist nur zu deinem Besten. Du hast hier keine Zukunft.«

Die Worte waren Öl auf das Feuer der Unsicherheit, die von Lukas ohnehin schon Besitz ergriffen hatte. *Er hat ja recht, was soll ich in diesem Kloster? Ich sollte hier einen Brief abgeben und mehr nicht.* Zwar behagte es ihm nicht, wieder hinaus in die kalte Nacht zu müssen und sich den Profosen auszusetzen, aber er hatte Jolande und den Silberdegen. Irgendwie würde er sich schon durchschlagen. *Ich habe auf dem Weg hierher immerhin einen Dämon erschlagen.* »Vielleicht habt Ihr recht ...«

Genau in diesem Moment leuchtete etwas auf der gelben Tür auf. Es war der Dämonenschädel, wie ihn der Abt als Brosche an seinem Umhang trug und wie er ihn auch auf dem Gobelin in seinem Zimmer gesehen hatte.

Der Novizenmeister schien zu bemerken, was er gerade sah. »Gruselig, der Schädel, oder?«

»Ja«, gab Lukas zu.«

»Sicher besser, wenn du nicht noch mehr von dieser Welt erfährst. Nicht jeder, der die Gabe des Sehens hat, ist auch dafür gemacht, gegen die Plage zu kämpfen. Diese Fähigkeit ist oft mehr Fluch als Segen. Unwissenheit lässt einen besser schlafen.«

Die Plage. Er musste daran denken, wie der Grüngeschuppte im Feldlager gewütet hatte. Er wollte sich gar nicht ausmalen, was mehrere Dämonen anzurichten in der Lage waren.

»Na komm, gib dir einen Ruck. Das ist keine Feigheit, sondern Vernunft. Ein Schaf kennt auch seinen Platz und weiß, dass es nicht mit jungen Wölfen spielen sollte, auch wenn die in ihren ersten Monaten drollig wirken mögen«, drängte Adelbart ihn.

Der Junge mit dem Brief war kein Schaf. Das Gesicht des sterbenden Adligen erschien vor seinem inneren Auge. *Mein*

Namensvetter. Graf Lukas von Schwarzfels. Er hat noch im Tod gegen diese Wesen gekämpft, indem er dafür gesorgt hat, dass dieser Brief hier ankommt, war sich Lukas sicher. *Wenn ich seinen Platz hier einnehme, gerät er vielleicht nicht ganz in Vergessenheit und ich kann in seinem Namen etwas gegen diese Unwesen bewirken.*

Jetzt wechselte der Schädel zur Rose. Die Blüte war wunderschön. Derjenige, der sie auf das Holz gemalt hatte, war ein wahrer Künstler. Lukas meinte beinahe den süßlichen Duft der Blume zu riechen. *Wieso ist sie gefährlich?* Es musste in all der Dunkelheit, welche die Welt seit dem Auftauchen des Winterkometen überrollte, doch Hoffnung geben. »Was ist mit der Rose? Erklärt mir das, bevor ich gehe«, bat er daher.

Mit zusammengekniffenen Augen blickte Adelbart ihn an. »Was redest du denn da, Junge? Was für eine Rose? Hast du nicht eben gesagt, dass du dir vor dem Schädel in die Hosen machst?«

Ich bin etwas Besonderes, auch wenn ich nicht verstehe, warum, erkannte Lukas in diesem Moment.

»Hast du etwa nur so getan, als ob du ein Sehender wärst?«, redete sich Adelbart in Rage. »Wenn das der Abt erfährt, wirst du hier nicht nur rausfliegen, sondern Bruder Peter wird dir zum Abschied eine so gehörige Tracht Prügel verpassen, dass du danach nie wieder in deinem Leben lügen wirst.« Er packte ihn wieder am Oberarm. »Komm mit, du elender Lügner, wir gehen sofort zurück in die Prälatur, wo deine gerechte Strafe auf dich wartet.«

Mit einer ruckartigen Bewegung löste sich Lukas aus der Umklammerung und legte die Hand drohend auf den Griff seines Silberdegens. So würde er sich nicht behandeln lassen. »Der Abt weiß, was ich sehe.«

Der Novizenmeister legte die Hand ebenfalls an seinen Degen. »Das wagst du nicht, du namenloser Straßenköter.«

»Fordert mich nicht heraus«, zischte Lukas zornig. »Ich habe auf dem Weg hierher einen Dämon getötet.« Er holte hektisch Luft, um den nächsten Satz nachzuschieben. »Von jemandem wie Euch lasse ich mich ganz sicher nicht aufhalten.«

Jetzt verrutschte die Maske des Selbstbewusstseins bei Adelbart ein wenig.

»Und der Abt hat mich nicht zufällig aufgenommen, sondern genau aus dem Grund, weil ich Schädel *und* Rose sehe!«, platzte er mit dem Geheimnis heraus, das zu wahren er eigentlich versprochen hatte. *Und weil er glaubt, dass ich aus einer berühmten adligen Dämonenjäger-Familie stamme.* Diese Gedanken sprach er nicht laut aus.

»Den alten Mann magst du reinlegen können, aber ich erkenne, wer du wirklich bist. Jemand, der sich als ein anderer ausgibt.«

Bei diesen Worten bekam Lukas Bauchschmerzen. *Was weiß er?*

»Ein Gossenjunge, der irgendwo einen Degen und ein paar Brocken Informationen gestohlen hat und nun glaubt, hier als Schmarotzer unter uns leben zu können«, spie der Novizenmeister Worte aus, die für Lukas bedrohlich nah an der Wahrheit lagen. Jetzt zog er seine Waffe in einer blitzschnellen Bewegung, die viel Erfahrung im Umgang mit der schmalen Klinge offenbarte. »Wenn du ein ach so großer Dämonentöter bist, wirst du dich doch sicher auch gegen mich durchsetzen können.« Er nahm eine Fechthaltung ein und streckte die unbewaffnete Hand von sich weg, um im Gleichgewicht zu bleiben.

»Ich ...«, stammelte Lukas unsicher.

»Du bist ein Betrüger, und genau das werde ich dem Abt auch sagen, wenn ich ihm gleich deine Leiche bringe. Ein Betrüger, der unsere Geheimnisse ausspionieren wollte und den ich im letzten Moment aufzuhalten in der Lage war. Vielleicht macht er mich dann endlich zum Prior.«

Hilflos wich Lukas zurück. Er traute sich nicht, seinen Degen zu ziehen, und ärgerte sich nun über seine unbedachte Provokation. »Bitte ... ich ...«

Stimmengewirr erscholl in diesem Moment. Die Tür zu dem verwaisten Schlafsaal wurde geöffnet.

So schnell, wie er gezogen worden war, verschwand Adelbarts Degen auch wieder. Er schenkte Lukas noch einen vernichtenden Blick, dann rief er den hereinströmenden Jungen zu: »Was soll dieser elende Lärm? Wäre es nicht besser, wenn ihr eure Stimme nach dem Singen schonen würdet?«

Sofort verstummten die Novizen und murmelten demütig: »Natürlich, Meister.«

»Na also, und jetzt kommt her.«

»Haben wir etwa einen Neuen?«, fragte ein groß gewachsener Jüngling, dessen Gesicht ein Selbstbewusstsein ausstrahlte, für das Lukas töten würde.

»Wüsste nicht, was dich das angeht, Jakob«, giftete Adelbart den Novizen an.

Die Jungen scharten sich in einem Halbkreis um ihren Meister und Lukas. Neugierig blickten sie ihn an.

So im Mittelpunkt zu stehen, war Lukas beinahe noch unangenehmer als die vorausgegangene Auseinandersetzung mit Adelbart – beinahe.

»Wie heißt du?«, fragte jener vorlaute Jakob und wischte sich Schnee von der Schulter.

»Woher kommst du?«, rief ein älterer Junge, bei dem ein flusiger Schnauzbart auf der Oberlippe mit den dazwischen blühenden Pickeln wetteiferte.

»Ich ...«, stammelte Lukas überwältigt und blickte von einem zum anderen. Dabei sah er, dass die Umhänge der Novizen sämtlich mit einer silbernen Fibel in Form einer Dämonenkralle verschlossen waren.

»Ruhe, sage ich, oder ihr lernt mich kennen«, brüllte Adelbart nun. Geifer schoss ihm dabei aus dem Mund.

»Der sieht mir wieder wie ein weiterer Straßenköter aus«, näselte ein untersetzter Junge mit pechschwarzem Haar und abstehenden Ohren dennoch.

Jetzt gibt es Ärger, war sich Lukas sicher, dessen Herzschlag sich nur langsam wieder beruhigte. Erneut hatte jemand versucht, ihn zu töten. *So langsam wird das aber zu einer lästigen Gewohnheit*, flüchtete er sich in pechschwarzen Humor.

»Na na, mein junger Herzog«, entgegnete Adelbart zu seiner Überraschung äußerst freundlich auf den Einwurf des Schwarzhaarigen, »wollen wir so unseren neuen Gast hier bei uns willkommen heißen? Obwohl ich schon sagen muss, dass ich immer wieder erstaunt bin, wie präzise du beobachten und die Dinge einschätzen kannst. Aber das sind ja auch genau die Fähigkeiten, die es braucht, um ein zukünftiger Anführer zu werden.«

Von irgendwo aus dem Pulk kamen in diesem Moment deutlich vernehmbare Würgelaute.

Offenbar sind hier nicht alle mit dieser Sonderbehandlung des jungen Herzogs zufrieden, dachte Lukas erfreut.

»Wer war das?«, keifte Adelbart ungehalten.

Niemand antwortete.

Der dicke Herzog blickte sich ebenfalls wütend um, aber auch ihm schlug nur frostiges Schweigen entgegen. »Straßenköter«, seufzte der Adlige theatralisch. »Es geht mit dieser Institution bergab, bevor es überhaupt richtig bergauf mit ihr geht. Hätten wir doch nur mehr Männer wie Euch, Novizenmeister.«

»Ach, mein Herzog«, Adelbart machte eine gespielt bescheidene Geste, »wie stets kommt aus deinem Mund die pure Weisheit.«

Dieses bedauerliche Schauspiel wurde jetzt mit einem

Geräusch, das an Durchfall und Flatulenzen erinnerte, kommentiert.

Es kostete Lukas viel Kraft, nicht zu grinsen.

Adelbarts Augen funkelten böse im Schein der leuchtenden Tür. »Wer war das?«

Niemand antwortete.

»Gut«, entgegnete Adelbart leise, »wenn ihr glaubt, diese falsch verstandene Kameradschaft wäre der richtige Weg, dann muss ich sie euch wohl austreiben. Ich erwarte, dass der Hof morgen bei Sonnenaufgang schneefrei ist! Sollte auch nur ein Krümel Weiß dort liegen, gibt es für alle außer dem braven Herzog eine Woche lang kein Abendessen.«

Fassungsloses Stöhnen kam auf. »Aber eff wird die ganze Nacht schneien, wir müssten wach bleiben, um daff zu bewerkstelligen«, kam es von einem muskulösen Jungen, dessen Lippe merkwürdig schwulstig und verzogen war.

»Gut erkannt, Fritzff«, äffte Adelbart den Novizen nach und wandte sich Lukas zu. »Das ist Lukas Ohnenamen ...«

Oje ...

»... mehr weiß ich nicht über ihn.« Der Novizenmeister tippte sich an die Hakennase. »Ach doch, er kann kein Latein und vermutlich nicht mal Deutsch lesen, also gewöhnt euch nicht zu sehr an ihn, er wird nicht lange bleiben.«

Der fette Herzog lachte gehässig.

»Martin«, rief Adelbart und ein schüchtern wirkender Junge mit kurz geschorenen, mausbraunen Haaren in Lukas' Alter trat vor.

»Meister?«, fragte er demütig.

Lukas hätte seinen Degen darauf verwettet, dass dieser Duckmäuser keinen der unflätigen Töne von sich gegeben hatte.

»In deiner Zelle ist noch ein Bett frei, du wirst Lukas übergangsweise aufnehmen.«

Für einen kurzen Moment sah Lukas, dass der Junge seine Augen zusammenkniff, ganz offenbar gefiel ihm diese Anordnung nicht.

Dennoch nickte er gehorsam. »Natürlich, Meister.«

»Darüber hinaus klärst du ihn über den Tagesablauf auf und sorgst dafür, dass er eingekleidet wird.«

Diesmal wurden die Augen des Novizen zu kleinen Schlitzen. Jene Aufträge schienen ihm noch weniger zu gefallen.

»Natürlich, Meister.«

Unruhe kam in die Gruppe, offenbar glaubten alle, dass sie damit entlassen waren. Froh darüber, dass der Novizenmeister Martin den Jungen ohne Namen aufgehalst hatte.

»Ach, eine Sache wäre da noch. Martin und unserem Lukas verbiete ich das Schneeschippen, der Junge muss ja erstmal hier ankommen.«

»Das ist ungerecht, er hat uns das doch eingebrockt«, schimpfte die Gruppe sofort vielstimmig.

»Das stimmt, aber die Welt ist nun mal ungerecht. Jetzt los, macht euch fertig fürs Essen. Wer als Letzter kommt, kriegt nichts, das wisst ihr ja.«

Grummelnd ging die Novizenschar zur gelben Tür und riss sie auf.

Lukas traute sich nicht, ihnen zu folgen, wollte aber auch auf keinen Fall allein mit Adelbart bleiben.

Es war Martin, der ihn schließlich zu einer Entscheidung zwang. »Komm mit, sonst kriege ich noch mehr Ärger wegen dir.« Der Junge mit den intelligenten grünen Augen blickte ihn auffordernd an.

»Entschuldige, ich komme ja schon. Es ist eben noch alles neu für mich ...«

»Ach, Martin!« Adelbart baute sich hinter dem Novizen auf. Er und Lukas waren die Letzten aus der Gruppe, die noch nicht durch die Tür gegangen waren. »Beim nächsten Mal muss ich dich zu Bibliotheksverbot verdonnern, wenn dein Schützling dann noch immer einen Degen trägt, was ja euch Novizen verboten ist, wie du weißt. Ich erwarte, dass du ihm die Regeln beibringst und sie auch durchsetzt.«

»Das konnte er ...«, wollte Lukas den Jungen verteidigen.

Martin trat ihm aber so heftig gegen das Schienbein, dass er ächzend verstummte.

»Bitte entschuldigt, Meister. Ich werde mich sofort darum kümmern, dass seine Klinge in die Waffenkammer kommt.«

»Das will ich auch hoffen«, entgegnete der Novizenmeister. »Nun sollet ihr euch eilen, damit dein Schützling sauber und angemessen gekleidet zum Abendessen kommt. Du weißt ja, der Letzte geht leer aus.«

»Natürlich, Meister«, dienerte der Novize weiter. Er griff nach Lukas' Arm und zog ihn mit überraschender Kraft durch die gelbe Tür. Kaum war das vollbracht, trat er sie mit dem Fuß wütend zu. »Was hast du dir dabei gedacht, Lukas Ohnenamen?«, giftete er ihn an.

»Ich ... nun ... ich«, stammelte Lukas, der keine Erklärung für das hatte, was eben passiert war.

»Jetzt geh den Neuen niff so hart an, Martin. Es braucht doch nicht viel, damit sich Adelarsch aufregt«, ergriff jemand überraschend Partei für Lukas. Es war jener muskulöse Junge mit der schwulstigen Lippe. Freundlich lächelnd hielt er Lukas seine Hand hin.

»Fritz, nicht wahr?«, erinnerte er sich an dessen Namen.

Der Junge grinste breit. »Gut aufgepafft, Neuer ...«

»Lukas.«

»Lukas«, wiederholte Fritz. »Lass dir von Adelarsch nifft die Laune verderben. Er ift wie ein alter Hofhund, der bellt, aber nicht beifft.«

Mich wollte er definitiv beißen.

»Der Novizenmeister ist einer der wenigen Klosterangehöri-gen, die noch von vor der Säkularisation hier sind«, erklärte der groß gewachsene Junge namens Jakob und hielt Lukas ebenfalls lächelnd die Hand hin.

Schon wieder dieses Wort.

Jakob schien zu erkennen, dass Lukas nicht verstand, wovon er sprach. »Nachdem man die Klöster in Böhmen wegen des Glaubenswechsels zum Protestantismus aufgelöst hatte, haben sich die meisten Mönche oder Novizen entweder weltlichen Tätig-keiten zugewandt oder sind in Gebiete ausgewandert, in denen der katholische Glaube noch immer vorherrschend ist«, erklärte er daher. »Das war hier nicht anders, aber einige wenige, die des Sehens mächtig waren, sind dann doch geblieben, nachdem Union und Liga in einer ihrer wenigen gemeinsamen Entschei-dungen diese Akademie gegründet hatten, um der Plage Herr zu werden. Adelbart ist einer dieser alten Mönche. Er glaubt, dass die Tatsache, dass sein knöchriger Hintern hier schon länger als der aller anderen auf den Abort geht, ihn zu Höherem beruft. Aber der Blödmann hat bisher weder einen Dämon beschworen noch Reliquien von ihnen gewonnen. Manchmal habe ich gar das Gefühl, er würde nur so tun, als könnte er sie sehen.«

Hier werden Dämonen absichtlich beschworen. Übelkeit stieg in Lukas auf. Vielleicht hatte Adelbart doch recht gehabt und er hätte diesen Ort verlassen sollen.

»Jakob, Fritz, nun macht schon«, rief eine Stimme, die aus einem langen Flur kam.

»Wir müssen! War schön, dich kennengelernt zu haben, Lukas Ohnenamen.« Er grinste breit. »Hoffe, du kannst länger durchhalten als der letzte Neue.«

Was hat das zu bedeuten?

Die beiden rannten von dannen und Lukas nutzte die Gelegenheit, sich kurz umzusehen. Er befand sich in einem kleinen Raum, der von einem rußigen Feuer mehr schlecht als recht beheizt wurde. Ein großer, runder Tisch nahm einen Großteil des Zimmers ein. Darauf lagen etliche aufgeschlagene Bücher, heruntergebrannte Kerzen, einige Weinflaschen sowie silberne Instrumente, die an Messer und Bohrer erinnerten. Um die Tafel verteilt standen Stühle in den unterschiedlichsten Formen und Größen. Der Boden darunter war übersät mit Krümeln, Korken, Pergamentschnipseln und einigen leeren Tonkrügen.

Martin schien seinen Blick zu bemerken. »Das hier ist das Recreatorium, der Ort, an dem wir unsere Freizeit verbringen.«

Lukas fand diesen zugig kalten Raum alles andere als einladend, um hier Zeit totzuschlagen.

Auch das schien Martin aus seinem Kopf herauszulesen. »Aber keine Sorge, du hast hier ohnehin nicht viel Freizeit.«

»Was ist dieses *hier* eigentlich?«, platzte es aus Lukas heraus.

Martin schenkte ihm ein mildes Seufzen. »Du weißt nichts, hast aber einen oder mehrere von ihnen gesehen, oder?«

»Dämonen?«

»Natürlich, Dämonen, was denn sonst. Alle innerhalb dieser Mauern können sie sehen. Sogar die Pferde.«

»Meine Jolande auch.«

Der Novize schenkte ihm einen irritierten Blick.

»Egal«, lenkte Lukas sofort wieder zurück zum eigentlichen Thema. »Also, hier können alle Dämonen sehen und sie wissen von ihnen, richtig?«

»Genau«, entgegnete Martin und führte ihn in einen an den unordentlichen Freizeitraum – das lateinische Wort konnte sich Lukas so schnell nicht merken – anschließenden Flur, von dem zu beiden Seiten schwarze Türen abgingen. An jeder der Türen war jene silberne Kralle angebracht, wie sie auch die Broschen der Novizen zierte. Darunter hing jeweils eine Zahl aus dem gleichen

Material. Lukas erkannte, dass es zwölf Zimmer waren. Martin ging auf Nummer sieben zu und zog sie auf. »Aber wir sind nicht nur hier, weil wir sie sehen können, sondern um Dämonen zu erforschen, damit wir schlussendlich der Plage ihrer Existenz Herr werden können.« Er ließ Lukas den Vortritt in die karg eingerichtete Zelle, in der es nur jeweils ein Bett an jeder Seite gab, dazu eine Kiste, die am Fußende stand. Am Kopfende war über den Schlafstätten ein Regal angebracht. Das auf der linken Seite war voller ledergebundener Bücher, deren staubiger Pergamentgeruch den Raum erfüllte.

So viele Bücher, wer soll die denn jemals lesen?, dachte Lukas bei dem Anblick, der noch nie ein Buch besessen oder gar eines gelesen hatte.

»Hier schlafe ich, das dort ist deine Seite. Leg alles, was du nicht brauchst, in die Kiste am Bettende.«

Eiligst legte Lukas seinen feuchten Mantel ab und stopfte ihn hinein. Auch die Tasche, den Rucksack von Zuzanna und den Hut ihres Vaters bekam er in der großen Truhe unter. Ihre Decke warf er auf sein Bett, um sie beim Schlafen immer bei sich zu haben. Beim Degen stockte er. Adelbart war sehr deutlich gewesen, was die Regeln in Bezug auf Waffen und Novizen betraf. Allerdings wollte er die Klinge nur ungern abgeben, immerhin hatte er mit ihr einen Dämon getötet. *Durandal*, rief er sich ihren Namen in Erinnerung.

»Den gibst du mir. Wir bringen ihn in der Waffenkammer vorbei, wenn wir neue Kleider für dich holen. Wenn wir mal rausgehen, kriegst du ihn sicher wieder.«

Neue Kleider. Lukas wusste nicht, ob er sich darüber freuen sollte. »Warum tragt ihr eigentlich alle Schwarz?«

Martin entwich ein Lachen. Ein echtes. »Ganz einfach, weil du hier an der Akademie der schwarzen Feldschere bist.«

»Der was?«

»Erkläre ich dir später. Komm, wir müssen uns beeilen, damit du auch vorzeigbar bist und wir noch etwas zu essen bekommen.« Er zog Lukas aus der Zelle heraus und schloss die Tür. Als sie die gelbe Tür hinter sich gelassen hatten und durch den Schlafsaal liefen, erklärte er: »Hier schliefen früher die echten Novizen. Strahov war einst ein Kloster des Prämonstratenserordens, bevor der Konvent von Union und Liga den schwarzen Feldscheren das Gebäude zur Verfügung gestellt hat. Von uns gibt es bei Weitem nicht so viele wie von den Betbrüdern, daher können wir Novizen in den Zellen schlafen, die früher den Mönchen vorbehalten waren. Es sind noch genug Zimmer für unsere Meister übrig. Große Teile der Klosteranlage nutzen wir gar nicht. So gibt es etwa eine Brauerei oder eine Schmiede, die sich schon lange selbst überlassen sind. Den ersten Stock nutzt auch fast niemand. Da sind nur Massen an leeren Räumen voller Staub.«

»Aha.« Mehr wusste Lukas darauf nicht zu erwidern.

Sie traten hinaus auf den kleinen Innenhof. Noch immer schneite es heftig. Der Schnee lag so hoch, dass Lukas regelrecht darin versank. Drei einsame Novizen waren bereits mit Schaufeln und Reisigbesen dabei, der weißen Masse Herr zu werden.

»Macht nur, dass ihr wegkommt, ihr elenden Drückeberger«, riefen sie ihnen hinterher, als Martin und Lukas über den Hof an ihnen vorbeistapften. »Typisch Martin, der macht sich doch nie die Hände schmutzig.«

Das gehässige Lachen der Jungen brannte in Lukas' Ohren.

Martins Gesicht, das er unter dessen gegen den Schnee hochgeschlagener Kapuze kaum sehen konnte, blieb eine unergründliche Maske.

Nachdem sie den Innenhof überquert hatten, blieb Martin vor einer winzigen Tür stehen.

Ob sie das für Katzen oder Hunde nutzen?, fragte sich Lukas bei dem Anblick.

»Stell dich so vor mich, dass diese Idioten nicht sehen können, dass wir hier hindurchgehen.«

»Dadurch?«, fragte Lukas ungläubig, tat aber wie ihm geheißen. Er konnte es kaum erwarten, wieder ins Warme zu kommen, ohne seinen Mantel war ihm eiskalt.

Hektisch nestelte Martin daraufhin unter seiner Kleidung herum und holte schließlich einen goldenen Schlüssel hervor. Mit geübten Griffen entriegelte er die Tür, die geräuschlos aufschwang. »Schnell jetzt«, zischte der Novize und schob sich geschickt durch die enge Öffnung.

Gut, dass ich in den letzten Tagen nicht besonders üppig gegessen habe, dachte Lukas und machte es ihm nach.

Sobald sie im Innern des Gebäudes waren, schlug Martin die Tür hinter ihnen zu und verriegelte sie. Den Schlüssel ließ er anschließend sofort unter seiner Kleidung verschwinden. »Ich habe versprochen, es niemandem zu verraten«, erklärte er Lukas, dessen fragenden Blick er wohl auf sich spürte. »Und dir würde ich das auch raten. Ich mache das nur, damit wir pünktlich beim Abendessen sind. Wer da zu spät kommt, dem wird nicht nur die leibliche Nahrung verwehrt, sondern man bekommt auch Bibliotheksverbot für den Rest der Woche.«

Bibliotheksverbot ... Das scheint ja was ganz Schlimmes zu sein, ging es Lukas durch den Kopf. »Vielen Dank, dass du dein Geheimnis mit mir teilst, ich werde es bewahren«, versprach er aber stattdessen.

»Solltest du auch. Sie mag es gar nicht, wenn man ihre Geheimnisse verrät.«

»Wer?«

»Egal, komm weiter und pass auf, dass du nichts umwirfst.«

»Ähm ... es ist hier drinnen stockdunkel. Ich kann kaum deine Umrisse erahnen.« Draußen war die Nacht hereingebrochen und die wenigen Fackeln, welche die Schnee schippenden

Novizen nutzten, warfen so gut wie kein Licht durch die halbrunden Fenster in den großen Raum.

Martin seufzte. »Elender Adelbart, wieso nur ...« Er unterbrach sich. »Also gut, ich mache uns ein wenig Licht, aber dafür müssen wir hier umso schneller raus. Wenn die anderen draußen merken, dass wir ausgerechnet hier drin sind, kriege ich richtig Probleme.« Wieder verschwand seine Hand unter dem schwarzen Wams. Zum Vorschein kam ein goldenes Licht.

»Eine Leuchtphiole«, hauchte Lukas erstaunt.

»Du hast so was schon mal gesehen?« Anerkennung schwang in Martins bisher so kühler Stimme mit. »Hast du etwa bereits selbst ein Dämonenlicht hergestellt?«

So schnell fallen einem Lügen auf die Füße. »Nein, nein, ich habe nur ... ähm ... darüber gelesen.« *Und die nächste Lüge.*

»Sind praktische kleine Dinger. Ist natürlich ganz schön gefährlich, dafür einen zu beschwören, um ihm Blut abzuzapfen. Und das Abfüllen erst! Wenn was danebengeht, sind die Finger weg. Aber ich bin dennoch immer wieder fasziniert von dem Anblick.« Martin hielt die schlanke Glasphiole direkt vor sein Gesicht, sodass sich der goldene Schein in seinen Augen widerspiegelte.

»Das Zeug da drin ist Dämonenblut?«, fragte Lukas angewidert.

»Klar, was dachtest du denn? Deswegen muss man die kleinen Dinger tagsüber auch so gut vor der Sonne verschließen, damit die ganze Arbeit nicht umsonst war.«

»Wie meinst du ... Ihhh!«, entwich Lukas ein spitzer Schrei, als er entdeckte, was sich hinter Martin für eine groteske Kreatur aufbaute. *Jetzt nehmen die Dämonen Rache dafür, dass ich die Grünschuppe getötet habe.*

»Was?«, rief Martin und in einer geübten Bewegung erhob er Lukas' Silberdegen, um sich der Bedrohung zu stellen.

Mut hat er, musste Lukas ihm zugestehen.

»Was hast du gesehen? Sag es mir! Ich hätte nicht gedacht, dass sie die Schutzkreise so schnell durchbrechen, aber der Abt hat uns ja gewarnt.«

»Na dort, der riesige knochige Dämon«, schrie Lukas voller Aufregung und versuchte sich hinter Martins nicht besonders breitem Rücken zu verstecken.

»Knochiger Dämon?« Martin ließ den Degen sinken. »Das ist doch kein Dämon oder zumindest kein lebender mehr. Wir sind hier in der Wunderkammer.« Er schwang die Phiole im Kreis und offenbarte damit einen kleinen Einblick in den Raum.

Kurz erhaschte Lukas einen Blick auf Kabinette aus dunklem Holz, in denen die seltsamsten Objekte auf Samtkissen ruhten. Er sah riesige Muscheln, die wie geformt aus Elfenbein anmuteten, gedrehte Hörner so spitz wie Speere und versteinerte Wesen. Außerdem schien es etliche Reliquienkästchen zu geben, die mit großen Schlössern gesichert waren. An den Wänden hingen Gemälde, die ihm fremde Landschaften zeigten. Grün und voller Leben oder leer und mit Eis bedeckt. Als das Licht weiterwanderte, verbarg es diese so sorgfältig arrangierten Schätze und offenbarte dafür eine chaotische Welt des Grauens. Regalbretter hinter Gittern voller Gläser mit trüber Flüssigkeit, in denen undefinierbare Dinge schwammen, kamen zum Vorschein. Versiegelte Glaskästen mit riesenhaften Insekten und ausgestopften Scheußlichkeiten spiegelten das Licht der Phiole. Zahlreiche monströse Skelette oder Skelettreste hingen auf dieser Seite des Raums an den Wänden, dazu unzählige Arten von Schädeln, Hörnern und Zähnen. »Wunderkammer?«

»Wunderkammer oder Kuriositätenkabinett. Die ursprünglichen Mönche Strahovs haben damit angefangen und wir haben ihre Sammlung um all den Wahnsinn ergänzt, den die Beschäftigung mit menschenfressenden Dämonen eben so mit sich bringt.

Zum Lernen sind die Objekte hier drinnen wirklich super, obwohl man sie natürlich am besten nachts studieren kann.«

Vorsichtig ging Lukas auf das gewaltige Skelett zu, das hinter einem Käfig aus Eisen aufgebaut war. Es schimmerte ganz sanft, beinahe wie silberner Mondschein. Der Dämon war fast doppelt so groß wie er. Aus seinem riesigen Schädel kamen vier Hörner und die Zähne in dem aufgerissenen Maul waren teilweise so lang wie Dolche. Neugierig streckte die Hand durch das Gitter.

»Nicht anfassen! Den Geruch willst du nicht an dir haben. Sonst kommen seine Brüder, um dich nachts zu holen, Schutzsiegel hin oder her. Auch bei Dämonen ist Blut dicker als Wasser.« Martin packte ihn am Arm und zog ihn weiter zu einer Tür in normaler Größe. Kurz legte er sein Ohr daran, um dann zu sagen: »Alles ruhig. Komm jetzt, uns läuft die Zeit davon.« Er drückte die Klinke und die unscheinbare Pforte schwang auf.

Warum ist dieser Hort des Wahnsinns von dieser Seite nicht verriegelt?, wunderte sich Lukas.

»Jetzt so leise wie nur möglich«, wisperte Martin und verfiel in einen leichten Laufschritt. »Wir sind im Trakt der Meister, der nach Sonnenuntergang für die Novizen verboten ist«, bekam er ungefragt eine Erklärung. »Aber diese Abkürzung wird uns so viel Zeit sparen, dass Adelbarts Plan, uns vom Abendessen fernzuhalten, nicht aufgehen wird.«

Sie standen in dem Kreuzgang, den Lukas schon bei der Überquerung des zweiten Innenhofs gesehen hatte. Durch die Rundbögen blickte er auf die Eisfläche in der Mitte des quadratischen Klosterhofs.

Martin bemerkte seinen Blick. »Ein künstlicher Teich. Um den solltest du besser einen großen Bogen machen.«

»Ähm ...« Lukas spürte, wie ihn dieser merkwürdige Ort mehr und mehr überforderte.

»Komm, das Vestiarium ist gleich dort drüben.«

»Das was?«

»Du kannst wirklich nicht besonders gut Latein, was? Daran solltest du dringend arbeiten.« Lukas ärgerte sich, dass diese Worte aus dem Mund des Gleichaltrigen wie ein Vorwurf klangen. »Ich weiß ja nicht, wo deine Lücken genau liegen, aber versuch doch mal das *Exercitium Linguae Latinae* des deutschen Philologen Johann Sturm. Das ist zwar auf totalem Anfängerniveau, aber selbst ich nutze es immer noch ab und an, um mich bestimmter Dinge zu versichern. *De Institutione Grammaticae Latinae* von Aelius Donatus ist natürlich unschlagbar, wenn es um Grammatik geht. Du wirst es nicht glauben, aber neulich hatte ich einen Ablativ, der ...«

»Ich dachte, wir müssen uns beeilen«, unterbrach ihn Lukas genervt.

»Natürlich, du hast recht. Komm, wenn Adelbart uns hier erwischt, werden wir beide noch heute rausgeschmissen. Aber wie sagt man so schön: Audaces fortuna iuvat.«

Ein enerviertes Stöhnen entwich Lukas.

»Das Glück hilft den Mutigen«, übersetzte Martin und rannte noch etwas schneller. »Den kennt doch jeder! Obwohl ich diesen schlauen Sinnspruch lieber mit ›Das Glück ist mit den Tapferen‹ übersetze, laut der *Grammatica Latina* ...«

Lukas hörte nicht länger zu. *Was für ein Klugscheißer.*

Sie eilten den Kreuzgang in Richtung des Winterrefektoriums entlang. Lukas hatte bei jedem Schritt Angst, dass eine der Türen rechts neben ihm aufging und ihnen Adelbart oder ein anderer Meister entgegentrat.

Sein Begleiter schien die Gefahr angesichts seiner kleinen lateinischen Lehrstunde geradezu vergessen zu haben. Munter dozierte er im Laufen weiter: »Um auf deine Ursprungsfrage zurückzukommen: Vestiarium kommt von vestis, was Kleidung bedeutet. Mit anderen Worten: Wir gehen in die Kleiderkammer.«

»Warum sagst du das denn nicht gleich?«, fragte Lukas, ohne seine Gereiztheit zu verbergen. Das anstrengende Laufen und diese Lehrstunde zusammen waren schwer zu ertragen.

Der strebsame Novize schien das gar nicht zu bemerken. Stattdessen blickte er ihn ungläubig an. »Weil Latein die Sprache der Gelehrten ist. So war es schon immer.«

Lautes Rufen und das Klappern von Geschirr ließen ihn innehalten. Ohne auf seine Kritik einzugehen, schob Martin ihn durch eine Tür neben dem Essenssaal und sie standen im ersten Hof, wo sich auch die Prälatur befand. Eine Handvoll Fackeln an den Wänden erhellten den ausgedehnten Klosterhof ein wenig. »Da ist es.« Der Novize wies auf eine grün gestrichene Tür rechts neben der, die zu den Arbeitsräumen des Abts führte. Ein Schild mit geschwungenen, schwarzen Buchstaben darauf verkündete: Vestiarium.

»Martin, wie komme ich denn zu dieser Ehre? Dir wird doch wohl nicht etwa deine Hose zu eng geworden sein, so wie es mir regelmäßig passiert«, begrüßte sie ein ungewöhnlich fettleibiger Mann mit einem dröhnenden Lachen, als sie den in angenehmes Licht getauchten Raum betraten. Der korpulente Mönch, dessen Habit sich über einen fassähnlichen Bauch spannte, stand hinter einem Tresen aus poliertem Eichenholz und schien bis eben etwas gelesen zu haben. Sein tintenfleckiger Zeigefinger und die beiden aufgeschlagenen Bücher kündeten zumindest davon. Der Umhang des Ordensbruders wurde von einer Fibel in Form eines winzigen Silbermessers zusammengehalten.

Ob er ein Heiler ist?, überlegte Lukas.

Ein Stapel benutzter Holzteller voller Essens- und Soßenreste wies auf die zweite Leidenschaft des Mannes hin. Die Ausdünstungen dieser Reste bildeten ein ziemlich unangenehmes Geruchspotpourri. Davon konnte auch der intensive Lavendelduft, der von zahlreichen, überall verteilten Sträußchen der Pflanze ausging und vermutlich die Motten fernhalten sollte, nicht ablenken. Hinter dem breiten Rücken des Mannes entdeckte Lukas allerhand schwarze Kleidungsstücke an Haken und darunter niedrige Regale voller Stiefel und Schuhe. In der Kleiderkammer herrschte eine ungewöhnliche Hitze. Aus metallenen Schlitzen am Boden stieg unablässig warme Luft auf, die Lukas sofort zum Schwitzen brachte. Auf dem kahl rasierten Schädel des Dicken war merkwürdigerweise kein einziger Schweißtropfen zu sehen.

»Hallo, Jokel«, entgegnete Martin freundlich. »Nein, meine Hose ist mir nicht zu eng, eher zu weit, aber darum geht es nicht. Ich habe einen Neuen, der eingekleidet werden muss. Und zwar schnell, damit wir noch pünktlich zum Abendessen kommen.«

»Novae res nova gaudia«, sagte Jokel grinsend. Seine Lippen glänzten dabei vor Fett.

»Incerta est rerum novarum natura«, entgegnete Martin mit einem Augenzwinkern.

Ich kann dieses elende Latein jetzt schon nicht mehr hören, ärgerte sich Lukas über seine mangelnde Bildung.

Jokel sah Lukas gut gelaunt an und fragte, so viel zumindest hörte Lukas heraus: »Quid tibi videtur, fili?«

»Ähm ...«

»Er spricht noch nicht besonders gut Latein«, erklärte Martin.

Das machte Lukas wütend. Die Erschöpfung und mentale Belastung der letzten Tage brachen sich Bahn, als er brüllte: »Ich bin eben keiner von euch hochnäsigen Adligen, die ihre gesamte Jugend mit Sticken und dem Wälzen von Büchern verbracht haben. Und wenn ihr es wirklich wissen wollt, ich spreche gar kein Latein. Nicht ein Wort!«

Martin und Jokel wechselten einen schnellen Blick, aber es war der ältere Mönch, der sagte: »Du könntest nicht falscher liegen, mein Sohn, oder, Martin?«

Der Novize rang offensichtlich damit, wie er auf Lukas' Ausbruch reagieren sollte. »Ja, Meister, da hast du wie stets recht.«

Jetzt sah Jokel Lukas direkt an. »Viele Novizen und auch Meister haben bei ihrer Ankunft hier in Strahov nur wenig oder gar kein Latein gesprochen, manche von uns konnten kaum lesen und schreiben. Wichtiger als das ist ohnehin die Gabe des dämonischen Sehens. Diese Fähigkeit kann man nicht lernen, aber sie ist nur der Anfang. Die Sprache der alten Römer eröffnet dir die Welt des Wissens, die du brauchen wirst, wenn du gegen die Plage kämpfen willst. Du solltest sie schnell lernen.«

»Ich hätte es nicht besser ausdrücken können«, ergänzte Martin vorwitzig und wippte auf den Zehenspitzen.

Jokel räusperte sich und zog die Augenbrauen hoch.

»Falls du das möchtest, helfe ich dir gern, in die Welt der antiken Sprachen einzutauchen«, bot Martin daraufhin an. »Obwohl mein Altgriechisch noch nicht ganz auf dem Niveau ist, welches unser Abt gern hätte.«

Lukas wollte zwar weder Latein lernen – und Griechisch schon gar nicht – noch Hilfe von diesem Besserwisser. Doch damit seine Tarnung nicht aufflog, sagte er: »Gern, danke für das Angebot.«

»Na, dann hätten wir das ja geklärt«, freute sich Jokel und klatschte in die Hände. »Dann wollen wir dich mal einkleiden. Die Zeit drängt ja. Ich bin übrigens der Cellerar, also ganz einfach der Kellermeister.« Seine Miene wurde traurig. »Da wir uns an diesem Ort leider gar nicht mit Lebensfreuden beschäftigen und daher weder brauen noch keltern, bin ich hauptsächlich für die Vorräte und die Kleiderkammer zuständig statt für Wein- und Bierfässer. Na ja, und nebenbei gebe ich noch Lectiones Anatomicae, aber meine eigentliche Leidenschaft gilt doch dem Essen und dem Wein.«

»Na, ein paar gute Fässer verwaltest du schon«, rief Martin und zwinkerte dem Cellerar zu. »Ich finde, dass unser Weinkeller durchaus mit dem eines Herzogs mithalten kann.«

»Nimium honoris est, amice mi«, gab Jokel geschmeichelt zurück, während er aus einer kleinen Kiste ein Maßband hervorkramte.

»Leute ...«, ächzte Lukas.

»Entschuldige bitte«, gab sich Martin reumütig und wechselte schnell das Thema. »Falls du etwas brauchst, kann Jokel dir alles besorgen«, erklärte Martin, der an den Tresen gegangen war und in dem Buch blätterte, das Jokel zu lesen schien. »Kann ich mir das ausleihen?«, fragte er den korpulenten Mönch.

Ohne Martin anzusehen, antwortete der Kellermeister, während er bei Lukas Maß nahm: »Nein, ich warte noch auf die letzten beiden, die du dir geborgt hast.« An Lukas gewandt sagte er: »Jetzt noch den Kopfumfang, dann sollte ich alles haben.«

Ohne Widerspruch beugte sich Lukas herunter, um die Prozedur über sich ergehen zu lassen. Er hätte es den beiden gegenüber nicht zugegeben, aber er freute sich auf seine schwarze Tracht. Noch nie im Leben hatte er Kleidung besessen, die nur für ihn gedacht war. Stets hatte er das aufgetragen, was bereits drei Brüder vor ihm ihr Eigen genannt hatten. Die meisten dieser Kleidungsstücke hatten aus mehr Flicken denn Stoff bestanden.

»Jetzt, wo er da ist, komme ich ohnehin nachts nicht mehr zum Lesen«, maulte Martin und blätterte weiter in dem Buch herum.

Jokel, der ein nicht unangenehmes Aroma nach Gänsebraten

und Rosenwasser verströmte, raunte Lukas zu: »Er mag ein wenig zu ehrgeizig sein, aber eigentlich ist er ein guter Junge. Vielleicht könnt ihr beide voneinander lernen.«

Das verstand Lukas nicht so richtig, daher ließ er die Ausmesserei einfach weiter wortlos über sich ergehen. Nach einer Weile schien Jokel zufrieden. »Warte hier!« Schnaufend tapste er hinter seinen Tresen, ließ aber all die dort hängenden Sachen hinter sich und verschwand stattdessen durch eine bisher von schwarzen Umhängen verborgene Tür.

Lukas vermied es, Martin anzusehen. Der Novize schien es ähnlich halten zu wollen. Betont interessiert steckte er seine Nase tief in den auf dem Tresen liegenden Folianten.

Als die Stille zwischen ihnen so unangenehm wurde, dass Lukas sie beinahe mit irgendeiner belanglosen Floskel durchbrochen hätte, kam Jokel beladen mit einem Haufen schwarzer Kleidung und einem Paar Stiefel obenauf wieder zum Vorschein. »Das sollte dir passen, Lukas.« Ächzend ließ er den Kleiderberg auf den Tresen fallen.

»Bestimmt, ich werde die Sachen nachher anprobieren.«

Martin und Jokel sahen ihn an wie Mondkälber.

»Du musst die Sachen sofort anziehen. Auf dem Schwarz sieht man Dämonenblut und vor allem ihre Zeichen am besten. Alles andere ist viel zu gefährlich. Sie haben diesen Ort im Visier, und daher brauchen wir immer ein Mindestmaß an Schutz«, erklärte Jokel geduldig.

Dämonenzeichen, was ist das nun wieder? »Also gut.« Genervt zerrte Lukas an seinen Stiefeln, nur um wenige Augenblicke später in seinen Unterkleidern vor den beiden Fremden zu stehen.

Amüsiert verdrehte Jokel die Augen. »Zieh alles aus! Dein altes Leben endet hier. Sinnbildlich dafür entledigst du dich deiner alten Kleidung, was kein Verlust ist, wenn du mich fragst.

Ein vorheriges Bad wäre auch nicht schlecht gewesen, aber offensichtlich habt ihr beiden es ja eilig.«

Das beschämte Lukas. Sein letztes Bad war so lange her, dass er sich kaum daran erinnern konnte. Im Winter badete fast niemand regelmäßig, da Flüsse und Seen entweder zugefroren oder schlicht zu kalt dafür waren. Der Sham setzte er Trotz entgegen. Schnell wie ein Aal zog er seine letzte Schicht Kleidung aus und warf sie gezielt auf den Tresen.

Martin wich so schnell vor seinen Unterkleidern zurück, als würden sie in Flammen stehen.

Jokel schien da aus anderem Holz zu sein. Er griff danach und warf sie hinter seinen Tresen. »So, und nun machen wir einen anderen Menschen aus dir.« Mit einem aufmunternden Lächeln hielt er Lukas pechschwarze Unterkleider hin.

Schnell schlüpfte Lukas hinein. Anschließend legte er das schwarze, wattierte Wams an und zog die in der gleichen Farbe gehaltene Pluderhose über seine Unterkleider. Um die fast bis zu den Knien reichenden Reitstiefel anzuziehen, musste er sich auf den Boden setzen. Ganz am Schluss hielt ihm der Mönch eine Kutte samt Umhang hin, wie sie alle hier trugen.

»Ich brauche eine Fibel, um den Umhang zu verschließen, sonst rutscht er mir von den Schultern.«

»Diese Brosche bekommst du nicht von mir«, entgegnete Jokel geheimnisvoll.

Wohl oder übel legte Lukas den aus schwerer Wolle gefertigten Umhang über den Arm.

»So, dann solltet ihr euch eilen, um rechtzeitig bei der Cena ...«, mit einem Blick auf Lukas übersetzte er, »... beim Abendessen zu sein.«

»Eine Sache habe ich noch für dich.« Martin löste sich endlich von dem Buch. »Er hat einen eigenen Silberdegen mitgebracht, der in die Waffenkammer eingeschlossen werden soll.« Er reichte dem Mönch die Waffe.

Der nahm sie mit interessiertem Gesichtsausdruck entgegen. »Was für ein Schmuckstück!« Er legte die Klinge auf seinen ausgestreckten Zeigefinger. Der Degen blieb in Waage. »Perfekt ausbalanciert.« Er führte die glänzende Klinge direkt vor sein Auge. »Sie hat schon Dämonenblut gekostet, kann das sein?«

»Ja«, antwortete Lukas kurz angebunden, um sich nicht erneut in seinen Lügen zu verheddern.

»Weißt du, welcher Schmied diese tadellose Arbeit angefertigt hat?«

»Ähm ...«, druckste Lukas herum. Auch das hätte er nur mit einer erneuten Unwahrheit beantworten können. »Der Degen hat auf jeden Fall einen Namen«, versuchte er abzulenken. »Durandal.«

Es war ausgerechnet Martin, der ihn rettete. »Wir müssen jetzt wirklich los, Jokel.« Er sah Lukas an. »Gratias ago, das heißt: vielen Dank. Wiederhole es«, gab er sogleich den strengen Lehrmeister.

Kurz überlegte Lukas, sich aus reinem Starrsinn zu weigern, aber dann stellte er seinen Stolz hintan und wiederholte: »Kratia sago.«

Martin verdrehte die Augen, aber Jokel nickte anerkennend. »Ein guter Anfang, das wird schon, Lukas.« Er betrachtete noch einmal den Degen und dann Lukas. »Falls du mal jemanden zum Reden brauchst, findest du hier immer ein offenes Ohr und einen verschlossenen Mund. Frag Martin, der kann dir das bestätigen.«

»So, jetzt müssen wir aber wirklich los«, murmelte der Novize mit rotem Kopf und schob Lukas aus der Kleiderkammer hinaus.

Als sie wieder auf dem verwinkelten Klosterhof standen, sah

Lukas durch eines der vielen erleuchteten Fenster des Refektoriums, dass bereits ordentlich Betrieb in dem Essenssaal herrschte.

Im gleichen Moment rannte jemand an ihnen vorbei. An der Körperlänge erkannte Lukas, dass es sich um den Novizen Jakob handeln musste. Er rief ihnen keuchend zu: »Tut mir leid, Jungs, aber ich habe heute einen solchen Hunger, dass ich auf keinen Fall der Letzte sein kann, das müsst ihr unter euch ausmachen.«

»Renn!«, schrie Martin und lief los.

Obwohl Lukas einen Moment brauchte, um zu reagieren, holte er den Novizen problemlos ein. Martin mochte ihm in Latein überlegen sein, beim Rennen war das definitiv nicht der Fall.

Doch es war zu spät. Jakob schlüpfte vor ihnen durch die Doppeltür in den gemeinschaftlichen Essenssaal, aus dem Lukas der Geruch von Hammel und Knoblauch entgegenschlug.

»Langsam, wir dürfen innerhalb des Klosters nicht rennen«, mahnte Martin keuchend und legte ihm die flache Hand auf die Brust.

Betont langsam gingen sie die letzten Schritte auf die Tür zu.

Deswegen bist du wohl so schlecht in Form, ätzte Lukas im Geiste.

Schulter an Schulter blieben sie im breiten Türrahmen stehen. Der Tisch der Novizen war bis auf einen leeren Hocker vollständig besetzt.

Daneben stand ein weiterer Tisch, an dem ausschließlich Meister saßen. Lukas erkannte Adelbart und Bruder Peter. Dort waren noch einige Stühle frei.

»Ah, da kommen ja auch unsere beiden Nachzügler«, begrüßte sie Adelbart gehässig und so laut, dass sich der gesamte Saal zu ihnen umdrehte. »Wer von euch wird den letzten Platz bekommen?« Er verschränkte die Arme vor der Brust, als würde er darauf warten, sich einen gleich folgenden Faustkampf anzusehen.

»Geh du zuerst«, raunte Lukas. »Ich habe dich heute den ganzen Abend nur aufgehalten. Du hast es nicht verdient, wegen mir bestraft zu werden.«

Martin blickte ihn an, als würde er ihn erst jetzt richtig sehen. »Auf jeden Fall hat es Adelarsch nicht verdient zu gewinnen. Komm«, er hakte sich bei ihm ein. »Wir gehen gemeinsam.«

9
DER SCHWUR

ALLE AUGEN RICHTETEN sich auf Lukas und Martin, als sie, einem Liebespaar gleich, Arm in Arm auf den letzten freien Platz zuliefen.

Adelbart raunte gut vernehmbar: »Na, das wird spannend.«

Auch die anderen Novizen blickten sie ungläubig an. Einige von ihnen schüttelten fassungslos den Kopf. August zeigte ihnen sogar einen Vogel.

»Martin, ich kann wirklich ...«, begann Lukas.

»Geh einfach weiter!«, presste der Novize zwischen den zusammengebissenen Zähnen hervor.

Schließlich standen sie vor den Hockern, die den Novizen zum Essen zugestanden wurden.

»Und jetzt?«, fragte Lukas.

»Wir setzen uns. Auf drei. Eins, zwei ...«

Als wären sie zwei miteinander verwachsene Körper, quetschten sie sich auf den Hocker. Jakob und Fritz, die die Plätze neben ihnen hatten, spielten mit und rutschten wortlos ein Stück zur Seite.

Martin schaute leutselig in die Runde. »Na, was gibt es denn heute Feines? Rieche ich da etwa Küchenmeister Reinholds berühmten Hammelbraten?« Er schmatzte übertrieben.

Alle sahen ihn und Lukas mit fassungslos geöffneten Mündern an.

Lukas versuchte währenddessen, nicht von dem Schemel zu rutschen, auf dem er nur mit einer Backe saß. Eng an Martin gepresst zwang er sich zu einem schiefen Grinsen, um nicht aus der Rolle zu fallen, die der Novize neben ihm spielte.

Ihm genau gegenüber saß jener dickliche Junge mit den Segelohren. *August, der Herzog*, erinnerte er sich. »Na, wie geht's denn so?«, fragte er ihn beiläufig und schob sein Gesäß wieder ein Stück zurück auf den Hocker.

Der Adlige lief vor Zorn rot an. »Ihr Vollidioten glaubt doch nicht, dass ihr damit durchkommt«, giftete er leise, nur um dann lauter zu rufen: »Novizenmeister, ich denke, dass diese beiden die Regeln, die diese Institution nicht ohne Grund aufgestellt hat, bewusst unterlaufen und damit Euch sowie den ehrwürdigen Herrn Abt respektlos behandeln. Im Namen der bedeutsamen Aufgabe, die wir in Strahov zu übernehmen geschworen haben, muss ich doch inständig darum bitten, diese Unruhestifter zu bestrafen. Sie sind wie zwei faule Äpfel in einem Korb voller guter, und es besteht die Gefahr, dass sie nach und nach den Rest von uns ebenfalls zum Faulen bringen werden, wenn Ihr mir dieses Bild erlaubt.«

Diese Anschwärzerei kommentierte der Geräuschemacher unter den Novizen mit einem erstaunlich echt klingenden Schweinegrunzen.

Lukas sah jetzt, dass es Fritz war, dessen missgestaltete Lippe sich ganz sacht bewegte.

Der feiste Kopf des Herzogssohns zuckte herum, um den Verursacher zu finden, doch es gelang ihm nicht.

Dieser Fritz gefällt mir, dachte Lukas dankbar.

»Ich muss dir, wie so oft, recht geben, August«, pflichtete Adelbart dem Blaublütler bei.

In diesem Moment konnte sich Lukas nicht entscheiden, wen von beiden er mehr hasste. Da seine Wut aber nur einen treffen konnte, trat er August heftig gegen das Bein.

»Ahhh, er greift mich an«, schrie der Adlige übertrieben und ließ sich nach hinten fallen.

Sofort war Adelbart bei ihm. »Mein Herzog …«

»Alle Titel und Unterschiede sind hinter diesen Mauern verschwunden, vergiss das nicht, Bruder Adelbart«, erklang mit einem Mal Bruder Peters tiefe Stimme. »Soll ich mir unseren August einmal ansehen?« Bei diesen Worten knackte er mit den dicken Fingern seiner Pranken.

Überall am Tisch wurde über dieses Angebot gefeixt. August schien allerdings keinen Wert auf Bruder Peters handfeste Fürsorge zu legen. Nachdem er sich stöhnend von Adelbart wieder hatte auf die Beine helfen lassen, rief er beschwichtigend: »Danke für das Angebot, Peter …«

»Für dich und alle anderen Novizen: Meister Peter«, knurrte der muskulöse Ordensbruder.

»Entschuldigt, Meister. Meine Schmerzen haben meinen Geist für einen Moment vernebelt. Es wird nicht wieder vorkommen.«

»Das will ich hoffen, sonst könnte mir einfallen, dich eines Nachts aus deinem Zimmer zu holen und mit hinaus auf meine Jagdausflüge zu nehmen.«

Nächtliche Jagdausflüge?, wunderte sich Lukas.

August wurde merklich blasser. »Ich denke, das wird nicht nötig sein, hochverehrter Meister.«

»Das will ich hoffen!« Peter setzte sich wieder. »Und jetzt habe ich Hunger.« Er klapperte mit seinem leeren Steinzeugteller.

»Das kann ich verstehen, lieber Bruder, aber August hat nicht unrecht, sondern eher Mut, wenn er ein Vergehen von seinesgleichen anprangert. Es gibt hier Regeln, und die haben Martin und Lukas vor unser aller Augen gebrochen, was einer Ohrfeige für uns Meister gleichkommt. Die Novizen müssen bestraft werden, darauf muss ich leider bestehen.«

Während er sich unter gespielter Mühe hinsetzte, warf August Lukas einen triumphierenden Blick zu.

Er kriegt trotzdem, was er wollte, dachte der betrübt.

»Aber Lukas ist noch gar kein Novize«, ging Jokel, der gerade den Raum betreten hatte, dazwischen.

Sofort konnte Lukas auf Adelbarts Gesicht ablesen, dass er auf diese Feststellung nur gewartet hatte. »Du sprichst wahr, Kellermeister. Und aufgrund des Aufruhrs, den Lukas bereits am Tag seiner Ankunft verursacht hat, fordere ich, dass das Kapitel zusammenkommt und darüber abstimmt, ob der Junge hierbleiben kann. Wie es der Zufall will«, bescheiden knetete er seine bleichen Hände, »sind alle Meister justament hier versammelt, wenn wir den Küchenmeister noch dazuholen.«

»Nein«, erklang eine alte, aber befehlsgewohnte Stimme mit einem Mal.

Alle im Raum drehten sich danach um.

»Nicht alle Meister sind anwesend. Ich fehle noch«, bellte Abt Questenberg. An seinem Gesicht war nicht abzulesen, ob er sich über Adelbarts Posse ärgerte.

»Aber natürlich, hochverehrter Vater, wie konnte mir das nur entgehen?«

Elender Lügner, dachte Lukas.

»Trotzdem muss ich auf einer Abstimmung des Kapitels bestehen. Schließlich hat jeder Bruder das Recht, es einzuberufen, wenn er Gefahr für Strahov sieht. Liebe Brüder, eine innere Stimme ...«

Furzgeräusche kamen vom Tisch der Novizen. Fritz übertraf sich selbst.

Selbst Jokel und Bruder Peter mussten grinsen.

Mit rotem Kopf sprach Adelbart weiter. »... sagt mir, dass dieser Junge nicht das zu sein scheint, was er vorgibt. Selbstverständlich will ich nicht an der Einschätzung unseres ehrwürdigen Vaters zweifeln, aber irren ist nun mal menschlich. Dass jemand hier einfach hereinschneit, ohne Ankündigung, ohne Namen und offenbar auch ohne jede Begabung, stellt aus meiner Sicht eine Gefahr für diese Institution dar. Mehr noch, eine Gefahr für die große Sache, der wir uns verschrieben haben. Ich will keine Dämonen an die Wand malen, aber ich glaube, dass Lukas Ohnenamen unseren Kampf gegen die Plage gefährden könnte. Augusts Beispiel von dem faulen Apfel war durchaus zutreffend. Wir hatten bereits den Fall eines Novizen, der sich als schlimmer Irrtum herausgestellt hat.«

Wovon spricht er?

»Diesen Fehler konnten wir nur unter sehr großen Opfern wiedergutmachen, und so etwas muss diesmal unbedingt verhindert werden. Glaubt mir, Brüder, ich will für Strahov und unsere Gemeinschaft nur das Beste.«

Zu Lukas' großer Bestürzung nickten mehrere Meister am Nachbartisch.

Kaum habe ich die schwarze Kluft angelegt, wollen sie mich auch schon wieder rausschmeißen. Er versuchte seine Enttäuschung unter Trotz zu begraben. *Sollen sie nur, ich habe bloß heute keine Lust auf das Gewitter da draußen. Morgen komme ich dann auch ohne dämliche Regeln und diesen Dämonenhokuspokus klar.* Er war bereits im Begriff zu erklären, dass er freiwillig gehen wollte, da sagte Questenberg: »Adelbart, du weißt, was mit einem Novizen passiert, der das Schwarz angelegt hat und den das

Kapitel nachträglich für untauglich erklärt. Egal, ob er bereits eingeschworen ist oder nicht.«

»Selbstverständlich kenne ich das Urteil, das diese Sünder ereilt. Unsere Geheimnisse sind viel zu bedeutsam, als dass sie jemand wieder aus diesen Mauern hinaustragen dürfte, der sich nicht der Zunft der schwarzen Feldschere zugehörig fühlt.«

»Was soll das heißen?«, entwich es Lukas.

»Dass wir dich sofort nach dem Urteil des Kapitels im Klosterhof richten werden, so wie es die weltliche Gerichtsbarkeit auch mit jedem anderen Betrüger machen würde«, säuselte der Novizenmeister, stand auf und begann krachend die Türen zu schließen.

Ich sitze hier in der Falle. Unerwartet ergriff eine kalte Hand die seine und drückte sie fest. Martin. *Bedeutet das, dass er auch im schlimmsten Fall an meiner Seite steht, oder fühlt er sich nur schuldig, weil er die Idee mit dem Teilen des Stuhls hatte?* Die anderen Novizen blickten beschämt zu Boden, nur August grinste ihn zufrieden an.

Questenberg seufzte und schlich mit gebeugtem Rücken zu seinem Ehrenplatz am Kopf der Tafel. »Das Kapitel wurde einberufen, also stimmen wir ab. Wer dafür ist, dass Lukas Ohnenamen unsere Gemeinschaft verlassen soll, den bitte ich um eine geöffnete Fibel. Wer dagegen ist, schließt die Nadel seiner Gewandspange.«

Jokel ging mit einem schwarzen Beutel von Meister zu Meister. Jeder griff sich an den Kragen, um seine Brosche einem Tropfen Gift gleich hineinzuwerfen.

Lukas konnte nicht länger hinsehen, zumal er ohnehin nicht erkennen konnte, ob die Spangen geöffnet oder geschlossen in den Beutel geworfen wurden. *Das Schlimmste ist, dass ich wirklich ein Betrüger bin.*

Furchtsame Stille legte sich über den Saal.

»Gut«, durchbrach sie Questenberg schließlich. »Das Kapitel hat gesprochen.«

Lukas hörte das Klackern der Silberfibeln, als sie klirrend auf dem Tisch ausgekippt wurden. Er vergrub sein Gesicht in der Armbeuge, als ob er sich so vor dem Urteil der Meister verbergen könnte.

»Das Ergebnis lautet ...«, verkündete der Abt schließlich.

In diesem Moment presste Martin Lukas' Hand regelrecht zusammen.

»Dass Lukas ...« Jetzt blickte er doch auf. Die Augen von Tränen verschleiert. »... bleiben darf und Teil unserer Gemeinschaft wird.«

Beinahe der gesamte Novizentisch jubelte bei diesen Worten.

»Mann, du bist vielleicht ein Unruhestifter«, brüllte Martin ihm ins Ohr, bevor er ihn herzlich umarmte.

Lukas fand sein Lächeln wieder. Zahlreiche Hände klopften seinen Rücken. *So widerwärtig Adelbarts Spiel auch ist, er hat genau das Gegenteil von dem erreicht, was er wollte. Jetzt bin ich ein echter Teil der Novizen. Vielleicht bleibe ich doch länger als eine Nacht, allein um ihn zu ärgern.*

»So, nachdem wir dies nun geklärt haben, möchte ich Lukas endlich einschwören. Komm her, mein Sohn.«

Was kommt denn jetzt noch?

»Geh schon, das wird toll«, munterte Martin ihn auf, »und vergiss deinen Umhang nicht.«

Immer noch etwas wackelig auf den Beinen, ging Lukas auf den Abt zu, der jetzt eine Phiole mit leuchtendem Dämonenblut in den Händen hielt. »Bereit?«, fragte er Lukas mit einem gütigen Lächeln.

Ein Nein wird hier ja ohnehin nicht akzeptiert.

Der Klostervorsteher deutete sein Schweigen als Ja und zog

den Korken aus dem Fläschchen heraus. »Sprich mir nach: Iuro me in luce et in tenebris serviturum esse.«

Verwirrt blickte ihn Lukas an. Das konnte er sich auf gar keinen Fall alles merken. *Schon wieder Latein.*

Der Abt schenkte ihm ein verständnisvolles Grinsen. »Es ist wohl einfacher, wenn du es mir auf Deutsch nachsprichst: Ich schwöre, dass ich im Licht dienen werde und in der Dunkelheit.«

»Ich schwöre, dass ich im Licht dienen werde und in der Dunkelheit.«

Während Lukas die Worte sprach, benetzte der Feldscher seinen Finger mit der schimmernden Flüssigkeit aus der Phiole und zeichnete Lukas damit ein kleines Kreuz auf die Stirn. Es brannte auf der Haut. Dann schnitt er sich in den Finger, drückte einen Blutstropfen heraus und zeichnete damit auf derselben Stelle ein weiteres Kreuz. Das Brennen verging augenblicklich.

»War das etwa …«

»Ssschh …«, mahnte der Abt. »Noch ist die Zeremonie nicht beendet.«

Lukas nickte ehrfürchtig.

»Ich schwöre, dass ich mich weder dem Licht noch der Dunkelheit zuwenden werde, sondern immer in der ausgleichenden Mitte bleibe«, fuhr Questenberg fort.

Lukas wiederholte es.

»Lukas, willigst du ein, dem Orden der schwarzen Feldschere zu dienen, den Anweisungen deiner Meister zu folgen und bereitwillig zu lernen?«

Ob ich sagen kann, dass ich das für alle bis auf Adelarsch akzeptiere?, ging es ihm bei diesen bedeutungsschweren Worten durch den Kopf, und darüber vergaß er glatt das Antworten.

»Ähm … jetzt müsstest du Ja sagen«, forderte der Abt ihn mit einem Lächeln auf.

Was bleibt mir schon anderes übrig. »Ja.«

»Schwörst du, dass du die Geheimnisse, die du von dieser und der anderen Welt erlernen wirst, für dich behältst und nicht außerhalb der Gemeinschaft der Feldschere teilst?«

»Ja, ich schwöre.«

»Gib mir deinen Umhang.«

Nachdem dies erledigt war, sagte Questenberg zu Adelbart gewandt: »Novizenmeister, die Fibel.«

»Äh ... nun, ich muss sie vergessen haben, vielleicht können wir das auf morgen ...«

»Wie der Zufall es will, habe ich eine dabei«, war Jokel der Retter in der Not. Mit einem stolzen Blick auf Lukas reichte er die silberne Brosche in Form einer Dämonenkralle an den Klostervorsteher weiter.

Der legte ihm von vorne den Mantel um und verschloss ihn mit der Fibel. »Hiermit erkläre ich dich zum Feldschernovizen für Menschen und Dämonen.«

Menschen auch noch?

Statt mit ausgelassenem Jubel endete diese Zeremonie mit respektvollem Klopfen auf den Tischen.

Jetzt bin ich ein Novize der schwarzen Feldschere, eine bessere Tarnung kann man sich kaum vorstellen.

»Eins noch: Hiermit schaffe ich diese unsinnige Regel des Zuspätkommens ab. Jeder, der zur rechten Zeit kommt, darf essen, egal, ob er der Letzte ist. Und nun lasst uns endlich anfangen, mir läuft schon das Wasser im Mund zusammen«, rief Questenberg und klatschte in die Hände.

DER MIT KNOBLAUCH GESTOPFTE LAMMBRATEN LAG Lukas noch schwer im Magen, als er sich längst in seinem Bett befand. Mit hinter dem Kopf verschränkten Armen dachte er darüber nach, was ihm alles geschehen war. Die vielen Emotionen und Erlebnisse drohten ihn beinahe zu verschlingen. Trotzdem fühlte es sich tröstlich an, nun in der kargen Mönchszelle zur Ruhe kommen zu dürfen. Das Licht hatte Martin längst gelöscht, um dem Novizenmeister keinen Grund zu geben, sie noch mehr zu piesacken. Der Novize hatte es sich mit einer Schlafmütze auf dem Kopf in seinem Bett bequem gemacht und balancierte ein Buch auf den Beinen, das er mithilfe eines Dämonenlichts las. Nachdenklich betrachtete Lukas ihn. *Was für ein merkwürdiger Junge.* Während des Urteils der Meister hatte er geglaubt, seine tröstende Hand zu spüren, und nun war er wieder so distanziert.

Martin bemerkte seinen Blick. »Stört dich das Licht? Ich kann es auch wieder wegstecken, wenn du dann besser in den Schlaf findest. Mir ist schon klar, dass du hundemüde sein musst.«

»Eher maultiermüde«, frotzelte Lukas, der Jolande bereits vermisste. Seitdem er das Tier in Questenbergs Obhut gegeben hatte, hatte er es nicht gesehen. Nach dem Abendessen – *Cena*, rief er sich den lateinischen Begriff dafür ins Gedächtnis – war es ihm nicht möglich gewesen, nach ihr zu sehen, da die Tore wegen des Wetters verschlossen worden waren.

»Hä?«, fragte Martin verwirrt.

Gähnend entgegnete Lukas: »Nicht so wichtig.«

»Gut.« Sein Bettnachbar wandte sich wieder seinem Buch zu.

»Martin?«, wagte Lukas es dennoch, ihn zu unterbrechen.

Seufzend sah der ihn an. »Was?«

»Warum hasst Adelbart mich so? Er kennt mich doch gar nicht. Ich glaube, sein Zorn geht sogar so weit, dass er mich mit dem Degen aufschlitzen wollte, bevor ihr vom Singen gekommen seid, so wichtig war es ihm, mich daran zu hindern, hier aufgenommen zu werden. Und was er da beim Essen aufgeführt hat, war ja das Gleiche in Grün. Der Mann will mein Leben. Warum nur?«

»In Schwarz«, erwiderte Martin.

Nun war es an Lukas, verwirrt zu sein. »Hä?«

Jetzt lachte der Novize. Das dicke Buch auf seinen Beinen bebte dabei. »Das Gleiche in Schwarz. Weil wir alle ...«

»Ich habe verstanden«, brummte Lukas, der sich nicht ernst genommen fühlte, »aber witzig finde ich das nicht.«

Mit einem genervten Stöhnen schlug Martin sein Buch zu. Staub wirbelte dabei auf, der im Schein des Dämonenlichts zu glitzern schien. »Er hasst nicht dich persönlich, sondern das, wofür du stehst.«

»Wie soll ich das verstehen?« Lukas setzte sich auf und zog die Decke bis zur Brust. Es war kühl in dem karg eingerichteten Raum.

»Es ist so«, begann sein Novizenbruder zu erklären, während er sein Buch auf das Nachtschränkchen legte. »Bruder Adelbart hat kurz nach Weihnachten selbst einen Novizen hierhergebracht. Die beiden kannten sich wohl aus den Zeiten, als unser Novizenmeister hier noch ein einfacher Mönch gewesen ist. Manche der Jungs behaupten sogar, dass Adelbart und der Neue mehr als nur Freunde waren, wenn du verstehst, was ich meine. Na ja, wie dem auch sei, er hat den Burschen zu Questenberg geschleppt und den beschwatzt, ihn aufzunehmen. Irgendwie ist der dann auch durch die Prüfung mit dem Teppich gekommen. Vielleicht hat ihm Adelbart vorher erklärt, was er zu sagen hat. Auch das ist für die Geschichte nicht wichtig. Entscheidend ist nur, dass der Junge, eigentlich war es eher ein Mann, das Schwarz genommen hat und hier eingezogen ist. Also nicht direkt hier bei mir oder gar in diesem Trakt, er ist wohl gleich bei Adelbart untergekommen. Am nächsten Morgen war er allerdings pünktlich zum Unterricht da. War schon beeindruckend, der Kerl. Sein Latein und Griechisch perfekt. Belesen in sämtlichen Klassikern, hervorragende Manieren und zu jedem freundlich ...«

Von vor der Tür erklang wütendes Gefluche und das Getrampel schwerer Stiefel von denjenigen, die Teile der Nacht damit würden verbringen müssen, die Klosterhöfe vom Schnee zu befreien.

Wenn die wüssten, dass wir hier gemütlich in unseren Betten liegend schwatzen, dachte Lukas und fand dennoch, dass ihm nach dieser Ankunft etwas Ruhe vergönnt war.

»... der perfekte Novize, dachten alle. Die Meister haben ihn geliebt.« Er verstummte und starrte nachdenklich in sein Dämonenlicht.

»Warum sagst du nie seinen Namen?«

»Weil ich ihn vergessen will.«

Was bedeutet das nun wieder?

»Schließlich hatte er seine erste Lectio bei Abt Questenberg. Es ging um den Kampf gegen sie.«

»Etwa Dämonen?«

»Wogegen sonst? Questenberg hatte in seinem Saal ein purpurn geschupptes Ungetüm beschworen, das fast bis zur Decke reichte. Das Vieh hat uns Novizen nur frech mit seinen leuchtenden Augen angegrinst und saß ansonsten bewegungslos hinter dem Bannkreis. Questenberg nutzt dafür Spiralen, was ich ja unsinnig aufwendig finde, der Drudenfuß ist ...«

Schutzkreis, Spirale, Drudenfuß. Lukas schwirrte der Kopf. »Martin, ich verstehe ohnehin nur die Hälfte von dem, was du da sagst. Könntest du bitte zum Punkt kommen?«

»Schon gut, ich bin ja gleich fertig. Auf jeden Fall teilt der Abt die Silberdegen aus und befiehlt uns, möglichst nah an den Bannkreis zu gehen. Einer nach dem anderen. War eigentlich 'ne ganz einfache Übung. Wir sollten den Dämon nur auf Abstand halten, um so zu lernen, mit welchen Tricks sie versuchen, einen reinzulegen. Der Neue ist vollkommen angstfrei als Erster los und über die Begrenzung direkt in die Spirale rein. Hat mit dem

Degen in der Luft herumgefuchtelt, als würde er sie zerschneiden wollen. Wollte uns wohl zeigen, wie gut er fechten kann. Questenberg hat ihn angeschrien, dass er zurückkommen soll, aber da hatte der Dämon seinen Weg durch die Spirale bereits zu ihm gefunden. Das Vieh hat sich spielend unter der Waffe weggeduckt, während Adelbarts Freund arglos weiter grinsend Luft zerschnitten hat, als würde er nicht sehen, was auf ihn zukam.« Wieder verstummte der Novize. »Und genau das konnte er auch nicht. Er war kein Sehender, sondern ein Betrüger, da bin ich mir heute ziemlich sicher. Der Dämon hat ihm den Bauch aufgeschlitzt und seine Innereien gefressen, ohne dass der Kerl wusste, wie ihm geschah.«

»Er konnte keine Dämonen sehen?«

Mit trauriger Miene schüttelte Martin den Kopf. »Nein, er verfügte nicht über die Gabe, das war eindeutig, auch wenn der Novizenmeister das nie zugegeben hat. Ich habe keine Ahnung, was Adelbart sich dabei gedacht hatte, den Burschen hierherzubringen, aber es entpuppte sich als tödlicher Fehler. Bruder Peter kam, nachdem die Glocke geläutet worden war, in den Saal gestürzt. Der einäugige Meister ist noch tapfer in den Bannkreis rein und hat das Vieh mit seinem Degen zurückgetrieben, um den Mann da herauszuholen. Hat ihn anschließend noch in das Infirmatorium«, mit einem entschuldigenden Blick schob er sofort nach, »also in die Krankenabteilung, gebracht, aber dort konnte man ihm nicht mehr helfen. Die Verletzungen, die der Dämon geschlagen hatte, waren zu schwer.«

»Das ist ja furchtbar«, hauchte Lukas.

»Ja, das war es. Adelbart hat sich anschließend unglaublich aufgeregt und Questenberg persönlich für den Tod seines Freundes verantwortlich gemacht, was natürlich Blödsinn war. Er selbst war dafür verantwortlich und tief in seinem Innern weiß er das auch ganz genau. Seit dem Tag ist der Novizenmeister ein

175

verbitterter Mann.« Martin streckte sich aus und blickte zur Decke. »Und du bist der erste Neue, der seitdem hier angekommen ist. Noch dazu von Questenberg ausgewählt. Verstehst du jetzt, warum dich Adelbart hasst? Er will an dir das rächen, was er Questenberg in die Schuhe schiebt.«

»Das sind ja blendende Aussichten«, grunzte Lukas.

Martin ließ das Dämonenlicht in der Schublade des Nachtschränkchens verschwinden. Sofort legte sich Dunkelheit über den kleinen Raum. »Denk nicht weiter drüber nach, vielleicht hat er sich heute ja schon abreagiert, und das war es.«

Das glaube ich nicht.

10

LECTIONES

KÖNIGLICHE HAUPTSTADT PRAG, Königreich Böhmen, 16. Januar 1620, 2. Kriegsjahr

»He, Schlafmütze, wie lange willst du denn noch im Bett liegen?«

Diese rüden Worte und ein unsanftes Rütteln holten Lukas aus seinem todesähnlichen Schlaf. Die Erschöpfung der letzten Tage hatte ihn dermaßen tief ins Land der Träume geschickt, dass er nur schwer wieder daraus zurückfand. »Was? Zuzanna, nein ... ich will kein Landsknecht werden ...« Mit vom Schlaf verschwommenem Blick sah er sich um. »Wo bin ich?«

»Hast du über Nacht vergessen, dass du jetzt ein Novize der schwarzen Feldschere bist?« Martin grinste ihn an. In der Hand hielt er eine kleine Öllampe, deren rußige Flamme tanzende Schatten an die kargen Wände der Zelle warf. »Hier im Kloster Strahov beginnen die Tage früh, noch vor dem ersten Hahnenschrei. Wenn wir der Plage Herr werden wollen, müssen wir viel lernen! Beeil dich jetzt. Die Waschkammern findest du hinten links in dem verlassenen Schlafsaal. Hau dir mal ordentlich Wasser ins Gesicht. Nichts für ungut, aber du siehst furchtbar aus. Und mach schnell, bei der Prima gelten die ...«

Lukas räusperte sich mit einem schiefen Grinsen.

»... beim Morgenbrot, für deine lateinunfähigen Ohren«, seufzte Martin, der auf unbestimmte Weise sehr zappelig wirkte. »Komm auf jeden Fall pünktlich ins Refektorium. Wenn die Glocken der Basilika Mariä Himmelfahrt zum fünften Mal schlagen, musst du auf deinem Platz sitzen, falls du nicht erneut Ärger mit dem Novizenmeister haben willst.«

»In Ordnung«, entgegnete Lukas gähnend und streckte sich. Schnell roch er noch einmal an der Decke, die er von Zuzanna bekommen hatte, um mit ihrem Geruch in den Tag zu starten. »Warte, ich beeile mich, und dann ...«

»Ich kann nicht auf dich warten.« Ohne ihn anzusehen, steckte der Novize ein kleines, in schwarzes Leder gebundenes Buch in seine Tasche.

»Was? Ich verspreche, dass wir nicht wieder zu spät kommen werden!«

»Glaube ich dir, aber ich muss jetzt wirklich sofort los. Ich lass dir die Funzel hier, dann brauchst du dich wenigstens darum nicht mehr zu kümmern. Dämonenlichter sind uns Novizen nämlich streng verboten.« Er zwinkerte, schnappte sich seine Umhängetasche, riss die schwarze Tür auf und verschwand in dem schummrig beleuchteten Flur.

»Aber ...« Ungläubig schüttelte Lukas den Kopf. »Was ist nur los mit dem?« Er wurde aus seinem Zimmergenossen einfach nicht schlau. Martin war wie ein schlüpfriger Aal, den er nicht zu greifen bekam. »Egal!« Voller Motivation warf er die Füße aus dem Bett und stand auf. Der Fliesenboden unter seinen nackten Sohlen war unangenehm kalt, aber im Vergleich zu seinen Nächten im Wald purer Luxus. Mit der ihm von

Martin so großzügig überlassenen Öllampe schlurfte er auf den Flur.

Dort wuselten bereits etliche Novizen herum. Alle bereits komplett in Schwarz gekleidet und mit wehenden Umhängen, die von glänzenden Fibeln zusammengehalten wurden.

»Bift du etwa krank?«, fragte der breitschultrige Fritz sorgenvoll, als Lukas an ihm vorbeilief.

»Nein, warum?«

»Weil du noch nift fertig bift. Nach dem, was gestern passiert ift, wäre ich an deiner Stelle der Erfte gewesen, der aufsteht.«

Ich hatte bis eben ja keine Ahnung, wie hier der Tagesablauf ist.

Fritz half ihm ungefragt: »Aufstehen um vier, Morgenbrot Punkt fünf, anschliefend die erste Lectio bis zum Prandium und naf dem Mittagessen weitere Lectiones bis zur Cena. Dass das Abendmahl nicht später als bis zum sechsten Glockenschlag eingenommen werden muss, weift du seit gestern Abend ja bekanntlich.« Der breitschultrige Junge grinste ihn an. »Ich muss dann auch los, damit ich nicht das nächste Opfer unseres geliebten Adelarschs werde.« Mit einem Tippen an seinen nicht vorhandenen Hut machte sich Fritz von dannen.

Rennend folgte Lukas ihm durch die gelbe Tür und durchquerte anschließend allein den verwaisten Schlafsaal dahinter. Jetzt war Martins Öllampe tatsächlich Gold wert. Vor den großen Fenstern herrschte noch tiefste Schwärze und nirgendwo hatte jemand Kerzen oder Fackeln in dem Saal entzündet. Nur auf der ihm gegenüberliegenden Wand war ein flackernder Schein zu sehen. Vermutlich lag dort der Waschraum. Irgendeine andere Schlafmütze musste dort ebenfalls noch mit ihrer Morgentoilette beschäftigt sein.

Vielleicht schaffe ich es ja, denjenigen zu überholen, wenn ich nur eine schnelle Katzenwäsche mache, übte er sich in Hoffnung.

Diese zerschmetterte augenblicklich, als derjenige, den zu

überholen er gehofft hatte, mit nassen, nach hinten gekämmten Haaren aus dem Waschraum heraustrat.

»Du bist ja immer noch hier! Schämst du dich nicht für das, was gestern geschehen ist?«, giftete August ihn augenblicklich an.

»Was habe ich denn falsch gemacht, außer einen Atemzug zu spät ins Refektorium zu kommen? Habe ich dafür etwa den Tod verdient?«, hielt Lukas sofort dagegen. Er hatte nicht vor, sich von diesem adligen Bengel drangsalieren zu lassen – zumal er einen Kopf größer war und deutlich besser in Form. »Ist es nicht eher Adelarsch, der sich total danebenbenommen hat, und das nur aus Rache für seinen untalentierten Freund?« Bei diesen Worten ging er provozierend nah mit seinem Gesicht an das des Herzogssohns heran. »Ja, ich kenne die Geschichte.«

»Er war nicht untalentiert«, schrie August plötzlich wie von Sinnen und holte ohne jede Vorwarnung mit der Faust aus.

Der Schlag war weder präzise platziert noch besonders kräftig ausgeführt, aber er erwischte Lukas so überraschend, dass es ihn von den Füßen hob. Mit brennendem Kinn fand er sich auf dem kalten Fliesenboden wieder. Neben ihm landete klappernd die messingfarbene Öllampe und erlosch. Der nussige Geruch von auslaufendem Rapsöl erfüllte augenblicklich die Luft.

»Jeder, der mit offenen Augen durchs Leben geht, sieht, dass du ein Lügner bist«, keifte der Adlige weiter. »Und ich schwöre dir: Ich werde dafür sorgen, dass du entlarvt wirst, und dann wird dich dein verdientes Schicksal ereilen. Das eben war nur ein Vorgeschmack.« Ohne weitere Erklärung stapfte er davon.

Mit ihm entschwand sein Öllämpchen und damit das letzte Licht. Stöhnend tastete sich Lukas im Dunkeln voran, bis er gegen eine marmorne Wasserschale stieß. Mit beiden Händen griff er hinein und wusch sich Schlaf und Müdigkeit aus dem Gesicht. Er dachte darüber nach, was passiert war. *August und Adelbart haben nicht unrecht, ich bin nicht der, der ich vorgebe zu sein.* Diese

Erkenntnis lastete schwer auf seinem Gewissen. *Ich muss bald von hier verschwinden*, nahm er sich vor, während er sich zurück in den Bereich der Novizen tastete.

Das mollig warme Refektorium erreichte er als einer der Letzten. Ohne Martin hatte er sich auf dem großen Klostergelände verlaufen und nur der freundlichen Führung eines greisenhaften Meisters namens Rondo hatte er es zu verdanken, dass er den Speisesaal überhaupt gefunden hatte. Zu seiner Überraschung hatte er auf dem Weg festgestellt, dass es die Novizen tatsächlich geschafft hatten, die Höfe über Nacht vom Schnee zu befreien, während er und Martin geschlafen hatten. Glücklicherweise schneite es jetzt nicht mehr, sodass sie von dieser schweren Arbeit befreit waren. Mit langen Schritten ging er auf den Tisch der Novizen zu. Bewusst schaute er dabei nicht zur Tafel der Meister, um nicht erneut in Adelbarts böswilliges Gesicht blicken zu müssen.

»Wo warst du?«, fragte Martin verärgert, der ihm den Platz neben sich freigehalten hatte. »Ich hatte doch extra gesagt, dass du dich beeilen sollst.«

»Hab den Weg nicht gleich gefunden«, nuschelte Lukas, ohne seinen Zimmergenossen anzusehen. Sein Kinn schmerzte noch immer, aber er hatte nicht vor, über den Vorfall in den Waschräumen zu sprechen. So blieb sein Blick starr auf die Berge an Essen gerichtet, die sich auf dem Tisch türmten. Die Prima, Lukas freute sich, dass er sich das lateinische Wort für Frühstück merken konnte, schien hier ähnlich üppig wie die Abendmahlzeit auszufallen. Es gab Massen an hellen Brötchen, Fässchen mit Butter und Schmalz, aufgeschnittenen kalten Braten, jede Menge gekochter Eier, rotbackige Winteräpfel und daneben etwas, das wie verschrumpelte Kastanien aussah.

Neugierig griff er danach und überlegte, worum es sich dabei handeln könnte.

»Datteln«, erklärte der Lukas gegenübersitzende Jakob und steckte sich eine der Trockenfrüchte in den Mund. »Probiere sie, die sind herrlich süß.«

Das tat Lukas – und wurde nicht enttäuscht. »So was Leckeres habe ich noch nie gegessen«, säuselte er verträumt, als sich die mehlige Süße der Frucht in seinem Mund ausbreitete.

»Glaube ich dir gern«, lachte Jakob. »Die Dinger kommen aus dem fernen Aegyptus, dem Land der Pyramiden und des Nils.«

Mit diesen Begriffen konnte Lukas nicht viel anfangen, aber Datteln mochte er, woher sie auch immer stammen mochten.

Als er seine Hand zu einer zweiten vorschob, rief der strohblonde Adam, der neben dem schlaksigen Jakob saß: »He, die Dinger sind ihr Gewicht in Silber wert, lass auch noch ein paar für die anderen übrig.« Die vielen Sommersprossen auf seinem Gesicht verzogen sich wütend.

Erschrocken zuckte Lukas zurück.

Adam lachte daraufhin. »War nur ein Spaß. Iss die Dinger, bis sie dir aus den Ohren kommen. Union und Liga schütten das Kloster dermaßen mit Gold zu, um der Dämonenlage Herr zu werden, dass es uns an nichts fehlt.«

Ungläubig blickte Lukas zu Martin, der heute Morgen merkwürdig abwesend wirkte. »Ja ja, so ist es, aber du musst mit dem Essen warten, bis der Abt seine Andacht gesprochen hat.«

Das ist die fantastische Verpflegung hier allemal wert, dachte Lukas und versuchte nicht daran zu denken, was er bei den Landsknechten an manchen Tagen hatte essen müssen. *Vielleicht bleibe ich doch hier, besseres kostenloses Essen finde ich nirgendwo.*

»Vorher braufen wir aber noch unferen Tee«, japste Fritz, der als Letzter an ihren Tisch kam und seinen massigen Körper auf den Schemel fallen ließ.

Wo kommt der denn her? Lukas hätte nur zu gern gewusst, wo sich der muskelbepackte Novize bis eben herumgetrieben hatte. Der schien seine Gedanken zu lesen. »Fechtunterricht bei Bruder Peter, gehört nift zu den normalen Lectiones, gibt er aber jedem, def will. Würfe ich dir auch dringend zu raten. Ein Silberdegen gilt als befte Waffe gegen Dämonen und es gibt im Kampf gegen fie genügend Situationen, wo Wissen aus Büfern nicht ausreicht.« Sein Blick blieb grinsend auf Martin liegen, der das aber nicht bemerkte, da er starr zur Küchentür hinübersah.

»Ja, was ist heute nur mit den Mägden los, die sind doch sonst immer so verlässlich«, fragte sich Jakob laut und blickte auch in Richtung Küche.

Mägde? »Ähm, gibt es etwa Frauen hier?«, fragte Lukas fassungslos.

Adam lachte. »Aber sicher, wir sind doch kein echtes Kloster. Niemand hier muss sich an Zölibat oder so einen Quatsch halten.«

»Die Mädels kochen, kellnern und wafchen für uns, damit wir uns auf unsere eigentliche Aufgabe, den Kampf gegen die Plage, konfentrieren können, aber mach dir bloß keine Hoffnung, sie sind absolut tabu, wenn du hier nift rausgeschmissen werden willst«, ergänzte Fritz und ließ heimlich ein Ei in seinem Mund verschwinden.

»Tabu?« Schon wieder ein Wort, das Lukas nicht kannte.

»Verboten«, raunte Martin und Traurigkeit schwang in dieser kurzen Erklärung mit.

Im nächsten Moment ging die Küchentür auf. Der dicke Küchenmeister Reinhold ging auf den inzwischen bis auf Questenbergs Platz voll besetzten Meistertisch zu. Ihm folgten fünf Mädchen, alle etwa in Lukas' Alter. Zwei von ihnen schwebten zu ihrem Tisch herüber. Die eine war stämmig mit blonden Zöpfen, roten Wangen und Grübchen vom Lachen, während die andere dunkelhaarig, gertenschlank und so blass war, dass man meinen konnte, die Adern durch ihre Haut zu sehen. Die Blonde trug ein Tablett mit zwei dampfenden Henkelkrügen darauf, während die Dunkelhaarige Tonbecher verteilte.

»Warum seif ihr heute so spät dran?«, fragte Fritz und zwinkerte der Blonden zu.

Sein ungehobelter Charme tropfte an ihr ab. Das Mädchen stellte wortlos die ein intensives Kräutertee-Aroma verbreitenden Krüge ab und half anschließend der dunkelhaarigen Magd beim Verteilen der Becher.

»Sie reden nie«, flüsterte der rothaarige Harold Lukas zu und zwinkerte.

Als die feengleiche Magd mit den langen, schwarzen Haaren an ihren Platz kam, stellte sie flink zwei Becher zwischen Lukas und Martin. Als sie ihre Hand wieder zurückzog, stieß sie versehentlich das Trinkgefäß von Lukas' Zimmergenossen um.

»Bitte entschuldige, Martin«, hauchte sie daraufhin und behob ihren Fehler.

»Gar kein Problem«, gab sich der Novize großzügig und lief gleichzeitig rot an.

Kaum waren die Mägde wieder auf dem Weg in die Küche, wisperte Jakob: »Die können ja doch sprechen.«

Sämtliche Jungen am Tisch, sogar August, grinsten.

Eine andere Sache schien allerdings niemandem aufgefallen zu sein. *Sie kennt Martins Namen und er schien nicht im Geringsten darüber verwundert.* Aus dem Augenwinkel blickte er zu dem Novizen hinüber. Auf seinem Gesicht hatte sich ein seliges Lächeln ausgebreitet.

In diesem Moment kam Abt Questenberg ins Refektorium gehumpelt. Schwer stützte er sich auf einen Stock auf.

Das war gestern aber noch nicht so, wunderte sich Lukas und der Blick zu seinen Mitnovizen verriet ihm, dass sie ebenfalls überrascht waren.

Stille legte sich über den Saal, was das mühevolle Zurückschieben von Questenbergs erhöhtem Lehnstuhl übertrieben laut wirken ließ. Doch als ihm Bruder Peter dabei zu Hilfe eilen wollte, machte er eine unwirsche Geste. Schließlich saß er und rief tonlos: »Macht euch bereit für den Segen.«

Wie üblich verschränkte Lukas seine Hände zum Beten und senkte den Kopf.

Plötzlich spürte er einen Ellenbogen in seinen Rippen. Es war Martin, der den Kopf schüttelte. Niemand hatte sich zum klassischen Gebet bereitgemacht, stattdessen umklammerten alle die Fibeln an ihren Umhängen.

Dies hier ist kein christliches Kloster, sondern eine Akademie, die sich dem Kampf gegen die Dämonen verschrieben hat, machte sich Lukas klar und umgriff die silberne Krallenpranke an seinem Umhang ebenfalls. Trotz allem, was bisher passiert war, empfand er das Gefühl der Zugehörigkeit in diesem Moment als erhebend.

»Heute ist ein weiterer Tag im Kampf gegen die Plage«, erklang Questenbergs vertrauenerweckende Stimme.

Alle wiederholten es. Auch Lukas.

»Heute werden wir erneut in den Krieg ziehen, um die Erde vom Antlitz der Dämonen zu befreien.«

Alle murmelten auch diesen Satz.

»Heute wird der Sieg der Menschheit ein weiteres Stück näher rücken.«

»Heute wird unsere Gemeinschaft ein weiteres Mal erstarken und unsere Brüderlichkeit wachsen, zum Wohle aller.«

Dieser Satz wurde besonders inbrünstig wiederholt, ja geradezu geschrien.

Ich wünschte, es wäre so.

»Dann allen eine gesegnete Mahlzeit«, eröffnete der Klostervorsteher das Frühstück.

Sofort langte Lukas kräftig zu und belud seinen Holzteller mit allerlei Köstlichkeiten.

Es war ein schnelles und schweigsames Essen, was im Gegenteil zur Cena, *ein weiteres lateinisches Wort in meinem Kopf*, freute sich Lukas, stand. Auch wurde heute Morgen kein Alkohol gereicht, wohingegen es gestern Abend für die Novizen Bier und für die Meister Rotwein gegeben hatte.

Wahrscheinlich liegt ein langer Tag vor uns.

Adelbart beendete das Essen für die Novizen. »Das war es! Auf zu eurer ersten Lectio.«

Augenblicklich nahm jeder Novize einen letzten großen Bissen und stand auf.

Lukas tat es seinen Brüdern nach, auch wenn es ihm leidtat um das fingerdick mit Butter beschmierte Brötchen.

»Hast du schon deinen Lectiones-Plan bekommen?«, fragte Martin und klemmte sich seine Tasche unter den Arm.

»Lectiones-Plan?«

»Lukas Ohnenamen, mitkommen«, blaffte der Novizenmeister im selben Augenblick.

Nicht schon wieder.

»Ich …«, begann Lukas unsicher und blickte sich um. Erst nachdem ihm Meister Jokel aufmunternd zugenickt hatte, sagte er: »… komme, Meister.«

»Pass auf dich auf«, raunte Martin.

Mit steifen Schritten ging Lukas auf den Mann zu, der gestern alles versucht hatte, ihn aus dem Weg zu räumen.

Adelbart würdigte ihn keines Blickes, sondern ging mit so langen Schritten aus dem Refektorium, dass Lukas zwischendurch immer wieder ein wenig rennen musste, um ihm zu folgen. Die ganze Zeit redete der schwarz gekleidete Novizenmeister kein

Wort mit ihm. Schließlich kamen sie in den zweiten Innenhof mit dem kleinen Teich und dem Kreuzgang.

Der Bereich der Meister, erinnerte sich Lukas.

Schnurstracks hielt Adelbart auf eine der vielen Türen unter dem Kreuzgang zu. Mit einem rostigen Schlüssel öffnet er sie und ging hinein.

Soll ich ihm folgen?, fragte sich Lukas, unsicher, ob er freiwillig in die Höhle des Löwen gehen sollte.

»Wo bleibst du? Ich habe nicht den ganzen Tag Zeit«, ranzte ihn Adelbart an und er folgte ihm hinein.

Das Zimmer war ähnlich karg eingerichtet wie die Zelle, die er sich mit Martin teilte. Allerdings gab es hier ein gut gefülltes Bücherregal, einen kleinen Schreibtisch unter dem schießschartengroßen Fenster sowie eine ansehnliche Sammlung Silberdegen, die auf kleinen Holzgestellen an den Wänden hingen. Außerdem war es in diesem Zimmer wunderbar warm. Wieder sah Lukas die Metallschlitze am Boden, aus denen heiße Luft strömte.

Der Novizenmeister hatte hinter seinem Schreibtisch Platz genommen. »Würdest du dann bitte die Tür schließen? Es wird hier drinnen ja eiskalt. Bist du etwa torlos unter Schweinen aufgewachsen?«

»Unter Pferden«, entgegnete Lukas flapsig, schloss aber die Tür.

Bedrohliche Stille legte sich über den Raum. Die vielen Silberwaffen an den Wänden wirkten gefährlich. Kopfschüttelnd griff Adelbart von einem Stapel Pergament das oberste Schriftstück, nahm eine weiße Feder und begann darauf kratzend etwas zu schreiben.

Das Ganze dauerte für Lukas eine gefühlte Ewigkeit. Er war kurz davor zu fragen, warum er überhaupt hier war, da reichte ihm Adelbart das Schreiben, das er zuvor mit feinem Sand bestreut hatte.

»Das ist dein vorläufiger Lectiones-Plan. Du wirst von heute an in allen relevanten Wissenschaften ausgebildet, die zur Bekämpfung der Plage notwendig sind.«

Lukas warf einen schnellen Blick auf das mit schwarzer Tinte beschriebene Pergament – es war komplett in Latein verfasst. »Welche da wären?«

Seufzend lehnte sich der Novizenmeister in seinem Sessel zurück. »Eine durchaus legitime Frage, auch wenn ich darauf verweisen könnte, dass ich all das auf den Plan geschrieben habe, den du in der Hand hältst. Aber was wäre ich für ein Novizenmeister, wenn ich dir diese Frage nicht beantworten würde.« Großmütig öffnete er seine Arme. »Es gibt folgende Lectiones hier an der Akademie: Invocatio Daemonum, Anatomica, Historia, Arithmetica, Daemonologia, Musica.«

Lukas verstand kein Wort.

Seufzend fuhr Adelbart fort: »All diese Kenntnisse brauchst du, um ein schwarzer Feldscher zu werden, der im Kampf gegen die Plage in der ersten Reihe steht. Bei deinen beschränkten Fähigkeiten bezweifle ich allerdings, dass es jemals dazu kommt.«

Erzähl mir was Neues.

»Am Ende eines jeden Zyklus steht eine Überprüfung deiner Fähigkeiten. Der Nächste endet in wenigen Wochen am Ostersonntag.«

Da schummle ich mich schon irgendwie durch oder bin längst von hier verschwunden.

»Obwohl ich weiß, dass du vermutlich nie eine Schule besucht hast, will ich dich hier gleich darüber aufklären, dass dieses Zwischenexamen nichts mit dem Vorbeten von Auswendiggelerntem zu tun hat. Ein jeder Novize muss sich dem Auswuchs der Plage in einer echten Situation stellen und so beweisen, dass er das Zeug zu einem Meister hat, den wir als fahrenden Feldscher auf die Schlachtfelder da draußen senden können.«

»Schlachtfelder?« Bei dem Gedanken an Kämpfe und Landsknechte wurde Lukas ganz flau im Magen.

»Was hast du denn geglaubt, was wir hier machen? Schnee fegen, in alten Büchern lesen und gemeinsam essen?« Der Novizenmeister lachte gehässig. »Warum, glaubst du, leisten sich die beiden größten Feinde, die es je in der Geschichte gegeben hat, diese Akademie? Ausgebildete schwarze Feldschere haben auf den Schlachtfeldern sowohl auf der Seite der Union als auch der Liga dafür zu sorgen, dass Dämonen nicht ins Schlachtgeschehen eingreifen und so eine Partei bevorteilen.«

»Aha.« Lukas war unvorstellbar, wie das möglich sein sollte. Er dachte an seinen Kampf mit dem Grüngeschuppten. *Immerhin habe ich schon mal einen getötet, das könnte mir in der Prüfung an Ostern zum Vorteil gereichen.*

»Wie auch immer.« Adelbart wedelte mit der Hand, als würde er eine Fliege verscheuchen. »Wenn du dich in deiner ersten Prüfung nicht bewährst, war es das für dich. Wenn du verstehst, was ich meine.«

Nach den Ereignissen des gestrigen Abends verstand Lukas nur zu gut, was diejenigen erwartete, die durch ihr Examen fielen: *der Tod.* Das konnte ihm egal sein, spätestens einen Tag zuvor würde er durch das große Tor spazieren und nie wiederkommen.

»Da du später als die anderen angefangen hast, solltest du dich also ranhalten. Zumal es nach deinem Schwur kein Zurück mehr für dich gibt. Bis zu den Prüfungen darfst du das Klostergelände nur eingeschränkt verlassen. Jeder Versuch, dich deiner Abschlussprüfung zu entziehen, wird aufs Schärfste bestraft, dafür würden Truppen von Union und Liga überall in Böhmen und im gesamten Kaiserreich gleichermaßen sorgen.« Er hob erwartungsvoll die Augenbrauen.

Vom Regen in die Traufe. »Ich werde mein Bestes geben«,

erklärte Lukas, so eifrig er konnte. *Ich habe nur noch die Wahl zwischen Not und Elend.*

Adelbart schien ihm seine Bestürzung anzusehen. »Ich habe es dir gestern schon gesagt: Dies hier ist kein Ort, den man aufsuchen sollte, wenn man es nicht ernst meint. Da draußen warten tödliche Herausforderungen auf diejenigen, die es in den Meistergrad schaffen. Jeder verdammte Dämon auf dieser Welt will dich töten und fressen, weil wir schwarzen Feldschere die Einzigen sind, die ihre Machenschaften erkennen und ihnen etwas entgegenzusetzen haben.« Er funkelte Lukas selbstgefällig an. »Daher geh jetzt in deinen Unterricht, du hast viel zu lernen.«

Langsam, aber sicher beschlich Lukas der Verdacht, dass sein Versteck eher einem tödlichen Gefängnis glich als einem Hort der Sicherheit. *Ich habe ja noch nicht mal verstanden, welche Fächer ich habe.* »Könntet Ihr mir sagen ...« Verzweifelt hielt er das für ihn unverständliche Pergament hoch.

»Abi, puer!«, zischte Adelbart und obwohl Lukas die Worte nicht direkt übersetzen konnte, verstand er doch, dass er zu gehen hatte.

Mit pochendem Herzen schloss er die Tür zur Zelle des Novizenmeisters. Unschlüssig, was er nun tun sollte, sah er zu dem kleinen Teich in der Mitte des Innenhofs hinüber. Erst auf den zweiten Blick erkannte er die gebeugte Gestalt, die ähnlich nachdenklich wie er selbst auf den Teich zu blicken schien. *Bloß weg hier, bevor mich noch ein Meister wegen irgendwas piesacken kann.*

Im selben Moment drehte sich der Schwarzgekleidete um und winkte Lukas zu sich. Es war Abt Questenberg.

Lukas lief aufgeregt zu ihm. Er musste auf dem Weg über den Hof aufpassen, nicht hinzufallen. Das Pflaster des Meisterhofs war tückisch glatt und glänzte, als wäre es mit einer Schicht Zuckerguss überzogen. *Ob die anderen Novizen das mit Absicht*

gemacht haben als Rache dafür, dass sie Adelbart die halbe Nacht
hat Schnee fegen lassen?

»Ein origineller Scherz, oder?«, begrüßte ihn Questenberg grinsend und rieb mit der Stiefelspitze über das glänzende Eis. »Aber ich habe von meinen Novizen schon Schlimmeres erlebt. Immerhin ist der Schnee weg, genau wie der Novizenmeister es befohlen hat.«

Das freundliche, warme Lächeln spülte das schlechte Gefühl weg, das Lukas nach dem Besuch bei Adelbart empfunden hatte. »Ehrwürdiger Vater«, begrüßte er den Klostervorsteher.

»Ich freue mich, dich hier zufällig zu treffen, Lukas«, entgegnete der hintersinnig. »Lass uns ein wenig gehen, deine Jolande vermisst dich und du sie sicher auch.«

Freudig überrascht riss Lukas die Augen auf. »Sehr gern, ehrwürdiger Vater.«

»Schön.« Er hakte sich bei ihm unter. »Du erlaubst doch. Es wäre nicht gut für meine alten Knochen, wenn ich auf dieser Eisfläche hinfalle, gerade nach dem, was gestern Nacht ...« Er unterbrach sich und klemmte den Stock, den er seit Neuestem benutzte, unter die Achsel.

Am liebsten hätte Lukas nachgefragt, wovon der Abt sprach, aber er wusste, dass ihm Neugier gegenüber diesem Mann nicht zustand.

Sie verließen den Meisterhof und durchquerten das Refektorium, in dem die fünf Mägde stumm aufräumten. Lukas nahm sich einen Moment Zeit, um die Dunkelhaarige zu betrachten, die Martins Namen kannte. *Ob sie in ihn verliebt ist? Und er?* Er dachte daran, wie früh Martin heute Morgen losgelaufen war und wie nervös sein Mitbewohner die ganze Zeit gewirkt hatte.

»Ich würde dich ja fragen, ob du dich bereits eingelebt hast, aber ich bin kein Dummkopf. Was dir geschehen ist, muss furchtbar gewesen sein.« Der Abt blieb auf dem ersten Hof stehen, nachdem sie diesen über eine dreistufige Treppe betreten hatten. »Es tut mir leid, dass ich dich nicht davor beschützt habe. Diese spontane Zusammenkunft des Kapitels ...« Er räusperte sich und krallte sich fester an Lukas' Arm. »Ich habe dich in schreckliche Gefahr gebracht, das ist ein Fehler, den ich mir nie verzeihen werde.«

»Ist ja nochmal gut gegangen«, machte Lukas gute Miene zu dem bösen Spiel, das mit ihm getrieben worden war. Er mochte den Abt.

»Nein, ist es nicht. Adelbart, dieser Schwachkopf, hätte beinahe unseren wichtigsten Trumpf im Kampf gegen die dämonische Plage vernichtet.«

»Wie meint Ihr das? Wegen meines Vaters?«, verstrickte Lukas sich unbewusst immer tiefer in die Lüge seiner vorgeblichen Herkunft.

Der Klostervorsteher antwortete nicht, sondern ging Arm in Arm mit ihm weiter. Sie passierten die Basilika und hielten auf das Haupttor zu. Anders als bei Lukas' Ankunft war es verschlossen. Dazu standen zwei Bewaffnete davor, die so auch in Lukas' altem Feldlager hätten leben können. Auf den Köpfen trugen sie einen Salet-Helm, ihre Rümpfe waren mit Kürass und Rückenharnisch geschützt und selbst ihre Beine steckten in metallischen Schienen. Die gesamte Ausrüstung war in Schwarz gehalten. In den von schwarzen Lederhandschuhen geschützten Händen trugen sie Piken, deren angelaufene Spitzen aus Silber gefertigt zu sein schienen. Die breitschultrigen Männer nickten dem Abt respektvoll zu und öffneten ihm wortlos das Tor.

»Das, was in deinem gestrigen Brief stand, hat mich dazu bewogen, unsere Akademie besser beschützen zu lassen«, erklärte Questenberg die neuen Sicherheitsvorkehrungen, die Lukas gar nicht gefielen.

So viel zum Thema Flucht. Kurz schoss ihm der Gedanke

durch den Kopf, jetzt sofort zu verschwinden, aber sowohl die Tatsache, dass er dann Jolande zurücklassen müsste, als auch die grimmigen Gesichter der beiden Wachleute ließen ihn diesen Gedanken verwerfen. *Außerdem hätte ich dann nicht nur meine Kameraden von der Union auf den Fersen, sondern noch dazu ihre Todfeinde von der Liga.*

Er tat gut daran. Sobald sie das Tor durchschritten hatten, folgte ihnen einer der beiden Wachmänner in einem Abstand von etwa fünf Schritten. Seine schweren, beschlagenen Stiefel knirschten lautstark im verharschten Schnee.

»Nein, es ist nicht wegen deines Vaters«, nahm Questenberg plötzlich wieder ihr Gespräch auf, »obwohl der Graf im Kampf gegen die Plage unfassbar verdienstvoll war. Deine besonderen Kräfte sind es aber, die den entscheidenden Unterschied zwischen Sieg und Niederlage in diesem Kampf bedeuten können.«

Jetzt blieb Lukas stehen. »Was für besondere Kräfte? Seitdem ich gestern hier angekommen bin, merke ich nur, wie ungeeignet ich für diese Akademie bin«, war es ihm entschlüpft, bevor er sich seiner Rolle als Sohn eines berühmten Dämonenjägers entsann.

Der Abt schien es nicht zu bemerken. »Mach dir deswegen keine Sorgen.« Questenberg lächelte väterlich. »Alles, was wir dir hier beibringen werden, ist nur Beiwerk zu deinen natürlichen Kräften. Es ist wie bei einem Diamanten, der durch den Schliff erst seine perfekte Form bekommt. Wärst du ein Kieselstein, würde auch der beste Gemmenschleifer dich nicht zum Funkeln bringen. Verstehst du?«

»Nicht so richtig«, gestand Lukas.

Sie liefen weiter auf die Stallungen zu.

»Nun, was du vermagst, das kann niemand. Genau wie ein Diamant allen anderen Steinen überlegen ist.«

»Was kann ich denn?«, zwang sich Lukas zu sagen. Am liebsten hätte er herausgeschrien, dass alles gelogen war und er bis vor wenigen Tagen noch nie etwas von Dämonen gehört, geschweige denn welche gesehen hatte.

Sie traten in den von den Körpern der Tiere angenehm warmen Stall. Lukas genoss den wohlvertrauten Geruch nach Pferden und Stroh.

Questenberg kicherte listig und streichelte einen beeindruckend großen Rappen, der sich neugierig aus seinem Verschlag zu ihm herunterbeugte. Ein Pferd von derartiger Güte wäre selbst zu den besten Zeiten von Lukas' Vater nicht mal in die Nähe seines kleinen Gestüts gekommen. »Du bist ein Schädel und eine Rose, das ist so selten, dass viele es für einen Mythos gehalten haben. Ich war einer der wenigen, die daran überhaupt geglaubt haben.«

»Schädel und Rose …«, murmelte Lukas.

»Dein Vater hat dir sicher erklärt, was dies bedeutet und warum dies besonders ist.«

Seufzend entgegnete er: »Natürlich weiß ich, was dies bedeutet, ehrwürdiger Vater.«

»Merkwürdig, dass er dich nicht vorher hierhergeschickt hat, aber ich weiß ja, wie vernarrt Konstantin in dich ist … war«, verbesserte sich der Klostervorsteher mit trauriger Miene. »Dennoch ist es gut, dass du endlich hier bist.«

Jetzt standen sie vor Jolande, die sie mit ihrem nach verschnupftem Esel klingenden Maultierbrüllen sofort überschwänglich begrüßte.

Lukas streckte die Hand aus. Sie biss sofort zu. *Wenigstens das hat sich nicht geändert*, dachte er melancholisch.

»Die Kleine hat Feuer im Hintern.« Angstfrei streckte Questenberg die Hand aus und streichelte das streitlustige Maultier. Ihn biss Jolande natürlich nicht, sondern genoss die Liebkosung mit geschlossenen Augen.

»Das kann man wohl sagen«, seufzte Lukas und holte den Apfel hervor, den er bei der Prima für sie abgezweigt hatte.

Sofort öffnete Jolande ihre riesigen braunen Augen. Mit einer blitzschnellen Bewegung entriss sie ihm den Apfel und verschwand damit in der hintersten Ecke ihres Verschlags, um ihn dort ungestört verschlingen zu können.

»Dieses Maultier ist ganz schön gerissen«, stellte der Abt amüsiert fest. »Kann sie Dämonen sehen? Hast du sie deswegen mitgebracht?«

»Ja, ich denke schon. Sie hat mich im Kampf gegen einen sogar beschützt.«

»Natürlich hast du schon gegen Dämonen gekämpft, wie sollte es auch anders sein!« Stolz lächelte Questenberg ihn an. »Ich bin mir sicher, dass du dein erstes Zwischenexamen an Ostern mit Bravour meistern wirst.«

Ich mir nicht.

»Trotzdem halte weiter geheim, über welche Erfahrungen du und deine Familie verfügen. Noch immer darf niemand erfahren, wer du in Wirklichkeit bist.«

Wie recht er hat.

»Adelbart und andere würden dich vermutlich deutlich respektvoller behandeln, wenn du nicht länger Lukas Ohnenamen wärst, aber das ist es nicht wert, möglichen Feinden im Innern deine wahre Identität zu offenbaren. Zumal bei deinen Fähigkeiten.«

Da bin ich mir nicht so sicher, ich wäre deswegen gestern fast gestorben.

»Ehrwürdiger Vater«, sagte der Bewacher, der hinter ihnen stand, mit einem Räuspern, »es ist an der Zeit.«

»Natürlich, natürlich«, entgegnete der Abt zerstreut. An Lukas gewandt, sagte er: »Lerne fleißig, denn nur dann kannst du deine außergewöhnlichen Fähigkeiten zum Wohl aller Menschen einsetzen. Du bist es, der diesen Krieg beenden könnte.«

»Welchen Krieg?«, fragte Lukas verwirrt. Er sollte doch wohl nicht dafür verantwortlich sein, den Streit zwischen Katholischer Liga und Protestantischer Union zu entscheiden?

»Hochwürden«, drängte der Wachmann. Aus Richtung des Tors war hektisches Hufgetrappel zu vernehmen. »Die Unterhändler des böhmischen Ständeausschusses sind bereits hier.«

»Ich komme, ich komme«, seufzte der Abt und wirkte in diesem Moment sehr alt. »Ich wünschte, ich könnte, statt mich mit diesem sinnlosen diplomatischen Popanz zu befassen, mit dir heute noch einmal die Schulbank drücken, Lukas. Welche Lektionen stehen denn heute auf deinem Plan?«

Schnell hielt ihm Lukas seinen unverständlichen Plan hin.

»Ah, Dämonenlehre«, übersetzte der Abt dankenswerterweise für ihn. »Meister Nikolaus ist ein überaus freundlicher und feinfühliger Zeitgenosse, niemand bringt dir die Grundlagen des Feldscherseins besser bei als er.« Mit zusammengekniffenen Augen beugte sich Questenberg wieder über das Pergament. »Und gleich danach Anatomie, das habe ich eine Zeitlang unterrichtet, musst du wissen. Aber Meister Jokel ist ein mehr als würdiger Nachfolger. Ich hoffe, du hast mit menschlichem Blut genauso wenig Probleme wie mit dämonischem.« Er zwinkerte ihm verschwörerisch zu.

Ehrlicherweise habe ich mit beiden Arten so meine Probleme.

»Ich wünsche dir in jedem Fall viel Erfolg.«

»Könntet Ihr mir wohl sagen, wo genau ich hinmuss, ehrwürdiger Vater?«, traute sich Lukas nun doch etwas von seiner Unwissenheit zu offenbaren, während sie zurück zum Klostertor liefen.

»Nun, du gehst immer einfach in den Novizenhof und stellst dich vor die Tür, vor der die anderen Jungen mit schwarzen Umhängen warten«, entgegnete der Abt mit einem breiten Grinsen. »Da du heute aber sicher zu spät kommen wirst, nutze die rote Tür, dann bist du richtig.«

Humor hat er, stellte Lukas überrascht fest, und augenblicklich mochte er den Mann noch mehr.

Nachdem sie das Tor passiert hatten, verabschiedete sich Questenberg mit einem aufmunternden Schulterklopfen von ihm und eilte in die Prälatur, vor der drei prächtige Pferde warteten, die ziegelrote Satteldecken mit dem eingestickten weißen Löwen des böhmischen Königshauses trugen.

Muss ziemlich hoher Besuch sein, den der Abt wegen mir warten lässt, dachte Lukas beeindruckt. Dennoch: Questenberg war nur so nett zu ihm, weil er ihn für einen anderen hielt. Als das Tor hinter ihm zufiel und sich die Wachmänner davor postierten, entdeckte er, dass dies nicht die einzigen Bewaffneten waren, die das Gelände beschützten. Auf den Türmen der Basilika erkannte er weitere schwarze Gestalten, die Armbrüste in den Händen hielten. *Wahrscheinlich gibt es noch mehr, die ich nicht sehe.* Irgendetwas Furchtbares musste in dem Brief gestanden haben, das Questenberg zu derartigen Sicherheitsmaßnahmen veranlasste. *Ich werde von hier nicht fliehen können*, kam Lukas im gleichen Moment eine erschreckende Erkenntnis. *Das bedeutet, dass ich mich an Ostern einer tödlichen Prüfung stellen muss.*

II

CODEX DAEMONUM

BETONT LANGSAM SCHLENDERTE Lukas in Richtung des Novizenhofs. Was auch immer man ihm in »Invocatio Daemonum« versuchen würde beizubringen, würde an seiner vertrackten Situation nicht viel ändern. Alles lief auf dasselbe Ergebnis hinaus – seinen Tod. Entweder offenbarte er, wer er wirklich war, um anschließend von den Profosen am nächstbesten Baum aufgehängt zu werden, oder er blieb hier eingesperrt und wartete auf eine Prüfung, bei der er in jedem Fall durchfallen würde, was genauso seinen Tod bedeutete. »Verfluchter Mist, wie bin ich in all das nur hineingeraten?« Er war drauf und dran aufzugeben, doch dann musste er an Zuzanna denken. Sein Ende würde auch bedeuten, dass er ihr nie würde sagen können, was er empfand. Er dachte an die wunderbaren Küsse, die sie ihm geschenkt hatte. *Ich werde alles geben, damit ich sie wiedersehen kann.* Mit grimmiger Entschlossenheit überquerte er den letzten der drei Innenhöfe und hielt auf die rot gestrichene Tür zu, deren Klinke einem gebänderten Horn nachempfunden war. Nach einem tiefen Atemzug öffnete er sie.

Dahinter erwartete ihn ein langer Raum voller schmaler Bänke, die mit schwarz gekleideten Novizen besetzt waren. Sämtliche Blicke waren auf einen jungen, braunhaarigen Meister gerichtet. Der Feldscher zeigte gerade mit einem Rohrstock etwas an einer Schiefertafel, die mit lateinischen Wörtern vollgeschrieben war. Überrascht blickte er auf. Dabei wippten sein schulterlanger Pferdeschwanz und der einem menschlichen Totenkopf nachempfundene Ohrring an seinem rechten Ohr. Seinen Umhang hielt eine Fibel in Form eines gebogenen Reißzahns an Ort und Stelle.

»Hallo, du musst der Neue sein.« Der Meister fuhr mit dem Finger über eine auf Pergament geschriebene Liste. »Lukas Ohnenamen?«

Alle kicherten.

»Ähm ... ja.« Lukas hasste die Situation. In einen unbekannten Raum voller Menschen zu treten, war fast schlimmer, als gegen einen Dämon zu kämpfen. Kurz überlegte er, wie der Meister wohl beim Kapitel gestern Abend abgestimmt haben mochte.

»Ruhe, in meinem Klassenzimmer wird über niemanden gelacht«, verteidigte der Meister ihn erfreulicherweise. Er zwinkerte ihm zu. »Such dir einen Platz, mein Lieber. Wir sind bei der Wiederholung der Grundlagen, da kommst du gerade richtig.«

Lukas sah sich um. Die meisten Bänke waren mit zwei Personen besetzt. Nur August und Martin saßen allein.

Sein Zimmergenosse rief seufzend und ohne ihn anzusehen: »Er kann bei mir sitzen.«

»Na, dann wäre das ja geklärt. Hopp, hopp, setz dich neben Martin. Ich bin übrigens Meister Nikolaus. Wenn wir uns außerhalb dieses strengen Rahmens sehen, kannst du mich gern Nikki nennen, wenn du magst.«

Lukas ließ sich auf die Bank fallen, die mit dem schrägen Tisch verschraubt war. Dort wartete Martin mit einem schiefen Grinsen auf ihn.

»Ich bin beeindruckt, dass du deinen Plan überhaupt lesen konntest und hierhergefunden hast«, raunte der ihm zu. »Obwohl es ja ganz schön lange gedauert hat.«

»Ich hatte eine private Audienz beim Abt, das hat mich aufgehalten«, entgegnete Lukas arrogant.

Martin riss überrascht die Augen auf. »Aber ...«

»Ruhe, Martin! So kenne ich dich ja gar nicht. Wenn Lukas dich dazu bringt, nicht aufzupassen, musst du dich neben August setzen.«

Lukas wäre vor Lachen fast geplatzt, als er sah, wie sehr sich Martin über diesen Anranzer ärgerte.

»Entschuldigt, Meister. Es wird nicht wieder vorkommen.«

»Das will ich hoffen. So, wo waren wir?« Meister Nikolaus tippte sich nachdenklich an die Nase.

»Die Grundformen der Beschwörung, Meister«, half Martin sofort aus.

»Danke, mein Lieber«, entgegnete Nikolaus, der sich inzwischen auf seinen Lehrertisch gesetzt hatte.

Jakob, der links neben Lukas in der Nachbarbank saß, verdrehte bei so viel Anbiederung an die Umgangsformen der Jugend die Augen.

»Aber bevor wir dazu kommen, braucht unser neuer Freund noch dringend seinen ...« Nikolaus sprang auf, lief um den kleinen Tisch herum und zog auf der Rückseite eine Schublade auf. Einen Moment später hielt er ein kleines, in schwarzes Leder gebundenes Buch hoch, das dem ähnlich sah, das vor Martin lag. »... Codex Daemonum.« Als würde er ihm die Königswürde Böhmens anbieten, hielt Nikolaus Lukas das Büchlein entgegen.

Mit einem spröden »Danke« nahm Lukas es entgegen.

»Dies ist der Codex Daemonum oder auf Deutsch gesagt: das Handbuch der schwarzen Feldschere. Dieses Buch wird dich deine gesamte Ausbildung und in deinem Beruf begleiten. Es ist leer und deine Aufgabe ist es, die weißen Seiten mit Inhalt zu füllen – gelehrtem wie auch selbst erforschtem. Dieses Wissen wird dir bei deiner Arbeit da draußen unentbehrlich sein. Hüte dieses Buch wie deinen Augapfel. Du wirst es dein ganzes Leben als Feldscher bei dir tragen und beständig erweitern.«

Ach du je...

Nikolaus klatschte in die Hände. »Dann geben wir Lukas mal etwas, das er in seinen Codex schreiben kann. Die ersten Seiten sind schließlich die wichtigsten. Was sind die dämonischen Grundregeln?«

Martins Arm schnellte als Erster hoch, aber auch andere meldeten sich.

Fritz war der glückliche Auserwählte. »Dämonen kommen aus der Erde.«

»Sehr gut«, lobte sein Meister ihn. »Weiter!«

»Schreib das auf«, zischte Martin Lukas zu, der mit offenem Mund staunend zuhörte, und zeigte auf die Federkiele.

Genervt, aber um des lieben Friedens willen nahm Lukas einen der Federkiele, die in einer kleinen Vertiefung des schrägen Tischs lagen. Er wusste nicht, wie man dieses Schreibutensil benutzen sollte, hatte er bisher doch nur mit einem Griffel geschrieben. »Ähm ...«

»Was?«, fragte Martin flüsternd und ohne ihn anzusehen.

»Ich weiß nicht, wie man damit schreibt«, gestand er ein.

Martin blickte ihn erstaunt und auch ein wenig mitleidig an. Er nahm einen der gespitzten Kiele, steckte ihn in das Tintenfässchen, das er sich mit Lukas teilte, streifte ihn sorgfältig ab und begann säuberlich in sein Buch zu schreiben. »Vorsicht, dass du nichts verwischst«, hauchte er, »die Tinte braucht lange, um zu trocknen.«

Dankbar nickend probierte Lukas es ebenfalls. Der erste Versuch endete mit einem dicken Tintenklecks in seinem neuen Codex. Beim zweiten gelang es ihm schon besser und er zeichnete einen krakligen Kreis. Der dritte Anlauf brachte schließlich schiefe, aber erkennbare Buchstaben hervor. Nun war er bereit und konzentrierte sich wieder auf das Geschehen im Klassenraum.

»Dämonen erscheinen nur nachts. Die Sonne ist ihr Feind«, wusste ein Novize namens Harold zu sagen.

»Was passiert denn mit Dämonen, wenn sie der Sonne ausgesetzt sind?«, fragte der Meister nach.

»Sie lösen sich in Nebel auf und kehren in dieser Form zurück in die Erde.«

Lukas tat von der ungewohnten Schreiberei bereits die Hand weh. Mit im Mundwinkel herausgestreckter Zunge schrieb er gerade ›… bei Sonnenaufgang zu Nebel …‹, als ihm schlagartig die Erinnerung an seinen heldenhaften Sieg über den Grüngeschuppten überkam. *Habe ich ihn vielleicht gar nicht getötet, sondern die Sonne hat ihn schlicht in Nebel verwandelt?* Sollte dem so sein, dann wartete da draußen vielleicht ein Dämon, der ihn hasste und seine gesamte Geschichte kannte, und dieser würde ihn aus Rache mit Sicherheit nur zu gern verraten. Diese Vermutung war wie ein weiteres Schloss an dem Gefängnis, das sein Lügengebilde für ihn mittlerweile bildete.

»Sehr gut, Adam«, lobte Nikolaus den strohblonden Novizen. »Was wisst ihr noch?«

»Dämonen können nicht allein aus der Erde kommen, sondern müssen von einem Sehenden beschworen werden«, ließ sich sogar der junge Herzogssohn August zu einer Antwort herab.

Während des Schreibens dachte Lukas nach. *Also hat irgendjemand diesen Grüngeschuppten auf den Von-Schwarzfels-Jungen gehetzt, um ihm den Brief abzunehmen.* Jetzt begriff er, warum der Abt die Sicherheitsvorkehrungen dermaßen verstärkt hatte.

»Und, fällt euch noch etwas ein?«

»Es gibt verschiedene Arten von Dämonen, die über unterschiedlichste Kräfte verfügen«, wusste der blonde Thomas zu sagen.

»Nenne die Oberarten«, forderte Nikolaus augenblicklich.

»Kampfdämonen, die extreme Kräfte und eine außerordentliche Panzerung haben. Außerdem sind sie schneller als jeder Adler.«

Der Meister nickte und hob den Zeigefinger.

»Feuerdämonen, deren Flammen selbst Metall schmelzen können.«

Ein weiterer Finger ging nach oben.

»Dann gibt es noch die Intellectus, das sind Dämonen, die andere ihrer Art anführen können.«

»Sehr gut«, lobte Nikolaus. »Bedenkt dabei zusätzlich, dass diese Oberarten nicht bedeuten, dass jeder Dämon einer Klasse gleich aussieht. Das Gegenteil ist der Fall. Sie sind so individuell wie wir Menschen.« Er ließ zufrieden lächelnd den Blick über seine eifrigen Novizen schweifen. »Welche Dämonenart ist die gefährlichste?«

»Ganz klar die Intellectus, sie könnten glatt eine Armee von Dämonen anführen, wenn sie das wollen. Beschwört ein Feldscher einen Intellectus, könnte er sich mit dessen Hilfe andere Dämonen untertan machen und sie in seinen Dienst stellen.«

»Das stimmt, Adam, auch wenn mir deine Vorstellung von der angeblichen Nutzbarkeit von Dämonen Angst macht.«

Lachen, das dem Meister offensichtlich gefiel, schlug ihm nach diesem gelungenen Scherz entgegen.

»Was ist mit dem Magister magistrorum – dem Meister der Meister?«, erklang plötzlich Martins vor Aufregung zu hohe Stimme neben Lukas.

Höhnisches Lachen brandete auf.

»In meinen Lectiones wird niemand ausgelacht, das habe ich doch gerade eben schon gesagt«, rief Nikolaus erbost und sofort verstummten die Novizen. »Erkläre, was du meinst, Martin.«

»Ich würde dem Magister magistrorum eine eigene Klasse geben, und zwar die des Beschwörerdämons. Der Meister der Meister ist in der Lage, nachdem er selbst beschworen wurde, eigene Dämonen heraufzubeschwören und sie mit seinem Leib zu einem gigantischen Körper zu vereinigen. Damit ist er praktisch unbesiegbar.«

»Wenn es ihn denn wirklich geben würde«, ätzte August und hatte damit die Lacher der anderen auf seiner Seite.

»Es gibt eine Beschreibung in der Bibliothek, die darauf schließen lässt, dass es ...«

»Lass gut sein, Martin«, sagte Nikolaus und lächelte Lukas' Mitbewohner an wie eine Mutter ihren Zweijährigen, der sich eingenässt hat. »Wir sollten bei dem bleiben, was wir genau wissen. Eure Codices nutzen euch ja später nichts in der Praxis, wenn sie mit Halbwahrheiten gefüllt sind.«

Mit rotem Kopf und beleidigt vorgeschobener Lippe schlug Martin seinen Codex lautstark zu.

Nikolaus bemerkte diese übersprudelnden Emotionen entweder nicht oder sie waren ihm egal. »Kommen wir zu den Eigenschaften der Dämonen. Kann mir hier jemand welche aufzählen?«

»Sie freffen Menschen«, rief Fritz dazwischen, was ihm einen amüsiert-strafenden Blick seines Meisters einbrachte.

»Ihr Blut leuchtet nachts und ist ätzend, deswegen sollte ein Feldscher immer Handschuhe tragen«, ergänzte Harold.

»Weiter!«

»Sie sind praktisch unverwundbar. Selbst wenn sie verwundet werden oder Körperteile verlieren, kehren sie in der nächsten Nacht unverwundet aus der Erde zurück, wenn sie erneut gerufen werden.«

»Sie sondern einen Geruch nach Zimt ab und können mit Silber verletzt werden«, rief jemand, den Lukas nicht sehen konnte.

»Wie lange kehrt ein Dämon wieder auf die Erde zurück?«, bohrte Nikolaus nach.

»Bis sein Beschwörer ihn entlässt.«

»Warum ist das so, Jakob?«

»Weil jeder, der einen Dämon aus der Erde ruft, über ihn gebietet. Der Dämon muss jeden Auftrag erfüllen, den der Beschwörer ihm erteilt. Egal, wie lange es dauert oder ob zwischenzeitlich die Sonne aufgeht.«

»Was ist die schlimmste Sünde, die ein Feldscher daher begehen kann?«, hakte Nikolaus mit heiserer Stimme nach.

»Sich mit einem solchen Wesen zu verbinden und ihm damit ebenbürtig zu sein. Verbindet sich ein Feldscher mit einem Dämon, kann dieser dem anderen kein Leid antun, das ihm selbst nicht widerfährt. Die beiden sind in Leben und Tod aneinandergebunden. Stirbt der eine, so stirbt auch der andere.«

»Wie ist eine solch unnatürliche Verbindung möglich?«

»Durch Blut«, spie Martin angewidert aus. »Gelangt ein Dämon an das Blut eines sehenden Menschen, kommt es zu dieser gotteslästerlichen Vereinigung.«

»Wie wird solch eine widerliche Tat bestraft?«

»Mit augenblicklicher Exekution des frevelhaften Feldschers«, knurrte Harold wütend.

Stille legte sich über die Klasse, nur unterbrochen von Lukas' kratzender Feder.

»Ihr habt eure Lektionen gut gelernt, Novizen. Wichtig ist ab nun, dass ihr danach auch handelt.« Der junge Meister fand sein Grinsen wieder. »Gibt es Fragen?«

Zu Lukas' eigener Verwunderung meldete er sich.

Das brachte ihm ein anerkennendes Nicken von Nikolaus ein.

»Lukas?«

»Ähm ...« Wieder spürte er sämtliche Blicke auf sich und wäre am liebsten im Boden versunken. »Was bedeutet es, wenn man als Feldscher zugleich ein Schädel und eine Rose ist?«

Kurz setzte wieder hämisches Lachen ein, das der Meister augenblicklich mit einem strengen Blick unterband. »Schauen wir mal, was deine höhnischen Mitnovizen dazu zu sagen haben«, gab er die Frage weiter. »Thomas?«, wandte er sich an jemanden, der bisher nichts gesagt hatte.

»Ähm ... ein Schädel ist ein Feldscher, der Dämonen beschwören kann. Eine Rose ... mhh ... vielleicht einer, der gut riecht?«

»So ein dummes Zeug!«, zischte der Feldschermeister. »Was bedeutet es, wenn ein Feldscher auf dem gelben Wandteppich eine Rose sehen kann?«

»Ift doch egal«, höhnte Fritz. »Die hat doch ohnehin noch nie jemand gesehen.«

»Das ist ein Märchen«, sprang ihm Jakob bei.

»Danach habe ich nicht gefragt«, knurrte Nikolaus.

»Eine Rose zu sein, bedeutet, dass ein Sehender in der Lage ist, Dämonen zurück in die Erde zu schicken, ganz egal, ob die Sonne aufgeht oder nicht. Es gibt vereinzelte Berichte darüber, aber sie werden von vielen Gelehrten als fehlerhaft oder schlicht gelogen angesehen«, war es schließlich Martin, der antwortete.

»Genauso ist es. Sieht ein Novize einen Schädel auf dem Teppich oder der Tür zu eurem Trakt, bedeutet dies, dass er Dämonen sehen und sie somit auch aus der Erde rufen kann.

Sollte er jedoch, was bisher niemals vorgekommen ist, eine Rose sehen, ist dieser spezielle Feldscher wahrscheinlich in der Lage, Dämonen zurück in die Erde zu schicken – oder, was wahrscheinlicher ist: Er lügt. Mir ist so jemand jedenfalls noch nie untergekommen.«

12
ANATOMICA

NACH DEM MITTAGESSEN – Lukas hatte sich viel zu viel von dem mit reichlich Butter gestreckten Getreidebrei reingeschaufelt – ging er gemeinsam mit Fritz und Jakob zurück zum Novizenhof, wo die zweite Lectio des Tages stattfinden sollte. Martin war nicht zum Essen erschienen, sondern direkt nach der Dämonenlehre in der Bibliothek verschwunden. Jetzt sahen sie ihn vor der blauen Tür, wo Anatomie gegeben wurde. Er balancierte auf seinen dünnen Armen drei dicke Bücher und auch seine Tasche schien damit vollgestopft zu sein.

»Haf ihm gar nifht gefallen, dass Meister Nikki ihm diese komische Meister-der-Meister-Dämon-Geschichte nifht geglaubt hat«, kommentierte Fritz diesen Auftritt. »Jetft wird er wieder jede freie Minute mit Lesen verbringen, um fu beweisen, dass er doch recht hat, der arme Esel.« Er imitierte erstaunlich echt das Brüllen des graufelligen Tiers.

»Wäre ja nicht das erste Mal, dass es wirklich so kommt«, entgegnete Jakob kichernd. »Weißt du noch, wie er darauf beharrt hat, dass man Dämonen nicht nur mit Salz, sondern auch mit Asche oder Holzkohle bannen kann?«

»Iff weiß noch genau, dass iff nifht glauben konnte, dass er die Salzlinien einfach weggewischt hat, nachdem er einen zweiten Aschekreis um diesen hibbeligen Feuerdämon gezogen haffe und dieser trotzdem eingesperrt blieb«, ergänzte Fritz beeindruckt. »Der Akademie hat er mit diefer Entdeckung Unsummen für teures Salz eingefart. Von den Unfällen bei Regen gar nicht zu reden.«

»Aber irgendwann wird er sich, oder was noch schlimmer wäre, jemand anderen mit dieser Besserwisserei umbringen.«

Jetzt sahen die beiden Jungen Lukas an, der ihnen schweigend, aber interessiert zuhörend gefolgt war. Wie stets verstand er nur einen Bruchteil von dem, was gesprochen wurde, aber es war ein schönes Gefühl, dazuzugehören. »Pass auf mit Martin. Wissbegierde endet in unserem Gewerbe eigentlich immer tödlich. Dämonen verzeihen keine Experimente oder Fehler«, warnte ihn Jakob mit düsterer Stimme.

Da er nicht wusste, was er dazu sagen sollte, nickte Lukas nur stumm.

»Habt ihr Meister Jokel gesehen?«, begrüßte Martin sie. »Die Lectio hätte längst beginnen müssen.«

Jetzt kamen auch die anderen Jungs über den vereisten Hof geschlendert.

»Wahrscheinlich schaufelt sich der Fettsack noch irgendwo heimlich ein halbes Schwein samt einem Fässchen Wein rein und hat darüber seine Verpflichtungen hier vergessen«, höhnte August.

»Halt dein Schandmaul, du jämmerlicher ...«, verteidigte Martin den Kellermeister sofort, wurde aber vom Knarren der sich öffnenden blauen Tür unterbrochen.

»Warum kommt ihr denn nicht rein?«, erklang Jokels hohe Stimme. »Wir warten hier schon eine gefühlte Ewigkeit auf euch.«

»Wir?«, wisperte Jakob und sah Lukas fragend an.

Der konnte nur mit den Schultern zucken, wusste er doch kaum etwas mit dem Begriff Anatomica anzufangen.

Der Raum hinter der blauen Tür war mindestens doppelt so groß wie der vorherige Unterrichtsraum, dazu gab es keinerlei Stühle oder Tische.Mitten in dem halbrunden Zimmer stand ein massives vierbeiniges Ungetüm aus Metall, das den Begriff Tisch allerdings nicht wirklich verdient hatte.

»Ist aber kalt hier drinnen«, raunte Lukas Martin zu, der mit seinem Stapel an Büchern neben ihm stand und sich suchend nach einem Platz umblickte, wo er sie in dem kahlen Raum ablegen konnte.

»Das ist besser so, glaub mir, ich habe vorhin gesehen, was Jokel hier reingeschoben hat«, entgegnete stattdessen der untersetzte Harold, der hinter ihm stand. Wölkchen stiegen dabei aus seinem Mund auf.

»Wie meinst du ...?« Lukas verschluckte den Rest seiner Frage, als er den mit einem weißen Tuch bedeckten, bewegungslosen Körper auf dem Metalltisch entdeckte. »Ist das das, was ich denke?«

»Jetzt kommt doch mal näher, Jungs«, unterbrach ihn das fröhliche Trällern Jokels, der neben dem Tisch stand. »Ich habe mich heute besonders ins Zeug gelegt, um euch eine spannende Lectio vorzubereiten.« Mit einer theatralischen Geste riss er das Tuch weg. Darunter kam der wächserne Körper einer Frau zum Vorschein. Scham und Brust hatte der Meister mit Tüchern abgedeckt.

Lukas schätzte die grauhaarige Tote auf etwa fünfzig Jahre. Als er näher trat, nahm er auch den süßlich faulen Verwesungsgeruch wahr, der von dem Körper ausging.

»Das ist Blasphemie«, keifte August, der beinahe so bleich

war wie die Tote selbst. »Die Ruhe der Verstorbenen zu stören, ist gegen Gottes Wille. Ihre Seele …«

»Mein lieber August«, übertönte Jokel den Novizen und in seiner bisher so fröhlichen Stimme lag eine Strenge, die Lukas von ihm nicht erwartet hätte. »Alles, was wir hier den lieben langen Tag so treiben, würden die Kirchen offiziell verdammen. Inoffiziell unterstützen sie die Akademie mit großzügigen Aufwendungen, damit wir alles tun, um gegen die Plage der gottlosen Dämonen zu kämpfen. Du siehst also, dass du dir weder Sorgen um ihr«, er wies mit seiner fleischigen Hand auf die Tote, »noch um dein Seelenheil machen musst. Die Sorge um das Fortbestehen der Menschheit bei einer weiteren Ausbreitung der dämonischen Pest sollte dich plagen und nichts anderes.«

Das schien den dicklichen Herzog tatsächlich zu überzeugen. »Ja, Meister«, entgegnete er mit trockener Stimme, konnte die Augen aber dennoch nicht von der Leiche abwenden.

»Hat sonst noch jemand Anmerkungen?« Jokel ließ seinen Blick über die Novizengruppe schweifen. Von dem liebenswürdigen Kellermeister, der Lukas seine Kleidung ausgehändigt hatte und dabei mit Martin wie mit einem alten Freund gesprochen hatte, war nichts mehr zu erkennen.

Niemand sagte etwas.

»Gut, denn es wird Zeit, eure Ausbildung praktischer zu machen. In den letzten Wochen habt ihr viel über den menschlichen Körper gelernt. Ihr könnt Knochen und Muskeln benennen …«

Ich nicht, wurde Lukas schmerzlich bewusst.

»… doch auf einem Schlachtfeld wird euch dies gar nichts nützen, dort müsst ihr den echten Leib eines Menschen kennen, um sein Leben zu retten. Und Schlachten stehen uns bevor, das beweist …« Räuspernd unterbrach er sich, als hätte er etwas ausgeplaudert. Er hob seinen dicken Zeigefinger. »Wir sind schwarze Feldschere, unsere Aufgabe ist es, das Leben von Menschen zu retten. Nichts ist gewonnen, wenn wir sie vor den Dämonen beschützen, sie dann aber an den Verwundungen der Schlacht sterben lassen.« Er drehte sich um und griff etwas aus einer ovalen Metallschüssel, die am Boden stand.

Mit Schrecken erkannte Lukas, dass es sich um eine Radschlosspistole handelte. Augenblicklich hielt er sich die Ohren zu.

Grinsend zielte der Kellermeister, der seine Ohren mit Lumpenfetzen verstopft hatte, auf die Leiche und feuerte die Waffe ohne Vorwarnung darauf ab.

Der Knall war in dem engen Raum ohrenbetäubend. Ein feines Piepen erfüllte augenblicklich Lukas' Ohren.

»Aua! Was soll das? Verflucht. Potztausend!«, erklang eine für ihn wie durch Watte gedämpfte Kaskade an Unmutsbekundungen, der er sich mit einem wenig originellen »Donner und Blitz noch eins« anschloss. Niemand anderes hatte sich seine Ohren zugehalten. *Wenigstens was Waffen angeht, bin ich allen überlegen*, freute sich Lukas.

»Schussverletzungen werden euer tägliches Brot werden«, erklärte der dickliche Meister ihnen grinsend. »Und ein schwarzer Feldscher, der auf dem Schlachtfeld Angst vor Schüssen hat, ist genauso fehl am Platz in dieser Profession wie einer, der kein Blut oder, noch schlimmer, keine Dämonen sehen kann. Seid froh, dass ich keine Kanone benutzt habe.«

Irgendjemand, dessen Stimme Lukas nicht zuordnen konnte, murmelte: »Ich habe den Kellermeister neulich tatsächlich ein Falkonett durchs Tor schleifen sehen.«

Lukas wollte sich gar nicht vorstellen, wie es seinen Ohren ergangen wäre, wenn dieses Kleinstkaliber-Geschütz in dem engen Raum losgegangen wäre. *Und wie dann dieser tote Körper ausgesehen hätte.*

Langsam beruhigte sich die Gruppe wieder, wobei die meisten noch an ihren malträtierten Ohren herumspielten. Fritz holte aus seinen etwas sehr unappetitlich Gelbes heraus, das er zu allem Übel auch noch beschnüffelte, bevor er es dem vor ihm stehenden Adam heimlich an den Umhang schmierte.

»Kugeln zu entfernen, müsst ihr im Schlaf können«, dozierte Jokel. »Dazu ist es wichtig zu wissen, wo die Organe sitzen.« Er winkte sie heran. »Wer kann mir sagen, welche Verletzungen das Opfer nach diesem Schuss haben könnte?« Er zeigte mit dem vom Schwarzpulver dunkel verfärbten Zeigefinger auf die ebenfalls von einem schwarzen Rand umgebene Schusswunde, die sich rechts auf Höhe der Rippen abzeichnete.

»Höchstwahrscheinlich werden eine oder mehrere Rippen gebrochen sein, dazu ist es möglich, dass die Lunge, die den Großteil des Thorax einnimmt, betroffen ist«, wetteiferte Martin mit seinem Ausbilder, bevor ein anderer Novize überhaupt in der Lage gewesen wäre, den Arm zu heben.

»Richtig«, lobte Jokel dieses Vorpreschen, bohrte aber nach. »Welche inneren Organe könnte die Kugel getroffen haben, falls sie schräg eingedrungen ist?«

Aus dem Augenwinkel sah Lukas, dass Martin bereits wieder den Mund öffnete, aber diesmal war August schneller.

»Hepar, lien, intestinum, ren et stomachus«, sprudelte es aus dem Adligen heraus.

»Leber, Milz, Darm, Nieren und der Magen, sehr gut, August«, übersetzte und lobte Jokel gleichermaßen. »Bedenkt, dass der überwältigende Teil eurer Patienten kein Latein sprechen wird. Redet mit ihnen also in der Zunge, die sie kennen, damit sie kooperieren und keine Angst vor euch haben.«

Diese Mahnung machte Lukas ein wenig Hoffnung, dass er hier nicht vollkommen untergehen würde.

»Natürlich, Meister«, gab sich August einsichtig, aber Lukas hörte geradezu, dass er dabei genervt die Augen verdrehte.

Lukas betrachtete den rechts vor ihm stehenden Herzogssohn, dessen welliges schwarzes Haar von Schuppen durchsetzt war. *Dumm ist er nicht.* Diese Erkenntnis hatte etwas Bedrohliches. »Was ist in jedem Fall der erste Schritt?«, fragte der Feldschermeister weiter.

Martins und Augusts Arme schnellten gleichzeitig hoch, doch Jokel schüttelte nur den Kopf. »Die anderen.«

»Die Kugel herauffholen?«, antwortete Fritz mit rotem Kopf und vor Aufregung noch undeutlicher als ohnehin schon.

»Sehr gut, mein lieber Fritz, und als Belohnung darfst du dies auch gleich bewerkstelligen.«

»Ähm ...«

»Keine Scheu, junger Freund.« Jokel holte hinter seinem massigen Körper ein hölzernes Wägelchen hervor, auf dem etliche metallische Instrumente lagen, von denen einige Lukas schon beim Ansehen Angst machten. Versonnen schob er den Instrumentenwagen neben den Seziertisch. »Keine Sorge, viel falsch machen kannst du hier ja gar nicht. Sie ist doch schon tot.«

Mit steifen Schritten trat Fritz zu der Leiche, offenbar bemüht, sie nicht direkt anzuschauen.

»Blick immer auf den Patienten«, mahnte sein Meister und klopfte der Toten beiläufig auf den Unterschenkel.

Man konnte sehen, wie Fritz sich zwingen musste, dieser Aufforderung nachzukommen.

Der Kellermeister nahm eine kleine Zange von dem Wägelchen und hielt sie so, dass jeder sie sehen konnte. »Das ist die Forceps denticulata – die gezähnte Zange«, erklärte er und wies mit dem Finger auf die vielen Einkerbungen am Ende der daumenbreiten Greifer. »Um Fremdkörper aus Fleisch herauszuholen, gibt es nichts Besseres. Und da eine Kugel eindeutig ein

Fremdkörper ist, wird uns dieser kleine Freund gleich gute Dienste leisten.« Er blickte Fritz sanft lächelnd an. »Die Zange ist wichtig, aber wir brauchen noch mehr, um dieser armen Seele, der nicht mehr zu helfen ist, die Kugel zu entfernen.«

»Wie meint Ihr daff, Meister?«

»Siehst du das Ding, das aussieht wie ein Vogelschnabel?« Wieder wies er auf den Instrumentenwagen.

Unsicher griff Fritz nach dem beschriebenen Gerät.

»Wunderbar, genau das ist es«, lobte der Feldscher ihn trotz dieser wenig beeindruckenden Leistung überschwänglich.

Jokel macht das gut, dachte Lukas in diesem Moment und war gleichzeitig froh darüber, dass sich nicht alle Feldschere wie Adelbart aufführten.

»Es ist so«, erklärte Jokel. »Du kannst den Splitter mit der Zange nur herausbekommen, wenn die Wunde weit genug geöffnet ist. Dazu brauchen wir die Unterstützung des sogenannten Schwanenschnabels.« Er nahm Fritz das chirurgische Instrument ab, steckte das schmale Ende des Wundspreizers in seine zu einem Brunnen geformte Hand und drückte die Finger damit auseinander.

»Verfehe ...«, murmelte Fritz, der die Begeisterung seines Ausbilders nicht teilte.

»Ist das nicht gefährlich?«, fragte Martin, der von den Ausführungen hingegen sehr fasziniert zu sein schien. »Könnte man den Patienten dadurch nicht noch schwerer verletzen?«

»Nun«, Jokel klopfte mit dem Wundspreizer in seine flache Hand, »jemand, der schlecht ausgebildet ist und derlei nur in der Theorie lernt, könnte seinem Patienten damit tatsächlich mehr Leid zufügen, als ihm zu helfen. Aber einem Feldscher, der das Entfernen von Kugeln bereits ein Dutzend Mal an Leichen geübt hat, bevor er einen lebenden Menschen behandelt, sollten derartige Fehler nicht unterlaufen.«

Zustimmendes Gemurmel erklang. Sogar von August.

»Ich bin übrigens davon überzeugt, dass Fritz so geschickte Hände hat, dass er es bereits jetzt kann.« Väterlich legte Jokel dem Novizen die Hand auf die Schulter. »Ich werde dir assistieren.« Er drückte ihm das medizinische Werkzeug in die Hand.

Von dem blassen Novizen kam undeutliches Gemurmel, aus dem Lukas ein Vaterunser herauszuhören glaubte.

»Steck den Spreizer vorsichtig in die Wundöffnung hinein«, wies Jokel ihn an.

Alle im Raum beugten sich vor, während Fritz die Spitze des Schwanenschnabels in das Einschussloch steckte.

»Ja, sehr gut machst du das. Halt! Nicht zu weit! Jetzt öffne den Wundspreizer langsam«, wies Jokel den Novizen an.

Behutsam spreizte Fritz Daumen und Zeigefinger. Mit einem schmatzenden Geräusch verbreitete sich die Wunde.

»Bei einem lebenden Patienten heißt es jetzt, schnell zu sein«, erklärte der Feldscher. »Normalerweise würden jetzt hier Massen an Blut hervorquellen. Ihr solltet also immer ausreichend Tücher dabeihaben.« Er sah zu seinen Novizen. »Warum läuft bei unserem unfreiwilligen Gast hier kein Blut mehr heraus?«

»Na, weil sie tot ist«, rief Harold flapsig, was ihm einige Lacher einbrachte.

»Das will ich schon genauer wissen«, forderte Jokel.

In Erwartung eines erneuten Vorpreschens von Martin sah Lukas diesen an, aber sein Zimmergenosse blieb auffällig still und schien sich hinter den Büchern, die er immer noch nicht abgelegt hatte, geradezu zu verstecken. *Ob er Angst hat, dass er sonst ebenfalls an der Leiche seine Fähigkeiten zeigen soll?* Grundsätzlich hätte Lukas ihm dieses Verhalten nicht verdenken können, ihm selbst graute davor, das tote Fleisch zu berühren, aber zu dem bisher stets so arbeitswilligen Martin passte dies nicht.

»Wenn ein Mensch stirbt, hört das cor auf zu schlagen, und

damit endet der Blutfluss im Körper«, piepste eine hohe Stimme, deren Besitzer so unauffällig war, dass Lukas ihn bisher übersehen hatte. Der Junge war so klein, dass er aussah wie ein Zwölfjähriger. Seine Novizenkluft hing schlabberig an ihm herab, da offenbar selbst der Kellermeister keine passende Kleidung für ihn gefunden hatte.

»Wer ist das?«, flüsterte Lukas Martin zu und sah den braunhaarigen Jungen mit den großen traurigen Augen das erste Mal richtig an.

»Bert war vor dir der letzte Neuling, der hier angekommen ist ...«, Martin hielt kurz inne, »... und noch hier ist. Bisher hat der noch nie freiwillig irgendeine Antwort gegeben. Wundert mich, dass er es ausgerechnet jetzt macht. Jokel wird ihn bestimmt ...«

Im gleichen Moment rief der Feldscher bereits: »Sehr gut, Bert, damit hast du dich als ausführender Feldscher qualifiziert.«

Mit einem schiefen Grinsen trat der kleine Junge nach vorn und stellte sich neben Fritz, der inzwischen rot angelaufen war, weil er die ganze Zeit hoch konzentriert die Wundränder mit der Schnabelzange aufhalten musste. Bräunlicher Leichensaft lief daraus hervor.

Jokel gab Bert die Zange mit den Zacken. »Du bist derjenige, der ihr das Leben retten wird«, sagte er mit einem aufmunternden Zwinkern.

Wortlos führte der kleine Novize die Zange in das erweiterte Wundloch. »Bei all dem Blut kann er kaum etwas sehen. Würdest du bitte mit dem Mull tupfen, Jakob?«, rief der Feldscher nun mit theatralischer Stimme.

»Natürlich!« Jakob sprang vor, offensichtlich froh darüber, nur schauspielern zu müssen.

Währenddessen stocherte Bert in der Wunde herum, als würde er mit einem Stöckchen in erkalteter Asche nach einem alten Nagel suchen. Lukas war dankbar dafür, dass er diese Behandlung gerade keinem lebenden Patienten angedeihen ließ.

»Maff hin!«, knurrte Fritz, dessen dicke Armmuskeln zu zittern begonnen hatten. »Dieffes Loch aufzuhalten, ifft ganz schön anstrengend.«

»Ich finde die Kugel nicht«, piepste Bert vor Aufregung schrill und wühlte gleichzeitig noch heftiger mit der Zange herum.

»Ganz ruhig«, griff nun Jokel ein und stellte sich hinter den kleinen Novizen. »Verlass dich auf deinen Tastsinn, Bert. Du kannst die Kugel spüren, alles an dieser Stelle im menschlichen Körper ist weich, nur sie gibt nicht nach, wenn die Forceps denticulata auf sie trifft. Entspann dich!«

Bert schloss die Augen.

»Was macht der Idiot da?«, höhnte August bewusst so laut, dass der ohnehin verunsicherte Novize ihn hörte.

Darauf zuckte Bert zusammen, als hätte man ihn geschlagen.

»Weitermachen!«, ermunterte ihn Jokel und bedachte August mit einem mahnenden Blick.

»Hab ich dich!«, rief Bert plötzlich triumphierend und riss die Augen wieder auf. Sacht förderte er eine blutrote Kugel zutage. Stolz zeigte er sie seinem Meister. »Da haben wir den Übeltäter.«

Jokel hielt ihm ein metallenes Schälchen hin, in das er die mit braunem Sekret verschmierte Kugel fallen ließ.

»Wir haben sie gereffet«, jubelte Fritz und umarmte Bert so heftig, dass der rot anlief.

»Nein, jetzt verblutet sie, denn nun ...«, begann Jokel.

»... müssen wir die Wunde reinigen, nähen und verbinden«, beendete Bert den Satz und gönnte sich ein kleines Grinsen.

Mit stolzem Blick machte der Kellermeister eine einladende Bewegung in Richtung des Wägelchens, auf dem auch Stoffstreifen, eine Schere und Nadel sowie ein merkwürdig dünner Faden lagen.

Mit nun deutlich ruhigeren Händen wusch Bert mit klarem Alkohol die Wunde aus.

»Danke euch beiden, aber den Rest können die anderen machen«, entließ Jokel die Novizen.

Fritz und Bert traten mit einem zufriedenen Lächeln zurück in den schwarzen Novizen-Halbkreis.

Da haben sich wohl zwei Freunde gefunden, dachte Lukas und freute sich für den schüchternen Bert.

»Jetzt du, Jakob«, fuhr ihr Ausbilder fort. »Womit nähen wir die Wunde zu?«

»Mit einem Faden aus Catgut und dieser gebogenen Silbernadel.« Selbstbewusst ging der große Novize nach vorn und griff sich vom Instrumentenwagen das Benötigte.

»Richtig. Dann los, Jakob! Das ist hier zwar etwas anderes, als Schweinehaut wieder zusammenzunähen, wie wir es in den letzten Wochen geübt haben, aber unsere Patientin wird es dir danken.«

Der Novize machte sich mit ruhigen Händen daran, die Wunde zu vernähen.

Er hätte es nicht zugegeben, aber Lukas war ein wenig neidisch auf das selbstsichere Auftreten des schlaksigen Novizen, der scheinbar alles im Leben mit einem breiten Grinsen bewerkstelligte.

»Warum nutzt man diese Art von Faden und warum wird er so genannt, Harold?«, machte Jokel weiter mit seinen Fragen.

»Im Volksmund wird dieser feine Zwirn gern als Katzengarn verunglimpft, dabei handelt es sich um Schafsgedärm«, wusste der Rothaarige die Antwort. »Dieses Garn löst sich nach einigen Tagen von selbst auf, weshalb die Fäden nicht entfernt werden müssen. Schon im zweiten Jahrhundert hat Galenos von

Pergamon davon berichtet und bis in die Gegenwart leisten uns diese natürlichen Fäden hervorragende Dienste.«

Anerkennend nickte der Feldscher. »Wenn Jakob so weit ist, darfst du sie verbinden.«

Jakob bekam als Dank für seine gute Arbeit mit der Nadel die Aufgabe, den Oberkörper der Toten aufzurichten, damit Harold sie verbinden konnte. Das Gesicht des groß gewachsenen Novizen kam dabei unangenehm nah an die Wange der Toten und ihre Haare berührten seine Haut. Lukas fand es beeindruckend, dass er dennoch, ohne mit der Wimper zu zucken, geduldig wartete, bis Harold mit ungelenken Bewegungen mehrere Stoffstreifen um den Torso der Leiche gewickelt hatte.

Nachdem alles erledigt war und er nach kritischer Prüfung gerufen hatte: »Herzlichen Glückwunsch, die Patientin wurde gerettet«, griff der Feldschermeister hinter sich und nahm vom Instrumentenwagen eine unterarmlange Säge, die an den Schwanz eines Fuchses erinnerte. »Doch freut euch nicht zu früh, Jungs. Jetzt fängt die eigentliche Arbeit erst an. Dutzende andere Patienten warten bereits am Rand des Schlachtfelds in einer nicht enden wollenden Schlange darauf, von euch behandelt zu werden. Wieso wird die Warteschlange eines Feldschers nicht durchbrochen?«

Die Antwort darauf kannte Lukas von den Erzählungen seiner alten Landsknechtskameraden. »Weil auf dem Schlachtfeld alle gleich sind. Der Platz in der Reihe kann darüber entscheiden, ob jemand seine Verletzung überlebt oder nicht. Daher gilt das Vordrängeln als schlimmes Vergehen, das mit dem Tode bestraft werden kann.«

Für einen Moment kniff Jokel die Augen zu, als Lukas diese Antwort gab. Er schien in diesem Augenblick etwas in Lukas zu sehen, was er bisher nicht entdeckt hatte. »Genauso ist es, Lukas«, lobte er mit rauer Stimme. Dann rollte der Kellermeister mit den massigen Schultern und rief lauter: »Nun aber zurück zu meiner alten Freundin, der Säge. Es wird Zeit, dass ihr sie endlich kennenlernt.«

»Wie lange will der uns denn noch dabehalten?«, murmelte August und rollte mit den Augen.

Obwohl Lukas den Adligen nicht leiden konnte, gab er ihm recht. So langsam hatte er genug vom kalten Leichenraum und dem Anblick der Toten.

Seinem Ausbilder schien das reichlich egal zu sein. Mit vor Kälte rot verfärbter Knubbelnase fuhr er ungerührt fort: »Die meisten Verletzungen auf dem Schlachtfeld betreffen die Gliedmaßen.« Er klopfte mit der Säge auf den rechten Arm der Toten. »Einen zerfetzten Arm oder ein Bein zu entfernen, kann einem Verwundeten das Leben retten, das ohne eine derartige Behandlung in jedem Fall verwirkt wäre, da der Blutverlust nicht gestoppt würde. Amputationen werden euer tägliches Brot auf den Feldern des Krieges werden. An manchen Tagen dutzendweise.« Er wedelte mit der Säge. »Wir haben hier vier Möglichkeiten der Übung. Wer möchte anfangen?«

Betretenes Schweigen legte sich über die Gruppe. Ein Einschussloch zu verarzten, fühlte sich wie echte ärztliche Kunst an, einer Leiche aber Arme und Beine abzusägen, wie Barbarei.

Der Feldscher ließ seine kleinen, intelligenten Augen über die Runde seiner Schüler schweifen. »Wer jemals einen schreienden, in seinen eigenen Ausscheidungen und Blut liegenden Menschen durch das Abtrennen einer Gliedmaße das Leben gerettet hat, wird dies nie wieder vergessen und deswegen ...«, er seufzte theatralisch, »kommen wir nicht umhin, es zu üben.«

»Was ist das für ein Leben als Krüppel?«, giftete der blonde Thomas. »Die meisten wären stattdessen vermutlich lieber tot. Ich wäre es in jedem Fall.«

»Es ist als Feldscher aber nicht an dir, die Entscheidung über

Leben und Tod zu treffen, Thomas. Du entscheidest dich immer für das Leben, wie beschwerlich der Weg dorthin auch sein mag«, knurrte Jokel böse und der Novize senkte reumütig den Kopf. Sanfter fuhr der Kellermeister fort: »Trotzdem verstehe ich, dass ihr Ehrfurcht vor dieser Aufgabe habt. Daher überlasse ich es jedem selbst, ob er es heute versuchen möchte.« Mit erhobener Säge blickte sich der Feldscher um. »Wer ist bereit, alles für das Leben zu geben?«

Den Idioten will ich sehen, der ... Plötzlich bekam Lukas einen heftigen Schlag in die Nieren. Keuchend taumelte er nach vorn.

»Lukas«, rief Bruder Jokel und verbarg sein Erstaunen nicht. »Ich bin stolz, dass du an deinem ersten Tag so vorangehst. Daran können sich alle anderen hier ein Beispiel nehmen.« Er bedachte die Gruppe mit einem strengen Blick.

»Ich ... ähm.« Unauffällig rieb Lukas sich den unteren Rücken. Er wagte nicht, sich umzusehen, um herauszufinden, wem er diesen feigen Angriff zu verdanken hatte.

Jokel kam nah an ihn heran. »Keine Angst, ich werde dir helfen. Gemeinsam schaffen wir das.«

Diesen so ehrlich und aufbauend gesprochenen Worten konnte Lukas einfach nicht widersprechen. Bereitwillig streckte er die Hand aus, um die Säge entgegenzunehmen.

Zufrieden klatschte Jokel in die Hände und fragte grinsend: »Linkes oder rechtes Bein?«

Dass er wenigstens auf einen Arm gehofft hatte, behielt Lukas für sich und murmelte stattdessen: »Egal.«

Der Feldscher zwinkerte ihm zu. »Das ist die richtige Einstellung, auf dem Schlachtfeld kann man sich die Verletzungen auch nicht aussuchen.« Ohne jede Scheu klopfte Jokel auf den linken Unterschenkel. »Der hier ist so furchtbar verletzt, dass er abmuss. Wir wollen die holde Dame vorhin doch nicht vergebens gerettet haben«, versuchte sich der Feldscher an einem Scherz, den niemand im Raum witzig fand. Das bemerkte er offenbar auch. »Nun ja«, fuhr er nach einem Räuspern fort, »dann sagt mir doch mal, welche grundsätzlichen Entscheidungen ihr bei einer Amputation des Beins treffen müsst.«

»Ob über oder unter dem Kniegelenk«, rief Martin mit gelöster Stimme, die offenbarte, dass er froh war, nicht gleichfalls am Operationstisch stehen zu müssen. Bevor sein Ausbilder auch nur eine weitere Frage stellen konnte, sprach er bereits weiter: »Nach Möglichkeit sollte man immer versuchen, das Kniegelenk zu erhalten, da dadurch das Laufen mit einer Prothese deutlich einfacher wird.«

Beiläufig nickte Jokel bei dieser Antwort. Seine gesamte Konzentration war jetzt auf Lukas gerichtet. »Denk immer daran, dass du den Menschen damit etwas Gutes tust.«

Mit trockenem Mund setzte der Novize die Säge knapp unter dem Knie an.

»Halt, halt«, rief Jokel, der offenbar genau auf diesen Fehler gewartet hatte. »Wenn du ihr jetzt einfach das Bein absägst, zerfetzt du es und sie wird elendig verbluten.«

»Ich dachte …«, begann Lukas.

»Man muss erst einen Hautlappen herausschneiden, den man später über die Wunde legen kann, damit dieser mit ihr zusammenwächst und sie schließt«, war es wieder Martin, der sein Wissen kundtat.

Warum stehst du Klugscheißer dann nicht hier vorn, wenn du das alles so genau weißt?, hätte Lukas am liebsten gebrüllt, aber es war der Feldscher, der ihm das abnahm.

»Sehr gut, Martin.« Jokel griff von dem Wagen ein feines Messer, das dem auf seiner Brosche ähnelte. »Dann nimm das Skalpell und schneide jenen von dir so schön beschriebenen Hautlappen heraus.«

»Meine Bücher … ich …«

»Ich halte deine wertvollen Bücher gern«, bot sich Jakob grinsend an und riss sie Martin geradezu aus den Händen.

»Vorsichtig damit«, beschwerte der sich, trat dann aber zögerlich vor. »Meine Hände sind voller Druckerschwärze, ich weiß nicht, ob ...«

»Schon gut, Martin. Komm her«, knurrte Jokel, und von seinem freundschaftlichen Umgang mit Martin war in diesem Moment nichts mehr wahrzunehmen.

Mit zitternden Händen nahm der Novize das Skalpell entgegen.

Für einen Moment befriedigte es etwas sehr Dunkles in Lukas Innerstem, dass Martin Angst vor der bevorstehenden Aufgabe hatte, dann aber gewann das Gefühl, dass sie diese Sache hier gemeinsam durchstehen würden. »Soll ich das Bein anheben?«

»Erlaubt dies der Rigor mortis denn?«, wollte Martin offenbar wieder mit irgendwelchem lateinischen Kauderwelsch ablenken.

»Sie ist bereits vor drei Tagen gestorben, Martin«, beantwortete Jokel die Frage nach der Totenstarre. »Ihr könnt sie behandeln, als würde sie noch leben.«

Es bedurfte erstaunlich viel Kraft, um das Bein so hochzuheben, dass Martin an der Unterseite einen dreiseitigen Schnitt ausführen konnte. Das Zittern seiner Hände ließ dabei nur wenig nach, sodass alles eher zackig geriet. Mit einem leisen Schmatzen zog er die kleine Klinge aus dem toten Fleisch heraus und klappte anschließend den Hautlappen auf.

»Gut, und jetzt halte ihre Schultern so fest, wie du nur kannst. Adam, Thomas, ihr haltet ihre Arme und August, du das Bein, an dem Lukas gleich herumsägen wird.«

Niemand rührte sich. »Ein lebender Patient wird sich mit allem gegen das wehren, was Lukas nun tun muss, um sein Leben zu retten. Menschen unter Schmerzen und voller Angst sind nicht zu sinnvollen Entscheidungen fähig. Los jetzt!«

Sofort verteilten sich alle und legten ihre Hände auf den kalten Leib.

Alle Augen waren auf Lukas gerichtet. Der wollte tief Luft holen, bevor er anfing, dann erinnerte er sich aber an die Ausdünstungen der Leiche und begann.

Rrratsch.

Der erste Schub mit der Säge hinterließ einen blaugrauen Streifen auf der toten Haut.

»Mehr Kraft, und mach, so schnell du kannst«, rief Jokel.

Lukas versuchte es, aber der Widerstand, auf den die Säge traf, fühlte sich so widerlich und falsch an, dass alles in ihm danach schrie, damit aufzuhören.

»Hast du schon mal ein Schwein entbeint oder Wild?«, fragte Jokel.

»Ja«, bestätigte er. Schließlich war er auf einem bäuerlichen Gestüt aufgewachsen. Jeder versorgte sich in seiner Heimat mit Wild.

»Stell dir einfach vor, sie wäre ein Wildschwein.«

Das tat Lukas – und es half nichts.

»Los, wir wollen hier endlich raus«, zischte Thomas.

»Der ist hier eben schlicht fehl am Platz«, höhnte August.

Vielleicht hat er recht. Lukas war im Begriff, die Säge sinken zu lassen, da raunte ihm Martin zu. »Denk an etwas Schönes, das hilft mir immer, schwere Aufgaben zu überstehen.«

Überrascht schaute er seinem Mitbewohner in die Augen, der ihn freundlich anlächelte. *Etwas Schönes.* Da brauchte Lukas nicht lange zu überlegen. *Zuzanna.* Unbewusst begann er die Melodie des Liedes zu summen, das sie bei seiner Ankunft gesungen hatte.

Rrratsch.

Erste Knochensplitter stoben auf.

Rrratsch. Rrratsch.

Er summte lauter. Die Säge war auf Blattbreite in dem Bein verschwunden.

Rrratsch. Rrratsch. Rrratsch.

Es war geschafft. Der abgetrennte Unterschenkel rollte zur Seite.

»Sehr gut, Lukas«, rühmte Jokel ihn. »Martin, dein Hautlappen muss jetzt vernäht werden. Mach schnell! Ihr anderen könnt zurück an eure Plätze gehen. Unsere Patientin ist zu diesem Zeitpunkt spätestens in Ohnmacht gefallen. Bert, würdest du bitte das Bein aufheben.«

Beschwingt beobachtete Lukas, wie Martin sich ans Werk machte. Er war stolz darauf, seine Ängste besiegt zu haben. *Vielleicht gehöre ich doch hierher.*

Nachdem die Patientin zu Jokels Zufriedenheit versorgt worden war, beendete er die Lectio, indem er ihnen zurief: »Ich rate euch, alles, was ihr heute gelernt habt, in euren Codex einzutragen. Macht euch Zeichnungen und genaue Beschreibungen.« Mit einem kurzen Seitenblick auf Lukas ergänzte er: »In welcher Sprache, ist mir egal.«

Als sie aus dem Raum drängten, klopfte Fritz ihm auf die Schulter. »Gut gemafft, Lukas.«

»Ja, ich hätte das nicht gekonnt«, stimmte Harold in den Lobesreigen ein.

Bevor sich Lukas zu sehr über diese aufmunternden Worte freuen konnte, drängte sich auch schon August an ihn heran: »Zufall und Glück können deine Lüge nicht dauerhaft überdecken«, giftete er böse und verpasste ihm einen Schlag genau an die Stelle, wo er Lukas zuvor bereits getroffen hatte.

Ich mag hier vor den Landsknechten verborgen sein, das bedeutet aber noch lange nicht, dass ich in Sicherheit bin. Früher oder später wird man mich entlarven.

13

INVOCATIO DAEMONUM

WOHLIG GÄHNEND STRECKTE sich Lukas in seinem Bett. Noch hatte er das Zimmer für sich allein, da Martin nach der Cena gemeinsam mit Meister Jokel verschwunden war. Lukas war es egal, er genoss einfach die Gemütlichkeit seines frisch bezogenen Betts und die weiche Strohmatratze. Ein Rülpsen entfuhr ihm, das er pustend von sich trieb. Dabei kam ihm der Geschmack von in Backpflaumen geschmorten Schweinelenden hoch, die er beim Abendessen in rauen Mengen in sich hineingeschaufelt hatte. Zufrieden tätschelte er seinen prallen Bauch. *Vielleicht sind Menschen, wenn sie stets so viel essen, immer müde,* überlegte er, ohne tatsächlich eine Antwort auf diese Frage zu suchen. Die letzten Wochen waren so anstrengend gewesen, dass er glaubte, sich ein wenig Müßiggang verdient zu haben. An Schlaf und Nahrung hatte in den letzten Jahren oft Mangel geherrscht und den würde er ab heute ausgleichen. *Ich könnte nochmal nach Jolande sehen ...* Die Bilder des Maultierfohlens verschwammen in seinem Kopf. Er schmatzte zufrieden, knüllte das Kissen unter seinem Kopf zusammen und drehte sich auf die Seite. Nun war er bereit für reichlich Schlaf. Seufzend begab er sich in die Arme dieses in den letzten Wochen viel zu sehr vernachlässigten Freundes.

»Warum liegst du um diese Zeit faul im Bett?«, kreischte Martin fassungslos, nachdem er die Tür mit einem Krachen aufgeworfen hatte.

Lukas machte sich nicht mal die Mühe, die Augen zu öffnen. »Weil ich müde bin«, war die einzige Erklärung, die sein strebsamer Bruder von ihm bekam.

»Was ist mit den Eintragungen in deinen Codex Daemonum? Jokel denkt sich schon was dabei, wenn er uns dazu auffordert. Und vergiss die Zeichnungen nicht. Außerdem musst du noch reichlich nacharbeiten, weil du schon Wochen verpasst hast.«

»Maff iff morgen«, nuschelte Lukas und umschlang sein Kissen wie eine lang vermisste Geliebte.

»Morgen?«, schrie Martin außer sich. »Wenn du wieder als Letzter aus den Federn kriechst? Willst du wirklich erneut Adelarschs Zorn auf dich ziehen? Gerade du solltest dich als Musternovize aufführen, sonst wird er immer weiter auf dir rumhacken. Ich kann nicht immer da sein, um dir zu helfen.«

Müdigkeit, Völlegefühl und all der Druck, der seit einer gefühlten Ewigkeit auf Lukas lastete, ballten sich in diesem Moment zu einer dunkelroten Wolke des Zorns. Er setzte sich auf und brüllte: »Soll ich etwa so ein übereifriger Novize werden wie du?«

Dieser Vorwurf schien Martin nicht weiter zu tangieren. Mit einem müden Lächeln entgegnete er: »Das wäre nicht das Schlechteste, wenn du diese Akademie überleben willst.«

Dass sein Angriff auf Martin nicht die erhoffte Wirkung gehabt hatte, machte Lukas noch ungehaltener. Er wählte daher einen anderen Weg. »Obwohl, so eifrig bist du ja gar nicht. Ich habe längst herausbekommen, warum du heute Morgen so früh aufgestanden bist. In der Bibliothek warst du da nämlich nicht.«

Das saß. Martin wurde erst blass, dann füllte sich sein Gesicht mit roten Flecken. »Wie meinst du das?«

»Oho«, Lukas genoss diesen Triumph, »auch wenn ich nicht so schlau wie du sein sollte, ist mir doch aufgefallen, wie die dunkelhaarige Magd dich angesehen hat und du sie.«

»Das bildest du dir nur ein«, wiegelte sein Mitbewohner ab.

Doch Lukas hatte noch einen letzten Trumpf, und der würde stechen: »Das glaube ich nicht. Sie hat dich mit deinem Namen angesprochen. Wie ist das möglich, wenn die Mägde niemals sprechen und keiner der Novizen mit ihnen Kontakt haben darf?«

Jetzt verfärbte sich Martins Kopf rot wie eine Erdbeere. »Ich ... du ...«, stammelte er. Dann straffte er sich und rief: »Dann bleib doch im Bett und sei faul. Kann mir doch egal sein, wenn du Ostern im Magen eines Dämons landest oder von einem zerrissen wirst.« Wütend schlug er beim Rausgehen die Tür hinter sich zu.

Statt sich über diesen Erfolg zu freuen, überkam Lukas sofort ein schlechtes Gewissen. Martin hatte ihm nur helfen wollen. Was er gesagt hatte, war alles richtig, und Erfolg an der Akademie würde sein einziger Weg sein, um zu überleben. Seufzend warf er die Beine aus dem Bett und setzte sich auf. Sein Blick fiel auf den brandneuen Codex, den ihm Meister Nikolaus mit so viel Ehrfurcht überreicht hatte. Bis auf die grundlegenden Dämonen- regeln, die er mit seiner ungelenken Schrift eingetragen hatte, war das Buch leer. *Vielleicht rettet es mir eines Tages tatsächlich mal das Leben*, ging es Lukas durch den Kopf. So etwas hatte er noch nie von einem Buch gedacht – er hatte schließlich auch noch nie eines besessen. Er nahm es in die Hand und strich über das unge- wöhnlich dunkle Leder. Der Einband fühlte sich eigenartig unter seinen Fingern an. Rau und nicht weich. *Merkwürdig.* Er hielt sich das Buch näher an die Augen. »Das sind Schuppen.« Der Mund blieb ihm einen Moment lang offen stehen. Er hatte diese Art ledrige Schuppen bereits gesehen – und keine guten Erinnerungen daran. »Wie von Dämonen.« Es kostete ihn Kraft, den Codex nicht von sich zu schleudern. *Ich habe heute einer toten Frau ein Bein abgesägt, da werde ich auch ein bisschen Dämonenhaut in der Hand halten können.* Mit diesem Gedanken klemmte er sich das Büchlein unter den Arm, griff sich einen von Martins frisch gespitzten Federkielen und trat hinaus auf den Flur.

Der war, entgegen seiner Erwartung, leer und erstaunlich leise. Nur aus dem Vorraum, der direkt hinter der gelben Tür lag, kam leises Gemurmel.

Recreatorium, schlich ihm dankenswerterweise im gleichen Moment der lateinische Name für diesen Raum in seinen Geist. Mit langen Schritten hielt er darauf zu. Zu seiner Überraschung waren sämtliche Novizen um den runden Tisch versammelt. Mit gebeugten Köpfen schrieben oder lasen sie etwas. Die wenigen Gespräche waren nicht mehr als Gemurmel.

»Nein, nein«, sagte Jakob etwa gerade leise zu Adam. »Jokel hat das Ding Schwanenschnabel genannt, und deswegen musst du es so zeichnen.« Energisch griff er sich Adams Bleistift und zog damit die Linien nach.

»Sei vorsichtig, nicht, dass du noch meinen Codex ...«

»Ja, mach ich doch«, beruhigte Jakob ihn.

Lukas konzentrierte sich darauf, einen leeren Platz zu finden.

Der Einzige, der nicht mit Novizen, Büchern, leeren Weinflaschen oder chirurgischen Instrumenten belegt war, war ausgerechnet jener neben Martin. Sein Mitbewohner hatte einen bunt gestalteten Folianten vor sich aufgeklappt, der so groß war, dass er damit beinahe den Platz von zwei Novizen belegte.

Lukas holte tief Luft. *Eigentlich ganz gut so, dann kann ich das zwischen uns gleich aus der Welt räumen*, dachte er sich und hielt auf seinen Zimmergenossen zu.

Nur wenige seiner Mitbrüder nahmen Notiz von ihm. Sie waren mit ihren Aufgaben beschäftigt, die sie sehr ernst zu nehmen schienen. Fritz war einer derjenigen, die kurz aufblickten. Der Hüne lächelte ihn mit seiner wulstig verzerrten Lippe glücklich an. Seine Wangen waren gerötet vom Wein, der in einer Tonkaraffe vor ihm stand. Offenbar feierte er seinen Erfolg in Anatomica – oder wollte er vergessen, was er dort hatte tun müssen?

Als Lukas vor Martin stand, blickte der von seinem Buch nicht einmal auf, als wäre er nur Luft für ihn. »Darf ich mich neben dich setzen?«, fragte Lukas flüsternd.

Den Blick weiter auf den seitlich mit grünen Hopfenranken verzierten Text gerichtet, entgegnete sein Mitbewohner kurz angebunden: »Hier herrscht freie Platzwahl.«

Das interpretierte Lukas als Ja und setzte sich.

Seufzend machte ihm Martin Platz und wuchtete seinen Folianten zur Seite. Dabei stieß er versehentlich an Harolds Tintenfässchen, das daraufhin einen beängstigenden Tanz aufführte. Einige Atemzüge lang bestand die Gefahr, dass es sich über den Codex des Novizen ausgießen könnte.

Ach du ... Lukas hielt die Luft an und beobachtete hilflos den wilden Reigen des Gefäßes.

Es war Martin, der die Situation schließlich löste, indem er seine Hand über das offene Tintenfass legte. Auf Harolds böse funkelnden Blick entgegnete er leise: »Entschuldige bitte.«

Besitzergreifend zog der Novize seinen Codex an sich heran, um ihn vor weiteren Unbilden zu beschützen.

»Du bringst mir nur Ärger«, knurrte Martin und sah Lukas dabei noch immer nicht an.

»Es tut mir leid. Ehrlich.«

Martin schwieg einen bedrückend langen Moment, bevor er fragte: »Was genau tut dir denn leid?«

»Dass ich vorhin so unfreundlich zu dir war«, raunte Lukas mit klopfendem Herzen, sein Mitbewohner war offenbar schwer getroffen. »Das war nicht in Ordnung. Du hattest mit allem recht.«

»Womit genau hatte ich recht?« Martin klopfte mit dem Finger auf eine in der Form eines Kürbisses gestaltete Initiale in seinem Buch.

»Dass ich viel lernen muss, um hier zu bestehen«, gab sich Lukas reumütig.

Jetzt sah ihm Martin direkt in die Augen. »Und wirst du das in Zukunft auch tun?«

»Ja, und ich würde mich über deine Hilfe freuen.«

Martin hob bei diesen Worten das Kinn und streckte seine spitze Nase in die Luft. »Ich werde dir helfen, aber nur, wenn du tust, was ich dir auftrage.«

Oje, aber ohne wird es wohl nicht gehen. »Natürlich.«

Auf das Gesicht des Novizen schob sich ein zufriedenes Grinsen. »Sehr gut, dann habe ich hier schon mal deine Elementa Grammaticae Latinae, übersetzt auf Deutsch. Das Buch ist brandneu, ein gewisser Johann Casper hat diese umfangreiche Übersetzung erst im letzten Jahr fertiggestellt. Dazu das Dictionarium Latinum und als eine einfache und spannende Einstiegslektüre in die Sprache der alten Römer Caesars De bello gallico. Der alte Angeber hat seine Kriegsberichte absichtlich in einfachem Latein verfasst, damit jeder Plebejer seine Heldentaten lesen konnte.« Hastig holte er aus seiner Tasche einen ansehnlichen Stapel Bücher hervor und legte sie direkt vor Lukas auf den Tisch.

Dem blieb nichts anderes übrig, als gute Miene zum anstrengenden Spiel zu machen. »Ähm ... danke.«

»Kein Problem. Sag rechtzeitig Bescheid, wenn du mit Caesars Gallischem Krieg durch bist. Je nachdem, wie dir das gefallen hat, machen wir dann entweder mit De institutione oratoria von Quintilian weiter oder nehmen Livius' Epitome. Sein

Abriss der römischen Geschichte ist so spannend, dass einem beim Lesen regelrecht der Atem stockt.«

Ein spannendes Buch, das kann ich mir beim besten Willen nicht vorstellen.

»Natürlich ist Latein nur das Werkzeug zu dem eigentlichen Lernstoff. Wichtig ist, dass du aufholst, was du in den letzten Wochen verpasst hast, und gleichzeitig den neuen Stoff gut übst.«

Das sind ja sonnige Aussichten. In diesem Moment beneidete Lukas Jolande, die nichts weiter zu tun hatte, als Heu im Stall vor den Klostertoren zu kauen.

»Am meisten mache ich mir Sorgen um deine Inhaltslücken.« Martin kaute nachdenklich auf seiner Unterlippe herum. »Ich ...« Er sah Lukas in die Augen. »Komm mal mit!« Kaum hatte er es ausgesprochen, war er auch schon aufgesprungen.

Lukas folgte ihm so hastig, dass er beinahe mit seinem Stuhl umgefallen wäre. Das Sitzmöbel verursachte ein lautes schleifendes Geräusch auf dem abgenutzten Fliesenboden, das ihm böse Blicke seiner arbeitswilligen Mitnovizen einbrachte. Martin trat durch die gelbe Tür. Wie stets grinste Lukas von dort ein grimmig leuchtender Totenschädel entgegen, gefolgt von einer schönen Rose. Längst war dieses Phänomen für ihn nichts Besonderes mehr. Hinter der Tür empfing ihn der verlassene Schlafsaal mit Melancholie und muffiger Kälte.

Martin saß auf einem der Betten in der vorletzten Reihe an der gegenüberliegenden Wand.

Was soll das?

Zögerlich ging Lukas auf ihn zu.

»Kann ich dir vertrauen?«, begrüßte Martin ihn, ohne seinen merkwürdigen Auftritt zu erklären.

Lukas nahm sich einen Moment Zeit, bevor er diese Frage beantwortete. *Die Wahrheit über mich kann ich ihm nicht sagen.* Aber er würde die Geheimnisse des Novizen wahren, auch wenn er seine eigenen nicht offenbaren konnte. Daher konnte er mit Fug und Recht behaupten: »Ja, das kannst du.«

»Gut, immerhin teilen wir uns ein Zimmer. Worüber ich mich freue, möchte ich betonen.«

Ach?

»Keiner der anderen Novizen wollte mit mir zusammenziehen, nachdem August nach drei Tagen das Handtuch geworfen und erklärt hatte, dass ich ein furchtbarer Mensch sei, weil ich die ganze Nacht lese und dabei meine Erkenntnisse mit ihm diskutieren wollte. Außerdem hat er behauptet, dass ich im Schlaf unter furchtbaren Flatulenzen leiden würde, die ihm Übelkeit verursacht hätten.«

Lukas war sehr froh, dass dies nicht der Fall war.

»Ich habe es mit diesem Lumpen von Herzogssohn nur gut gemeint. Na ja«, er seufzte, »sein Latein war tatsächlich besser als meins, was mich vielleicht zu der einen oder anderen Spitze in Griechisch verleitet hat, das er gar nicht spricht.« Er fuhr sich durchs Haar. »Wie auch immer. Es war schon recht einsam hier. Ich bin mit sechs Schwestern aufgewachsen, da war immer was los. Die Stille der kleinen Kammer lässt sich zwar gut mit Büchern füllen, aber ...« Er zuckte mit den Schultern, als wäre damit alles gesagt.

Für Lukas war es das auch. Dass sich sein Mitbewohner ihm so offenbarte, machte ihn stolz. »Ich bin auch gern dein Zimmergenosse«, bestätigte er und kreuzte dabei nur ganz kurz die Finger hinter seinem Rücken.

»Gut, denn wir müssen einander vertrauen.« Martin holte tief Luft und holte dann etwas unter seinem schwarzen Wams hervor. »Das ist mein Codex Daemonum und ich ...« Wieder kaute er auf seiner Unterlippe. »... ich würde dich daraus abschreiben lassen.« Er pustete hörbar aus. »So, jetzt ist es raus!«

Das ist alles? »Ähm ... nett von dir.«

Offenbar bemerkte Martin sein mangelndes Verständnis. »Ich glaube, dir ist nicht klar, was dies für eine Ehre ist. Keiner lässt einen anderen Feldscher oder Novizen in seinen Codex blicken. Nicht mal Abt Questenberg und Bruder Peter würden die darin enthaltenen Erkenntnisse miteinander teilen. Die dämonischen Notizbücher werden gehütet wie Augäpfel, enthalten sie doch alle Erkenntnisse, die ein schwarzer Feldscher im Laufe seines Lebens sammelt. Für uns Novizen sind darin Tricks und Kniffe enthalten, die uns besser als die anderen in den Prüfungen abschneiden lassen. Besondere Hinweise, die wir von wohlwollenden Meistern bekommen haben. Informationen, die wir selbstständig mühevoll in der Bibliothek gesucht haben. Dieses Buch ist gleichsam ein Leben, Lukas.«

Jetzt erst begriff Lukas, wie gewaltig das Vertrauen Martins war, ihm seinen Codex zu öffnen. »Martin, ich … Danke, vielen Dank.«

Der Novize winkte ab, lächelte aber gleichzeitig. »Natürlich kannst du nicht mit meinem Codex arbeiten, wenn die anderen dabei sind. Das geht nur nachts in unserem Zimmer, nachdem du all deine anderen Dinge erledigt hast. Ich werde zusätzliches Lampenöl bei Jokel besorgen. Bei Dämonenlicht sollte man den Codex besser nicht öffnen.«

Noch mehr Arbeit. Lukas musste schwer schlucken. »Klar.«

»Außerdem schreibe ich das meiste in Latein, du wirst also vorher …«

»Verstehe.« Ungewollt rollte Lukas mit den Augen. Worauf hatte er sich hier nur eingelassen?

AM NÄCHSTEN MORGEN WACHTE LUKAS FRÜHER AUF ALS am Tag zuvor, dennoch war Martin erneut bereits fertig angezogen und packte seine Tasche. »Guten Morgen«, begrüßte er ihn gähnend.

»Dekliniere das Wort Mensa«, gab sein Mitbewohner sich sogleich als gestrenger Lateinlehrer.

»Mensa«, wiederholte Lukas, um ein wenig Zeit zum Nachdenken zu schinden. »Mensa, also der Tisch oder die Tafel, ähm ...«

»Jaaa?«

Schnell ging Lukas im Kopf durch, was Martin ihm die halbe Nacht einzutrichtern versucht hatte. »Nominativ, der Tisch: mensa. Genitiv, des Tisches, und Dativ, dem Tisch, beide mensae, und der Akkusativ, den Tisch ... mensam.«

»Ablativ?«

»Mhh ... mensā?«, das war mehr eine Frage denn eine Antwort.

»Sehr gut, und jetzt wiederholst du lieber auch noch die Pluralformen«, grinste sein Zimmergenosse zufrieden. »Bald darfst du in meinen Codex schauen.«

Ich hoffe, das ist nicht nur die Möhre, mit der das Maultier im Kreis herumgeführt wird.

»Nutze am besten das Frühstück, um einiges zu wiederholen, was wir gestern gemacht haben.«

»Ist gut«, seufzte Lukas und wechselte das Thema: »Grüß du deine dunkelhaarige Magd von mir.« Er war ein wenig neidisch, dass Martins Angebetete nur zwei Innenhöfe entfernt war, während Zuzanna so weit weg schien, dass sie auch auf dem Mond hätte leben können. Er hoffte inständig, dass es ihr gut ging und die Landsknechte ihr und ihrem Vater kein Leid angetan hatten. »Wie heißt sie eigentlich?«

»Ähm ...« Martin hatte wieder rote Flecken im Gesicht. »Das weiß ich ehrlich gesagt gar nicht. Meistens rede nur ich.« Er hielt inne. »Nicht meistens, immer. Sie antwortet nie.«

»Immerhin hat sie sich deinen Namen gemerkt.«

Ein breites Grinsen schob sich auf Martins Gesicht. »Ja.«

Dieser Tag hielt einige unangenehme Überraschungen in Lukas' Lektionen bereit. Nach der ausgiebigen Prima, bei der er sich so sehr mit dem süßen Brei und Datteln vollgestopft hatte, dass er anschließend nur noch langsam watscheln konnte, stand für die Novizen Arithmetica auf dem Plan. Zu Lukas' Übel wurde diese Lectio von Novizenmeister Adelbart erteilt. Adelbart behandelte ihn zu seiner Überraschung allerdings, als wäre er Luft. Keinerlei Beleidigungen, Piesacken oder irgendetwas anderes. Leider war das auch nicht nötig, wie Lukas schnell feststellte. Rechenkunde war auch ohne das einfach nur furchtbar. All die elenden Zahlen, Formeln und Rechenwege, die ihnen der Novizenmeister in immer schnellerer Abfolge erklärte und an seine Tafel schrieb, ergaben nur wenig Sinn in seinem Kopf. Als seine Familie noch Pferde zum Handeln gehabt hatte, waren es stets seine älteren Brüder gewesen, die das Rechnen übernommen hatten. Ohne Martin neben sich hätte er einfach aufgegeben und wäre aus dem muffigen Klassenzimmer gegangen, um Questenberg mitzuteilen, dass er endgültig herausgefunden hatte, dass diese Akademie der falsche Ort für ihn sei.

»Rechenkunde ist nicht die entscheidende Lectio«, hatte ihm Martin aufmunternd ins Ohr geflüstert. »Wenn du deine Prüfung an Ostern überlebst, ist es egal, ob du gut mit Zahlen umgehen kannst oder nicht.«

Lukas war sich nicht sicher, ob ihn das beruhigte. Er ließ die Lectio, in der sich August als der Beste aus der Novizengruppe herausstellte, über sich ergehen und überlegte dabei, was es wohl zum Mittagessen geben würde.

Nachdem die Unterrichtsstunde beendet war, stellte er zu

seiner Verwunderung fest, dass es an diesem Tag kein Prandium geben würde. »Was, kein Mittagessen heute? Ich habe aber Hunger. All der Unsinn von Geometrie, Addition, Subkaktion ...«

»Subtraktion«, verbesserte der neben ihm gehende Martin, ohne ihn anzublicken. Der Novize machte sich noch im Laufen letzte Notizen in seinen Codex.

»Wie auch immer, aber erklär mir doch bitte mal, warum man uns armen Seelen nach dieser Qual auch noch das Mittagessen vorenthält.«

»Weif die näffte Lectio erft nach Sonnenuntergang stattfindet und man vor der nifft essen sollte«, erklärte Fritz und zog seine laufende Nase hoch.

»Nichts essen? Nach Sonnenuntergang?«, fragte Lukas verwirrt. »Was ist das jetzt wieder für ein Unsinn?«

Es war Martin, der wie so oft Licht ins Dunkel der verwirrenden Regeln der Akademie brachte. »Für heute steht auf deinem Plan noch Beschwörung. Und wann kann man Dämonen nur beschwören?«

»Nach Sonnenuntergang«, hauchte Lukas mit trockenem Hals.

»Und nichts essen sollst du, damit du dir nicht auf die Füße kotzt, wenn du eine der Abscheulichkeiten siehst. Manche sondern absichtlich scheußliche Gerüche ab, um dich zu verwirren. Ist schon so manchem Novizen passiert, dass er kotzend den Bannkreis durchbrochen hat und dann selbst zu Erbrochenem verarbeitet wurde«, ergänzte Thomas lachend und holte unter seinem Wams eine kalte Pastete hervor, die er sich vom Frühstück gesichert hatte.

Mit knurrendem Magen sah Lukas zu, wie er sie mit drei großen Bissen verschlang. »Aha, und was machen wir bis zum Sonnenuntergang?«

»Faulenzen«, rief Bert piepsend und grinste breit.

»Oh«, diese Aussicht gefiel Lukas, »ich könnte mal wieder einen Mittagsschlaf …«

»Kannst du denn schon alle Fälle der e- und a-Deklination?«, unterbrach ihn Martin scharf.

»Nein.«

»Und wie sieht es mit den Grundlagen der euklidischen Geometrie aus?«, bohrte sein Mitbewohner gnadenlos weiter.

»Nein.«

»Hast du bereits Bilder aller Dämonenarten in deinen Codex gezeichnet?«

Seufzend wiederholte Lukas seine Antwort.

»Gut, dann weißt du ja, was du heute Nachmittag zu tun hast. Wir beiden werden in den Theologischen Saal gehen und dort versuchen das aufzuholen, was du bisher versäumt hast.«

Für diese Ankündigung erntete Lukas reichlich mitleidige Blicke der anderen. »Ich verstehe.«

»Nominativ, Genitiv, Dativ, Akkusativ, Ablativ und …« Lukas schielte zu der aufgeklappten Grammatik, die vor ihm auf einem der aus edlem Kirschholz gefertigten Tische der Bibliothek lag. Lukas fand, dass er in der schönsten Bibliothek war, die er je gesehen hatte. *Eigentlich gar nicht so schwer, ich habe ja vorher noch nie eine betreten.* Dennoch war er sich bewusst, dass diese hier besonders war. Deckenhohe Regale umgaben ihn, prall gefüllt mit Büchern aus vergangenen Jahrhunderten. Im flackernden Licht hinter Glasscheiben verborgener Kerzen offenbarten sich überall um ihn herum ledergebundene Bände unterschiedlichster Größen. Viele der Buchrücken waren verziert mit goldenen Ornamenten oder Schriftzeichen, wie sie Lukas noch nie gesehen hatte. Die Decke war so farbenfroh bemalt, dass er glaubte, sie wäre ein Fenster in eine andere Welt. Es roch nach Pergament, Leim und irgendwie auch der Vergangenheit. Lukas fühlte sich seit dem Moment, in dem Martin ihn hierhergeführt hatte, so wohl wie an noch keinem anderen Ort in Strahov. Die Ruhe und Erhabenheit dieses Wissenshorts schienen ihn wie eine wärmende Decke zu umgeben.

»Vokativ: der Fall der Anrede«, wisperte Martin, der neben ihm ein Buch auf Griechisch las, in dem Bilder von Pyramiden und Totenmasken neben den für Lukas unbekannten Buchstaben der antiken Sprache abgebildet waren. »Und ich sehe, wenn du heimlich in deine Grammatik schielst.« Trotz des strengen Tons lächelte er Lukas an. »Es gefällt dir hier, stimmt's?« Die Augen des Novizen leuchteten.

»Ja«, gab Lukas unumwunden zu. »Ich könnte glatt hier einziehen.«

»Das würde Meister Rondo aber gar nicht gefallen. Er wacht eifersüchtig über die Schätze, die sich hier im Laufe der Jahrhunderte angesammelt haben.« Er zeigte zu dem greisen Mönch, der Lukas an seinem ersten Tag den Weg gezeigt hatte. Versunken und mit wirr nach vorn fallenden grauen Haaren saß der über einem Folianten und schien zu schlafen.

»Ach, der würde das doch gar nicht mitbekommen ...«

»Sonnenuntergang steht kurz bevor«, erklang plötzlich die schnarrende Altmännerstimme Rondos, ohne dass er aufgeblickt oder sich anderweitig bewegt hätte. »Es wird Zeit für eure Lectio in Beschwörung. Eilt euch, ehe alle Türen versiegelt werden.«

»Oh, so spät schon. Die alten Ägypter und ihre Totenbräuche sind aber auch fesselnd. Komm!«

Irritiert blickte Lukas zu den großen, halbrunden Sprossenfenstern hinüber. Für ihn hatte sich das grau-trübe Winterlicht dahinter nicht verändert. *Wie kann Rondo das wissen?*

»Mach schon«, zischte Martin und echte Aufregung färbte

seine normalerweise ruhige Stimme. »Du willst hier nicht die ganze Nacht eingeschlossen werden. Spätestens wenn du dich mal erleichtern musst, begreifst du, dass Bücher nicht jedes Problem lösen können.«

Eiligst stopfte Lukas seinen Codex neben die von Martin ausgeliehenen Lateinbücher. Dazu packte er einen Stapel bekritzelter Pergamente in die Ledertasche des jungen Grafen, die wie alles andere, was von dem ermordeten Jungen noch an weltlichen Besitztümern vorhanden war, nun ihm gehörte. »Warum schließt man uns nach Sonnenuntergang ein? Gestern war das aber …«

»Silentium!«, zischte Rondo, blieb aber bewegungslos.

Martin zog ihn am Oberarm aus dem Theologischen Saal. Kaum war die Bibliothekstür hinter ihnen ins Schloss gefallen, erklärte er im Laufschritt: »Sämtliche Türen und Tore des Klosters werden versiegelt, wenn Beschwörung unterrichtet wird. Zu groß ist die Gefahr, dass dabei ein Dämon seinen Beschwörer überwältigt und flieht. Man tut alles, damit keines dieser Unwesen in die Stadt entschwinden kann. Ich brauche dir sicher nicht zu erklären, warum.«

Geistesabwesend nickte Lukas, während sie auf den eiskalten Novizenhof traten. Schweigend überquerten sie ihn. Jetzt sah Lukas einige der schwarz gekleideten Wachen, die sich tatsächlich an den Türen dort zu schaffen machten. Schlüssel wurden gedreht, dicke Eichenbohlen und Riegel rasteten ein.

»Nicht, dass dies Dämonen wirklich lange aufhalten würde, aber immerhin hat man so vielleicht die Chance, ihnen mit Silber entgegenzutreten und sie bis zum Sonnenaufgang zu beschäftigen.« Als sie den Meisterhof erreicht hatten, wurde Martin langsamer. Er hatte vom Laufen rote Wangen bekommen und holte tief Luft.

Dankbar blieb auch Lukas stehen. *Mit leerem Bauch läuft es sich nicht gut.*

»Komm schon!«, rief Martin fassungslos. »Du hast jetzt Unterricht in der Prälatur. Das steht doch so alles in deinem Plan. Eile dich, bevor sie den Hofdurchgang verschließen.«

»Ähm, aber du …«

»Lauf!«, schrie sein Mitbewohner und Lukas tat, was von ihm verlangt wurde.

Ein stiernackiger Wachmann war gerade dabei, die Tür zum Refektorium zu schließen, durch das man auf den Abtshof gelangte, als Lukas aalgleich hindurchschlüpfte. Als er auf dem eisigen ersten Hof zum Stehen gekommen war, erblickte er dankbar eine kleine Gruppe schwarz gekleideter Novizen. Keuchend hielt er auf sie zu.

»Hast wohl doch ein Mittagsschläfchen gemacht«, höhnte Harold, der an einer kalten Hühnerkeule knabberte.

»Nein, ich … wieso … wo sind die anderen?«

Martin, Jakob, Adam und überraschenderweise auch der kleine Bert waren nicht Teil ihrer üblichen Gruppe.

»Die anderen bekommen Extrastunden, weil sie schon fortgeschritten sind«, erklärte Harold mit vor Fett glänzendem Mund. Überall hatte man Fackeln entzündet und Feuerschalen aufgebaut, die das im Dämmerlicht liegende, schneebedeckte Kloster mystisch illuminierten, auch wenn Lukas der Grund dafür ängstigte. »Willst du gar nicht wissen, welche Unwesen die heraufbeschwören?« Harold heulte wie ein Wolf, was wohl gruselig wirken sollte, aber nur lächerlich war. »Obwohl ich eher glaube, dass Bruder Peter nur die dazu nimmt, die an seinem dämlichen Sonderunterricht im Fechten teilnehmen. Als ob wir nicht schon genug zu tun hätten. Hast du dich da schon angemeldet, Neuer?«

»Nein … ähm.« *Martin wird aber vermutlich dafür sorgen, dass ich demnächst auch noch fechten lernen muss.* Leider hatten die edlen Stichwaffen für normale Landsknechte nicht zum Drill gehört, sie waren adligen Offizieren vorbehalten.

»Fei nicht traurig«, sagte Fritz, der sich zu ihm gesellt hatte. »Dafür darfst du heute zu Abt Queftenberg.«

»Der Abt wird uns heute unterrichten?«, fragte Lukas erstaunt, während sie über den mit einer feinen Neuschneedecke bezuckerten ersten Hof liefen.

»Ja, er iff ein guter Lehrer, wirst sehen.«

Gemurmel kam auf, als die Gruppe die grimmigen Wächter vor dem verschlossenen Tor entdeckte.

»Sperren die uns jetzt immer hier ein, oder was? Als ob die Dämonen das aufhalten könnte«, unkte August. »Dafür braucht es Feldschere wie uns«, er blickte Lukas hochnäsig an, »na ja, dich ausgenommen.«

Elender ... Lukas ballte zornig die Fäuste.

Die Tür zur Prälatur wurde aufgerissen. August und der Rest der Gruppe verstummten. Ein breit grinsender Abt Questenberg erwartete sie am Fuß der dreistufigen Treppe. »Da seid ihr ja endlich. Nur hereinspaziert, ich habe den Saal extra für euch heizen lassen.«

Freudig überrascht über diese Begrüßung, folgte Lukas den anderen etwas beschwingter die Treppe hinauf.

Der Abt führte sie durch den langen Flur. Nachdem sie durch eine unscheinbare Tür gegangen waren, erreichten sie eine Art Vorhalle mit einem monumentalen Metalltor.

Das muss sich über mehrere Etagen erstrecken, war sich Lukas bei dem überraschenden Anblick sicher und betrachtete das Eingangsportal genauer, das sich auch gut auf einer Ritterburg hätte befinden können. An der gigantischen Pforte warteten zwei beinlange Eisenriegel darauf, geschlossen zu werden.

»Kommt, die Nacht ist kurz, wie ihr wisst«, mahnte Questenberg zur Eile.

Nachdem Lukas als Letzter hindurchgeschritten war, wurden die Torflügel geschlossen. Einen Augenblick später vernahm er auch schon das metallische Schleifen der sich schließenden Riegel. *Wir sind hier eingesperrt.* Kurz überkam ihn eine Beklemmung, die er dadurch zu unterdrücken versuchte, dass er sich umblickte. Questenberg hatte es mit dem Wort Saal nicht übertrieben. Sie standen in einem riesenhaften Raum ohne Zwischendecke, in dem man bis zum Dachgebälk hochblicken konnte. Der Boden war mit rotbraunen Fliesen bedeckt, die in einem verschlungenen Kreismuster verlegt waren, das Lukas beim genaueren Hinschauen Kopfschmerzen bereitete. Flecken wie von getrocknetem Salz waren allerorten darauf zu sehen. Die Fugen waren alle mit Asche verschmutzt und auch an den Dachsparren sah er einige Rußflecken. Unwillkürlich kam ihm der Begriff *Feuerdämonen* in den Kopf. Gleichzeitig begann er zu schwitzen. Der Saal war ordentlich warm. Am liebsten hätte er den elend schweren und ihm ohnehin immer zwischen den Füßen herumschlabbernden Umhang abgerissen, aber das schickte sich natürlich nicht.

Fritz schien es ähnlich zu gehen. Er nestelte ebenfalls an seinem Umhang, sodass ihm seine Novizenfibel klirrend auf den Boden fiel. »Fuldigung«, murmelte er, während er sich bückte, um sie aufzuheben.

Questenberg schien es nicht zu bemerken. »Willkommen zurück«, rief er voller Elan. »Legt erstmal eure Sachen weg, und dann kommt zu mir. Zum Schreiben werdet ihr heute nicht kommen«, rief er kichernd, während alle ihre Taschen und Beutel an die dafür vorgesehenen Haken hängten. Nachdem Lukas sich in den um Questenberg geformten Halbkreis aus Novizen eingeordnet hatte, fiel ihm auf, dass der Abt heute seinen Stock nicht dabeihatte. Außerdem war er nicht mehr ganz so blass im Gesicht. *Es scheint ihm besser zu gehen.* Er freute sich für den Abt, der bisher so freundlich zu ihm gewesen war.

»So, da wir heute einen Neuen hier haben«, der Abt nickte

Lukas milde lächelnd zu, »bitte eine schnelle Wiederholung in Bezug auf das Beschwören von Dämonen. August!«

»Nur Sehende können sie aus dem Boden holen, dabei ist es egal, ob es sich um Lehm, Moder oder Marmor handelt. Wichtiger ist, dass der Feldscher eine Verbindung zu dem in der Erde hockenden Wesen aufbaut und ihm befiehlt, nach oben zu kommen.«

»Sehr gut. Wie verhindert man, dass der Dämon den Beschwörer angreift?«

Wieder war es August, der antwortete: »Man muss einen Ring aus undurchdringlichen Materialien um das Wesen ziehen. Dafür eignet sich Salz am besten.«

Der Abt hob tadelnd eine Augenbraue.

»Asche oder Holzkohle funktionieren ebenfalls, haben aber den Nachteil ...«

»Danke, jetzt die anderen«, unterbrach Questenberg den Novizen.

Lukas war beeindruckt. Er hatte nicht vergessen, dass Martin herausgefunden hatte, dass man Dämonen in Asche genauso wie im teuren Salz bannen konnte. August gönnte ihm diesen Triumph offenbar noch immer nicht – ganz im Gegensatz zu Questenberg.

»Wann kann man den Dämon aus diesem Gefängnis entlassen?«

»Wenn man ihn hat föhren lassen, daff er einen nicht angreift. Dämonen können Schwüre nicht brechen«, gab Fritz die richtige Antwort.

»Wie könnte man ihn noch fester an den eigenen Willen binden?«

Stille breitete sich über der Gruppe aus. Offenbar kannte niemand die Antwort darauf.

»Wenn man den Namen des Dämons herausfindet, auf

welchen Wegen auch immer, ist das Wesen gezwungen, dem Beschwörer dauerhaft zu dienen, egal, was er von dem Geschöpf verlangt«, dozierte der Abt daher.

Wie soll man diese Schreckenskreaturen denn dazu bringen, dass sie ihren Namen verraten?, fragte sich Lukas, traute sich aber nicht, die Frage in seiner ersten Stunde auszusprechen.

»Das Anliegen eines guten Feldschers muss es also immer sein, den Namen jener Unwesen zu erfahren, um sie so zur Unterwürfigkeit zu verdammen und damit unschädlich zu machen. Kennt ihr den Namen eines Dämons, könnt ihr ihm befehlen, dauerhaft in der Erde zu bleiben, womit die Menschheit einen Gegner weniger hätte.« Questenberg klatschte in die Hände. »Also gut, wer will einen Bannkreis ziehen?«

Wieder war es August, dessen Hand als Erste hochschnellte. Offenbar war er nicht nur in Rechenkunde und Latein herausragend. Eine Tatsache, die Lukas ärgerte.

Milde lächelnd sagte Questenberg daraufhin: »Aber ich habe heute nur Holzkohle für dich, August.« Er wies mit dem Kopf auf einen grauen Sack, um den sich ein unschöner Kreis schwarzen Staubs gelegt hatte.

Ohne das zu kommentieren, schulterte August den Sack und ließ daraus ein schmales Rinnsal der feinen Holzkohle herausrieseln, das schnell einen dunklen Strich auf dem Boden bildete.

Für Lukas sah das Ganze so aus, als würde er einfach nur mit dem Sack im Kreis laufen, aber Questenberg schien begeistert.

»Wunderbar, ein sich überschneidender Doppelkreis. Eine gute Wahl, August.«

So langsam hört sich Questenberg an wie Adelarsch.

»Vielen Dank, ehrwürdiger Vater«, katzbuckelte August und ließ den Sack an Ort und Stelle fallen.

»Gern, aber räum den Sack wieder dahin zurück, wo du ihn hergeholt hast.«

»Natürlich.« Mit schmollend vorgeschobener Lippe kam August dieser Aufforderung nach.

Schön, dass sich Questenberg von diesem Möchtegern-Herzog nicht an der Nase herumführen lässt, freute sich Lukas.

Fritz schien das ähnlich zu sehen. Er grinste breit und zwinkerte Lukas zu.

»Warum eignet sich der Doppelkreis besonders gut als Bannkreis, Harold?«, fragte Questenberg freundlich lächelnd, aber unerbittlich weiter.

»Weil der Dämon damit doppelt abgesichert ist, falls in einem der Kreise eine kleine Lücke sein sollte, Hochwürden.«

»Genau! Bitte geh Augusts Kreise ab und überprüfe, dass es keine Lücken gibt.«

»Ich denke nicht, dass das ...«, protestierte August augenblicklich, aber ein strenger Blick des Abts brachte ihn dazu, zu schweigen.

Harold hatte diese Worte ohnehin ignoriert und machte sich mit gesenktem Kopf ans Werk.

»Vier Augen sehen immer mehr als zwei«, mahnte Questenberg. »Beherzigt diese Regel stets. Die meisten Feldschere, die während der Ausübung ihrer Profession verschieden sind, haben genau das nicht getan. Ein Dämon spürt die Lücke im Bannkreis, ohne dass er sie sehen muss. Ist sie da, wird er euch augenblicklich töten. Vergesst nie: Diese Wesen hassen uns Menschen und sehen in uns nichts anderes als Beute.«

Bilder des Grüngeschuppten waberten vor Lukas' innerem Auge, gemischt mit den anklagenden Gesichtern der ermordeten Soldaten im Feldlager. Sein Zorn auf die Dämonen wuchs.

»Warum beschwören wir diese Wesen dann überhaupt und lassen sie nicht für alle Zeiten in der Erde verrotten?«, war es ihm in dieser Wut entschlüpft, bevor er seinen Mund daran hindern konnte.

Seinen Ausbilder schien die unaufgefordert gestellte Frage nicht zu stören. Im Gegenteil. »Das ist die schlauste Frage, die ich seit langer Zeit gehört habe«, lobte er. »Wer kann sie Lukas beantworten?«

Niemand sagte etwas. So langsam rächte sich die Abwesenheit ihres Musternovizen Martin.

Seufzend setzte der Abt selbst zu einer Entgegnung an: »Wir tun das, weil sie ein nützliches Werkzeug sind. Messer können töten, aber in einer Operation richtig eingesetzt, können sie einem Kranken auch das Leben retten. Wir nutzen das Wissen und die Kräfte der Dämonen, die beide von unheimlicher Größe und Kraft sind, um wilde Beschwörer zur Strecke zu bringen, die ihre seltene Gabe dazu nutzen, sich einen Vorteil zu verschaffen. Wir hätten jemandem, der sehen kann und nicht unserem Orden angehört, nichts entgegenzusetzen, wenn wir nicht über die gleichen Waffen wie er verfügen würden. Gerade in unruhigen Zeiten wie diesen, wo Krieg ganz Europa zu überziehen droht, müssen wir als neutrale Instanz gegen die Barbarei vorgehen. Deswegen beschwören wir Dämonen, um sie zum Wohl der Menschheit einzusetzen.«

»Wo kommen fie überhaupt her?«

Die Miene des Abts verfinsterte sich und seine Schultern sackten herab. Er sah in diesem Moment sehr alt aus. Vermutlich wünschte er sich, dass er wie die anderen Meister jetzt einen Schreibtisch hätte, auf dem er sich hätte abstützen können. »Darüber gibt es die unterschiedlichsten Theorien, aber niemand weiß es genau. Manche Theologen behaupten, dass es Wesen aus der Hölle seien, die Gott auf die Erde geschickt hat, um uns Menschen für unsere Sünden zu bestrafen.« Er zuckte mit den Schultern, weil er von dieser Erklärung wohl nicht viel hielt. »Andere sagen, dass die Dämonen schon immer da waren und erst das viele Blutvergießen in den letzten Jahren sie aus ihren

Löchern gelockt hat. Mit dieser Erklärung ist es aber ein wenig wie mit dem Henne-Ei-Problem. Vielleicht haben ja auch die Dämonen dafür gesorgt, dass es zu so viel Streit kam.«

»Was glaubt Ihr, wo die Wahrheit liegt?«, fragte Harold.

Questenberg seufzte schwer. »Man findet ja schon seit Jahrhunderten bei Bauarbeiten riesige Knochen, Zähne oder Klauen im Boden, vielleicht hat etwas diese lange schlafenden Bestien geweckt und wieder nach oben gelockt.« Er summte nachdenklich. »Möglich, wenn auch mit vielen Unbekannten verbunden.« Ins Nichts blickend, fummelte er an seiner einem Dämonenschädel nachempfundenen Fibel herum. »Die Verrücktesten unter den ach so Weisen behaupten sogar, dass die Dämonen mit dem roten Winterkometen 1618 auf die Erde gekommen sind.«

Nur ungern erinnerte sich Lukas an den roten Feuerschweif, der monatelang Tag und Nacht am Himmel zu sehen gewesen war. Das hatte ihm schon damals Angst gemacht und er hatte ein Dankesgebet gesprochen, als der Komet eines Tages einfach wieder verschwunden war.

Der Abt schnaubte verächtlich. »Ihr wisst jetzt also, dass wir nichts wissen.«

Für einen langen Moment legte sich bedrücktes Schweigen über den Saal.

Schließlich fuhr Questenberg fort: »Zerbrecht euch nicht den Kopf über diese Frage. Es ist an weiseren Männern als uns, dieses Rätsel zu lösen. Wir sind das Schwert, das die Plage im Zaum halten und bekämpfen muss. Die Speerspitze, die verhindert, dass die Dämonen die Menschheit auslöschen. Seid euch dieser Rolle bewusst, und ihr werdet hervorragende Feldschere werden.«

Da bin ich mir nicht so sicher. Der Blick in die Gesichter der anderen Novizen bewies Lukas, dass sie ähnlich dachten, wenn auch vielleicht aus anderen Gründen.

»Unsere Schwertklingen müssen stets scharf sein, denn wir

holen Dämonen aus der Erde und binden sie, sodass sie unserem Befehl zu folgen haben. Der Bann zwingt sie sogar dazu, ihresgleichen zu töten, wenn der Beschwörer ihnen dies befiehlt.« Questenberg ließ seinen Blick über die Runde schweifen. »Wer möchte sich heute als Schwert der Menschheit beweisen?«

»Na los, du Genie«, zischte August, der plötzlich hinter Lukas stand, »melde dich und beweise, dass ich falschliege.«

Lukas' Herzschlag beschleunigte sich bei dieser Aussicht. Nur zu gern hätte er allen, inklusive seiner selbst, gezeigt, dass er hier am richtigen Platz war, aber er glaubte schlicht nicht daran.

»Ich werde es heute erneut versuchen, ehrwürdiger Vater«, rettete ihn schließlich Thomas, der nervös an seinem dünnen Spitzbart herumspielte.

Stolz lächelte ihn der Abt an. »Zu scheitern ist nur eine Schande, wenn man es nicht erneut versucht.«

Man sah Thomas seine Aufregung an. Seine Hände zitterten und auf seiner hohen Stirn glänzten zwischen den zahlreichen Pickeln Schweißperlen.

»Ganz ruhig.« Questenberg legte ihm die Hände auf die Schultern. »Du kannst das, da bin ich mir sicher. Ich werde dich leiten.«

»Mhh«, war das Einzige, was Thomas herausbekam, aber immerhin nickte er.

Plötzlich holte Questenberg einen Silberdolch hervor. »Deine Hand. Du weißt, dass wir dein Blut brauchen, um sie aus dem Boden zu locken.«

Ohne zu zögern, hielt der Novize sie ihm hin.

Über die Schulter zu den restlichen Novizen blickend, befahl der Abt: »Holt euch jetzt die Übungsdegen. Schnell, Thomas wird gleich so weit sein.«

Theatralisch stöhnend schlenderte Harold bewusst langsam auf das Fass zu, aus dem zahlreiche halbrunde Korbgriffe herausschauten. »Der Alte macht aber heute einen Aufriss. Thomas wird wieder nur stundenlang mit geschlossenen Augen im Stehen pennen, während wir ewig und drei Tage warten und nichts geschieht. Vollkommen unsinnig, diese Sicherheitsmaßnahme mit den Silberwaffen.« Trotzdem zog er eine der schmucklosen Waffen heraus und trottete zurück zu seinem Platz.

Lukas und Fritz taten es ihm nach.

August durchwühlte erst sämtliche Degen, bevor er sich für einen entschied. »Mit solchen Dingern würde mein Vater nicht mal die Schweinehirten ausstatten. Es ist eine Schande, dass wir nicht unsere eigenen Degen benutzen dürfen«, murrte er.

Insgeheim gab ihm Lukas recht. Nur zu gern hätte er Durandal jetzt in den Händen gehabt. Der Silberdegen des adligen Jungen war bisher sehr hilfreich gewesen. *Ich sollte wirklich fechten lernen.*

Zurück vor dem Aschekreis, betrachtete Lukas den Abt und Thomas. Thomas hatte ein Kreuz aus Asche und Blut auf der Stirn und auch an seinen Mundwinkeln schienen Reste dieses widerlichen Gemischs zu kleben. Questenberg wisperte ihm unablässig ins Ohr.

»Wenn du sie über der Erde sehen kannst, kannst du das auch darunter. Wähle einen aus. Egal, welchen. Du wirst spüren, welcher der Richtige ist. Befiehl ihn geistig an die Oberfläche.«

Unablässig wiederholte er die Worte, doch außer dass die Kerzen immer kürzer wurden, passierte nichts.

Lukas hatte irgendwann aufgegeben, sein Gähnen zu unterdrücken. Dieses wetteiferte mit dem Knurren seines Magens. Nur mit Mühe gab er nicht dem Wunsch nach, sich auf dem Boden auszustrecken. Sein Rücken tat ihm vom langen Stehen weh.

Plötzlich stieg Nebel vom Boden auf.

»Ich fasse es nicht«, hauchte Harold und umklammerte seinen Degen fester.

»Haft du die Aschelinien wirklich kontrolliert, Harold?«, zischte Fritz mit vor Aufregung schriller Stimme. Auch er erhob seine Waffe. »Eine Lücke und wir find tot.«

»Ich ... na ja ... wer hätte denn ahnen können, dass heute wirklich jemand ...«, stammelte der Novize.

Er hat die Linien also nicht kontrolliert. Jetzt umklammerte auch Lukas seinen Degen. Die Waffe kam ihm lächerlich klein vor, aber dennoch wusste er, dass Dämonen davor Respekt hatten.

Der Nebel verdichtete sich mit einem feinen Zischen. Die Silhouette einer gebeugten und erstaunlich kleinen Gestalt wurde sichtbar.

»Er wird doch wohl nicht etwa einen ...«

Die Schwaden verschwanden und ein hundegroßes Wesen kam zum Vorschein. Auffällig an diesem Untier war sein im Verhältnis zum Körper riesenhafter Kopf, den ein einzelnes grünlich leuchtendes Zyklopenauge zierte. Dazu hatte es blassblaue Haut.

»... Intellectus beschworen haben«, beendete Harold fassungslos seinen Satz.

Lukas musste an das denken, was Meister Nikolaus in Dämonenlehre erklärt hatte: *Die gefährlichste Dämonenart ist der Intellectus, er kann andere Dämonen anführen. Sein Intellekt ist selbst dem der weisesten Menschen überlegen.* Er blickte in die ängstlichen Gesichter der anderen Novizen und auch Questenberg schien vor Schreck wie erstarrt. *Warum hat Thomas ausgerechnet dieses Wesen beschworen?* Ein erschreckender Gedanke schlich sich in seinen Kopf. *Was, wenn der Dämon ihn dazu gebracht hat, dies zu tun?*

»Befiehl ihm, dass er sich nicht rühren und nicht sprechen soll bis Sonnenaufgang«, fand Questenberg als Erster seine Stimme wieder. »Schnell!«

»Brffz ... neffsprze ...pfff«, war neben einem langen Speichelfaden das Einzige, was daraufhin aus Thomas' Mund kam.

»Wehre dich gegen ihn!«, schrie der Abt und die Panik in seiner Stimme ängstigte Lukas mehr als alles andere.

Der Intellectus betrachtete all das mit einem höhnischen Grinsen seines viel zu breiten Mundes. Nadelgroße Zähne blitzten dabei hervor. »Nenn mir deinen Namen, Novize!«

»Nein!«, schrie Questenberg und schüttelte Thomas. »Das darfst du ...«

»Thomas.«

»Ach du Scheiße«, raunte Harold und ging langsam rückwärts Richtung Tür.

Da kommst du nicht raus, dachte Lukas und umklammerte den Griff seiner Waffe fester.

Betont langsam richtete sich der Intellectus auf. »Soso, Thomas also!«

»Wehre dich gegen ihn!«, schrie Questenberg und zog gleichzeitig seinen Degen. Dann fiel sein Blick auf Lukas. »Du kannst uns retten! Schick ihn zurück! Zeige, was in dir steckt.«

»Ich ... ähm ... wie ... was?«, stotterte Lukas unsicher.

Plötzlich legte sich der Blick aus dem grünlich leuchtenden Auge des Dämons auf Lukas. Mit einem Mal spürte Lukas Kopfschmerzen und dann ein Wispern in seinem Kopf. Noch konnte er die Worte nicht verstehen, aber sie wurden beständig lauter. Der Intellectus sprach mit ihm. *Was steckt denn in dir? Oh, eine Rose also. Wie überraschend ... Eine Rose oder sollte ich besser sagen: ein Lügner.*

Er weiß, wer ich bin. Diese Erkenntnis ließ Lukas in Schockstarre verharren.

»Befiehl ihm, in die Erde zurückzukehren«, rief Questenberg, der gerade hektisch eine an der Wand befestigte Glocke schlug.

Du bist derjenige, der den Brief hierhergebracht hat, aber nicht der eigentliche Bote, das spüre ich. Was würde dein Abt wohl sagen, wenn er das erführe?

»Dass du ein Lügner bist«, fand Lukas seine Stimme wieder. »Außerdem werde ich dich zuvor in das Dreckloch zurückschicken, aus dem du gekommen bist«, verlieh ihm die Angst vor dem Enttarnt-Werden Flügel. Im gleichen Moment spürte er einen Anflug von Furcht von dem Dämon. *Er glaubt, dass ich es kann.* Das bestärkte ihn so sehr, dass er die lauter werdende Stimme des Wesens in seinem Kopf verstummen ließ, den Mund öffnete und sagte: »Ich befehle dir ...«

»Thomas«, kreischte der Intellectus und streckte seine widerlichen, vierfingerigen Kinderhände aus, »durchbrich den Bannkreis!«

Einem willfährigen Schaf gleich wischte der Novize mit wenigen schwungvollen Bewegungen seines Fußes den Aschekreis auseinander.

Lukas schaffte es nicht mehr, seinen Befehl auszusprechen. Der Intellectus sprang aus seinem unsichtbaren Gefängnis mit weit aufgerissenem Maul auf ihn zu. Lukas war sich sicher, dass er direkt auf seine Kehle zuhielt. *Das war es also mit meiner Karriere als schwarzer Feldscher.*

»Laff ihn in Fffrieden«, erklang Fritz' wütende Stimme und aus dem Augenwinkel sah Lukas den Novizen ebenfalls mit gezogenem Degen vorspringen.

Mit einem gepeinigten Keuchen prallten Fritz und der Intellectus aufeinander und rollten einem lebenden Garnknäuel gleich eng umschlungen über den Boden. Der Novize schrie, als der Dämon ihm seine Krallen ins Fleisch bohrte. Leider war sein Degenhieb fehlgegangen, sodass das Wesen nicht einmal verwundet war.

»Wir müssen ihm helfen!«, rief Lukas und blickte sich nach Verstärkung um. Doch auf die wartete er vergeblich.

Thomas stand inmitten des Bannkreises und bewegte den Kopf hin und her. Sabber lief aus seinem Mund. Seine aufgerissenen Augen starrten Lukas so teilnahmslos an, als wären sie aus Glas.

Harold klopfte währenddessen gegen das Stahltor und schrie um Hilfe, statt selber welche zu leisten.

August blickte ähnlich intelligent drein wie Jolande, wenn sie sich erleichterte. Als könne er nicht glauben, was er gerade sah, starrte er auf den um sein Leben kämpfenden Fritz. »Wie ... wo ... wer?«

Questenberg saß auf dem Boden und rieb sein Bein. »Ich kann nicht mehr aufstehen. Mein Stock, ich hätte nicht so früh ohne ihn rumlaufen sollen. Du kannst ihn zurückschicken, Lukas. Glaub an dich!«

Wieder schrie Fritz. Blut besprenkelte den Boden um ihn herum. Er schlug mit seinen Fäusten auf den Schädel des Dämons ein, aber der näherte sich unaufhaltsam dem Gesicht des Novizen, das Maul weit aufgerissen.

Dafür habe ich keine Zeit. Den Degen fest umklammert, lief Lukas auf den Intellectus zu. Das Wesen konzentrierte sich so auf sein Opfer, dass es ihn gar nicht beachtete. Ohne Gnade stach er ihm in den Rücken.

Ein gellender Schrei entwich dem Dämon. Sofort ließ er von Fritz ab und fixierte Lukas mit seinem Zyklopenauge.

Dafür werde ich dich leiden lassen, du verlogene Rose, giftete das Wesen in Lukas' Kopf. Es stellte sich auf seine krummen, kurzen Beine und watschelte auf Lukas zu. *Eigentlich wollte ich dich als Letzten töten, Lügenrose, aber nun werde ich die Nachspeise zuerst verschlingen.*

Rückwärtsgehend zielte Lukas weiter auf den Riesenschädel

des Intellectus. »Du wirst heute hier niemanden töten, Unwesen.«

Oh, wie originell. Dramatik vor dem Ableben, das habe ich schon Hunderte Male bei euch Menschen erlebt, und nie hat es auch nur einem von euch das Leben gerettet.

Ohne auf die vergifteten Worte des Dämons zu hören, stach Lukas zu. Ein Stich ins Blaue. Ein Glückstreffer. Erneut das Auge – zum Glück besaß diese Dämonenart nur eines.

Kreischend schlug der Intellectus seine blassen Hände vor das Auge, aus dem grüner Schleim lief. »Das wird dich nicht retten! Thomas, töte ihn und dann alle anderen im Saal!«, befahl der Dämon keifend.

»Was ...?« Nur mit viel Glück wich Lukas dem ungelenken Hieb von Thomas' Degen aus, den der augenblicklich auf ihn niederfahren ließ. Klirrend schlug die Klinge auf den Fliesenboden ein und hinterließ einen hässlichen Kratzer. Den Moment, den Thomas brauchte, um die Waffe wieder zu heben, nutzte Lukas, um hinter ihn zu gelangen. »Hör auf damit!«, flehte er ihn an. »Ich will dir nicht wehtun.«

»Du wirst ihn nicht überzeugen. Es ist der Intellectus«, stöhnte Questenberg, der zitternd zum Stehen gekommen war. »Wenn wir ihn nicht ausschalten oder zurück in die Erde schicken, wird Thomas nicht eher aufhören, bis wir oder er tot sind.«

In diesem Fall wusste Lukas, wofür er sich entscheiden würde. Mit erhobenem Degen rief er August und Harold zu: »Los, helft mir, den Dämon zu töten!«

»Töte sie alle, Thomas. Jetzt! «, schrie der Intellectus so schrill, dass Lukas der Kopf dröhnte. Blind schlug das Wesen um sich, während es wankend den Raum durchquerte.

Das führte dazu, dass Harold nur noch wilder gegen das Tor schlug.

August jammerte. »Ich kann nicht. Ich ...« Er fuchtelte

plump mit seinem Degen herum, als wollte er die Luft zerteilen. »Wenn das mein Vater erfährt.« Tränen liefen ihm jetzt die feisten Wangen hinunter. »Er wird diese Akademie eigenhändig niederreißen, wenn mir auch nur ein Haar gekrümmt wird.«

»Dir wird nicht nur ein Haar gekrümmt«, rief Lukas und wich einem weiteren Schlag von Thomas aus, »du wirst hier und jetzt sterben, wenn du nicht kämpfst.«

Etwas passierte für einen Moment in dem runden Gesicht des Herzogssohns. Lukas glaubte zu sehen, wie der seinen Mut fand, und hoffte, er würde ihm nun beistehen. Stattdessen rannte er weinend davon und schlug gemeinsam mit Harold an das Tor und flehte um Rettung.

»Dann bleiben nur noch wir«, knurrte der wieder zum Stehen gekommene Questenberg und hielt humpelnd auf den blinden Intellectus zu.

Ich kann das Ächzen des alten Mannes hören, höhnte der Dämon in Lukas' Gedanken und hastete katzengleich auf den Abt zu.

»Vorsicht«, schrie Lukas, doch er konnte dem Klostervorsteher nicht helfen, da Thomas einen Hagel von Schlägen auf ihn niedergehen ließ, denen er nur mit Mühe ausweichen konnte. In einem kurzen Stoßgebet versicherte er Feldwebel Schaffgotsch in diesem Moment seine ewige Dankbarkeit für den unbarmherzigen Drill, der seine Reflexe blitzschnell hatte werden lassen. Er betrachtete kurz seinen Degen. Die Waffe war für ihn nichts Besseres als ein Stock aus Metall, da er im Umgang mit ihr nicht ausgebildet war – anders als Thomas. *Damit werde ich ihn niemals besiegen.*

Ein langer Aufschrei von Questenberg erklang, doch er hatte keine Zeit, sich um das Schicksal des Abts zu kümmern.

»Thomas«, versuchte er es noch einmal mit Vernunft, als ihm der Novize bereits Schnitte am Oberarm und am Hinterkopf beigebracht hatte und Blut seine neue Kluft durchnässte, »du musst das nicht tun.«

Mit einem surrenden Geräusch sauste der nächste Schlag auf ihn herab.

Sein Versuch, nach hinten auszuweichen, gelang nur teilweise. Die Spitze des Silberdegens schlitzte ihm die linke Wange auf. Brennender Schmerz durchzuckte sein Gesicht. Thomas' heftiger werdende Angriffe ließen ihm keine Zeit, einen anderen Ausweg zu finden. *Ich muss den Intellectus zurückschicken. Beweisen, dass ich eine Rose bin – auch wenn ich keine Ahnung habe, wie ich das anstellen soll.* Anstatt Thomas' nächsten Schlag zu parieren, ließ Lukas seine Waffe fallen und rollte sich zur Seite weg. Der Degen des Novizen sauste dabei so nah an seinem Kopf entlang, dass er den Luftzug davon spürte. Er ignorierte das und kam wieder auf die Beine. Unbewaffnet ging er auf den Intellectus los, der Questenbergs unbeholfenen Angriffen trotz seiner Blindheit immer wieder auswich.

»Er versucht auch in meinen Kopf zu kommen«, keuchte der Abt und hieb weiter nach dem Dämon, aber man konnte sehen, welche Kraft es ihn kostete, die Waffe erneut zu heben. Die geistigen Klauen des Intellectus hatten ihn fast in ihrer Gewalt.

Hinter sich hörte Lukas Thomas heranschlurfen. *Dieses Vieh muss aus den Köpfen der anderen raus – also muss ich in seinen hinein*, kam ihm eine Erkenntnis, die beängstigend und hoffnungsvoll zugleich war. Er stellte sich hinter den Dämon, berührte ihn mit der Hand an der Schulter und schloss die Augen.

Im nächsten Moment fühlte es sich für ihn so an, als würde er in ein riesiges, schwarzes Loch fallen. Angst, gepaart mit Übelkeit, überkam ihn. *Das ist nicht die Wirklichkeit!* Der Sturz hörte nicht auf, aber jetzt fiel er nicht mehr unkontrolliert, sondern sackte langsam nach unten. *Ich bin in der Erde.* Überall um sich herum sah er von Erdreich umschlossene Gestalten, die Larven gleich zu schlafen schienen. *Dämonen.*

Plötzlich packte ihn etwas im Kragen. *Du darfst hier nicht sein. Dieser Ort ist nicht für Menschen gedacht.* Der Intellectus.

Und doch bin ich hier. Er griff nach den schmalen Armen des Wesens. Spielend leicht konnte er den Dämon von sich herunterziehen. Er hielt ihn vor sich und blickte in das in dieser geistigen Zwischenwelt wieder geheilte grüne Auge. *Geh zurück und schlafe!* Er schleuderte ihn von sich und sah noch einen Moment zu, wie der Intellectus nach unten trudelte.

Das Wesen rief ihm mit seinen letzten Worten zu: *Wir wissen um deine Lüge und werden dich dafür bestrafen, Bote.*

Im selben Augenblick kehrte er nach Luft schnappend wieder in die Welt über der Erde zurück.

Vor ihm lag Questenberg, der seinen blutigen Bauch hielt. »Eine Rose«, hauchte er so leise, dass nur Lukas ihn verstehen konnte, »genau, wie ich es gesagt habe.« Dann kippte der Abt zur Seite und blieb bewegungslos liegen.

14

EINE NÄCHTLICHE BEKANNTSCHAFT

»Geht es dir gut, Lukas?« Jokels hohe, aber dennoch gefasste Stimme holte Lukas aus der Ohnmacht, die von ihm Besitz ergriffen hatte.

Er fühlte, dass er keine größeren Verletzungen hatte. »Es geht mir gut«, keuchte er daher und stützte sich auf den Oberschenkeln ab.

»Gut!« Jokel klopfte ihm auf den Rücken und wandte sich dem unablässig schreienden August zu, der etliche Schritte von ihnen entfernt zusammengekrümmt vor der Tür lag.

Bruder Peter kam keuchend zu ihnen. Er trug in seinen Pranken ein riesiges, silbernes Bastardschwert und blickte sich mit zusammengekniffenen Augen um. »Wo ist er?«

»Der Dämon?«, fragte Lukas und kaum hatte er die Frage ausgesprochen, kam es ihm bereits dumm vor, sie gestellt zu haben.

»Natürlich«, knurrte Peter.

»Weg«, fiel ihm erneut keine besonders aussagekräftige Antwort ein.

»Wie, weg?« Peter kam so nah an ihn heran, dass er eine feine

Note von Schweiß und Asche an dem hünenhaften Feldscher wahrnahm. »Es ist noch mitten in der Nacht, wie kann er weg sein? Junge«, zischte der Prior, »dies ist nicht der Moment, in dem ich zum Scherzen aufgelegt bin. Wenn ein Dämon durch dieses Kloster streift und eventuell gerade dabei ist, jeden innerhalb dieser Mauern zu massakrieren, muss ich das wissen.«

Lukas sah Bruder Peter direkt in die Augen. »Ich habe dem Intellectus, der sich aus dem Bannkreis befreit hatte, befohlen, zurück in die Erde zu gehen. Da ich mich ihm allein stellen musste, wusste ich leider keine andere Möglichkeit. Ich bin kein besonders guter Fechter, müsst Ihr wissen«, setzte er kleinlaut hinterher.

»Er ist, was ich gesagt habe, Peter«, stöhnte Questenberg plötzlich. Blutflecken waren um seinen Körper verteilt wie Rosenblätter auf der Wiese nach einem Sommergewitter. »Der Wandteppich hat nicht gelogen.«

Ungläubig blickte der einäugige Feldscher zwischen seinem Abt und Lukas hin und her. Schließlich sah er Lukas breit grinsend an. »Es ist vollkommen egal, ob du gut fechten kannst. Du bist die mächtigste Waffe, die es gegen Dämonen gibt.«

Jetzt kam Jokel zu ihnen gehetzt. »Dieser elende Herzogssohn hat nur Theater gespielt, ihm wurde kein Haar gekrümmt. Bitte entschuldige, ehrwürdiger Vater, dass ich dich nicht als Ersten behandelt habe.«

»Schon gut«, beruhigte ihn der Abt und ließ sich stöhnend zurück auf den Boden gleiten.

Lukas tat es ihm nach und betrachtete erleichtert das Geschehen.

Obwohl Bruder Peter ihn so überschwänglich gelobt hatte, schien er der Sache mit dem in der Erde verschwundenen Dämon nur so halb zu trauen. Die im Saal verbliebenen Novizen wurden von ihm und einer Handvoll Wachleute persönlich in ihren Trakt eskortiert und in ihre Zimmer befohlen, wo sie bis zum Morgengrauen zu bleiben hatten.

Nachdem er die Tür zu seiner Kammer hinter sich geschlossen hatte und im Flur davor ebenfalls wieder Ruhe eingekehrt war, ließ sich Lukas die Ereignisse noch einmal durch den Kopf gehen. Am meisten wunderte er sich nicht darüber, dass er den Intellectus zurück in die Erde hatte schicken können, sondern über das merkwürdige Verhalten der anderen Novizen. Bis auf Fritz hatten sich alle von ihrer Angst treiben lassen. Er war darüber enttäuscht, gleichzeitig verstand er ihre Furcht aber. Sein erstes Aufeinandertreffen mit einem Dämon war auch nicht gerade ruhmreich verlaufen. *Jetzt nimmt von denen zumindest hoffentlich keiner mehr an, dass ich hier falsch bin*, fand er etwas Licht im Dunkel dieser ereignisreichen Nacht. Thomas konnte er keinen Vorwurf machen. Er war von dem Intellectus geistig überwältigt worden. *Ich habe mich selbst kaum gegen diesen Dämon wehren können.* Seufzend setzte er sich aufs Bett. *Dieses Vieh wusste, wer ich bin, auch wenn es meinen Namen nicht kannte. Ob es sich deshalb hat beschwören lassen, um meiner endlich habhaft zu werden, nachdem der Grüngeschuppte gescheitert war?*, kam ihm ein beängstigender Gedanke. *Was stand nur in diesem verflixten Brief?* Zu gern hätte er darüber mit jemandem gesprochen, was leider ein Ding der Unmöglichkeit war und seinen Tod nach sich ziehen würde.

Er zwang sich, an die Ereignisse während der Beschwörung zurückzudenken. Harold hatte ihn, den verletzten Fritz und Abt Questenberg schändlich im Stich gelassen. August hatte nur vor sich hingestarrt, als würde er gar nicht verstehen, was vor sich ging. *Martin wird staunen, wenn ich ihm berichte, was heute passiert ist, selbst wenn ich ihm schon wieder nur die halbe Wahrheit erzählen kann.* Er horchte, ob er seinen Mitbewohner auf dem Flur hörte, der jeden Moment mit Bruder Peter und der

Eskorte aus seinem Sonderunterricht ebenfalls hierher zurückkehren sollte.

»... mir egal. Ich muss pissen, und daran werden mich auch alle Dämonen dieser Erde nicht hindern«, vernahm er Jakobs selbstbewusste Stimme. Die Gruppe der Fortgeschrittenen war zurückgekehrt.

Gemütlich warf sich Lukas aufs Bett und verschränkte die Arme hinter dem Kopf. Er bereitete sich darauf vor, sobald Martin die Tür öffnete, ihm zuzurufen: »Du glaubst nicht, was heute passiert ist.«

Doch die Tür ging nicht auf. Stattdessen ebbte das Gemurmel auf dem Flur ab und Stille breitete sich erneut aus.

Merkwürdig. Mit einem ungutem Gefühl stand er wieder auf, öffnete zaghaft die schwarze Tür und blickte in den schummerig beleuchteten Flur. Mit einem Mal ging am anderen Ende die gelbe Tür auf und eine schlaksige Gestalt trat hindurch. Jakob.

Konzentriert an seinem Hosenbund nestelnd, bemerkte der Novize ihn nicht und zuckte zusammen, als Lukas seinen Namen rief: »Jakob?«

»Bei allen guten Geistern, hast du mich erschreckt«, gestand er und auf sein eben noch ängstliches Gesicht schob sich sein übliches selbstbewusstes Grinsen. »Lukas, was machst du denn hier draußen? Weißt du nicht, dass Adelarsch gedroht hat, jeden persönlich von der Akademie entfernen zu lassen, der nicht bis Sonnenaufgang in seiner Zelle bleibt?«

»Und du?«, antwortete Lukas mit einer Gegenfrage. »Warum bist du dann noch draußen?«

»Ha, so gefällt mir das.« Er kam näher an Lukas heran. »Wir haben uns an Bruder Peters geheimem Schnapsvorrat bedient, als der wie von der Tarantel gestochen weggelaufen ist, nachdem die Glocken geläutet hatten.« Er hickste und eine schale Alkoholfahne schlug Lukas entgegen. »Ich musste schon die ganze Zeit wie ein brünstiger Esel pissen und davon hätte mich niemand abhalten können.« Grienend griff er sich in den Schritt. »Ehrlich gesagt, ich habe zumindest gewartet, bis Adelarsch kreischend zurück in seine Zelle gerannt ist.« Er wankte und musste sich an der Wand abstützen. »Was ist da überhaupt passiert bei euch Anfängern? Hat sich jemand erschreckt, weil ein Feuerdämon einen brennenden Furz hat fahren lassen?« Dämliches Gelächter folgte auf diesen noch dämlicheren Scherz.

Lukas hatte nicht vor, ihm zu erzählen, was geschehen war. Erst musste er wissen, wo sein Mitbewohner geblieben war. »Wo ist Martin?«

»Martin?« Nachdenklich kniff Jakob die glasigen Augen zusammen. »Also Bert und Adam habe ich eben noch in ihr Zimmer gehen sehen, aber Martin …« Ein nachdenkliches Brummen kam von dem Novizen und seine Augen schlossen sich für einen Moment.

»Denk nach!«, kreischte Lukas und riss ihn aus dem Schlaf.

Hilflos zuckte Jakob mit den Schultern. »Nicht so laut, da dröhnt einem ja der Schädel.« Seine Hand wanderte zur Stirn.

Lukas musste schwer an sich halten, den Betrunkenen nicht durchzuschütteln.

»Ach, jetzt fällt mir ein, wo unser Primus sein könnte.« Jakob grinste gemein. »Der ist sicher von all dem Schnaps, den er in sich reingeschüttet hat, in irgendeiner Ecke im kleinen Beschwörungssaal eingeschlafen. Bruder Peter hatte es so eilig, dass er ihn wahrscheinlich einfach vergessen hat. Die Schnapsdrossel schläft den Schlaf des Trinkers, wie es sich gehört.« Verschwörerisch zwinkerte der Novize. »Na ja, vielleicht haben Bert, Adam und ich ihn dazu auch ein bisschen angestiftet und dabei selbst nur jedes zweite Glas getrunken.«

»Was ist, wenn der Novizenmeister ihn außerhalb seiner Zelle findet?«

»Ohh.« Jakobs Augen wurden groß. »Das wäre gar nicht gut. Gar nicht gut.«

Ja, weil ein derartiges Vergehen in diesem Irrenhaus mit dem Tod bestraft wird. »Wo befindet sich der kleine Beschwörungssaal?«

»Im Sommerrefektorium, du kannst dir nicht vorstellen, wie arschkalt es da drinnen ist. Ich habe Bert gebeten, einen Feuerdämon zu beschwören, damit der uns ein bisschen einheizt, aber bevor der Kleine dazu gekommen ist, haben die Glocken geläutet …«

Lukas hatte genug gehört. So schnell er rennen konnte, lief er auf die gelbe Tür zu. *Ich muss Martin hierherschaffen, bevor jemand ihn sieht. Allein.*

Zu seiner Überraschung war die Eingangstür des Novizenflügels nicht verschlossen. *Adelarsch hatte es wohl so eilig, in die Sicherheit seiner Zelle zu kommen, dass er das vergessen hat,* machte er sich Hoffnung. Geduckt überwand er den kleinen Hof. Die mondlose Nacht tauchte den verlassenen Innenhof in tiefe Schwärze. Eine beklemmende Stille hatte sich ausgebreitet. In diesem Moment hätte er viel für ein Dämonenlicht gegeben.

Schneller, als ihm lieb war, erreichte er die Tür, die in den Kreuzgang des Meistertrakts führte, genau dorthin, wohin sich der bösartige Novizenmeister ebenfalls zurückgezogen hatte. *Rein in die Höhle des Löwen. Ich habe heute Nacht bereits einen Dämon in die Erde geschickt, was kann da schon schiefgehen.* Sacht drückte er die einem Schwanenschnabel nachempfundene Klinke hinunter – und traf auf Widerstand. »Verschlossen, so ein Mist.« Im gleichen Moment hörte er von irgendwoher ein dumpfes Husten. *Was, wenn Wachleute auf dem Dach patrouillieren?* Dass welche in den Türmen der Basilika stationiert waren, wusste er. Hektisch blickte er sich um und dann fiel ihm die winzige Tür ein, die zur Wunderkammer führte. Martin hatte neulich zwar einen Schlüssel benutzt, aber ... Er drückte die kleine Klinke hinunter und die Tür schwang auf. Ohne auch nur einen Atemzug innezuhalten, schlüpfte er hindurch. Dahinter erwartete ihn der gleiche muffig-alkoholische Geruch wie bei seinem ersten Besuch. Er versuchte, die im Dunkeln leuchtenden Dämonenreliquien auszublenden, und hastete durch den langen Raum. Die Tür am anderen Ende war wider Erwarten verschlossen. »War ja klar, dass ich mein Glück für heute Nacht aufgebraucht habe.«

Kaum dass er diese Worte geflüstert hatte, bestätigten sie sich auch schon. Ein unüberhörbares Klicken kam aus der Richtung der kleinen Tür. Dazu hörte er dumpf: »Wusste doch, dass sie die hier vergessen. Elende Schweinerei, das hätte heute Nacht tödlich enden können. Wozu bezahlen wir diese Wachleute überhaupt ...« Die Stimme wurde immer leiser, bis Lukas sie nicht mehr verstand. Dennoch konnte er sie zuordnen.

Bruder Peter patrouilliert und wenn er das tut, werden Adelbart und die anderen Meister das auch machen – und ich bin jetzt hier eingesperrt. Am liebsten hätte Lukas laut losgeschrien. Er war so dumm, jetzt würden morgen früh zwei Novizen von der Akademie *entfernt werden*, wie Adelarsch es so schön ausgedrückt hatte. Aus den Augenwinkeln sah er eine schmale Lichtsichel. Nicht breiter als ein Haar. Vorsichtig, um nichts umzuwerfen, ging er darauf zu. Es war eine Kiste, in der etwas leuchtete. Sacht öffnete er den Deckel einen Spalt breit und entdeckte jede Menge kleiner Dämonenlichter. Schnell schloss er die Kiste wieder, damit ihn der unnatürliche Lichtschein nicht verriet. »Licht hilft mir jetzt ohnehin nicht mehr«, murmelte er verärgert und wollte sich schon umdrehen, da erinnerte er sich, was er in Dämonenlehre über das in Flaschen abgefüllte Dämonenblut und seine Fähigkeiten gelernt hatte. *Es ist ätzend.* Schnell griff er zwei der kleinen Flaschen und rannte zurück zur großen Tür. »Studenten sollen doch immer durch Praxis lernen.« Er riss den Korken heraus.

»Los geht's.« Mit einem Schwung leerte er das flüssigem Gold ähnelnde Blut über dem Türschloss aus.

Lautes Zischen erklang und der Geruch von geschmolzenem Metall erfüllte den Raum. Klirrend fiel die Klinke zu Boden und die Tür schwang knarrend auf.

Geschafft. Er stand im Kreuzgang des Meistertrakts. Hinter etlichen der grün gestrichenen Türen der Meisterzellen vernahm er aufgeregtes Gemurmel, aber er sah weder Feldschere noch Wachleute. *Vermutlich konzentrieren sie sich auf die Prälatur.*

Er holte tief Luft und rannte. Seine Oberschenkel schmerzten und seine Lunge brannte, so schnell raste er durch den verwaisten Kreuzgang auf die Tür zum Winterrefektorium zu. Das Sommerrefektorium lag dahinter. *Ich schmelze auch dieses Schloss, und dann bin ich bei …*

Jede Hoffnung erstarb, als die Tür zum Refektorium plötzlich aufschwang.

Lukas stand in dem hell mit Fackeln erleuchteten Kreuzgang wie auf dem Präsentierteller. Tatsächlich schaffte er es nicht einmal mehr, rechtzeitig anzuhalten, und lief direkt in die Person hinein, die durch die Tür trat. Gemeinsam torkelten sie einen Schritt in das dunkle Winterrefektorium. Zu Lukas' Überraschung war es eine kleine Person. Zierlich und mit langen Haaren. Sie roch nach Seife, frisch geschlagener Sahne und Datteln. *Sie ist es.*

Martins Angebetete stand mit einem leeren Milchkrug vor ihm und starrte ihn aus aufgerissenen Augen an, in denen sich die Phiole mit Dämonenlicht widerspiegelte. Sie hatte bisher keinen Ton gesagt. Ob aus Schreck oder Gewohnheit, wusste Lukas nicht zu sagen. Eine Strähne ihres zu einem strengen Zopf geflochtenen, dunklen Haars war ihr ins Gesicht gerutscht.

»Es geht um Martin«, raunte er. »Ich muss ihm helfen. Er ist in Gefahr.«

Mit einer Kraft, die er dem Mädchen nicht zugetraut hätte, drückte sie ihn von sich und in den Schatten der nach innen aufschwingenden Tür.

»Alles in Ordnung?«, vernahm er im gleichen Moment eine raue Stimme. Einer der Wachmänner samt silberner Hellebarde in der Hand schälte sich aus der Dunkelheit.

Lukas schlüpfte hinter die Tür.

Das Mädchen nickte herrisch.

»Gut, Rectrix!«, entgegnete der Mann daraufhin voller Respekt in der Stimme.

Lukas verstand, dass es sich bei Rectrix nicht um einen Namen, sondern eine Ehrenbezeichnung handelte. Natürlich lateinisch. Zum wiederholten Mal ärgerte er sich darüber, dass er die Sprache der Römer nicht beherrschte. *Ich muss sie schnellstmöglich lernen,* nahm er sich vor.

»Ist das Refektorium leer oder soll ich noch einen letzten Kontrollgang machen?«, bot der Wachmann an.

Außer ich werde erwischt, wie ich hier verbotenerweise durch die Nacht streife, dann würde mir auch nicht helfen, wenn ich Platon und Cicero rückwärts aufsagen könnte.

Das Mädchen rettete ihn. Sie schüttelte energisch den Kopf und zeigte in Richtung der alten Brauerei.

»Wie Ihr wünscht«, entgegnete der Wachmann und nickte ehrerbietig, bevor er den Raum verließ.

Lukas' Herz blieb für einen Moment stehen, als die ihn bisher verbergende Tür wegschwang. Das Mädchen stand nun vor ihm.

»Ich hoffe, du findest Martin. Hier, nimm diesen Schlüssel, er öffnet die meisten Türen innerhalb des Klosters«, hauchte sie.

»Ich brauche ihn morgen zurück, vergiss das nicht! Leg ihn nach dem Frühstück unter deinen Teller«, mahnte sie ihn und zog die Tür hinter sich zu.

Sie hat mir geholfen. Sein Herz schlug ihm bis zum Hals. Er beruhigte sich erst, als die Tür ins Schloss fiel. Eiligst zog er das Dämonenlicht hervor und hastete durch das verlassene Refektorium. Er durchquerte die Küche, an die sich das Sommerrefektorium direkt anschloss. Mit dem Schlüssel von Martins Angebeteter öffnete er die verschlossene Zwischentür und erreichte so schließlich den Sommerspeisesaal.

Jakob hatte nicht übertrieben, es war eiskalt in der Halle. Sacht schwang Lukas das Dämonenlicht hin und her. Der große, in warmen Gelbtönen gehaltene Raum schien gänzlich leer. Seine gewölbte Decke war mit fröhlichen Engelsfiguren bemalt, die grinsend auf ihn herabblickten. Es gab weder Tische noch Stühle. Leider war auch sein Mitbewohner nicht zu entdecken.

»Martin«, zischte er. »Ich bin es, Lukas. Bist du hier?« Er horchte in das Dunkel des Saals hinein, doch das Einzige, was er vernahm, waren schwere Schritte draußen vor der verschlossenen Tür Richtung Abtshof. Das Dämonenlicht wie eine Waffe vor sich gestreckt, ging er langsam voran und sah sich um. Sein Blick fiel auf einen Streifen Holzkohle. *Ein Bannkreis.* Ein kalter Schauer überlief ihn. Von dämonischen Beschwörungen hatte er für heute wahrlich genug. »Martin, wo bist du?« Mit sachten Schritten näherte er sich dem verschnörkelten Bannkreis. Trotz allem bewunderte er die feine Arbeit, die aussah wie mehrere ineinander verschlungene Sterne. Augusts Doppelkreise kamen ihm im Vergleich dazu grob und ungeschickt vor. *Eines dieser elenden Viecher hat Thomas damit dennoch aus der Erde geholt,* mahnte er sich und blieb einen Schritt vor der durchgezogenen Aschelinie stehen. Er drehte sich zur Seite und leuchtete mit der Phiole. »Martin? Komm schon, wir müssen hier weg.«

Was, wenn Martin und Jakob mir einen Streich gespielt haben und ich hier nun eingesperrt bin?, überkam ihn ein beängstigender Gedanke. *Oder August?*

Langsam drehte er sich in die andere Richtung, doch auch

dort war nichts von seinem Freund zu sehen. Allerdings sah er nun etwas anderes. Drei honiggelbe Lichtpunkte – inmitten des Bannkreises. »Nein!«, raunte er fassungslos. »Nicht schon wieder.« Ein intensiver Zimtgeruch zog ihm in die Nase.

»Oho doch, doch!«, antwortete ihm eine knarzige Stimme. »Ich bin noch hier und ich habe noch immer Hunger. Daher bin ich sehr froh, dass mit dir nun endlich die Vorspeise gekommen ist.«

Seine weit aufgerissenen Augen blickten auf einen rot geschuppten, untersetzten Dämon, dessen mit langen Fangzähnen bewehrtes Maul ihn unverschämt angrinste.

»Ich warte hier schon ewig, was ich ehrlich gesagt ziemlich ungastlich finde. Wenn man jemanden schon zum Essen einlädt, sollte man ihm doch auch etwas auftischen, oder was sagst du?« Der Dämon leckte sich über seine Schweinenase und zwinkerte – mit allen drei Augen gleichzeitig.

»Ich ähm ... was?« Lukas wurde vollkommen überrollt von der Erkenntnis, dass er heute Nacht bereits Bekanntschaft mit einem zweiten Dämon machte. *Ich könnte ihn einfach wieder in die Erde schicken, so wie ich es mit dem Intellectus gemacht habe. Aber erst muss ich wissen, wo Martin ist.* Blitzschnell wanderten seine Augen über die verschlungenen Linien des Bannkreises. Sie schienen nicht unterbrochen zu sein. *Sonst wäre das Vieh vermutlich längst über alle Berge.* Er zwang sich, ruhiger zu werden, was von Angesicht zu Angesicht mit dem menschenfressenden Dämon gar nicht so einfach war. »Wo ist ...« Jetzt fiel ihm ein, dass Namen Dämonen Macht über Menschen verleihen konnten, daher räusperte er sich und fragte: »Wo ist mein Freund?«

Der Rotgeschuppte blickte ihn nur dümmlich an.

»K-a-n-n-s-t d-u mich verstehen?«, fragte er ihn überbetont, als würde er mit jemandem sprechen, der seine Sprache nicht verstand.

»J-a-a-a«, antwortete das Vieh frech und verstummte dann wieder.

»Warum antwortest du dann nicht?«

Mit aufgesetzt gelangweilter Miene betrachtete das Unwesen seine Krallenfinger. »Weil du nicht ›bitte‹ gesagt hast.«

»Was … wieso …« *Dieser Dämon ist schlimmer als der Intellectus.* Er seufzte und fragte: »Kannst du mir bitte sagen, wo mein Freund ist?«

Listig grinsend sah ihm die Kreatur direkt in die Augen. »Wie heißt dein Freund denn? Nicht, dass ich dich versehentlich zum Falschen führe.«

»Das werde ich dir nicht verraten, Dämon. Entweder du hilfst mir so oder ich schicke dich zurück in die Erde.«

»Ha ha, eine Vorspeise mit Humor, hat man so was schon erlebt. Hältst du dich für die Sonne persönlich, oder was?«

Trotz allem warf sich Lukas unwillkürlich in die Brust. »Ich bin eine Rose!«

»Hä, eine Hose?« Der Dämon drehte den gehörnten Schädel in seine Richtung und legte eine Hand um sein zerfetztes Ohr.

»Rose!«, wiederholte er.

»Soße?« Der Dämon kratzte sich mit verwirrtem Blick am Hintern.

»ROSE!« Jetzt schrie Lukas.

»Ich habe verstanden, du DOSE!«, entgegnete der Dämon ebenfalls brüllend.

»Nein, ich bin eine …« *Das Vieh verarscht mich,* begriff er endlich. »Ist auch egal, ich kann dich auf jeden Fall zurück in die Erde schicken.«

»Ach, du glaubst, eine Rose zu sein, sag das doch gleich.«

»Das habe ich doch.« Er wischte sich genervt durchs Gesicht.

»Egal! Ich glaube nicht nur, dass ich dich zurück in die Erde schicken kann, ich weiß es.«

»Woher das denn? Weil du es in einem alten Buch gelesen hast, das ein noch älterer, furzender Feldscher dir gegeben hat?«

»Ich habe es nicht gelesen.« Beinahe hätte er gesagt, dass er ohnehin kein Latein könne, aber diese Schwäche ging den Rotgeschuppten nichts an. »Ich habe es bereits getan. Heute Nacht. Sogar mit einem Intellectus«, war es ihm hochmütig entfahren, bevor er sich auf die Zunge beißen konnte.

»So ist das also, dieser einäugige Scheißer lässt mich hier antanzen und verlässt dann die Feier, bevor es richtig losgeht«, murmelte der Dämon wütend.

»Wie meinst du das?«, fragte Lukas. Konnte der Rotgeschuppte von dem Intellectus wissen?

»Versteht dein dummes Menschenhirn ohnehin nicht. Also zerbrich dir dein groteskes Köpflein nicht darüber, das macht dein Fleisch nur bitter«, erklärte der Dämon.

»Sag mir, wo mein Freund ist, oder ich schicke dich augenblicklich zurück!«, forderte Lukas nun energisch. Er hatte nicht vor, sich von der abscheulichen Kreatur noch länger beleidigen zu lassen.

»Was kriege ich dafür?«, fragte die und setzte wieder ihr gerissenes Grinsen auf.

»Ich ...« Lukas überlegte, was er dem Wesen anbieten könnte. »Ich schicke dich dafür nicht sofort in die Erde, sondern plaudere noch ein bisschen mit dir, das wäre doch was.«

»Na sicher doch«, höhnte der Dämon und ließ sich auf seinen breiten Hintern plumpsen. »Da unterhalte ich mich lieber mit einem Maultier, da kommt mehr Vernünftiges raus als aus dir.«

Wie kommt er ausgerechnet auf ein Maultier?

»Und du denkst doch wohl nicht, dass ich dir auch nur einen Atemzug lang glaube, dass du mich nicht sofort zurückschickst, wenn ich dir erst gesagt habe, wo dein Freund ist? Ich mag hübsch sein, aber nicht blöd.« Affektiert wischte sich das Wesen über den dicken, mit unzähligen Schuppen bedeckten Bauch.

Dumm ist er wirklich nicht. »Du wirst mir eben vertrauen müssen.«

»Einem Menschen vertrauen, für was hältst du mich, ein tumbes Maultier?«

Schon wieder. Kann er von Jolande wissen?

»Du schleppst ein Fläschchen mit Blut von meinesgleichen mit dir herum, das beweist wohl, wie sehr man solchen wie dir vertrauen kann.«

Unrecht hat er nicht. »Was willst du denn?«

Der Dämon tippte sich nachdenklich an seine Nase. »Deine Beine! Die sind sicher köstlich, wenig Fett und leckeres Knochenmark. Ich würde sie schnell und sauber ausreißen, würdest du gar nicht merken.«

Erschrocken sprang Lukas zurück. »Nein, das werde ich auf keinen Fall machen! Auf gar keinen Fall, verstehst du?«

»Schon gut, schon gut«, wiegelte der Dämon ab, leckte sich aber gleichzeitig gierig über die Schweinsnase, »kein Grund, wegen der dürren Stelzen gleich aus der heißen Pfanne zu springen.«

»Ich schicke dich jetzt zurück, du hältst mich nur auf.« Lukas holte tief Luft, um sich zu konzentrieren. Er hoffte, das Wesen auch ohne Berührung in die Erde bannen zu können.

»Kannst du machen«, reagierte das anders als erwartet, während es ausgiebig popelte. »Ich denke aber mal so: Bis du deinen Freund gefunden hast, wird er tot sein. Aber das musst du schon selber wissen.« Hastig steckte sich der Dämon das, was er aus seiner Nase geholt hatte, in den Schlund.

Von dem Anblick wurde Lukas beinahe so übel wie von dem, was er gerade gehört hatte. »Wie meinst du das?«

»Wie ich es sage. Er hat gewaltig an seinem Schädel geblutet, als ich ihn das letzte Mal gesehen habe. Ich kenne mich mit Menschen nicht so aus, meine Eltern haben mir nie erlaubt, einen zu halten, aber ich hatte doch das Gefühl, dass ihm das nicht gut bekommt. Elende Verschwendung, wenn du mich fragst. Blutwurst ist eines meiner liebsten ...«

»Wo ist er? Bitte sag es mir!«

Die honigfarbenen Augen wanderten zu Lukas' Beinen.

»Nein, darüber brauchen wir gar nicht zu reden. Du wirst nichts von mir fressen!«

»Man wird ja nochmal fragen dürfen, immerhin hat man mir unfreundlicherweise keine Speisekarte gegeben. Tja dann, was hätte ich denn sonst gern?« Gedankenverloren tippte der Dämon sich gegen seine spitzen Schneidezähne. »Es ist schwierig, wenn man schon alles hat: gutes Aussehen, bestechende Intelligenz und einen Körper, der andere in Staunen versetzt.«

Bescheiden ist anders.

»Also, du lässt mich hier raus und ...«

»Nein!«, entgegnete Lukas hart. Das konnte er unmöglich machen.

»Warte doch mal.« Beiläufig wischte die Kreatur eine ihrer roten Schuppen zurück, die sich aufgestellt hatte. »Ich werde dir versprechen, dass ich nicht fliehe und keinen Schaden anrichte.«

»Ich weiß nicht ...«

»Ach, jetzt sei nicht so. Du kennst doch die Regeln. Wenn ich hier gebunden bin, kannst du mir alles auftragen, was ich tun soll, und ich muss mich daran halten.«

Haben Nikolaus und Questenberg das so erklärt?, grübelte Lukas. *Oder gilt das nur für denjenigen, der den Dämon beschworen hat?* In diesem Moment wünschte er, seinen Codex dabeizuhaben.

»Denk nicht zu lange nach, ich kann hören, wie das Herz deines Freundes immer langsamer schlägt.«

Lukas war hin- und hergerissen. Er wollte alles tun, um Martin zu retten, aber einen unkontrollierbaren Dämon freizulassen, könnte den Tod von unzähligen Unschuldigen bedeuten. *Mich eingeschlossen. Ich muss ihn testen.* »Reiß dir eine Schuppe raus!«

»Was ...?«

»Sofort!«

Mit einem bösen Knurren tat der Dämon, was Lukas von ihm verlangte. »Glaubst du nun, dass ich alles tun muss, was mir innerhalb des Bannkreises aufgetragen wird?«

Er könnte auch nur so tun. Trotzdem musste er es riskieren. *Notfalls schicke ich ihn einfach schnell zurück in die Erde.* »Also gut, ich lasse dich aus dem Bannkreis, wenn du versprichst, keinem Menschen ein Leid zuzufügen.«

»Spielverderber.« Beleidigt schob der Rotgeschuppte seine wulstige Unterlippe vor.

»Versprich es!«

»Ich verspreche es«, leierte er.

»Versprich außerdem, dass du nicht von hier fliehen wirst und meinen Anweisungen folgst.«

Er verdrehte alle drei Augen gleichzeitig, versprach es aber. »Haben wir es dann, oder soll ich dir noch meinen Erstgeborenen versprechen?«

Lukas ging nochmal alles im Kopf durch, dann nickte er.

»Sehr gut, würdest du dann bitte ...« Der Dämon vollführte mit seinen hässlichen Hühnerfüßen eine wischende Geste.

»Ach ja, natürlich.« Seufzend schob Lukas mit dem Stiefel die Asche auseinander.

Im nächsten Moment sprang der Dämon mit ausgebreiteten Klauen und aufgerissenem Maul auf ihn zu.

Vor Schreck fiel Lukas auf den Rücken. »Du hast versprochen ...«

Das Wesen sprang einfach über ihn hinweg. »Ich habe nicht versprochen, dass ich dich nicht ein bisschen erschrecke«, knurrte es. »Und auch nicht, dass ich nicht an deinen Haaren ziehe.« Grob griff das Wesen in Lukas' Haar und zerrte so heftig daran, dass es ein kleines Büschel rausriss. »Jetzt weißt du mal, wie sich das anfühlt. Obwohl ich mich für diese dünnen, fettigen Schuppenranken auf deinem Kopf schämen würde.«

Umständlich rappelte sich Lukas auf. »Du hast versprochen, keinem Menschen ein Leid zuzufügen.«

Der rot geschuppte Dämon zuckte mit den breiten Schultern. »Leidest du?«

Elende Spitzfindigkeiten. Lukas schob das Thema beiseite und beruhigte sich damit, dass er die Kreatur jederzeit zurück in die Erde befehlen konnte. »Wo ist mein Freund?«

»Komm mit«, brummte der Dämon und nuckelte dabei merkwürdigerweise an seinem Handrücken.

Lukas war es egal, er folgte ihm stumm durch das Sommerrefektorium, das zu den besten Zeiten des Klosters sicher fünfzig Mönche beherbergt hatte.

Plötzlich blieb das Wesen so abrupt stehen, dass er ihm in den breiten Rücken hineinlief. Zu seiner Überraschung waren der Dämon und seine Schuppen keineswegs schleimig oder scharfkantig, sondern überraschend warm und weich.

»He, von Antatschen haben wir aber nicht gesprochen, Freundchen«, fauchte der ihn sofort an. »Habe doch gleich gesehen, mit was für gierigen Augen du mich anglotzt. Ich kenne solche wie dich, die jedem Rock und Horn hinterherlaufen. Aber nicht mit mir, merk dir das, du Stelzbock.«

»Ähm ...« Zu seiner eigenen Verwunderung wurde Lukas rot. Er wischte sich verschämt seine Hände am Wams ab, an denen noch Blut von seinem Kampf mit Thomas klebte. »Ich habe nicht ... Warum sollte ich ... Bist du etwa ein«, er musste sich zwingen, das Wort auszusprechen, »Mädchen?«.

Kokett schlug der Dämon die Hand vor den Mund und kicherte schrill. »Ach, hör auf, als ob du das nicht gleich gesehen hättest. Aber wer kann es dir verdenken. Junge Burschen wie du, die denken ja nur mit ihrem Hörnchen und ...«

»Wo ist mein Freund?«, schrie Lukas, um das peinliche Geplapper des Dämons, *der Dämonin*, zu unterbrechen.

»Hier!« Sie stampfte mit dem Fuß auf.

»Wo?«

»Also, wie bist du denn in diesem Kloster gelandet? Wollten die keine ungerade Zahl an Novizen aufnehmen, oder was? Ich sage es nicht gern, aber ich glaube, du bist der dümmste Schwarzkittel, dem ich je begegnet bin.« Theatralisch seufzend beugte sie sich nach unten, steckte einen Finger in einen geschickt im Boden verborgenen Eisenring und öffnete spielend leicht eine Falltür aus massivem Marmor.

Darunter befand sich ein schmaler, gemauerter Einlass im Boden. Gerade groß genug für eine Person. Martin.

Lukas beugte sich zu seinem Freund hinunter, dessen Haar blutverklebt war. »Kannst du mich hören?« Er schüttelte ihn, doch Martin kam nicht zur Besinnung.

»Früher haben die Mönche hier verderbliche Waren gelagert. Wurst, Milch, Käse und so ein Zeug. Finde ich eigentlich ganz originell, dass man deinen Freund auch hier reingesteckt hat.« Sie schmatzte. »Und auch passend. Zeit zum Essenfassen.«

»Nein, du hast es versprochen.« Tränen traten Lukas in die Augen.

»Also, ich war immer von lebenden Menschen ausgegangen, das hättest du schon präziser formulieren müssen. Den hier zu verschwenden, das wäre doch eine Sünde.«

»Er ist nicht tot!« Lukas versuchte, seinen Mitbewohner hochzuziehen, doch er war zu schwer und so fest in dem Loch verkeilt, dass er es nicht schaffte. »Bitte hilf mir, ihn da rauszuholen.«

Die Dämonin schien mit sich zu ringen, dann beugte sie sich hinunter, packte Martins Arme und zog ihn in einem Ruck nach oben. Wie eine Puppe ließ sie ihn vor sich baumeln und schnupperte an seiner Wange. »Leider wirklich noch nicht gut abgehangen, dafür aber warm. Ich mag beides.«

Er lebt! »Danke, lass ihn jetzt bitte vorsichtig runter.«

Sie tat, worum er gebeten hatte.

Martin stöhnte, als sein Kopf auf Lukas' Schoß lag. »Was ist passiert?«

Doch sein Freund war nicht in der Lage zu antworten.

»Hast du etwas gesehen?«, fragte er die Dämonin.

»Sind wir ein Paar und reden jetzt über unsere schwere Kindheit, oder was?«, brummte die verärgert. »Eben noch lässt du mich meine Schuppen rausreißen, und jetzt das.« Beleidigt verschränkte sie die Arme vor ihrer muskulösen Brust.

»Das mit meinen Haaren war auch nicht besonders nett«, murmelte Lukas und machte große, flehende Augen wie ein Hundewelpe.

»Hast ja recht, nun sind wir quitt«, gab sie sich einsichtig, nur um im nächsten Moment wieder etwas für sich herauszuhandeln. »Aber wenn ich dir sage, was mit deinem blassen Freund passiert ist, muss irgendwas für mich rausspringen, das ist dir sicher klar, oder?« Sie rieb Daumen und Zeigefinger aneinander.

Krampfhaft überlegte Lukas, dann fiel ihm etwas ein. »Dahinten ist die Küche, dort findest du reichlich geräucherte Wurst und …«

»Darf ich denn das Sommerrefektorium verlassen?« Der lauernde Ton der Dämonin gefiel Lukas nicht, aber er erlaubte es ihr.

Mit einem lauten Juchzen rannte das Wesen erstaunlich flink auf seinen hässlichen Hühnerbeinen in die Küche. Kurz darauf waren das unverkennbare Klappern fallender Töpfe und das Klirren zerbrechenden Geschirrs zu vernehmen. Einige Augenblicke später kam das Wesen kauend und eine Schlange Würste hinter sich her schleifend zurück. »Biffen weniger Kümmel könnte es nach meinem Geschmack sein, aber sonst gar nicht schlecht. Was ist das? Esel?«

Ich hoffe nicht. »Keine Ahnung, aber du wolltest mir doch erzählen, was mit meinem Freund ...«

Ein heftiges Pochen an der Tür ließ Lukas zusammenfahren.

»Es kann sein, dass hier noch jemand drin ist, öffne gefälligst.« Adelbarts arrogante Stimme kam durch das Holz der Eingangspforte.

»Wir müssen hier sofort weg«, zischte Lukas.

»Wiff?«, fragte die Dämonin mit vollem Mund und zerkaute Wurststückchen zischten aus ihrem Mund.

»Dann schlag die Tür ein, du Idiot, vielleicht sind dort Novizen von mir, die meine Hilfe brauchen«, keifte der Novizenmeister.

Selbst durch die Tür erkannte Lukas die Lüge hinter diesen Worten. *Er ist absichtlich hier.* Konnte es sein, dass der Novizenmeister in diese Sache hier verwickelt war, oder hatte er einfach aus Jakob oder einem der anderen herausgepresst, dass er und Martin hier waren?

»Bitte, ich verspreche dir auch mehr Wurst, als du essen kannst«, zischte er.

Die Dämonin sog die letzten drei Würste durch die Lefzen, als würde sie eine Schlange fressen. »Ich kann eine ganze Menge essen.«

»Jaja, bitte hilf mir, ihn von hier fortzubringen.«

»Darf ich mich denn frei bewegen?«

Es kostete ihn Überwindung, aber schließlich sagte er: »Ja, los!«

Sie schulterte Martin wie einen Sack Mehl.

Hinter sich hörte Lukas die Tür knarren.

Zu spät.

Im gleichen Moment rannte die Dämonin auf ihn zu, packte ihn und hechtete aus dem Raum hinaus in die Küche. Sie bewegte sich katzengleich und derartig leise von in das Winterrefektorium, wie es Lukas ihr niemals zugetraut hätte. Sacht ließ sie ihn dort zu Boden gleiten. Hinter sich hörte er Adelbart keifen: »Kommt raus und holt euch eure gerechte Strafe ab.«

»Der faltenärschige Feldscher dahinten ist aber ganz schön sauer auf dich«, raunte die Dämonin und blieb unschlüssig vor den Tischen des aktuell genutzten Essensraums stehen. »Ich würde mir ja von so einem Wichtigtuer nichts sagen lassen. Einfach den Kopf abreißen. Plopp, wie eine Kirsche vom Stiel, und fertig. Könnte ich für dich machen. Musst du mir nur sagen.«

Führe mich nicht in Versuchung. Lukas sah zu Martin hinüber, der noch im rechten muskelbepackten Arm der Dämonin hing, als wäre er eine Strohpuppe. Ein Anblick, der ihm Angst machte. *Er braucht dringend Hilfe.*

»Dann durchsuchen wir eben die Küche. Sie müssen hier sein!«, erscholl erneut Adelbarts gehässige Stimme, die deutlich näher gekommen war.

Wir müssen hier sofort weg. »Kannst du uns ungesehen in den Novizentrakt bringen?«

»Wohin?« Die Dämonin kratzte sich verlegen an ihrem linken Horn.

»Dahin, wo der dritte Hof ist.«

»Sag das doch gleich. Mhh ...«

»Hier ist auch niemand, Novizenmeister.«

»Dann geht ins Winterrefektorium, sie können sich ja nicht in Luft aufgelöst haben.«

»Bitte, ich verspreche dir mehr Würste, als du jemals essen kannst.«

Sie leckte gierig über ihre Nase. »Glaub bloß nicht, dass ich das vergessen werde.« Sie öffnete ihren freien Arm. »Dann hopp, dein Novizenmeister wird gleich hier sein.«

Seufzend ergab sich Lukas in sein Schicksal – und bereute es augenblicklich.

Die Dämonin steckte ihn wie ein Bündel Holz unter ihren Arm und machte einen gewaltigen Satz nach oben. Geschickt landete sie auf einem breiten Balken im Dachstuhl. Kaum dort angekommen, entließ sie Lukas aus ihrer Umklammerung und setzte ihn ab. »Warte mal«, flüsterte sie.

Panisch krallte er sich mit den Fingern in den Balken. »Ich soll was ...«

Doch sie war bereits verschwunden.

Ängstlich blickte er nach unten, wo Adelbart und zwei Wachleute mit Laternen bewaffnet das Refektorium absuchten. Das Licht ihrer Lampen war so hell, dass er sie erstaunlich gut sehen konnte. Das wütende Gesicht des Novizenmeisters sprach Bände. Ein Blick nach oben und sie würden ihn entdecken, wie er gemeinsame Sache mit einer Dämonin machte. *Mein Leben ist gerade in mehrfacher Hinsicht verloren – und Martins auch.* Ein kühler Luftzug holte ihn aus diesen erschreckenden Gedanken.

»Komm her!«, wisperte ihm die Dämonin zu.

Er sah ihre drei goldenen Augen und wie sie ihn zu sich hinwinkte. Hinter ihr prangte ein Loch im Dach. *Ich soll über die Balken laufen.* Für einen Moment schien das gesamte Kloster vor Lukas ins Schwanken zu geraten.

»Hier ist niemand!«

»Die können ja nicht fliegen, such weiter«, giftete Adelbart und das brachte Lukas dazu, seine Angst zu überwinden.

Seitlich gehend, schob er sich über den Balken. Glücklicherweise herrschten hier oben, trotz der Dunkelheit draußen, recht gute Lichtverhältnisse, sodass er seinen Weg sehen konnte. *Meinen Todessturz dann genauso.* Er hatte es beinahe geschafft, da schob sich ein Nagel unter seinen Stiefel und brachte ihn aus dem Gleichgewicht. Panisch mit den Armen rudernd, beugte er sich unaufhaltsam nach hinten. Er wäre gefallen, wenn ihn nicht plötzlich eine Krallenpranke gestützt hätte.

»Was machst du denn hier für Mätzchen? Ich dachte, wir hätten es eilig. Wenn die Sonne aufgeht, kannst du selber sehen, wie du hier wieder runterkommst, das sage ich dir«, zischte die Dämonin, die sich bereits draußen auf dem Dach befand, und zog ihn durch das Loch.

»Danke«, kam Lukas gerade noch dazu, keuchend zu flüstern, da umklammerte sie ihn wieder und sprang erneut in die Luft. Mir nur zwei Sätzen hatte sie das mit roten Schindeln gedeckte Dach überwunden und den Novizenhof erreicht.

»Keiner da, halt dich fest«, rief sie und sprang jauchzend vom Dach.

Das Ganze ging so schnell, dass Lukas keine Zeit für Übelkeit oder andere Befindlichkeiten hatte. Plötzlich hatte er wieder festen Boden unter den Füßen und sah die Tür zum Novizentrakt direkt vor sich.

»So!« Die Dämonin legte Martin erstaunlich sanft auf den mit Kieselsteinen bedeckten Boden. »Da wären wir.«

Inzwischen war Lukas bereits zur Tür geschlichen und drückte die Klinke. »Verschlossen.« Er versuchte es mit dem Schlüssel der Rectrix, doch auch dieser öffnete das Schloss nicht.

»Soll ich sie eintreten?« Die Dämonin machte einen erstaunlich hohen Tritt in die Luft. Das Ganze schien ihr Spaß zu machen.

»Nein, wir müssen möglichst leise da rein.«

»Komischer Laden hier, alles, was Spaß macht, ist verboten.« Sie schob Lukas genervt zur Seite, steckte ihren kleinen Finger ins Schlüsselloch und ruckelte ein wenig. Das unverkennbare Knirschen eines sich öffnenden Schlosses erklang.

»Du bist großartig«, war es Lukas entschlüpft, bevor er es verhindern konnte.

»Ich weiß«, grinste die Dämonin. »Und jetzt ist es Zeit für meinen Lohn. Ran an den Speck – oder sollte ich besser Wurst sagen?« Sie zwinkerte kumpelhaft.

»Ähm, was das angeht ...«

»Jaaa?« Sie beugte sich zu ihm herunter, sodass ihr scheußliches Maul direkt vor seinem Gesicht war. »Du wirst doch hier nicht etwa über den Preis verhandeln wollen? Da merk dir mal gleich eins: Darauf reagiere ich allergisch. Notfalls verwurste ich dich selbst« Sie ließ ihre Pranke auf seine Schulter krachen und drückte zu.

»Ich habe die Würste jetzt nicht hier, sondern ...« Ehrlicherweise hatte er keine Idee, wo er derartige Massen an Fleisch herbekommen sollte, die die Dämonin offenbar in der Lage war zu verschlingen.

»Sondern ...« Sie schien seine Lüge zu spüren und drückte fester zu.

Laute Rufe waberten vom Meisterhof zu ihnen herüber.

»Wir müssen jetzt hier weg«, brachte Lukas zwischen zusammengebissenen Zähnen hervor. Er sah der Dämonin in die Augen, wobei es ihm schwerfiel, sich auf alle drei gleichzeitig zu konzentrieren. »Kehre zurück in die Erde«, befahl er ihr mit so viel Selbstbewusstsein, wie er trotz des Klammergriffs aufbringen konnte.

Nebel stieg um die Füße der Dämonin auf. »So läuft das hier also«, zischte die wütend. »Aber ich verspreche dir, das war es noch nicht.«

Der Griff des Wesens lockerte sich. *Die sehe ich nie wieder,* war sich Lukas in diesem Moment sicher. Ohne einen weiteren Blick auf das Wesen zu verschwenden, beugte er sich zu Martin hinunter, um ihn zurück in ihre Zelle zu schaffen. Er würde sich irgendeine Geschichte darüber ausdenken müssen, was mit seinem Freund passiert war. Kaum hatte er seinen Mitbewohner hochgehoben, raunte ihm die rot geschuppte Kreatur noch etwas zu, das ihm das Blut in den Adern gefrieren ließ.

»Und ich bin jemand, der sein Versprechen hält, *Lukas,* bestell das auch deinem Freund *Martin.*« Im nächsten Moment war sie verschwunden.

Sie muss mich gehört haben, als ich nach Martin gerufen habe, fiel es Lukas ein. *Warum hat sie das nicht schon früher ausgenutzt?* Sein Blick legte sich auf den blutverschmierten Martin. Er hatte jetzt Wichtigeres zu tun, als sich mit den Flausen von Dämonen auseinanderzusetzen.

Keuchend zog er seinen Mitbewohner durch den leeren Flur, in dem nur eine einzelne Laterne brannte. Während er an den verschlossenen schwarzen Türen vorbeikam, überlegte er, wer Martin das angetan haben konnte. Der Novize war noch immer nicht erwacht und die Pupillen hinter seinen geschlossenen Augen zuckten nervös hin und her. Mit seinem Hinterteil drückte Lukas die Tür zu ihrer Zelle auf und schaffte es mit letzter Kraft, Martin auf sein Bett zu hieven. Schnell beugte er sich zu ihm hinunter. Sein Zimmerpartner roch furchtbar nach Wodka und erstaunlicherweise auch ein wenig nach Zimt. *Wie die Dämonen.* Ein weiteres Rätsel. Er griff nach seinem Hemd und wischte Martin damit das Blut aus dem Gesicht. Blasse Haut kam zum Vorschein, doch die Wunde entdeckte er nicht. Behutsam untersuchte er den Kopf seines Freundes und entdeckte hinten eine talergroße Platzwunde. *Ob ihm da jemand draufgeschlagen hat oder ist er gefallen?*

Eine Stimme in seinem Kopf, die wie die der rot geschuppten Dämonin klang, höhnte: *Er ist also selbstständig in ein im Boden verstecktes Loch gefallen und hat dann hinter sich auch noch die Klappe geschlossen.*

Seufzend deckte er Martin zu. Die Dämonin hatte recht. Jemand hatte Martin das angetan, um ... *Warum?* Der Einzige, der das aufklären konnte, war sein Freund, der gerade seinen Rausch ausschlief. Er rüttelte ihn. »Martin, was ist passiert?«

Von dem volltrunkenen Novizen kam nur ein zusammenhangloses Lallen.

Er braucht Hilfe. Dafür kam nur Jokel infrage, aber ihn zu holen, hätte nicht nur erneut das Risiko bedeutet, gegen Adelbarts Anordnung zu verstoßen, sondern dazu unzählige Fragen heraufbeschworen, die zu beantworten er nicht willens oder in der Lage war. »Ich bin doch hier mit einem Haufen medizinisch ausgebildeter Feldscher-Novizen eingesperrt, da wird doch wohl einer helfen können.« Er überlegte, wer am besten dafür geeignet sein könnte. Seine erste Wahl wäre auf Jakob gefallen, aber dem traute er seit den Ereignissen der heutigen Nacht nicht mehr über den Weg. August fiel ohnehin aus, Thomas und Fritz hatten nach den Attacken des Intellectus genügend mit sich selbst zu tun. Blieben noch Bert, Adam und Harold. Sie alle wären nicht Lukas' erste Wahl gewesen. *Auch nicht die zweite.* Bert und Adam hatten sich an dem unsäglichen Besäufnis beteiligt und Harold sich als Feigling erwiesen, dem das Schicksal seiner Kameraden offensichtlich egal war. Als er noch grübelte, bei wem er um Hilfe nachsuchen sollte, klopfte es plötzlich leise an der Tür. Verdutzt blickte er sich um. »Ähm, wer ist da?«

Die Tür ging einen Spalt auf. »Ich bin es, Bert. Ich wollte nur fragen, ob du Martin gefunden hast und mit ihm alles in Ordnung ist.«

Lukas schwieg, da er nicht wusste, was er von Bert zu halten hatte. *Immerhin hat er ihn dort mit zurückgelassen.*

»Darf ich reinkommen?«

Diese in aller Bescheidenheit gestellte Frage bewog Lukas dazu, ihn hereinzulassen.

»Oh!« Das Gesicht des Jungen wurde hell wie Milch, als er Martin im Bett sah. Er trug noch immer seine schwarze Novizenkleidung, die vom Schlafen reichlich knitterig war. »Was ist passiert?«

»Sag du es mir!«, zischte Lukas und baute sich schützend vor Martin auf.

»Ich ... äh ... wir, meine ich ...«, stammelte der kleine Novize und seine Augen begannen vor Tränen zu schimmern. »Es tut mir so leid, dass wir nicht an ihn gedacht haben. Ich hatte zu viel getrunken. So viel wie noch nie zuvor.« Beiläufig zuckte er mit den schmalen Schultern. »Was auch nicht schwer war, ich habe heute das erste Mal Alkohol getrunken.«

Es nötigte Lukas Respekt ab, dass Bert nicht Jakob die Schuld an den Ereignissen in die Schuhe schob. Der gestandene Novize hatte offenbar die beiden Jüngeren mit Alkohol abgefüllt.

»Bitte lass mich ihm helfen, um es ein wenig gutzumachen.«

Nickend trat Lukas zur Seite. »Versuch dein Glück. Er wacht nicht auf.« Als er es aussprach, machte sich Lukas noch mehr Sorgen. Sollte Bert ebenfalls nichts ausrichten können, würde er zu Jokel laufen, egal, welche Konsequenzen das Verlassen des Novizentrakts für ihn auch haben mochte.

Der kleine Novize beugte sich über Martin, testete mit der Hand seinen Atem und fühlte ihm den Puls. Dann besah er die Wunde am Hinterkopf. »Das ist nur eine Platzwunde. Vielleicht hat er sich in seinem trunkenen Zustand irgendwo gestoßen«, schwadronierte er herum.

»Ich glaube, er wurde angegriffen. Man hat ihn niedergeschlagen. Ich habe ihn in einer geheimen Vorratskammer im Boden gefunden.« Die Dämonin erwähnte Lukas aus Sicherheitsgründen nicht, obwohl die spannendste Frage an dem ganzen Mysterium war, wer sie aus dem Boden geholt hatte.

Berts dunkelblaue Augen wurden groß. »Darin war der Schnaps von Bruder Peter versteckt. Wir haben sie nicht zugemacht und ... er muss hineingefallen sein. Sicher hat er sich dabei den Kopf angeschlagen.«

»Und anschließend hat er die Klappe verschlossen«, blieb Lukas skeptisch.

»Betrunkene machen die dümmsten Sachen. Vielleicht ist er über die Marmorklappe gefallen und hat sie dabei zugerissen, während er in das Loch stürzte.«

»Die Wahrheit kennt nur er selbst. Warum wacht er nicht auf? Du bist doch auch auf den Beinen und die anderen ebenfalls. Kann er wirklich so viel mehr getrunken haben als ihr?« Lukas hörte, dass seine Stimme vor Aufregung zu schrill wurde.

»Mhh.« Bert ließ sich nicht aus der Ruhe bringen. Entspannt holte er ein mit springenden Hirschen bemaltes Holzdöschen unter seinem Wams hervor. »Probieren wir es damit.« Er schraubte den Deckel auf und hielt das Gefäß merkwürdigerweise unter Martins Nase.

»Was soll ...« Ein stechender Uringeruch, wie er normalerweise nur in den Latrinenlöchern eines Feldlagers herrschen konnte, bemächtigte sich des Raums. Nur schwer konnte Lukas ein Würgen unterdrücken. »Was ist das denn?«, fragte er mit zugehaltener Nase.

»Hirschhornsalz«, entgegnete Bert breit grinsend. »Das Beste, um Leute aus einer Ohnmacht zu befreien. Ich hatte in den ersten Tagen hier mit Ohnmachtsanfällen zu kämpfen, als wir immer tiefer in unseren besonderen Stoff eingestiegen sind, wenn du verstehst, was ich meine. Dieses Döschen hat mich davor bewahrt, dass ich ständig umfalle. Gut, dass ich es bisher noch nicht weggeworfen habe.«

»Ja, finde ich auch«, krächzte Martin und blickte sie mit einem schiefen Lächeln an. »Hast du auch etwas gegen Kopfschmerzen?«

»Martin«, riefen Lukas und Bert wie aus einem Mund.

Ohne sich dabei komisch vorzukommen, ergriff Lukas die Hand seines Mitbewohners. »Gut, dass du wieder unter uns weilst. Was ist passiert?«

Zaghaft betastete der Novize seinen Hinterkopf. »Ich habe keine Ahnung.«

WÄHREND SIE AM NÄCHSTEN TAG IN HISTORIA BEI Meister Rondo die Ahnentafel des Hauses Habsburg vom Investiturstreit bis zum aktuellen Kaiser Ferdinand II. in Form eines Baums in ihren Codex übertragen mussten, fragte Lukas Martin, der das Schreibpult neben ihm hatte, erneut: »Und du kannst dich noch immer nicht an alles erinnern?«

Mit konzentrierter Miene schüttelte sein Mitbewohner den Kopf. »Nein, ich weiß nur noch, wie wir Bruder Peters Fusel in dem Bodenloch entdeckt haben und die anderen auf die Freistunde anstoßen wollten. Danach wird alles schwarz.«

Während er den Ast von Karl V. malte, fragte Lukas flüsternd weiter: »Was habt ihr in eurer Lectio bis zum Ertönen der Warnglocke gemacht?«

»Ähm ...« Martin zeichnete erst einen kleinen Schwung filigraner Blätter, ehe er antwortete: »Bert sollte einen Kampfdämonen beschwören und hatte bereits seinen Bannkreis fertig. Das kann der Kleine übrigens erstaunlich gut. Doch dann kam die Glocke und Jakob hat den Schnaps entdeckt, der Rest ist ...« Er blies in die Luft, um zu symbolisieren, wohin seine Erinnerungen gegangen waren. »Danke übrigens, dass du mich da rausgeholt hast. Das war eine echte Meisterleistung. Die Schlösser mit Dämonenblut zu schmelzen war genial, auch wenn es Bruder Peter vermutlich dazu veranlasst hat, die ganze Nacht weiter auf Dämonenjagd zu gehen.« Jetzt blickte er von seinem Codex auf. »Danke dafür, Lukas. Das werde ich dir nie vergessen.«

»Ach«, winkte der ab. »Das hätte doch jeder getan.«

Martin sah kurz zu Jakob. Man konnte sehen, wie dabei seine Kiefer mahlten. »Nein, das stimmt nicht, und das weißt du.« Er boxte ihm spielerisch auf den Oberarm. »Außerdem stecken in diesen Keulen erstaunliche Kräfte. Ich bin noch immer beeindruckt, dass du mich vom Sommerrefektorium bis hierher schleppen konntest.«

»So schwer bist du nun auch wieder nicht«, wurde Lukas von seiner nächsten Lüge eingeholt. Er hatte sich bisher nicht getraut, Martin zu gestehen, dass ihm eine Dämonin bei der Rettung geholfen hatte.

»Ich esse nicht so viel wie du, das stimmt schon, aber wir sind fast gleich groß. Da braucht es schon ordentliche Muskeln, und du bist nicht gerade Fritz.« Martin zeigte auf den breiten Rücken des vor ihnen sitzenden Novizen. »Ich habe dich das noch nie gefragt, aber was hast du denn vor deiner Zeit hier gemacht, dass du so stark geworden bist?«

Lukas hörte sein Herz klopfen, so schnell schlug es mit einem Mal. »Ach, ich war ein einfacher Bauernsohn. Ich musste auf unserem Hof von klein auf mit anfassen, daher bin ich wohl so kräftig.« Und da war sie, die nächste Halbwahrheit.

Verheddere dich nicht selbst in deinem Lügengespinst, warnte ihn die imaginäre Stimme der Dämonin in seinem Kopf.

Um davon abzulenken, sagte er schnell: »Ich war das übrigens nicht allein. Deine dunkelhaarige Magd hat mir geholfen.«

Martins Augen wurden groß. »Wirklich?«

Schnell erzählte Lukas, was passiert war. »Weißt du, was eine Rectrix ist?«, fragte er am Ende seiner Geschichte.

»Das ist eine leitende Person in der Verwaltung eines Klosters. Kein Wunder, dass sie einen Schlüssel für alle Türen hat. Sie hat die Oberaufsicht über alle weltlichen Belange in Strahov, die nicht mit dem Kampf gegen die Plage zusammenhängen Jetzt finde ich sie noch beeindruckender als ohnehin schon ...«

Obwohl Meister Rondo wie stets vornübergebeugt über einem Buch saß und ein Schwall dünner grauer Haare sein Gesicht verdeckte, schienen seine Sinne hellwach zu sein. Anders war es nicht zu erklären, dass er im selben Moment rief: »Lukas und Martin, silentium, ihr stört meine Lectio mit eurem Getuschel.«

15

FRAGEN ÜBER FRAGEN UND EIN SPRECHENDES MAULTIER

KÖNIGLICHE HAUPTSTADT PRAG, Königreich Böhmen, ehemalige königliche Erblande, 1. April 1620, 2. Kriegsjahr

DIE NÄCHSTEN WOCHEN VERGINGEN FÜR LUKAS WIE IM Flug. Er hatte so viel zu lernen, dass er für nichts anderes Zeit hatte und kaum bemerkte, wie der Frühling Einzug hielt. Seine Lateinkenntnisse waren inzwischen so weit gediehen, dass er sowohl Cäsars Gallischen Krieg als auch andere lateinische Klassiker lesen und übersetzen konnte. Dazu hatte er einige Kugeln aus Leichen entfernt und einmal sogar ein Auge. Außerdem war er ein passabler Fechter geworden, seine Ausbildung als Landsknecht hatte ihn auch den Umgang mit dem Degen schnell lernen lassen. Die Privatstunden bei Bruder Peter machten ihm inzwischen regelrecht Spaß, da dies eines der wenigen Gebiete war, in denen er Martin überlegen war. Ganz im Gegensatz zu Musik, die Küchenmeister Reinhold in der Basilika unterrichtete. Er hasste das ewige Singen und Auswendiglernen der Lieder, die ihnen der Koch mit seiner schrillen, hohen Stimme vortrug. Historia hingegen genoss er geradezu. Das wiederkehrende Abmalen von Stammbäumen hatte etwas Beruhigendes. Aktuell zeichnete er an der Ahnengalerie der Wittelsbacher, deren ältester Spross als Friedrich V. Böhmen als König regierte. Sein Codex hatte sich auch ohne die Zeichnungen der adligen Stammlinien kräftig gefüllt. Seit seiner Rettung stellte ihm Martin sein Exemplar jede Nacht zur Verfügung. Ohne dessen Aufzeichnungen aus Rechenkunde wäre er in dieser Lectio untergegangen. Auch seine Notizen zur Dämonenlehre waren Gold wert und hatten ihn zu einem der Besten auf dem theoretischen Gebiet im Umgang mit den Kreaturen aus der Erde gemacht.

In praktischer Dämonenbeschwörung durfte sich seit jenem verhängnisvollen Auftauchen des Intellectus niemand mehr versuchen. Sämtliche Lectiones in diesem Fach waren bis auf Weiteres ausgesetzt. Martin konnte sich bis heute nicht erinnern, was genau in jener Nacht passiert war, und so blieb auch das Rätsel um die Beschwörung der rot geschuppten Dämonin ungelöst. Lukas verdrängte das, was das Wesen für ihn getan hatte, ohnehin aus seinen Gedanken, und so hatte er sich mit diesem Mysterium nicht länger beschäftigt. Er war froh, das bösartige Wesen nie wiedersehen zu müssen.

Verträumt blinzelte Lukas in die tief stehende Frühlingssonne, die noch nicht besonders warm war, aber immerhin die drei Innenhöfe vom Schnee befreit hatte. *Zu Hause hätten wir jetzt die Koppeln für die Pferde vorbereitet*, dachte er in einem Anflug von Wehmut. Dabei fiel ihm ein, dass er in den letzten Tagen viel zu wenig Zeit mit Jolande verbracht hatte, da das Tor des Klosters ständig verschlossen gewesen war und der Lernstoff ihn erdrückt hatte. Er stand von einem der Stühle auf, die Martin, Fritz, Bert und er auf den Innenhof geschleppt hatten, um die freie Zeit an der frischen Luft mit ihrem Lernstoff verbringen zu können. Fritz hatte sogar warmen Würzwein besorgt, von dem sie inzwischen alle rote Wangen bekommen hatten.

»Wo willst du hin?«, fragte Martin streng, der auf den Knien einen Folianten mit Eisenschnallen balancierte.

»Zu Jolande, meinem Maultier.«

»If bin noch immer erftaunt, dass du als einziger Nofize ein Tier hast«, sagte Fritz. Seine Augen waren schon ein wenig glasig. Er hatte von ihnen allen den meisten Würzwein getrunken.

»Nun ja, ich habe es mit hergebracht, als ich ... nun, als ich hierhergekommen bin. Ich war vorher Bauer, da hatten wir auch Maultiere«, schob er hastig eine Erklärung hinterher.

»Aha«, war alles, was Fritz dazu zu sagen hatte, während er sich den letzten Rest des inzwischen erkalteten Weins einschenkte.

»Was sind Maultiere nochmal?«, fragte Bert, der erzählt hatte, dass er in einer norddeutschen Stadt namens Hamburg aufgewachsen und dort offenbar wenig mit Tieren in Berührung gekommen war. »Eselpferde oder Pferdeesel?«

»Pferdeesel«, erklärte Lukas und griff sich seinen Umhang, den er über die Lehne seines Stuhls geworfen hatte. Dabei riss er sich an einem vorstehenden Grat einen Finger auf. Sofort quoll Blut hervor, das er mehr schlecht als recht abnuckelte.

»Gehst du jetzt wirklich zu dem Gaul?«, fragte Martin ungläubig. »Was ist mit Senecas Epistulae morales? Hast du die Grundlagen der stoischen Moralphilosophie bereits herausgearbeitet, wie Meister Rondo es von uns verlangt hat?«

»Nein«, entgegnete Lukas mit dem Finger im Mund, »die schreibe ich später bei dir ab. Es sei denn, du willst mitkommen. Ihr alle seid eingeladen, mein Maultier kennenzulernen.« *Es kann ja nicht reden und meine Herkunft verraten.*

Alle winkten ab, und so schlenderte Lukas gemütlich in Richtung des Abtshofs.

Als er dort ankam, trat Questenberg gerade durch das

bewachte Tor. Überraschenderweise trug er einen Sack Holzkohlenasche bei sich. Nachdem er Lukas entdeckt hatte, lächelte er väterlich.

Lukas lief zu ihm, nahm ihm den Sack ab und trug ihn hinüber zur Prälatur.

»Danke«, grinste der alte Mann und klopfte sich die Finger ab. Auch Lukas' Hände waren nun schwarz von der Asche.

»Willst du mal wieder deine Jolande besuchen?«, fragte er.

»Ja, wenn Ihr es gestattet, ehrwürdiger Vater.«

Der Abt lachte sein rasselndes Altmännerlachen. »Wer bin ich, dass ich diesen kleinen Wunsch meiner einzigen Rose abschlagen könnte.« Er blickte zum Himmel. »Die Sonne geht unter. Bleib nicht zu lange da draußen. In Ordnung?«

»Wenn ich jetzt eine Lectio bei Euch in Beschwörung nehmen könnte, würde ich nur zu gern bleiben, Vater.«

Er lächelte gequält. »Bald, Lukas. Bald.« Nach einem versöhnlichen Schulterklopfen nickte Questenberg dem Wachmann zu, der Lukas daraufhin passieren ließ.

Sobald die Sonne verschwunden war und die Welt in jenes Zwielicht zwischen Tageslicht und Dunkelheit glitt, wurde es deutlich kälter. Lukas sah seinen Atem in Wölkchen aus seinem Mund strömen. Er freute sich darauf, in die Wärme des Stalls zu gelangen.

Neugierig vorgeschobene Pferdeköpfe empfingen ihn, als er den Holzbau betrat. Er nahm sich ausgiebig Zeit, um jedes der Tiere zu tätscheln. Einen besonders zotteligen Rappen striegelte er sogar aus Mitleid über dessen Zustand. *Ich hätte aus der Küche Möhren mitnehmen sollen*, ärgerte er sich. In seinem früheren Leben hätte er niemals einen Stall ohne Leckereien für die Bewohner betreten. *Equi inter se differunt sicut et homines inter se differunt – ein Pferd unterscheidet sich von einem anderen, wie sich ein Mensch von einem anderen Menschen unterscheidet*, erinnerte er sich an einen lateinischen Sinnspruch, den er neulich erst gelernt hatte. Nichts hätte besser beschreiben können, dass er längst nicht mehr Lukas Holub, der Sohn des Pferdezüchters, war.

Jolande begrüßte ihn nicht. Sie lag auf der Seite und drehte ihm ihren braungrauen Rücken zu. Das Tier war nun ein Jahr alt und ordentlich gewachsen.

»Hallo, mein Mädchen, ich bin es«, rief er ihr ein wenig traurig über diese Reaktion zu.

Sie blickte ihn kurz aus ihren braunen Augen an, drehte den Kopf dann aber wieder weg.

Seufzend machte er sich auf die Suche nach Besen, Schaufel und Eimer, um ihren Stall auszumisten. Nachdem er alles nach einer längeren Suche in einem Verschlag gefunden hatte, ging er zurück zu dem Maultier und begann mit der ihm so vertrauten Arbeit. »Groß bist du geworden. Fast schon ein richtig erwachsenes Maultier. Entschuldige bitte, dass ich so lange nicht hier gewesen bin.«

»Das entschuldige ich nicht, du hässlicher Dummkopf«, antwortete zu Lukas' vollkommener Überraschung Jolande plötzlich auf diese Entschuldigung.

»Ähm ...« Er blickte sich um. Spielte ihm hier jemand einen Streich? »Du kannst sprechen?«

»Natürlich, was denkst du denn. Glotz hier nicht so faul umher. Hol lieber was zu futtern raus. Die geizigen Feldschere geben mir kaum was. Ich bin ja nur noch Haut und Knochen.«

»Fritz, bist du das? Jakob?«

Jolande stand auf und blickte ihn an. »Hast du etwa meinen Namen vergessen? Gut, dass ich deinen kenne, Lukas. Das macht vieles einfacher.«

Da er niemanden entdeckte, wandte er sich wieder dem Maultier zu. *Sie kann sprechen.* Früher hätte er das für vollkommen unmöglich gehalten, aber inzwischen hatte er Bekanntschaft mit sprechenden Dämonen gemacht und hielt daher vieles für möglich. »Natürlich habe ich deinen Namen nicht vergessen.« Er wollte das Maultier streicheln, doch das schnappte sofort nach ihm.

»Nimm deine dreckigen Kackgriffel weg. Hast du dir die heute überhaupt schon mal gewaschen, seitdem du auf dem Abort warst?«

»Ähm ...« Verlegen zuckte Lukas zurück.

»Dachte ich es mir doch. Wahrscheinlich hast du damit auch noch an deinem Hörnchen rumgespielt und nun willst du mir ins Gesicht fassen. Deine Hässlichkeit wird nur noch von deiner Dummheit überboten, Lukas.«

»Was ...« *Hörnchen? Hässlichkeit? Dummheit?* Diese unflätigen Worte hatte er bereits einmal in nicht allzu ferner Vergangenheit in Bezug auf sich gehört – und sie stammten nicht von einem Maultier. »Du bist es!«, rief er erbost. »Zeig dich, du Unwesen.« Er blickte sich um, doch entdeckte nichts, obwohl es in dem Stall noch immer erstaunlich hell war. Lukas war dankbar dafür, hatte er doch vergessen, eine Laterne mitzunehmen.

»So viel Idiotie auf so wenig Körper, dass das überhaupt physikalisch möglich ist«, veränderte sich die vorgebliche Stimme des Maultiers. Im nächsten Moment brach die rot geschuppte Dämonin aus einem großen Haufen Stroh hervor. »Buh!«

»Nein! Wie kann das sein?«, schrie Lukas und taumelte einen Schritt rückwärts. Leiser setzte er nach: »Wie kannst du hier sein?«

Die Dämonin ging auf Jolande zu und bevor Lukas reagieren konnte, legte sie dem Maultier ihre Pranke auf den Kopf und streichelte es. Zu Lukas' Bestürzung ließ das Tier die Liebkosung anstandslos über sich ergehen. »Tja, mein lieber *Lukas*, Namen verleihen Macht, und da ich deinen kenne und dieses kleine Andenken an dich habe«, sie holte hinter ihrem

Rücken das Büschel Haare hervor, das sie ihm ausgerissen hatte, und wedelte gehässig grinsend damit vor ihm herum, »kann ich überall da sein, wo du bist. Bisher hatte ich allerdings keine Lust, in die Mauern deiner dämlichen Akademie zurückzukehren, aber als du heute hierhergekommen bist, dachte ich mir, das wäre doch eine gute Gelegenheit, dich an unseren Handel zu erinnern.«

»D-d-das ist unmöglich«, stammelte Lukas.

»N-n-nein? Warum sonst wäre ich d-d-dann wohl hier?«, äffte sie ihn nach. »Aber beschäftigen wir uns nicht länger mit deiner beschränkten Auffassungsgabe. Zeit zum Essenfassen. Ich hatte noch nie Pferd, aber in der Not frisst der ...«

»Hör zu. Es ist unmöglich, dass du allein aus dem Boden kommen kannst, auch wenn du meinen Namen kennst«, beharrte Lukas, der im Kopf mehrmals alles durchgegangen war, was Meister Nikolaus ihm über das Wesen der Plage beigebracht hatte.

»Und warum bin ich dann hier?« Die Dämonin steckte sich einen langen Strohhalm zwischen die Zähne und kaute darauf herum.

»Du weißt es selbst nicht.« Lukas zeigte auf das Unwesen. »Gib es zu.«

»Man zeigt nicht mit dem Finger auf andere. Hat dir deine Mutter das nicht beigebracht, nachdem du geschlüpft warst?«

Was glaubt sie, wie Menschen auf die Welt kommen? Schnell verdrängte Lukas den Gedanken, denn ein anderer kam ihm. Ein furchtbarer, lebensbedrohlicher. Er betrachtete seine ascheschwarzen Hände sowie den blutigen Kratzer auf seinem Zeigefinger. *Blut und Asche, genau die Zutaten, die man zum Beschwören eines Dämons braucht.* Doch das konnte nicht sein, er hatte überhaupt nicht versucht, einen Dämon aus der Erde hervorzuholen – und wenn, dann hätte er sich sicher nicht für dieses spitzzüngige, rot geschuppte Dämonenweib entschieden. *Es sei denn ...* »Du hast dich mit mir verbunden«, hauchte er ungläubig.

Sie spuckte den Strohhalm so hastig aus, als hätte sie sich daran verbrannt. »Na na na, man weiß ja, dass ihr Menschen immer schnell mit Vorwürfen seid, aber so möchte ich das hier nicht stehen lassen. Niemals würde ich mich freiwillig mit so einem Volltrottel wie dir verbinden. Der Kaiser gern, der König von Böhmen, von mir aus, aber ein nach Pferdescheiße stinkender Novize, der über seine eigenen Füße stolpert? Bitte«, sie strich die Schuppen an ihrem Bauch glatt, die sich bei Aufregung offenbar aufstellten, »für wen hältst du mich eigentlich? Ich bin eine echte Dame und würde mich niemals unter Wert verkaufen.«

»Glaubst du, ich hätte mich freiwillig mit dir verbunden? Es ist nicht nur bei Todesstrafe verboten, sondern auch widernatürlich und geradezu eklig.«

Sie sprang nach vorn und schlug ihm kräftig in den Magen. »Nimm das zurück.«

Keuchend stolperte Lukas ein Stück nach hinten. Aus den Augenwinkeln sah er, dass die Dämonin ebenfalls Schmerzen zu leiden schien und sich ein wenig krümmte, als wäre ihr auch in den Bauch geschlagen worden.

»Was war das?«, fragten sie wie aus einem Mund und betasteten ihre Körpermitte.

»Du hast ...« Wieder sprachen sie gleichzeitig.

»Ich habe gar nichts«, schrie Lukas jetzt wütend. »Du hast mir in den Bauch geschlagen und ... und ...«

Ungläubig sah die Dämonin ihn aus ihren drei goldenen Augen an. »Warte mal! Das kann eigentlich ...« Schneller als eine Schlange schnappte sie Lukas' Ohr und zog daran. Im Vergleich zu dem Schlag von zuvor allerdings relativ sanft. »Nein!«, brüllte sie. »Ich bin verflucht. Das ist unmöglich.«

Ihr passiert das, was sie mir antut. Lukas nahm all seinen Mut zusammen und kniff die Dämonin in den Oberarm. Sofort zuckte ein kurzer Schmerz durch seinen. *Und umgekehrt.* Falls es noch eines Beweises bedurfte, war nun endgültig klar, dass er eine Todsünde begangen und sich mit einem Dämon auf Leben und Tod verbunden hatte.

»Wir sind verbunden«, jammerte die Dämonin. »Wie furchtbar ist das denn? Mit dir kann ich mich doch nirgendwo sehen lassen. Wie können wir das wieder rückgängig machen?« Sie sah ihn mit wölfischem Grinsen an. »Ich könnte dich fressen ...«

»Das wäre so, als würdest du dich selbst verzehren«, entgegnete Lukas. »Das weißt du. Hör in dich rein. Alles, was du mir antust, passiert dir ebenfalls.«

»Ich ... nein ... wie furchtbar, aber ...« Sie schien ernsthaft schockiert. »Das wollte ich nicht. Ein kleiner Scherz, und schon ist das unbeschwerte Leben zu Ende.«

»Was murmelst du da?«, fragte Lukas und ging näher an die Dämonin heran. Angst brauchte er offenbar keine vor ihr zu haben.

»Nichts, nichts, mein hässliches Dummerle. Du verstehst es ohnehin nicht. Bitte sei still, ich muss nachdenken«, redete sie mit ihm, als wäre er ein Kleinkind.

Lukas' Blick fiel auf sein Haarbüschel, das die Dämonin intensiv betrachtete. »Es ist, weil du mir meine Haare rausgerissen hast. Damit hast du irgendeine Verbindung zwischen uns geschaffen.«

Sie seufzte und warf die Haare achtlos in die Luft. »Nein, es war der Augenblick, als ich dich habe auf mich auflaufen lassen und du gleich die Chance genutzt hast, mich mit deiner Blutwurstkralle zu betatschen, denke ich. Meine dämonische Pracht und menschliches Blut in Verbindung mit deiner Erlaubnis, dass ich den Bannkreis verlasse, und die ausgerissene Schuppe.« Sie zerrte an ihren Hörnern. »Ach, ich weiß auch nicht genau. Diese irrsinnige Kombination muss dazu geführt haben. Ich kenne mich da nicht so aus. Bisher hatte ich das Glück, keinen Menschen aufgehalst zu bekommen. Ist ja ein bisschen so wie ein Klumpfuß. Ich kannte mal einen, der ...«

»Was machen wir denn nun?«, sprach Lukas aus, was ihn am meisten beschäftigte. Dann fiel sein Blick auf seine rechte Hand, mit der er die Dämonin damals berührt hatte. Sie leuchtete schwach. Ein unverkennbares Zeichen ihrer Verbindung. *Deswegen sollen Feldschere immer Handschuhe tragen.* »Wie werden wir einander wieder los?«

»Na, du bist mir ja ein ganz freches Früchtchen. Erst stiehlst du einer ehrbaren Person wie mir die Unschuld, und dann willst du vor Sonnenaufgang schon wieder verschwinden. Wieder mal typisch.«

Er legte den Kopf schräg. »So war das nicht gemeint.«

»Verflucht, ich weiß.« Sie kraulte Jolande weiter, die genüsslich die Augen schloss. »Die Situation ist wirklich schrecklich. Das liegt natürlich nicht an mir, sondern daran, dass du so furchtbar enttäuschend bist. Du weißt ja, jede Frau träumt beim ersten Mal von einem Prinzen, und ich bekomme nun ausgerechnet die hässliche Kröte ab.« Ihre Stimme hatte einen weinerlichen Klang angenommen.

»Ähm ...frag mich mal. In bin Mitglied eines Ordens, der sich zum Ziel gesetzt hat, die Dämonenplage zu bekämpfen.«

Sie knurrte böse und zeigte ihre furchteinflößenden Zähne. »Plage ist kein schönes Wort. Und du solltest dich vielleicht mal fragen, wer auf dieser Welt die echte Plage ist. Wesen, die zeit ihres Lebens friedlich im Boden verbringen, bis ein Mensch sie nach oben holt, damit sie seine schändlichen Aufträge erfüllen, oder derjenige, der sie ruft.«

Da hat sie wohl recht. Seufzend sagte er: »Einigen wir uns darauf, dass wir beide mit der Situation unzufrieden sind und alles versuchen werden, um sie wieder rückgängig zu machen.«

Sie sah ihn einen langen Moment aus ihren leuchtenden Augen an, schließlich streckte sie ihm ihre Pranke entgegen. Lukas schlug ein. »Abgemacht. Wir werden also in Zukunft alles dafür geben, um uns scheiden zu lassen.«

»Gut, und bis es so weit ist«, begann Lukas, der sich diese Frage in den letzten Wochen Hunderte Male gestellt hatte und fast verrückt geworden war, weil er mit niemandem darüber reden konnte, »kannst du mir bitte mal erklären, wer dich überhaupt beschworen hat? Du weißt schon, in der Nacht, als wir gemeinsam meinen Mitbewohner ...«

»Den Martin«, protzte die Dämonin mit ihrem Wissen.

»... gerettet haben.«

»Mhh.« Sie betrachtete Jolande, die sich müde auf den Boden gelegt hatte. »Ich habe den Feldscher nicht gesehen. Nachdem sich meine göttliche Erscheinung manifestiert hatte, war der Raum bis auf deinen gut abgehangenen Freund in der Kühlkammer im Boden leer.«

»Wie ist das möglich?« Lukas nahm eine Forke und begann Jolandes Stall auszumisten.

Die Dämonin schien das sehr interessant zu finden. Sie nahm mit spitzen Fingern einen der Pferdeäpfel, betrachtete ihn und steckte ihn blitzschnell in den Mund.

Lukas sah es trotzdem. »Das ist widerlich.«

»Ach was, die Dinger sind gut für die Verdauung. Mir sitzt da seit Tagen schon was quer.« Mit einem schnarrenden Geräusch füllte sich die Luft mit Zimtgeruch. »Siehst du, schon besser. Gut gemacht, meine Kleine«, lobte sie Jolande. »Könntest du für mich bitte noch weitere Goldtaler scheißen?«

»Du hast meine Frage nicht beantwortet.«

»Schon gut.« Ihr Blick ging in die Ferne. »Es könnte ein sehr

301

begabter Feldscher gewesen sein, der einfach verschwunden ist, nachdem er mich gerufen hat. Manche können das sogar aus einiger Entfernung vom Bannkreis, habe ich mir sagen lassen. Oder ...« Sie saugte nachdenklich an ihren Zähnen.

»Oder?«, hakte Lukas nach.

Sie seufzte. »Ich sage das nur, damit das hier nicht mit ›Bis dass der Tod euch scheidet‹ endet, hast du verstanden? Ich würde alles tun, um dich loszuwerden.«

»Ja, spuck es schon aus.«

»An einen Menschen, der mich gerufen hat, kann ich mich ehrlich gesagt nicht erinnern. Sondern nur an einen Intellectus.«

Sofort musste Lukas an den Dämon denken, den Thomas beschworen hatte. »Er war es. Können Intellectus ...«, Lukas kam nicht auf die lateinische Pluralform dieser Bezeichnung, »Intellectusse?«

»Intellectuuus«, verbesserte ihn die Dämonin und rollte mit den Augen. »Wenn ihr euch schon so dämliche Namen für uns ausdenkt, solltet ihr sie auch richtig deklinieren. Wie bin ich nur an dich geraten? Meine Mutter hat mich vor solchen wie dir immer gewarnt. Hässliche Schale, hässlicher Kern.« Sie seufzte tief.

»Na, wie auch immer. Können die, nachdem sie beschworen wurden, etwa andere Dämonen aus der Erde holen?«

»Ähm ...«, druckste sie herum und grub sich mit dem Fuß ins Stroh, als wäre sie eine Dreijährige.

»Sag schon. Für unsere baldige Scheidung.«

»Du weißt aber auch, wie man Süßholz raspelt. Na gut, ja, die einäugigen Eierköpfe können das. Es war ein Intellectus, der mich gerufen hat. Hat Spaß und reichlich zu fressen versprochen. Wer könnte da schon Nein sagen? Wie konnte ich ahnen, was ich mir mit dir dabei einfange?«

»Das ist furchtbar. Dämonen, die andere Dämonen

beschwören können, würden das Leben aller Menschen gefährden. Aber wie hat dieser Intellectus es dann geschafft, dass Thomas ihn beschworen hat?«, grübelte Lukas und warf eine weitere Forke Mist auf den dafür vorgesehenen Haufen.

»Sehe ich aus, als hätte ich nur ein Auge?« Sie zwinkerte mit ihren dreien. »Ein bisschen was musst du schon allein rausfinden. Außerdem kann ich schlecht denken, wenn ich hungrig bin. Apropos, wo sind eigentlich meine versprochenen Wagen voller Würste?«

»Ähm ...«

»Lukas Ohnenamen?«, dröhnte plötzlich eine tiefe Stimme durch die Stallgasse. »Geht es Euch gut? Der Abt schickt mich, weil Ihr noch nicht zurückgekehrt seid.«

»Zeit für dich, zu gehen«, raunte er der Dämonin zu.

Die nickte, während sich Nebel um ihre Hühnerfüße manifestierte. »Ich denke mal, wir sehen uns wieder, Lukas Ohnenamen.« Sie kraulte Jolande ein letztes Mal zwischen den Ohren und löste sich auf.

Kaum war die Dämonin verschwunden, stand der vierschrötige Wachmann mit vor sich gestreckter Hellebarde bereits hinter Lukas. »Warum steht Ihr denn hier im Dunkeln, Herr?«, fragte er überrascht und wedelte mit der am Stiel seiner Waffe baumelnden Laterne.

Erst jetzt bemerkte Lukas, dass es in dem Stall finster geworden war. *Bis eben habe ich nichts davon gespürt. Die Welt war erleuchtet, als würde eine Armada an Kerzenleuchtern hier drin brennen.* Das war nun vorbei. Warum? Konnte diese Fähigkeit etwas mit seiner Verbindung zu der Dämonin zu tun haben? Er seufzte. Fragen über Fragen.

16

EXAMEN

KÖNIGLICHE HAUPTSTADT PRAG, Königreich Böhmen, 2. April 1620, 2. Kriegsjahr

»Weisst du, was los ist?«, fragte Lukas Martin, während sie und sämtliche anderen Novizen in Richtung des Meisterhofs eilten. Es war mitten in der Nacht, was man den aus dem Schlaf Gerissenen ansah: wirr abstehende Haare, verklebte Augen, Schlaffalten im Gesicht ...

Lukas war es da besser gegangen, er hatte ohnehin nicht schlafen können und sich zufällig gerade erleichtert, als Adelbart mit wehendem Umhang durch den verlassenen Schlafraum in den Novizentrakt gerauscht war. Nachdem er dessen keifende Stimme durch die gelbe Tür hatte dröhnen hören, hatte er eine sehr ausgiebige Morgentoilette in den Waschräumen genossen, bis der ihm verhasste Meister wieder verschwunden war. Der Vorteil dieses Versteckspiels war, dass er als Einziger um diese frühe Stunde vorzeigbar aussah. Der Nachteil: Er hatte keine Ahnung, warum sie alle so eilig in Richtung Meisterhof strömten. Adelbart war es offenbar egal gewesen, dass Lukas bei seiner Ankündigung gefehlt hatte.

Martin gähnte erst ausgiebig, bevor er antwortete: »Ich habe keine Ahnung. Adelarsch hat nur gesagt, dass wir sofort in den Meisterhof kommen sollen.«

»Vielleift sagen sie die Prüfungen ab, weil fir keine Beschwörung mehr haben«, stocherte Fritz im Nebel.

»Da würde ich mir nicht zu viele Hoffnungen machen«, wandte Jakob ein. »Der einzige Sinn dieses Ladens ist es ja, uns zu prüfen. Warum sollten sie gerade darauf verzichten?«

»Eventuell nehmen sie ja mit dem heutigen Tag weibliche Novizen auf und wollen sie uns vorstellen, damit wir uns um sie kümmern«, frotzelte Thomas und bewegte sein Becken vor und zurück.

Der frivole Scherz zündete bei den meisten der noch sehr jungen Novizen und johlendes Gelächter ließ einige der Krähen auf den Dächern erschreckt aufsteigen.

Martin war einer der wenigen, die nicht lachten. Stattdessen sah Lukas, dass sein Mitbewohner angespannt mit den Kiefern rollte. *Er hat gar kein gutes Gefühl bei dem, was gleich auf uns zukommt,* war sich Lukas sicher, und das trieb auch ihm jede Art von guter Laune aus.

Schließlich hatten sie den von einem Kreuzgang umrandeten Innenhof des Meistertrakts erreicht. Er wurde von Fackeln und Feuerschalen beleuchtet. Vor dem kleinen Teich in der Hofmitte hatten sich sämtliche Feldschere des Klosters versammelt. An ihrer Spitze stand Questenberg, der nervös von einem Bein auf das andere trat.

»Oder sie schließen das Kloster und schmeißen uns alle raus, weil wir zu blöd sind«, frotzelte Harold.

Obwohl als Scherz gemeint, ließ diese Aussicht in Lukas' Bauch einen dicken Kloß entstehen. Außerhalb der Klostermauern suchten mit Sicherheit noch immer die Häscher der Landsknechte nach ihm. Bestimmt hielten sie ihn für einen Verbrecher, der Dutzende seiner Kameraden hinterrücks ermordet hatte.

Die Novizen stellten sich in einem Halbkreis um die Feldschermeister und richteten ihre Blicke auf Abt Questenberg.

»Danke, dass ihr alle hier zu dieser frühen Stunde erschienen seid.« Er ließ unter seinen buschigen, grauen Augenbrauen den Blick über die jungen Gesichter schweifen. »Ich weiß, dieses Treffen kommt überraschend, aber es sind Entwicklungen eingetreten, die unausweichlich höchste Eile gebieten. Bruder Peter«, er wandte sich an den einäugigen Feldscher, dessen gestrige Fechtstunde Lukas noch immer in seinem Oberarm spürte, »würdest du unsere Novizen bitte über die momentane militärische Lage Böhmens aufklären?«

»Natürlich, ehrwürdiger Vater.« Peter trat vor. Mit seiner breiten Brust und der langen Narbe über der leeren Augenhöhle sah er aus wie jemand, der gerade selbst vom Schlachtfeld gekommen war. »Ihr alle wisst um den Streit der böhmischen Stände mit dem Kaiser. Die Böhmen wollen ihre Religion frei ausüben und erkennen aus diesem Grund die Autorität des Kaisers Ferdinand II. nicht an, der alles daransetzt, den Katholizismus und seine Herrschaft wieder über seine böhmischen Erblande auszubreiten. Beide Seiten verteidigen ihre Positionen mit allen Mitteln und haben bewaffnete Heere aufgestellt.«

Das weiß ich nur zu gut, dachte Lukas und war in diesem Moment sehr froh, dass niemand in seinen Kopf schauen konnte. Kurz dachte er darüber nach, ob die Dämonin dazu in der Lage wäre, verdrängte diesen beängstigenden Gedanken aber schnell.

»Es gab im Frühjahr mehrere kleine Auseinandersetzungen. Böhmische Truppen stießen etwa in Mähren vor, um die kaiserlichen Truppen am Einmarsch zu hindern, und es gab Scharmützel an der Grenze zwischen Böhmen und Oberösterreich.«

Aus den Gesichtern der anderen Novizen war deutlich herauszulesen, dass sie mit diesen Informationen nicht viel anfangen konnten. Lukas hatte Zeit genug unter Landsknechten verbracht, um zu wissen, was diese Scharmützel bedeuteten: Die Gegner klopften einander ab als Vorbereitung auf einen finalen Schlag.

»Diese Grenzstreitigkeiten haben keinen Sieger hervorgebracht und waren im Grunde nur Nadelstiche, um die Verteidigungsbereitschaft des jeweiligen Gegners zu testen«, bestätigte Peter seine militärische Expertise. »Die Lage änderte sich aber grundsätzlich, nachdem der Kaiser in der letzten Woche seinen Vertrauten Karl von Liechtenstein zum böhmischen Statthalter erklärt hatte. Er ist ein erfahrener Militärführer und willens, alles zu tun, um die Erblande wieder zurück in den Schoß der kaiserlichen Krone zu führen.«

»Das ist ja fast so langweilig wie Geschichte bei Meister Rondo«, ächzte Adam, doch niemand ging auf seinen Spott ein. Vielmehr hingen alle an den Lippen Bruder Peters. Das hier war nicht die Vergangenheit, sondern ihre Gegenwart, und in der schien alles auf Krieg vor ihrer Haustür hinauszulaufen.

»Von Liechtenstein ist dabei, sein Versprechen zu erfüllen, das er seinem Freund, dem Kaiser, gegeben hat. Er hat gestern die Grenze zu Böhmen mit seinen Truppen übertreten und zieht auf das Städtchen Krummau zu.« Der Prior hielt kurz inne und suchte den Blick jedes Einzelnen von ihnen. »Krieg liegt in der Luft, und er kommt direkt vor unsere Haustür.« Damit trat er zurück hinter den Abt.

Lukas musste an seine alten Kameraden denken. Mit der Schlacht näherte sich der Tod ihren Zelten. Nicht jeder von ihnen würde den Kampf überleben. *So viel besser bin ich hier aber auch nicht dran*, erinnerte er sich.

Questenberg übernahm wieder das Reden. »Ihr alle wisst, dass dieser Konflikt nicht der unsrige ist. Wir schwarzen Feldschere neigen keiner Seite zu und auch der Streit der Religionen ist für uns nicht von Bedeutung.« Er hob seinen altersfleckigen Zeigefinger. »Aber unsere Verantwortung liegt darin, zu verhindern, dass sich eine der Seiten in der großen Entscheidungsschlacht, die wohl bald beginnt, einen Vorteil durch die Auswüchse der Plage verschafft. Diese Schlacht zwischen dem Kaiser und seinen Gegnern könnte hier, direkt in unserem Hinterhof, stattfinden, und daher brauchen wir gut ausgebildete und auf alles vorbereitete Feldschere. Sie werden jeden Dämon, der es wagt, nachts auf diesem Schlachtfeld aus dem Boden zu kriechen, einsperren und am nächsten Morgen der Sonne übergeben. Außerdem braucht es schwarze Feldschere, um wilde Beschwörer zu finden und sie unserer Gerichtsbarkeit zu unterstellen. Diese illegalen Dämonenrufer, die sich gegen jede Natur sogar mit den Bestien verbinden, sind eine noch größere Plage als die Plage selbst. Sie müssen den Tod am besten direkt auf dem Schlachtfeld erleiden, damit sie nicht noch mehr Schaden anrichten können.«

Oje. Lukas wusste in diesem Moment gar nicht, wohin er schauen sollte.

Questenberg machte eine ausladende Geste, die wohl die Meister hinter ihm einschließen sollte. »Wir Feldschere sind zu wenige, um dies zu bewerkstelligen. Unsere Aufgabe liegt außerdem innerhalb dieser Mauern. Nur wenn qualifizierte Meister Nachwuchs ausbilden, haben wir eine Chance gegen die Dämonenplage.« Er machte eine kurze Pause. »Daher wird euch diese gefährliche, aber ehrenhafte und notwendige Aufgabe zukommen.«

Alle um Lukas grinsten. Offenbar konnten sie es kaum erwarten, endlich ihre Fähigkeiten in der echten Welt zu testen. Lukas hielt sich lieber zurück. *An der Sache ist ein Haken.*

»Natürlich können wir den Heerführern keine unausgebildeten Feldschere zur Verfügung stellen, das würde dem Ruf unseres noch so jungen Ordens nicht gerecht«, offenbarte Questenberg diesen auch sofort. »Ihr habt in den letzten Monaten fleißig gelernt und euren Codex mit Wissen gefüllt. Jetzt ist der Tag gekommen, an dem ihr uns beweisen müsst, wie gut ihr geschult seid.« Er holte tief Luft. Das, was er zu sagen hatte, fiel ihm offenbar schwer. »Daher habe ich in Anbetracht der gefährlichen Lage beschlossen, dass euer Examen bereits morgen stattfinden wird.«

»Was?«

»Das ist unmöglich!«

»Wir haben nicht lernen können.«

»... seit Wochen keine Beschwörung mehr ...«, erhoben sich sofort kritische Stimmen um Lukas herum, die er nur unterstützen konnte, auch wenn er – genauso wie Martin – schwieg.

Questenberg ruderte beschwichtigend mit den Händen. »Ich weiß, ich weiß, das kommt überraschend, und in Anbetracht dessen, was in den letzten Wochen geschehen ist, werdet ihr nicht darin geprüft, selbst einen Dämon zu beschwören. Der Kampf gegen bereits beschworene Dämonen ist wichtiger, als weitere aus dem Boden zu holen. Trotzdem solltet ihr damit rechnen, dass auch das, was ihr bei mir oder Bruder Peter gelernt habt, geprüft wird.«

»Das ist ja wohl auch das Mindeste«, schimpfte August, versteckte sich dabei aber hinter Fritz' breitem Rücken.

»Deshalb wird diese Prüfung natürlich nicht ohne Dämonen auskommen, das kann ich an dieser Stelle zumindest schon einmal verraten.«

»Aber ...«

»Zurück in eure Zellen. Ihr habt heute frei, um euch vorzubereiten. Morgen nach Sonnenuntergang tritt jeder von euch zu

309

seiner Prüfung an«, übertönte Peter mit seiner tiefen Stimme jeden Protest.

Lukas wurde bei dieser Aussicht flau im Magen. *Morgen werde ich auf Leben und Tod geprüft.*

LUKAS FAND IN DIESER NACHT SO GUT WIE KEINEN Schlaf, war vor Müdigkeit aber auch nicht in der Lage, richtig zu lernen, obwohl er sich wie alle Novizen vorgenommen hatte, vor dem Abend noch so viel wie möglich in seinen Schädel zu hämmern. Martin war unter ihnen die Ausnahme. Ausgerechnet er, der während all der letzten Wochen am eifrigsten gelernt hatte, war mit Bekanntgabe des Examenstermins die Ruhe selbst geworden. Statt seine Kenntnisse aufzufrischen, ging er hilfsbereit von einem zum anderen, gab Ratschläge und beantwortete Fragen. Lukas durfte ohne Einschränkung mit seinem Codex in ihrer Zelle arbeiten. Martin selbst schrieb nicht ein Wort mehr in das einzige Hilfsmittel, das sie zur Prüfung mitnehmen durften. Martins Erklärung für sein Verhalten war, dass man alles, was man bisher nicht gelernt hatte, auf den letzten Drücker auch nicht mehr wirklich lernen konnte und man einfach auf seine Fähigkeiten vertrauen musste.

Lukas machte diese Einstellung noch nervöser, als er ohnehin schon war. Er vertraute dem nicht, was er hier gelernt hatte. Immerhin hatte er sich mit einem falschen Namen in die Akademie eingeschlichen und sich durch die Verbindung mit der rotschuppigen Dämonin eines der größten Vergehen schuldig gemacht, derer man einen Feldscher bezichtigen konnte.

DER TAG ZOG SICH BIS ZUM SONNENUNTERGANG ZÄH wie Baumharz. Kaum einer der Novizen war zu sehen, und das, obwohl das Refektorium jedem ununterbrochen offen stand. Küchenmeister Reinhold kredenzte sogar einen Gänsebraten mit Rosinenfüllung, Klößen und sahniger Rotweinsoße zum Mittag, doch niemand außer Martin ging zum Essen. Alle anderen Wege außer dem zum Essenssaal waren den Novizen seit der Examensankündigung ohnehin verboten und streng bewacht. Offenbar war es in den letzten Jahrgängen mehr als einem der in Ausbildung befindlichen Feldschere eingefallen, vor der Prüfung das Weite zu suchen. Daher patrouillierten allerorten schwarz gekleidete Bewaffnete und beäugten jeden streng, der sich aus dem Novizentrakt nach draußen wagte. Und so stand Lukas schließlich mit knurrendem Magen gemeinsam mit seinen in Schwarz samt Handschuhen gekleideten Brüdern in der Abenddämmerung erneut im Meisterhof und blickte auf Novizenmeister Adelbart, der sich dort als Einziger aufgebaut hatte.

»Es ist so weit«, näselte der ihm verhasste Meister. »Betrachtet es als Ehre, dass ihr heute bestehen könnt oder aussortiert werdet.«

Wenn du selbst hier dein Leben riskieren müsstest, würdest du anders reden, dachte Lukas wütend und ballte unbewusst die Fäuste.

Martin stupste ihn sacht an.

Lukas verstand, was er ihm sagen wollte: Adelbart war heute nicht so wichtig, die Prüfung war der Kampf, auf den er sich konzentrieren musste.

»Ich kann und werde euch nicht erklären, was euch erwartet, aber so viel sei gesagt: Nutzt das, was ihr in den letzten Monaten gelernt habt. Hat jeder seinen Codex dabei?«

Zustimmendes Gemurmel brandete für einen kurzen Moment auf.

»Gut, darin sollte alles stehen, was ihr benötigt. Ihr werdet einzeln zur Prüfung antreten. Diejenigen, die sie bestehen, werden von Abt Questenberg anschließend in Empfang genommen. Die anderen ...« Er zuckte mit den Schultern, als traute er sich nicht auszusprechen, dass ein Scheitern während des Examens gleichbedeutend mit dem Tod war. »Also gut, dann los.«

»Wo sind die anderen Meister?«, fragte Martin, und das Selbstbewusstsein in seiner Stimme nötigte Lukas Respekt ab. Hätte es in diesem Moment geholfen, die Prüfung zu bestehen, indem er Adelarsch die Füße küsste, statt ihn mit solchen Fragen noch gegen sich aufzubringen, hätte er es vermutlich getan.

»Das geht dich nichts an«, knurrte der Novizenmeister dann auch erwartungsgemäß. »Wenn ihr dann keine vernünftigen Fragen mehr stellen wollt, folgt mir. Wir wollen doch heute Nacht schließlich jeden von euch prüfen. Obwohl ich mir vorstellen könnte, dass es bei dem einen oder anderen so schnell geht, dass wir gar nicht bis Sonnenaufgang brauchen werden.« Der Blick der gehässigen kleinen Wieselaugen des Novizenmeisters legte sich auffallend lange auf Lukas.

Unwillkürlich fingen seine Hände an zu zittern. *Ich könnte jetzt sagen, wer ich wirklich bin, vielleicht ...*

»Du schaffst das«, raunte ihm Martin ins Ohr und drückte seine Schulter. »Daran habe ich nie gezweifelt, also tu du es auch nicht.«

Schweigend liefen die Novizen Adelbart hinterher.

Der führte sie an dem Teich des Meisterhofs vorbei auf eine unscheinbare Tür auf der westlichen Seite zu.

»Er bringt uns zur Basilika«, murmelte Martin neben Lukas.

Tatsächlich führte jene bescheidene Pforte in ein schmales, unbebautes Zwischenstück zwischen Kirche und Meisterhof. Adelbart lief, ohne innezuhalten, auf eine nur angelehnte Nebeneingangstür zu. Lukas war noch nie hier gewesen. Zum Musikunterricht betraten sie die Basilika stets von der anderen Seite.

»Das Examen findet auf keinen Fall in der Kirche statt, so weit würden sie nicht gehen«, grübelte Martin weiter vor sich hin. Lukas ignorierte es und trat in den entweihten Bau. Obwohl der Hauptaltar und alles andere Sakrale längst aus der Basilika entfernt worden waren, schlug ihn die in hellem Marmor gehaltene Kirche mit der farbenfrohen Freskenmalerei an Decken und Wänden wie stets in ihren Bann. Er hatte Stunden während der Lectiones Musicae damit verbracht, die Gemälde zu betrachten. Schnell sprach er im Geiste ein Gebet und hoffte auf höheren Beistand.

»Ich hab's«, holte ihn Martin aus seiner Bitte um göttliche Hilfe. »Sie werden uns in den Katakomben prüfen.« Er grinste Lukas so stolz an, als hätte er das Examen bereits hinter sich.

»Ähm ...«

»Wir müssen jeden Wissensvorsprung nutzen, den wir erlangen können«, erklärte sein Freund, und tatsächlich schwang Adelbart in jenem Moment eine quietschende Gittertür auf, die normalerweise den Weg in die unterirdischen Grabanlagen des Klosters versperrte.

»Bist du schon mal da unten gewesen?«, fragte Lukas seinen Mitbewohner.

»Einmal«, erklärte der. »Das ist ein elendes Labyrinth aus Gängen und toten Enden. Man kann sich gewaltig verlaufen da unten. Ich war froh, dass ich den Weg zurückgefunden habe, danach bin ich nie wieder hier gewesen.«

»Warum warst du überhaupt da drin?«, wollte Lukas wissen, als er den ersten Schritt auf die schmierige Wendeltreppe machte, die sie nach unten führte. Muffige, feuchte Luft schlug ihm entgegen. Ein Geruch nach Vergänglichkeit und Tod.

»Ich hatte gehofft, ich finde einen geheimen Weg zu den Mägden.« Trotz allem schob sich ein breites Grinsen auf Martins Gesicht. »Hat leider nicht geklappt.«

Am Fuß der Treppe befand sich ein enger Raum, der mit rußigen Fackeln erleuchtet war. Die Wände der grob aus dem Stein gehauenen Kammer waren mit archaischen Kohlezeichnungen übersät, die vermutlich noch aus der Frühzeit des Christentums in Böhmen stammten. Lukas wusste, dass die ersten Anhänger der Religion in Böhmen ähnlich wie im alten Rom verfolgt worden waren und sich an solchen geheimen Orten versteckt hatten.

»So, da wären wir«, begann Adelbart betont gelangweilt. »Die Prüfung ist dieses Mal ziemlich einfach. Dort«, er zeigte auf ein dunkles Loch, das mit viel Fantasie als Wanddurchbruch samt abwärts führender Treppe zu erkennen war, »geht es hinunter in die Katakomben. Ihr sollt einfach nur den Weg durch die unterirdischen Gänge zur Prälatur finden. Wer das schafft, hat bestanden.«

»Das ist alles?«, ächzte Jakob.

»Das ist alles«, bestätigte der Novizenmeister und ein wölfisches Grinsen schob sich auf sein Gesicht. Offenbar würde die Aufgabe bedeutend schwieriger sein, als sie sich jetzt anhörte.

»Dürfen wir etwas anderes mitnehmen als unseren Codex? Da unten ist es stockdunkel«, Martin stockte kurz, »denke ich zumindest.«

»Nur das hier«, brummte Adelbart als Antwort und holte einen schwarzen Beutel aus Samt hervor. Er hielt ihn hoch und schüttelte ihn. Ein leises Klappern wie von Kugeln war zu vernehmen. »Hiermit werden wir eure Reihenfolge festlegen. Ihr werdet nacheinander in die Katakomben gehen«, erklärte er, während er den Beutel herumreichte.

»Woher wissen wir, wann wir losgehen können, ohne auf einen anderen Novizen zu treffen?«, erdreistete sich Martin erneut, eine Frage zu stellen.

Übertrieben laut stöhnend beantwortete Adelbart sie: »Entweder kommt Nachricht aus der Prälatur, dass jemand dort angekommen ist, oder direkt aus den Kellern, dass es jemand nicht geschafft hat und der Nächste an der Reihe ist.«

Sie überwachen uns also während der Prüfung. Hilfe von seiner rot geschuppten Freundin in Anspruch zu nehmen, verbot sich also. Damit schwand Lukas' letzte Hoffnung. Ein schweres Schlucken quälte sich seinen Hals hinunter, als er in den Beutel griff. Zu seiner Überraschung waren die darin befindlichen, etwa hühnereigroßen Kugeln lauwarm. Er zog eine heraus und betrachtete sie. Die Kugel war pechschwarz und fühlte sich an, als wäre sie aus Glas.

»Hat jeder seine Kugel?«, fragte der Novizenmeister.

Nachdem ihm dies bestätigt worden war, griff er sich die Fackel, mit der der kleine Kellerraum beleuchtet wurde, warf sie auf den Boden und trat sie aus.

»Was soll ...«, begann Adam panisch zu kreischen, aber dann legte sich Stille über die kleine Gruppe.

Erst verstand Lukas nicht, warum, doch dann sah er, dass seine Kugel in der nun alles verschluckenden Dunkelheit zu leuchten begonnen hatte. *Dämonenblut,* war er sich sicher. Doch das runde Glasobjekt hatte noch eine andere Aufgabe: Mit dem Aufleuchten des dämonischen Lebenssafts wurde eine Zahl sichtbar. Lukas wurde schummrig, als er seine sah. Es war eine I. *Ich muss als Erster gehen.*

Ohne dass er jemandem seine Zahl mitgeteilt hätte, rief Adelbart boshaft: »So, Lukas, dann mal auf. Hopp, hopp, der Liebling unseres Abts darf sich als Erster bewähren.«

Augusts gehässiges Kichern quittierte diese Ankündigung, obwohl selbst der Adlige die Angst nicht aus seiner Stimme verdrängen konnte.

Dieser elende Adelarsch muss die Auslosung manipuliert haben, war sich Lukas in diesem Moment sicher.

Schon legte sich eine Hand auf seine Schulter. Doch es war nicht die des ihm verhassten Novizenmeisters, sondern Martins. »Es ist vollkommen egal, wer der Erste und wer der Letzte ist. Du schaffst das, Lukas. Glaub an dich selbst.«

»Ich ... ich«, stammelte der von seiner Angst überwältigt.

»Soll ich dir meinen Codex mitgeben? Wollen wir tauschen? Würde dir das helfen?«, bot sein Mitbewohner ihm großmütig an.

Trotz seiner Panik war Lukas von dieser Geste gerührt. »Nein, das habe ich nicht verdient, mein Freund«, antwortete er. Leiser, so leise, dass ihn nur sein Mitbewohner hören konnte, wisperte er: »Ich bin ein Betrüger. Mein Name ist Lukas Holub und ich gehöre nicht hierher. Wenigstens du sollst es wissen, bevor ich sterbe.«

»Los jetzt!« Adelbart riss ihn von Martin fort und schob ihn zu dem dunklen Wanddurchlass, aus dem kalte Luft heraufströmte. »Da unten ist Schluss mit deiner Trödelei. Wir haben Maßnahmen ergriffen, damit du nicht bummelst, lass dir das gesagt sein.« Mit diesen Worten schubste er Lukas unsanft die Treppe hinunter.

17

PRÜFUNGSNACHT

LUKAS HIELT die warme Kugel mit der verhängnisvollen Eins vor sich, damit ihr Schimmern die Dunkelheit ein wenig vertrieb, und lief immer schneller, weil er das Gefühl hatte, dass ihn jeden Moment etwas von hinten anspringen würde. Aus Sorge darüber drehte er sich so oft um, dass er plötzlich gegen eine Wand lief, die den Gang abschloss wie ein Korken eine Weinflasche.

»Verfluchter Mist, was soll das denn?« Genervt wischte er sich eine Strähne seines inzwischen schulterlangen Haars aus dem Gesicht. Dabei fiel sein Blick auf schimmernde Symbole aus glänzendem Metall, die in die Wand eingelassen waren. Er konnte sie nur sehen, wenn der fahle Lichtschein seiner Kugel darauf fiel. Es waren zwei Reihen unterschiedlicher Bilder, wie er sie von den Fibeln der Feldschere kannte. Die erste Reihe bildete ein Symbol mit drei nebeneinanderliegenden Skalpellen, daneben war eines, das fünf überkreuzte Degen zeigte. Ganz rechts folgte eines mit zwei sich überlappenden Dämonenschuppen. Darunter gab es die geschmiedeten Bilder von vier Krallenfingern, gefolgt von einem einzelnen Dämonenschädel. Abgeschlossen wurde diese Reihe von einem Bild, das sechs geschlitzte Dämonenaugen zeigte. *Was*

317

soll das? Die Symbole standen etwas aus der Mauer hervor. *Vermutlich kann man sie eindrücken.* Lukas hatte die Hand schon erhoben, um aufs Geratewohl eine zu drücken, da fiel sein Blick auf eine an der rechten Wand angebrachte Kupfertafel mit ziselierten Worten. Er überflog den Text.

Der Schlüssel zur Öffnung liegt in der Summe und Differenz, versteckt in den Reihen erkenne die Sequenz. Addiere die ersten drei, subtrahiere die nächsten zwei, multipliziere das Ergebnis mit der letzten Zahl und deinem Schicksal, dann bist du frei.

Das ist dann wohl die Prüfung in Rechenkunde. Die Symbole waren gleichzusetzen mit Zahlen. »Na los, Martin, dann hilf mir mal, wie sonst auch in dieser Lectio. Summe und Differenz.«

Eine Summe erhältst du, wenn du Zahlen zusammenrechnest, half ihm die imaginäre Stimme seines Freundes.

»Also gut, dann wollen wir mal: Drei Skalpelle plus fünf Degen sind acht und die beiden Schuppen, das macht zehn«, rief Lukas voller Stolz. »Subtrahiere die nächsten zwei.« Er konnte sich nur zu gut daran erinnern, wie er in seiner ersten Stunde Rechenkunde dieses sperrige Wort falsch ausgesprochen hatte. »Dann ziehen wir davon mal was ab. Zehn weniger vier Krallen macht sechs, weniger ein Dämonenschädel ist gleich fünf.« Er las den letzten Satz des Rätsels. »Multiplizieren. Nichts leichter als das. Mhh ... dreißig?«, fragte er sich selbst und betrachtete die Symbole. »Das kann eigentlich nicht sein, es gibt keine Null.« Im selben Moment entdeckte er über den Symbolen eine kreisrunde Vertiefung. »Außer ...« Ohne darüber nachzudenken, drückte er das Symbol mit den drei Skalpellen ein und steckte dann seine Hand in die Ausbuchtung.

Nichts geschah.

»Das kann nicht ...« Er drückte fester.

Das Ergebnis blieb das Gleiche.

Er las den letzten Satz laut vor: »Multipliziere das Ergebnis mit der letzten Zahl und deinem Schicksal, dann bist du frei.« Gedankenverloren rollte er mit der Kugel herum. »Das ist es!« Er riss die Kugel hoch und stopfte sie in die Vertiefung.

Mit einem fröhlichen Klicken öffnete sich der Wandverschluss. Der Nebel verschwand wieder in den kleinen Schlitzen am Boden.

Wankend durchquerte Lukas den ihm nun offen stehenden Weg. »Dreißig«, brachte er triumphierend hervor. »Natürlich. Wenn das hier alles so einfach bleibt, kriege ich heute Nacht noch eine Mütze Schlaf ab, so schnell werde ich hier fertig sein«, sonnte er sich in seinem Erfolg. Rechenkunde war sein schwächstes Fach, wenn er diese Prüfung schon so spielend bestand, was sollte da noch schiefgehen? Er betrachtete die ausgeklügelte Technik der halb aufgeschwungenen Tür. Zahnräder und Metallspiralen trieben das Ungetüm an. Zwischen all dieser klickenden Mechanik lag seine kleine, leuchtende Kugel. Einem Instinkt folgend, nahm er sie aus dem mit Samt ausgeschlagenen Kästchen heraus, in dem sie gelandet war, und steckte sie wieder in die Tasche seines Wamses, wo sich auch sein Codex befand. *Die hebe ich als Erinnerung an mein erfolgreich bestandenes Examen auf*, nahm er sich vor. Ihr Licht brauchte er nun nicht mehr. Der höhlenartige Raum, in dem er sich jetzt befand, war von einer auf drei Beinen thronenden Silberschale erleuchtet, in der sich eine schimmernde Flüssigkeit befand.

Achtsam ging Lukas darauf zu. Hinter sich hörte er die von ihm geöffnete Pforte zurück ins Schloss fallen. *Ist das etwa alles Dämonenblut?* Er konnte kaum glauben, dass jemand den Kreaturen solche Massen abgenommen hatte – und schon gar nicht wollte er sich vorstellen, was seine Dämonin dazu sagen würde. *Sie ist nicht meine Dämonin. Ich muss sie baldmöglichst loswerden, falls ich das hier überlebe.* Nachdem sich seine Augen an die plötzliche Helligkeit gewöhnt hatten, erkannte er, dass am Grund der Silberschale etwas lag. Es sah aus wie ein Nagel oder ein Metallstift, der an einem Ende eine Verdickung hatte. *Wenn die glauben, dass ich so blöd bin und da reinfasse, dann sind sie aber ...*

Er schaffte es nicht, den Gedanken zu Ende zu bringen. Kaum hatte er beim Betrachten der Schale sein Gewicht auf das linke Bein verlagert, schloss sich etwas schmerzhaft darum.

»Ahh ... Was ist das?« Ungläubig sah Lukas nach unten. »Nein, das können sie nicht ...« Er steckte in einer Bärenfalle, deren mit Metallzähnen bewehrte Bügel sich unbarmherzig in sein Bein gruben. Da er mit seinen Brüdern von klein auf selbst Fallen im Wald aufgestellt hatte, versuchte er erst gar nicht, sein Bein zu bewegen oder, was noch schlimmer gewesen wäre, es herauszuziehen. Die Falle mit den Händen aufzudrücken, sparte er sich auch, da dies im schlimmsten Fall zum Verlust seiner Finger hätte führen können. »Ihr elenden Schweine«, schrie er seine Wut über diese Hinterlist heraus. *So viel dazu, dass diese Prüfung einfach wird.* Verzweiflung überkam Lukas. Wie nur sollte er hier wieder herauskommen? »Die Schale.« Er blickte erneut in das Gefäß und betrachtete den kleinen Metallstift, dann fiel sein Blick auf die Bärenfalle. Dort gab es am Kopf der Bügel eine runde Öffnung, die für den Stift geradezu gemacht zu sein schien.

Ich muss das Ding aus dem ätzenden Dämonenblut herausbekommen, um mich zu befreien, wurde ihm klar. *Damit wäre dies wohl die Prüfung in Dämonenlehre, und jene Falle wurde von Meister Nikolaus erdacht.* So viel Hinterlist hätte er dem stets kumpelhaften Meister gar nicht zugetraut. Den Metallnagel aus dem Becken zu bekommen, war schlicht ein Ding der Unmöglichkeit. Würde er die Hände in das goldene Dämonenblut stecken, würden sie bis auf die Knochen verätzt sein, bevor er überhaupt den Grund der Schale erreicht hatte. Nur zu gut erinnerte er sich an die Lectio, als Meister Nikki ihnen das mit einem abgetrennten Schweinefuß aus der Küche demonstriert hatte.

Angestrengt grübelte er darüber nach, was er über Dämonenblut wusste. »Was quäle ich mich denn hier, ich habe doch alle Informationen dabei.« Umständlich, um sein Bein nicht noch mehr zu belasten, holte er aus der Tasche seines Wamses den Codex. Hastig blätterte er darin, um zu seinen und den von Martin abgeschriebenen Notizen über Dämonenblut zu gelangen. Er überflog den Text, ohne neue Erkenntnisse zu erlangen. »Das Blut hat auf Dämonen selbst keine schädlichen Auswirkungen«, äffte er Meister Nikolaus beim Lesen nach. »Die wären ja auch schön blöd, wenn sie sich selbst auflösen würden.« Seufzend klappte er seinen Codex zu. »Wozu habe ich bloß dieses elende Buch mitge...« Sein Blick fiel auf den Einband aus Dämonenhaut. Er sah in die flache Schale und dann zu seinem Buch. *Vielleicht.* Ein stechender Schmerz, der sein Bein durchzuckte, brachte ihn dazu, nicht länger zu überlegen. Er fasste den Codex an der äußersten Kante und ließ ihn im Dämonenblut versinken. Das Buch überstand die Prozedur problemlos. *Selbst das Pergament muss aus Dämonenhaut hergestellt sein.* Kaum berührte er damit den Grund, schob er den Stift langsam die Rundung der Schale hoch. Er brauchte drei Anläufe und hatte auf seinen schwarzen Lederhandschuhen etliche Ätzflecke, ehe es ihm gelang, den rettenden Metallstift über die Kante zu schieben. Klirrend fiel der auf den Boden – genau auf der falschen Seite für Lukas. »Verfluchte Maultierkacke«, schimpfte er. Nachdem er das Dämonenblut sacht am Rand der Schale von seinem Codex abgestreift hatte, sodass es zurück in das Gefäß floss, ohne Schaden anzurichten, beugte er sich hinunter. Er musste sich unter den Löwenbeinen nachempfundenen Füßen der Schale hindurchstrecken, um an den rettenden Stift zu kommen. *Hoffentlich fällt das Ding jetzt nicht um und mir läuft das Zeug über den Kopf.* Sein Bein schrie dabei vor Schmerz, aber er schaffte es. Mit zitternden Händen steckte er den Stift in die dafür vorgesehene Öffnung.

Klick.

Sofort ließ der Druck nach und die beiden Bügel senkten sich.

Während er sein Bein herauszog, erkannte Lukas, dass die vorgeblichen Metallzähne nicht fest waren, sondern umklappten. *Eine Attrappe.* Er zog sein Hosenbein hoch. Winzig kleine Löcher waren in seiner Haut zu sehen, aus denen träge etwas Blut tröpfelte. Der dunkelrote Streifen, den die Kraft der Bügel hinterlassen hatte, würde ihn länger quälen.

Keuchend richtete er sich wieder auf. »Damit hätte ich dann wohl Dämonenlehre hinter mich gebracht.« Humpelnd lief er auf den Gang hinter der Schale zu. »Ich hoffe, die nächste Prüfung ist in Historia oder Musica.«

Sein Wunsch wurde tatsächlich erhört. Der nächste Raum, der dem Gang folgte, war voller Schilde mit den unterschiedlichsten Wappen verschiedener Adelsgeschlechter. Ihn blickten zahllose Adler, Löwen, Bären, Krähen und allerlei anderes, was die Blaublütler für sich in Anspruch nahmen, an.

Herrje, die kann ich unmöglich alle zuordnen. Er trat langsam in den mit schönen Terrakotta-Fliesen ausgestatteten Raum hinein. Argwöhnisch blickte er sich auf dem Boden nach Fallen um. Jede der braunroten Fliesen konnte beweglich sein und unter ihm einsacken. Vorsichtig tastete er mit der Fußspitze, bevor er einen weiteren Schritt tat. Ihm direkt gegenüber befand sich ein halbrunder Durchgang. Keine zehn Schritte entfernt. *Ob das hier vielleicht nur zur Zierde ist?*

Im selben Moment zischte etwas an ihm vorbei und schlug klappernd in einen Schild mit einem tanzenden, von Efeu umrankten Bären ein.

»Ein Pfeil!« Lukas konnte es nicht glauben. Er blieb stehen, doch das half nichts. Weitere Pfeile flogen auf ihn zu. Sie kamen scheinbar aus den Wänden. Er tat das Einzige, was ihm in diesem Moment als richtig erschien. Er hastete auf einen der ihm am nächsten hängenden Schilde zu und versuchte, ihn von der Wand zu zerren. Vergeblich. Er war fest verschraubt. Nachdem ein Pfeil in das Maul eines kreischenden Adlers auf einem Schild über ihm eingeschlagen war, griff er nach einem anderen Schild. Das gleiche Ergebnis, er hing unbeweglich an der Wand. »Was soll daaaa...« Einer der Pfeile hatte seinen Allerwertesten gestreift und dort eine gefühlte Spur von Feuer hinterlassen. Geduckt blickte er zum Ausgang. *Wenn ich schnell laufe, schaffe ich vielleicht ...*

»Ein Habsburger ohne Thron geboren, doch die Kaiserkrone ihm auserkoren«, erklang mit einem Mal Meister Rondos krächzende Altmännerstimme.

Natürlich, ein Rätsel. Das ist also die Prüfung in Geschichte. Er überlegte, während er versuchte, sich vor den Pfeilen in Sicherheit zu bringen. *Welcher Habsburger stand in der Thronfolge weiter hinten, wurde dann aber doch Kaiser?* Er holte seinen Codex heraus und wurde dafür belohnt, weil ein Pfeil direkt auf das sich als äußerst strapazierfähig erweisende Dämonenleder schlug und davon abprallte. Hastig blätterte er zu den vielen Stammbäumen, die Meister Rondo sie hatte abmalen lassen. Sein zitternder Finger glitt über die zahlreichen Äste des Hauses Habsburg. Schließlich blieb er im Jahr 1520 hängen. ›Erwählter deutscher Kaiser‹ stand dort, ergänzt durch die in Klammern stehende Erklärung ›(Päpstliche Krönung erst 1530)‹. *Er muss es sein.* »Karl V.«, rief er hoffnungsfroh aus.

Doch ein weiterer Pfeil flog auf ihn zu. Diesmal traf er ihn in den Oberschenkel.

»Ahh ...« Nur mit Mühe ging er nicht zu Boden, während er das Geschoss so dicht wie möglich an der Wunde abbrach. »Das ist die richtige Antwort, bitte!«, flehte er, doch statt einer Bestätigung sauste ein weiterer Pfeil auf ihn zu, dem er nur knapp ausweichen konnte. *Könnte ich doch nur eines der Schilde benutzen.* Konnte es das sein? Fieberhaft überlegte er, wie das Wappen Karls V. ausgesehen hatte. Im Zentrum musste auf jeden Fall der doppelköpfige Reichsadler zu sehen sein, das Zeichen des Heiligen Römischen Reichs Deutscher Nation. Dazu Zepter und Reichsapfel in den Krallen dieses Vogels, um die Würde des Kaisers zu symbolisieren. Leider gab es davon mehrere Wappenschilde, da Karl V. nicht der einzige Habsburger-Kaiser war. Ein weiterer Pfeil streifte Lukas' Oberschenkel und riss seine ohnehin ramponierte Hose weiter in Fetzen. *Was weiß ich noch?* Sein Blick fiel auf einen Adler, der in seiner Mitte neben vielen kleinen Wappen auch einen roten Löwen enthielt. *Die roten Löwen Leóns, er war auch König von Spanien.* Lukas sprang auf den Schild zu und zerrte daran. Er löste sich so leicht von der Wand, dass Lukas hintenüberfiel. »Ha!«, freute er sich über seinen Erfolg, »und da sag nochmal jemand, Geschichte sei langweilig.« Schnell steckte er seine rechte Hand in die beiden Lederschlaufen, die das alte Kriegsgerät auf der Rückseite besaß. So gerüstet machte er sich daran, den Raum zu durchqueren. Schon nach wenigen Schritten bemerkte er etwas, das ihn regelrecht ärgerte. »Nein, so ein Betrug.«

Es kam kein Pfeil mehr aus den Wänden. Mit dem Lösen der Aufgabe war auch der sie abfeuernde Mechanismus verstummt.

Enttäuscht ließ er den Schild zu Boden gleiten.

Während er den Raum mit den Schilden hinter sich ließ, ging Lukas im Kopf seine Lectiones durch. *Bleiben nur noch Musica, Anatomica und Invocatio Daemonum.* Hätte man ihn gefragt, welches Fach als Nächstes abgeprüft werden sollte, hätte er sich für Anatomie entschieden, um seine Verletzungen nebenbei zu versorgen.

Doch das, was ihn am Ende des sacht ansteigenden Gangs erwartete, konnte er noch nicht einmal zuordnen. Er fand sich, nachdem er eine schmale Brücke überquert hatte, in einem schummrig beleuchteten Raum voller Eimer wieder, in die von der Decke unablässig Wassertropfen fielen.

»Was ist das nur wieder für ein Unsinn?« Vorsichtig näherte er sich den Wassereimern, die aber auch nach einer zweiten Überprüfung nichts weiter als normale Eimer zu sein schienen. Einige waren voller, andere leerer, aber auch der Inhalt schien nichts als Wasser zu sein. *Eventuell haben sie einfach vergessen ...*

Das kratzende Schleifen von Stein auf Stein ließ ihn innehalten.

»Was ...« Dort, wo sich eben noch die kleine Brücke befunden hatte, war jetzt ein gähnender Abgrund. Vor ihm war genau das Gleiche geschehen, sodass er nun auf einem etwa drei Schritte breiten und vier Schritte langen Steinpodest gefangen war. »Gut. Könnte mir dann wenigstens jemand sagen, was ich jetzt hier machen soll? Ich blute und mir tut alles weh. Wäre schön, dieses Examen jetzt endlich abzuschließen.« Seine Stimme hallte von den kahlen Wänden wider, die eher an eine Höhle erinnerten als an künstliche Katakomben unter einem Kloster in einer der größten Städte der Welt. Lustlos trat er einen Eimer zur Seite.

Sofort begann der Boden unter seinen Füßen zu beben und das kleine Podest regelrecht zu schwanken.

»Schon gut, schon gut.« Hastig stellte er den Eimer zurück, aber das Podest wollte sich nicht wieder beruhigen. Im Gegenteil, es begann so stark zu schwingen, dass er mehrmals einen Ausfallschritt machen musste, um nicht in den Abgrund zu fallen. *Was hat sich verändert, seitdem ich den Eimer weggestoßen habe?* Er betrachtete die Wassergefäße. Es waren sieben. Mit unsicheren Schritten umrandete er jedes einzelne von ihnen. In alle tropfte Wasser. »Die Tropfenfolge ist unterschiedlich schnell«, bemerkte er. »Außerdem ist unterschiedlich viel Flüssigkeit in jedem der Eimer.«

Als würde das Podest seine Überlegungen goutieren, schwankte es weniger.

»Der Eimer, den ich weggetreten habe, hat am wenigsten Wasser.« Mit einem Mal fing das Podest wieder an stärker zu wanken. Schneller und schneller schwang es unkontrolliert in alle Richtungen.

Lukas wurde wie eine Murmel in der Holzbahn hin- und hergeschleudert. *Was übersehe ich?*

Das ewige und so unterschiedliche Plitsch-Platsch der verschiedenen Wasserzuläufe machte ihm das Denken schwer. Es war, als wollte das Wasser ihn aus dem Konzept bringen.

»Elende Wassermusik«, ärgerte er sich. »Das ist es! Musik.« Er schloss die Augen, um sich auf die Tonfolgen der Tropfen zu konzentrieren. Das war alles andere als einfach, da das unstete Podest ihm Übelkeit verursachte und er die ganze Zeit Angst hatte, über den Rand zu fallen. Doch so langsam ergab das Platschen einen Zusammenhang. Er summte mit. Das war das Lied, das Zuzanna bei ihrem ersten Aufeinandertreffen gesungen hatte. Lange hatte er versucht herauszufinden, welches es gewesen war. Die Melodie hatte er so oft vor sich hingesummt, dass selbst Martin einen Ohrwurm davon bekommen hatte und es seitdem selbst ständig vor sich hinbrummte. Und ausgerechnet jetzt fiel ihm ein, welches Lied sie gesungen hatte. »Das ist ›Ein feste Burg ist unser Gott‹, aber irgendwas stimmt nicht.«

Ein besonders heftiges Beben ließ ihn in die Knie gehen, da er sich nicht mehr auf den Beinen halten konnte.

Er verstand, dass er die Tonhöhe ändern musste, und das ging nur, indem er den Wasserstand in den einzelnen Eimern veränderte. Immer wieder summte und sang er sich Martin Luthers Kirchenlied vor. »Ein feste Burg ist unser Gott, ein gute Wehr und Waffen. Er hilft uns frei aus aller Not, die uns jetzt hat betroffen ...« Dabei goss er von einem Eimer etwas in den nächsten und wieder zurück, bis die von ihm angestrebte Melodie durch das Platschen der Tropfen in den Eimern erreicht wurde. Als es für seine Ohren so weit war, brüllte er inbrünstig die zweite Strophe mit: »Mit unsrer Macht ist nichts getan, wir sind gar bald verloren. Es streit' für uns der rechte Mann, den Gott hat selbst erkoren.« Immer fester und lauter wurde seine Stimme. Das Singen bereitete ihm regelrecht Spaß. Freudig sang er die dritte Strophe und goss dabei weiter Wasser hin und her. »Und wenn die Welt voll Teufel wär und wollt uns gar verschlingen, so fürchten wir uns nicht so sehr, es soll uns doch gelingen. Der Fürst dieser Welt, wie saur er sich stellt, tut er uns doch nicht; das macht, er ist gericht': ein Wörtlein kann ihn fällen.« Diese Textzeilen passten zu der Aufgabe der schwarzen Feldschere besonders gut, daher sang er jetzt vermutlich auch besonders begeistert und vergaß dabei fast die Eimer. Schlimmer noch, den letzten trat er versehentlich um. *Oh nein, ich bin verloren.*

Doch das Gegenteil geschah. Kaum hatten die letzten Worte seine Lippen verlassen, beruhigte sich die Plattform. Die Brücke, die in Richtung des weiterführenden Gangs führte, schob sich vor.

Es ging hier die ganze Zeit gar nicht um die Eimer, sondern darum, ob ich dieses Lied richtig singen kann. »Ihr müsst von Herzen singen«, so hatte Meister Reinhold sie immer ermahnt. *Und genau das habe ich gerade getan.* Eilig überquerte er die schmale Brücke. *Wenn ich hier rauskomme, werde ich Martin verraten, was er die ganze Zeit so vor sich hinbrummt,* nahm er sich vor. Beschwingt pfiff er die gesamte Zeit, die er durch den nur von seiner Kugel beleuchteten Gang lief, Luthers Lied vor sich hin. *Danke, Zuzanna.*

Sein Ziel war an flackerndem Feuerschein zu erkennen. Mit klopfendem Herzen lief Lukas darauf zu. *Was mich wohl dort erwartet?*

Zwei Prüfungen standen noch aus: Anatomie und Beschwörung.

Obwohl Lukas trotz allem Beschwörung als Höhepunkt erwartet hatte und jetzt erst mit der Anatomie-Prüfung rechnete, wurde er von einem dröhnenden »Endlich, ich dachte schon, dass man in diesem Saftladen nie bedient wird« begrüßt. Ein dunkelblauer Dämon mit zwei Hörnern an jeder Seite seines schweineartigen Kopfs hockte im nächsten Raum und sah ihn gierig aus seinen sechs Augen an, von denen jeweils zwei an der rechten und der linken Seite des riesigen Schädels saßen. Zwei weitere blickten ihn starr von vorn an.

So viel dazu, dass wir nicht selbst beschwören müssen, das haben die Feldschere bereits für uns getan.

»So«, begrüßte das Wesen ihn mit tiefer Stimme, die das Gestein zum Vibrieren brachte, »dann will ich mal meine Bestellung aufgeben.«

»Deine was?«, fragte Lukas eher überrascht als ängstlich. Er stellte sofort fest, dass das Wesen in einem geschlossenen Bannkreis saß.

»Gibt's hier keine Schankraumbewirtschaftung, oder was?«, giftete der blaue Dämon und schüttelte enttäuscht seinen breiten Schädel.

»Also, ich ...« Jetzt erkannte Lukas, dass sich direkt hinter dem Bannkreis und dem breiten Rücken der Kreatur eine hell beleuchtete Treppe befand, die nach oben führte. *Ich bin fast am Ende angelangt. Nur noch an diesem Mistvieh vorbei.*

»Mir auch egal, sag in der Küche, dass ich mein Fleisch gern blutig mag und bloß keine scharfen Gewürze. Da kriege ich immer ...« Ein intensiver Zimtgeruch erfüllte den Raum. »Hoppla, schon beim Gedanken daran passiert's.«

Lukas, der dieses Geplänkel bereits von der rot geschuppten Dämonin kannte, hörte gar nicht richtig zu, sondern versuchte, einen Weg an dem Untier vorbei und hin zu der Treppe zu finden. Dabei sah er, dass die Bannlinien, die das Wesen einsperrten, aus Salz geformt waren und nicht aus Asche oder Holzkohle. *Vermutlich, damit sie niemand versehentlich zerstört. Salz ist stabiler.* Außerdem war die Kreatur in einem vielfältigen Gewirr aus Bannkreisen abgesichert, sodass selbst das Durchbrechen einer einzelnen Linie noch nicht bedeutet hätte, dass sie fliehen konnte. *Die Meister wollen ja nicht, dass das Vieh ihnen selbst den Garaus macht.* Ohne die im Schein der Fackeln glitzernde Salzlinie auch nur zu berühren, studierte Lukas den Bannkreis. *Ob das wohl ein Labyrinth ist mit einem Weg, den man gefahrlos in Richtung Treppe laufen kann?*

»Hallo, du kleiner Bedienungsheini!«, schrie der Dämon plötzlich so laut, dass Lukas einige Schritte zurücktaumelte. »Gibt's hier kein Abendbrot mehr? Wie du vielleicht schon gemerkt hast, kann ich etwas ungehalten werden, wenn ich hungrig bin.«

»Verstehe ich schon, aber ich habe jetzt keine Zeit für dich«, wies Lukas das Wesen ab, um sich auf seine Aufgabe konzentrieren zu können.

»Ach, so ist das, na dann werde ich den feinen Herrn jetzt mal in Ruhe lassen. Ist das recht?«, säuselte die Kreatur mit einem Mal freundlich.

»Ja, das wäre sehr nett«, gab Lukas überrascht zurück. »Ich muss hier nämlich ...«

Mit einem Satz war der Dämon vor ihm und trommelte mit seinen riesigen, dunkelblauen Pranken gegen die unsichtbare Barriere des Bannkreises. »Das erwartet dich übrigens, wenn du auch nur deinen Zeh über die Salzlinie streckst.« Blauer Dampf stieg aus seinen Nüstern auf.

»Schon verstanden«, murmelte Lukas und versuchte, seine Angst zu verbergen. Dennoch blieb er überzeugt, dass es einen

Weg geben musste, an dem Wesen gefahrlos vorbeizulaufen. *Ich muss ihn nur finden.*

»Ich glaube dir, dass du verstanden hast, du kennst das ja bereits.« Lautstark schnupperte der Dämon, auf dessen Armen sich Muskeln groß wie Köpfe abzeichneten. »Oh, du gehörst ihr. Da greift aber jemand gleich nach den Sternen.«

Lukas' Herzschlag beschleunigte sich, was nach all der Aufregung des heutigen Tages eigentlich ein Ding der Unmöglichkeit hätte sein sollen. *Wenn die Meister zuhören, dann finden sie vielleicht heraus, was ich getan habe.* »Ich habe keine Ahnung, wovon du redest!«

Wissend tippte sich der Dämon an die hässliche Knollennase. »Oho, niemand soll von ihr wissen. Das wäre ihr aber gar nicht recht. Sie kann ganz schön wütend werden und dann flucht sie wie ein betrunkener Kesselflicker. Ich mag das ja, dazu noch diese Kurven.« Das riesenhafte Wesen gab ein Geräusch von sich, das an das Schnurren eines Kätzchens erinnerte. Plötzlich blickte es sich hektisch um. »Aber sag ihr nicht, dass ich das gesagt habe.« Verlegen scharrte der Dämon mit seinem an eine Bärentatze erinnernden Fuß über den grob behauenen Steinboden und hinterließ vier tiefe Furchen darin. »Das wäre mir furchtbar peinlich, ich bin doch so schüchtern.«

»Ähm …« Lukas wusste darauf nichts zu antworten.

»Mich wundert wirklich, dass sie bei all den Avancen, die ihr ständig gemacht werden, ausgerechnet so ein dürres Bürschlein wie dich ausgewählt hat.«

So langsam sollte er mit dem Reden aufhören. Seine Meister waren nicht dumm und würden sicher eins und eins zusammenzählen.

Sein Gegenüber, das davon nichts ahnte, plapperte unterdessen munter weiter, als säßen sie bei einem gemütlichen Spinnabend zusammen. »Oder hast du irgendwo ein riesiges Horn, das man jetzt nicht sieht? Nein.« Der Dämon zeigte anklagend mit einem blauen Finger auf ihn. »Du hast doch nicht etwa einen Doppelschwanz mit Dornen, den du unter deinem Umhang versteckst? Da stehen ja alle Weiber drauf, und unsereins, die wir nur zu solch einem Stummelschwänzchen verflucht sind, können da nicht mithalten.« Seine Stimme wurde weinerlich und er knetete verlegen seinen sicher drei Schritte langen Schwanz, an dessen Ende eine tödlich aussehende Knochenkugel baumelte, deren Schlag vermutlich ein Pferd hätte töten können.

»Ich habe keinen Schwanz«, war es Lukas entschlüpft, bevor er sich auf die Lippen beißen konnte.

»Ach was.« Der Blaugeschuppte fand zu seinem Selbstbewusstsein zurück. »Was findet sie denn dann an dir? Oder bist du nur so was wie ein Haustier? Oder ...« Er schlug sich erschrocken die Hand vor sein zahnbewehrtes Maul. »Jetzt weiß ich es: Sie will über dich etwas über die schwarzen Feldsch...«

Ich bin eine Rose. »Geh zurück in die Erde! Jetzt!«

Überrascht legte der Dämon seinen Schädel zur Seite. »Bitte, was? Hältst du dich für die Sonne persönlich, oder was?«

Wieso klappt das nicht? Ausgerechnet jetzt? »Geh zurück in die Erde, ich befehle es dir!«

Nichts geschah, außer dass sich der Dämon nachdenklich im Schritt kratzte. Dass dabei unappetitliche, blaue Schüppchen zu Boden rieselten, versuchte Lukas auszublenden, zumal er momentan ohnehin andere Sorgen hatte. »Was auch immer du glaubst hier zu veranstalten, es wird nicht klappen. Der Feldscher mit dem einen Auge hat mir nämlich eure Namen verraten.«

Das hat Questenberg nur wegen mir angeordnet, damit ich keinen Vorteil den anderen gegenüber habe, war sich Lukas sicher.

»Ich rate jetzt mal ins Blaue: Du bist dieser Fritz, nee, wie ein Fritz siehst du nicht aus. Thomassss ... auch nicht, dachte ich mir.« Jetzt schnupperte er laut. »Lukas?«

331

»Ähm …«

»Ha, du bist es«, kicherte der Dämon listig. »Aber ich rieche, dass ich nicht der Einzige bin, der deinen Namen kennt.«

»Ähm …«

»Oh, es ist sogar eine Sie! Und ich würde meinen Schwanz darauf wetten, dass du ihren Namen nicht kennst, denn aus dem macht sie immer ein großartiges Geheimnis.«

»Öhm …«

»Brauchst hier gar nicht so rumzudrucksen. Das Weibsbild hat dich reingelegt.« Er setzte eine verständnisvolle Miene auf, zumindest, wenn man das Vorschieben seiner fingerlangen Hauer so interpretieren wollte. »Sei nicht traurig, ist uns allen schon passiert, dass wir einem hübschen Schwanz und einem schönen Gesicht mit Reißzähnen auf den Leim gegangen sind. Aber dich hat sie nun natürlich wirklich ganz schön am Kragen. Hat sie Blut …«

Von der Decke kamen plötzlich feine Tropfen. Lukas wurde klar, dass sie bald das Salz auflösen würden. Jetzt erinnerte er sich an Adelarschs Warnung, dass sie nicht trödeln durften. *Ich muss hier weg, und zwar schnellstens.* »Ich würde ein gutes Wort bei ihr für dich einlegen«, unterbrach er den Dämon. »Falls du dich mal mit ihr treffen magst. Ich bin nichts weiter als … so was wie ein Steckenpferd für sie, aber bei jemandem wie dir, da könnte schon mehr gehen.« Er wollte sich gar nicht vorstellen, was das bei Dämonen bedeuten würde.

»Wirklich?« Noch wirkte der blau geschuppte Dämon skeptisch. »Wer teilt schon freiwillig solch ein Weib? Warum solltest du das machen?«

»Ich … äh … würde das machen, weil du so nett bist.«

»Ach, hör auf.« Er machte eine abwehrende Geste mit seiner Pranke. »Ist das so? Ich muss auch sagen, dass ich selten eine Vorspei… ähm … einen Fleischli…«

»Menschen«, half ihm Lukas seufzend.

»Menschen getroffen habe, der so wenig scheußlich war wie du.«

Lukas wusste nicht, ob er sich über dieses Kompliment freuen sollte, sagte aber: »Danke. Am besten für deine Chancen bei ihr wäre es, wenn ich ihr etwas über dich erzählen könnte. Deinen Namen etwa«, ging er gleich aufs Ganze.

»Ach, den kennt sie doch längst«, erklärte der Dämon leider und nahm Lukas damit die Chance, Macht über ihn zu erlangen. »Erzähl ihr doch von meinen Heldentaten. Ich habe zum Beispiel in der Schlacht bei Lomnitz so viele Menschen gefre... also gespeist«, verbesserte er sich mit einem Blick auf Lukas, »wie kein anderer.«

»Heldentaten sind eine gute Idee«, reifte in dem Novizen ein gewagter Plan, »aber ob sie unbedingt einen alten Fresssack will? Ich weiß nicht.«

»Na, womit soll ich denn dann punkten? Ich kann nicht viel besonders gut. Menschen zerreißen, zertreten und zermalmen ist eben meine Leidenschaft, dafür lebe ich. Nichts für ungut.«

»Ja, das ist auch sehr beeindruckend, aber am Ende können das natürlich viele.«

»Ich weiß.« Jetzt hörte sich der riesige Dämon an, als würde er gleich losweinen.

»Wie wäre es ... ach, das ist für dich sicher unmöglich, obwohl sie sicher beeindruckt wäre.«

Der Regen wurde von einem feinen Nieseln zu einem Frühlingsschauer. Das Salz schmolz darunter hinweg wie Eis in der Mittagssonne.

»Was? Sag schon. Ich bin bereit, ihr zu beweisen, dass ich ihrer Gunst wert bin.«

»Aber es ist etwas, wozu du all deine Kraft brauchen wirst«, erklärte Lukas und pustete einen Tropfen, der an seiner Nasenspitze baumelte, weg. Auf dem Leib des Dämons verdampfte der Regen zu feinen Nebelschwaden.

»Jetzt sag schon. Ich kriege alles hin.« Einem Affen gleich, trommelte er sich auf die mächtige Brust.

»Ich weiß nicht ... Wenn du sie dann doch enttäuschst, kriege ich Ärger. Es muss schon etwas sehr Besonderes sein.«

»Bitte, bitte, sag es mir. Ich werde sie nicht enttäuschen.«

Der Regen hatte inzwischen einige Bannlinien so verwaschen, dass der Dämon sie vermutlich übertreten konnte. Nur seine Aufregung verhinderte, dass er es bemerkte.

»Also gut, aber du hast nur eine Chance. Bist du zu feige, dann war es das.«

»Klar, spuck es endlich aus.«

Nachdem er tief Luft geholt hatte, sagte Lukas: »Du musst mir erlauben, in deinen Bannkreis zu treten.«

»Pah, das ist kein Problem. Komm nur rein.« Er winkte mit seiner Pranke.

»Also gut, aber das war es noch nicht. Das war nur der erste Schritt, um ihr Herz zu erobern. Du weißt ja, wie sie ist.«

»Und ob.« Er klimperte mit seinen sechs Augen wie ein verliebter Jüngling zur Maienzeit.

Mit angehaltenem Atem überschritt Lukas die beinahe vergangene äußere Bannlinie.

»Na, wie findest du das?«, sagte der Dämon stolz. »Ich habe nicht einmal angewidert aufgekreischt, obwohl du mich fast berühren könntest.«

»Ich bin beeindruckt. Wenn ich ihr das erzähle, wird sie stolz auf dich sein.«

»Eine Kleinigkeit für mich.«

»Jetzt musst du dich endgültig beweisen.«

»Gut! Wie? Sag es mir!« Sein Schwanz schwang so aufgeregt herum, dass Lukas aufpassen musste, nicht getroffen zu werden.

»Beug dich vor.«

Der Dämon tat, was er verlangte.

»Leg deine Pranken mit dem Handrücken auf den Boden.«

Er ließ seine langen Affenarme nach unten gleiten.

»Jetzt tritt erst mit dem einen Fuß, dann dem anderen auf deine Hände.«

»Ein Kinderspiel«, keuchte das blau geschuppte Wesen. »Ich muss zugeben, dass ich durch die eine oder andere Menschenvöllerei etwas eingerostet bin, aber ... Voilà, was sagst du?«

»Wunderbar«, erwiderte Lukas, nachdem der Dämon sich selbst gefesselt hatte. »Ich werde ihr ausrichten, was du alles kannst. Jetzt muss ich aber los.« Er rannte, so schnell es seine Beine vermochten, auf den rettenden Ausgang zu.

»Was ... wieso ... ich«, stammelte der Dämon, ohne sich befreien zu können.

Lukas war es egal. Er rannte die Treppe hinauf. Sobald er die erste Stufe betreten hatte, fuhr eine Wand aus Silber nach oben und versiegelte die Kammer des Dämons. *Das war knapp. Bleibt nur zu hoffen, dass niemand verstanden hat, was das Vieh da von sich gegeben hat – und ich muss dringend herauskriegen, wie die rote Dämonin heißt.*

Am Ende der Treppe befand sich ein schlichter, weiß gekalkter Raum mit einem Fenster, das einen Blick in den Abtshof ermöglichte. Ein Tisch mit Verbänden, chirurgischen Instrumenten und einer Waschschüssel stand in der Mitte.

Die Anatomieprüfung. War ja klar, dass es noch nicht zu Ende ist.

Überraschenderweise ging plötzlich die Tür auf und ein grinsender Jokel trat ein. Der Kellermeister sah ihn stolz an. »Ich wusste, dass du es schaffst.«

»Danke«, keuchte Lukas. Sein Bein bereitete ihm zusehends Probleme. Die Hose war nass von Blut.

»Doch dein Examen endet erst, wenn du alle Prüfungen bestanden hast. Hier findest du alles, was wir in Anatomica verwendet haben. Ich hoffe, du erinnerst dich.«

»Mhh«, war das Einzige, was Lukas dazu einfiel. Er hatte weder Lust noch Kraft für eine weitere Prüfung.

»Deine letzte Aufgabe ist ganz einfach«, redete Jokel dessen ungeachtet munter weiter. »Versorge dich hier so gut, dass du bis zum Sonnenaufgang nicht stirbst. Vorher darf dir niemand helfen. Wenn du mit deinem Verband fertig bist, freue ich mich, dich als Novitius gradus secundi im Amtszimmer des Abts begrüßen zu dürfen.« Ohne auf eine Antwort zu warten, ging der dickliche Feldscher wieder aus dem Raum.

Obwohl Lukas die Kaltschnäuzigkeit des sonst so freundlichen Kellermeisters erschreckend fand, verstand er doch, dass dies Teil seiner Prüfung war. Mit einem Skalpell schnitt er seine Hose auf. *Wenigstens die wird mir Jokel ja wohl noch heute Nacht ersetzen dürfen.*

18

EIN ECHTER FREUND

»Ich freue mich, dich zu sehen, mein Junge«, begrüßte ihn Questenberg, als Lukas mit einem dicken Verband um den Oberschenkel in sein Büro humpelte. »Und auch wenn die Sonne noch nicht aufgegangen ist, bin ich doch sehr guter Dinge, dass du dein Examen bestanden hast.« Väterlich klopfte er ihm auf die Schulter. »Ich hoffe, du bist Bruder Peter und mir nicht böse, dass wir die kleine List mit euren Namen bei dem Dämon angewandt haben. Alle Novizen sollen ja die gleichen Bedingungen haben und außerdem wollen wir doch das Geheimnis um deine besondere Begabung weiter wahren.« Er zwinkerte verschwörerisch.

Wenn das Vieh mich zerfetzt hätte, wäre das Geheimnis mit mir ins Grab gefahren. »Ähm ... kein Problem, gleiches Recht für alle«, war das Einzige, was Lukas in diesem Moment einfiel.

»Löblich, löblich«, gab sich Questenberg begeistert. »Zwar konnten wir dich nicht sehen, sondern nur hören, aber dein Märchen von einer verliebten Dämonin hast du dir wunderbar ausgedacht.«

Bei diesen Worten fiel Lukas ein zentnerschwerer Stein vom Herzen. *Sie glauben, ich habe gelogen.*

»Möchtest du zur Feier des Tages vielleicht etwas essen oder trinken? Reinhold hat sich mal wieder selbst übertroffen.« Der Abt ging einen Schritt zur Seite und offenbarte einen Tisch voller kalter und warmer Köstlichkeiten.

»Nein, danke.« Er würde keinen Bissen essen können, bis er nicht wusste, dass alle anderen Novizen lebend aus der Prüfung gekommen waren. Schweigend setzte er sich auf eine der beiden Holzbänke, die man in das Zimmer des Abts hatte bringen lassen.

Questenberg selbst saß mit vor dem Gesicht verschränkten Händen hinter seinem Schreibtisch und starrte sichtlich nervös die Tür an. Auf ein Gespräch schien er keine Lust zu haben. So war es nur das Knistern des offenen Kamins, das den Raum erfüllte.

Er macht sich Sorgen um seine Novizen, dachte Lukas und ein warmes Gefühl breitete sich in seinem Bauch aus. Gleichzeitig betrachtete er die beiden Bänke, die in dem Zimmer mit all seinen Büchern, polierten Gerätschaften, exotischen Rüstungen und Waffen an den Wänden deplatziert wirkten. *Darauf haben wir niemals alle Platz.* Sein euphorisches Gefühl wegen der erfolgreich bestandenen Prüfung verflog augenblicklich. *Sie rechnen nicht damit, dass es alle Novizen schaffen.*

Es dauerte eine gefühlte Ewigkeit, bis die Tür endlich aufging. Lukas hoffte inständig, dass es Martin sein würde. Stattdessen wankte Thomas herein. Um den Kopf trug er einen blutigen Turban und einige Finger seiner rechten Hand standen in einem unnatürlichen Winkel ab, aber er schien dennoch beseelt, es geschafft zu haben.

Questenberg begrüßte ihn mit derselben Herzlichkeit wie schon zuvor Lukas.

Doch Thomas schien ihm gar nicht zuzuhören. Er sah nur zu Lukas und dann wieder zum Abt. »Wo ist Harold?«

Nein! Lukas war so schnell in die Prüfung geschickt worden, dass er die Reihenfolge der Kandidaten nicht kannte.

Ihr Abt schüttelte traurig den Kopf. »Wenn er vor dir losgegangen ist und noch nicht hier ist, hat er es nicht geschafft. Es darf jeweils nur ein Novize in die Prüfungszone. Es tut mir leid, er war ein guter Junge.« Questenberg schien das Thema ändern zu wollen. »Möchtest du etwas essen, Thomas?«

»Mein bester Freund ist gerade gestorben, da ist mir nach allem anderen, nur nicht nach Essen«, schrie Thomas und ließ sich am ganzen Körper zitternd auf den Platz neben Lukas fallen.

Der Nächste, der zu ihnen stieß, war Bert. Im Gegensatz zu Thomas schlug er sich den Bauch voll und war dazu überraschenderweise unverletzt.

Lukas bewunderte den kleinen, freundlichen Jungen, den er offenbar die ganze Zeit unterschätzt hatte.

Jakob öffnete als Nächster die Tür. Von seinem sonst so einnehmenden Lächeln war nichts geblieben. Irgendetwas oder irgendwer hatte ihm einen Teil seiner Zähne ausgeschlagen und auch seine Augen waren dunkel verfärbt. Nachdem er sich, ohne das Essen auch nur anzusehen, gesetzt hatte, fiel er immer wieder in eine Ohnmacht, aus der ihn Thomas mit Klapsen auf die Wange zurückholte.

Nach Jakob kam lange niemand mehr. Da die Meister sie mit einigen Tricks zur Eile antrieben, war das ein schlechtes Zeichen. Schließlich schob Fritz die Tür mit der Schulter auf. Seine Hände waren dick bandagiert und sein halber Umhang verbrannt, trotzdem grinste er, als er eintrat. »Gefafft, wer hätte daff gedacht.« Mit zusammengekniffenen Augen betrachtete er die vier bereits im Zimmer befindlichen Novizen. »Wo ist Adam? Er war vor mir dran.«

339

Niemand machte sich die Mühe, ihm zu antworten.

Als Questenberg auch ihm Speis und Trank anbot, lehnte der muskulöse Junge ebenfalls ab und ließ sich auf die leere Bank hinter Lukas fallen.

Jetzt fehlten nur noch August und Martin. Und obwohl Lukas keinem Menschen etwas wirklich Schlechtes wünschte, so hoffte er doch sehnlichst, dass sein Mitbewohner endlich als Nächster durch die Tür kam.

Diese Hoffnung wurde enttäuscht. Es war der feiste August, der mit triumphierendem Lächeln als Nächster die Tür öffnete. Bevor ihn Questenberg begrüßen konnte, rief er aus: »Das war alles? Diese Spielereien konnte man ja kaum Prüfung nennen. Am meisten hat mich heute Nacht mein leerer Magen gequält«, versuchte er sich an einem Witz, den alle im Raum mit Schweigen beantworteten. Dem Adligen schien es egal. Er stürzte sich auf das Buffet, als hätte er seit Wochen nichts gegessen.

Wie hat er das gemacht? In Beschwörung war er starr vor Angst, wunderte sich Lukas, aber schnell kehrten seine Gedanken zurück zu Martin. Er war nun der Letzte, der sich durch die Katakomben kämpfen musste.

Die Nacht zog sich hin. Martin brauchte außergewöhnlich lange. August und Jakob waren eingeschlafen. Auch Questenberg schien mit dem Schlaf zu kämpfen.

Was bleibt er denn? Martin war mit Abstand der Beste unter ihnen, dass ausgerechnet er in der Prüfung scheitern sollte, erschien Lukas als Ding der Unmöglichkeit.

»So«, krächzte Questenberg mit einem Mal, und alle schreckten hoch. Er räusperte sich, um seiner Stimme wieder den üblichen Klang zu verschaffen. »Die Sonne wird bald aufgehen. Ich denke, dass es der letzte Kandidat nicht schaffen wird, bevor ihre Strahlen auf den Hof fallen. Leider sagen die Prüfungsregeln, dass bei einer Rückkehr nach Sonnenaufgang die Prüfung nicht bestanden ist.«

Sie werden ihn umbringen. »Nein, das darf nicht sein. Martin ist unser Primus, er kann … er darf …«

»Es tut mir leid, Lukas, aber die Regeln unseres Ordens sind streng. Wir dürfen keine Feldschere in die Welt entlassen, die nicht einmal von ihren Meistern gestellte Aufgaben bewältigen.«

»Gibt es eine Regel, die verbietet, dass ein erfolgreicher Novize einem anderen in der Prüfung hilft?«

»Nein, ich denke aber, dass es noch nie …«

Ohne den Rest abzuwarten, stürmte Lukas aus dem Zimmer des Abts und auf den kleinen Raum mit dem Verbandmaterial zu.

Jokel sah ihn überrascht an, als er hereinkam. »Lukas …«

»Ich muss Martin helfen. Öffnet mir die Silbertür, bitte.«

»Aber …«

»Bitte! Ich will nur wieder dort hinein, mehr verlange ich nicht.«

Jokel nickte und ging zu der glänzenden Tür. Nachdem er durch einen kleinen Schlitz gesehen hatte, aktivierte er einen Mechanismus. Die silberne Barriere versank in den Boden.

»Danke«, rief Lukas und blickte hindurch. Merkwürdigerweise war kein Dämon dahinter zu sehen. *Ob er sich befreit hat und Martin nun durch die Katakomben jagt?*

»Geh in den Raum der Feuer«, raunte der Kellermeister. »Und beeil dich.«

Ohne Martin wäre ich hier schon am ersten Tag gescheitert.

»Das werde ich.« Er griff sich eine der Fackeln von der Wand und lief los.

Obwohl er sich Sorgen machte, dass er den Zorn des Dämons auf sich gezogen hatte, rannte er zurück in die Kellergewölbe des Klosters. Zu seiner Überraschung war der Bannkreis fast vollständig. Nur einige Stellen fehlten, als hätte jemand das Salz dort weggenommen. *Ein Versehen?* Hinter der leeren Dämonenkammer stieß er auf einen seitlichen Gang, den er auf seinem Weg hierher definitiv nicht genommen hatte. Raum der Feuer, hatte Jokel gesagt. Solch ein Raum war ihm während seiner Prüfung nicht untergekommen. *Martin muss sich für einen anderen Weg entschieden haben als ich.* Nachdem er durch einen langen Gang gelaufen war, in dessen Mitte sich ein Wasserrinnsal entlangschlängelte, kam er in einen Raum, in dem eine ungewöhnliche Wärme herrschte und ein Geruch wie nach frisch umgegrabener Erde. Der Boden unter seinen Füßen war weich und matschig. Er leuchtete mit der Fackel und sah sich um. Beinahe hätte er Martin bei seinem Namen gerufen, aber da der Dämon ihn hätte hören können, entschied er sich für: »Mitbewohner?«

Doch nur ein entferntes Echo antwortete ihm. »..itbewohner ... bewohner ... ohner ...«

»Verflucht!« Jetzt betrachtete er den Matsch zu seinen Füßen genauer. Unverkennbar waren die bärentatzenartigen Fußabdrücke des Blauen zu erkennen, die sich tief in den Morast gegraben hatten. Aber das, was ihn am meisten beunruhigte, waren die spitz zulaufenden Abdrücke von Stiefeln, die den seinen ganz ähnlich waren. »Was hast du getan, mein Freund?«, raunte er.

Ein feines Schmatzen war das einzige Geräusch, das er vernahm, während er durch die Kammer auf den dahinterliegenden Stollen zulief. Der Weg dorthin war einfach zu finden, da ein flackernder Feuerschein den grob aus dem Felsen geschlagenen Gang beleuchtete.

Daher kommt also diese merkwürdige Hitze. Der Raum der Feuer, war er sich sicher.

Schnell rannte Lukas darauf zu. Was auch immer dort für eine Niedertracht im Gange war, sollte Martin dort sein, wäre dies sicher nicht zu seinem Vorteil.

Das Luftholen fiel Lukas schwerer, je mehr er sich dem Flammenraum näherte. Die Hitzewellen, die von dort kamen, waren erdrückend. »Ma... Mitbewohner?«, rief er mit rauer Kehle. »Mitbewohner, bist du da?«

»Bist du das etwa, Ohnenamen?«, erklang zu Lukas' Freude Martins verwunderte Stimme. Dass sein Freund ebenfalls nicht seinen richtigen Namen benutzte, machte ihn wachsam. »Bist du allein oder in Begleitung?«, fragte er daher, ohne in die Feuerkammer zu treten.

»In blauer Begleitung.«

Der Dämon ist bei ihm. So ein Mist. »Wie schön. Ich hoffe, deine Begleitung ist nicht zu aufdringlich.«

»Na ja, ist sie schon, sie kommt nur nicht an mich ran, weil sie schlecht sieht.«

»Halt dein Maul, du dürres Würstchen«, schrie der Dämon jetzt. »Das habe ich nur dir und dem elenden Salz zu verdanken.« Die Erde bebte mit einem Mal.

Jetzt sah Lukas den Blauen. Er stand inmitten eines Flammenmeers und griff ungelenk mit seinen langen Pranken nach oben. Immer wieder sprang er auch, was den Boden erzittern ließ. Lukas war schnell klar, was oder besser gesagt wen er da so blind zu fassen zu bekommen versuchte. *Martin muss sich irgendwo über ihm versteckt haben. Ich muss das Vieh ablenken. Aber wie?*

Der Dämon nahm ihm die Entscheidung ab: »Und du, du elender Schlaumeier, brauchst dich nicht zu verstecken. Ich habe deinen ekligen Geruch schon in der Nase gehabt, als du in die Kammer mit den Salzlinien zurückgekehrt bist.«

»Ich habe gute Nachrichten mitgebracht«, rief Lukas euphorisch. »Nur deswegen bin ich zurückgekommen.«

»Ach ja?« Der blau geschuppte Dämon hielt inne und drehte den Schädel in seine Richtung. Jetzt sah Lukas, dass die leuchtenden Augen des Wesens erloschen waren.

»Ja, sie war sehr beeindruckt von dem, was du getan hast.«

»Wirklich? Fand sie das nicht dumm und ähm ...«, er kratzte sich den blauen Ziegenbart, der unter dem langen Kinn hin- und herpendelte, »bescheuert oder so?«

»Nein, nein, sie mag kleine Tollpatsche, das findet sie süß.«

»Worüber redet ihr denn da, Ohnenamen?«, rief Martin verwirrt.

»Halt dein Schandmaul«, keifte ihn der Dämon sofort an. »Wir sprechen hier über eine Dame von Welt.«

»Ähm ... etwa meine Dame?« Martins Stimme verriet jetzt vollkommene Verwirrung.

»So weit kommt es noch«, zischte der Dämon wutentbrannt. »Sie gehört mir allein.«

»Nicht deine Dame, sondern seine Dame und schon gar nicht meine Dame«, antwortete Lukas kryptisch. Martin war zu schlau, als dass er zu viel über die rotschuppige Dämonin erfahren durfte. Jetzt stand er im Raum der Feuer. Zwischen den Flammen gab es verschlungene, labyrinthartige Wege, auf denen man den Raum gefahrlos durchqueren konnte. Dem gegen Feuer unempfindlichen Dämon waren die allerdings egal. Der Blaue stand mitten in den Flammen. Martin jedoch musste sie genutzt haben, um zu einer schmalen Leiter zu gelangen, die hinauf zu einer steinernen Kanzel führte, über deren Rand er sich jetzt beugte und ihm mit gequältem Gesichtsausdruck zuwinkte.

»Also, vor lauter Damen verstehe ich jetzt gar nichts mehr«, brummte der Dämon schmollend. »Mehr als eine finde ich schwierig. Als ich jünger war, habe ich das mal probiert, aber mittlerweile habe ich nicht mehr so viel Feuer, um mehrere gleichzeitig zu beglücken, wenn du verstehst, was ich meine.« Er seufzte und Lukas traf ein Schwall warmer Atemluft, die nach verfaultem Fleisch roch.

»Sie hat mir eine Botschaft für dich mitgegeben.«

»Wirklich?« Zufrieden klatschte der Dämon in seine Pranken, während sich Lukas einen Weg durch die Flammen suchte, um zu Martin zu gelangen. Da sein Umhang dabei Feuer fing, ließ er ihn achtlos von den Schultern rutschen. Nur die Fibel steckte er schnell weg.

»Was genau hat sie gesagt?« Der Dämon hatte den Schädel schräg gelegt, vermutlich um Lukas' Position herauszuhören.

Mist! Das Feuerlabyrinth veränderte sich ständig. Lukas stand an einer Sackgasse und musste zurückgehen. Dabei kam er gefährlich nah an den blinden Dämon heran, der seine Pranken auf gut Glück durch den Raum schwang. »Setz dich hin. Glaub mir, das ist besser.«

»Oje.« Die Stimme des grausamen Wesens wurde jammerig. »Ich bin ihr zu muskulös, kann das sein?«

»Ähm ...« Lukas sprang über eine schmale Flammenzunge, um zum nächsten feuerlosen Pfad zu gelangen. »Nein, nein, das ist es nicht.« Wieder stand er nach wenigen Schritten in einer Sackgasse.

»Psst!«

Er blickte hoch zu Martin, der ihn mit aufgeregten Armbewegungen weiterdirigierte.

Jetzt kam er deutlich schneller voran, auch wenn ihn die Hitze quälte.

»Spuck es schon aus«, brummte der Dämon.

»Also gut ...« Lukas hatte jetzt fast die Leiter erreicht. Er war froh, dass er seine Handschuhe dabeihatte. Das Metall musste furchtbar heiß sein. »Sie sagt ...« Eilig stieg Lukas auf die erste Sprosse.

Martin blickte ihm von oben mit einer Mischung aus Ungläubigkeit, Freude und Hoffnung entgegen.

»... dass sie dich sehr nett findet ...«, sprach Lukas weiter, während er die Sprossen hochstieg.

»Das fängt ja schon mal schlecht an«, stöhnte der Dämon. »Nett findet man seinen kleinen Bruder oder den hässlichen Nachbardämon mit den abgeknickten Hörnern.«

Martin zog Lukas auf die Plattform. Mit Gesten vermittelte er die Frage: ›Und nun?‹

Darauf hatte Lukas keine Antwort. Er blickte sich um. Sie saßen hier fest. *Und wenn die Sonne aufgeht, ist Martins Zeit abgelaufen.*

»Und weiter?«

»... und auch ausgesprochen hübsch.«

Jetzt warf sich der Blaugeschuppte in die Brust. »Geschmack hat sie, das muss man ihr lassen.«

Lukas blickte nach oben. Über ihnen lag ein gemauerter Schacht. *Könnte das ein Brunnen sein?* Er zeigte nach oben und machte Krallenhände, um zu symbolisieren, dass sie an den Steinen hinaufklettern sollten.

Erschrocken riss Martin die Augen auf und schüttelte den Kopf.

Sehr umständlich machte ihm Lukas klar, dass die Sonne bald aufgehen würde und sie es niemals an dem Dämon durch das sich ständig verändernde Feuerlabyrinth vorbeischaffen würden.

»Mochte sie auch meine Hörner?«, fragte der Dämon. »Mit schönen Hörnern kriegst du jede.«

»Ja, nach denen war sie ganz verrückt«, presste Lukas keuchend hervor, während er die Finger in die breiten Fugen der groben Feldsteinmauer schob und mit seinen Füßen nach Halt tastete. Das ging erstaunlich gut und er kam schnell höher.

Martin tat es ihm einen Schritt rechts neben ihm nach. Jetzt sah Lukas, dass sein Mitbewohner auch nicht ohne Blessuren durch die Prüfung gegangen war. Die Haare an seinem Hinterkopf waren blutverschmiert.

»Was hat sie denn nun gesagt? Warum sollte ich mich hinsetzen? So langsam bin ich wirklich richtig hungrig und würde mir gern den Salzstreuer einverleiben.«

»Sie hat gesaaa...«, schrie Lukas, während sein linker Fuß abrutschte.

Martins schnelle Reaktion verhinderte, dass er stürzte. Sein Freund packte ihn am Oberarm und verhinderte so Schlimmeres. »Alles in Ordnung? Wir haben es gleich geschafft. Nur das Gitter mit der Holzabdeckung macht mir Sorgen.« Er sah nach oben, wo etwa zehn Schritte über ihnen ein rostiges Gitter samt einer hölzernen Abdeckung thronte.

Dem Dämon entging all dies nicht. »Was heckst du elende Ratte da mit dem Salzstreuer aus? Du hast mich wieder nur zum Narren gehalten. Wahrscheinlich kennst du die Rote gar nicht, sondern hast irgendeinen Feldscher-Hokuspokus angewandt, um mich zu täuschen.« Er sprang wütend auf die Füße. »Das werdet ihr mir büßen.«

»Weiter!«, trieb Martin Lukas an. »Um das Gitter machen wir uns Sorgen, wenn wir da sind.«

Lukas machte sich bereits jetzt Sorgen, aber das sprach er nicht aus. Tapfer kletterten sie weiter. Es war kühler hier oben, was angenehm war, aber den Nachteil hatte, dass die Steine glitschiger wurden. Trotzdem schaute er vorsichtig hinunter, um zu sehen, was der Dämon tat. Ein Fehler. Für einen Moment sah er ihn nicht mehr, dann tauchte das Wesen an der Wand unter ihnen auf und begann mit beängstigender Geschwindigkeit zu ihnen heraufzuklettern. »Schnell«, drängte er Martin, der aber längst über ihm war.

Kraftvoll zerrte er an dem Gitter, auf dem ein rundes Holzbrett lag. Doch außer einigen Staubwolken bewirkte sein Mitbewohner nichts. »Hilf mir, vielleicht kriegen wir das alte Ding dann raus«, schrie Martin jetzt. Er musste den Dämon ebenfalls entdeckt haben.

Schnell schloss Lukas zu ihm auf. Gemeinsam zerrten sie an den rostigen Stäben, von denen sich unter ihrer Berührung Rostflocken lösten, dennoch gaben sie nicht nach.

»Ich kann euch zwar nicht sehen, aber doch riechen und hören. War eine gute Idee, die Wand raufzuklettern. Wäre ich selbst nicht drauf gekommen, und jetzt sitzt ihr da oben fest. Ich werde euch runterfegen wie leckere Spinnen aus der Zimmerecke und mir euch dann am Boden schmecken lassen.«

»Noch einmal«, schrie Lukas, doch das Gitter gab nicht nach.

»Schweinchen, Schweinchen, quiek doch mal«, höhnte der blaue Dämon. Er war jetzt direkt unter ihnen und holte mit seinem Arm aus.

Nur knapp rauschte seine blaue Krallenpranke an Lukas vorbei. Er spürte den Luftzug der Hand in seinem Rücken. Noch einmal rüttelte er mit letzter Kraft an dem Gitter.

»Hör auf«, sagte Martin. Seine Stimme war erstaunlich fest und ohne jede Panik. »Wir werden dieses Gitter nicht öffnen, selbst wenn wir es könnten. Damit würden wir den Dämon freilassen und jeden im Kloster in Gefahr bringen. Das verstößt nicht nur gegen unseren Eid, sondern gegen jede Menschlichkeit.«

»Ich liebe es, wenn die Beute erkennt, dass sie verloren hat«, höhnte der Dämon und bewegte den rechten Arm zur Seite, um zum finalen Schlag anzusetzen.

»Es war mir eine Ehre, dich als Freund gehabt zu haben«, sagte Martin lächelnd. Tränen liefen ihm die Wangen herunter. Er sah sehr jung aus in diesem Moment.

»Mir auch«, bestätigte Lukas flüsternd und schloss die Augen. Das Ende seines Freundes oder den tödlichen Sturz wollte er nicht mit ansehen müssen.

Brüllend holte der Dämon aus.

Im gleichen Moment erklang ein Splittern und direkt über

Lukas spaltete das Blatt einer Axt das Holz der Brunnenabdeckung.

»Was ...«

Doch die Axtschneide war nicht das Einzige, was sich durch das Holz brach. Mit ihr kam ein fingerbreiter Sonnenstrahl, der dem Dämon genau ins Gesicht schien.

»Nein!«, heulte der und löste sich in Nebel auf. Seine nun formlose Hand fuhr wirkungslos durch Lukas hindurch.

Schließlich sahen sie Fritz' grinsendes Gesicht. »Fön, euch zu fehen«, begrüßte er sie und hob die Holzverkleidung an. Dann zertrümmerte er das faustgroße Schloss, mit dem das Gitter gesichert war.

Hastig drückten Lukas und Martin es auf, um endlich aus dem Brunnen zu klettern.

Während sie sich noch über den Rand zogen, keuchte Lukas. »Danke, das war Rettung in höchster Not.«

»Nein, es war schlicht zu spät«, ertönte die giftige Stimme Adelbarts.

Überrascht blickte Lukas in die Gesichter aller Meister sowie der noch verbliebenen Novizen, die sich um den Brunnen versammelt hatten. *Sie haben hier gewartet und zugehört, wie wir um unser Leben kämpfen, statt zu helfen.*

»Es ist nach Sonnenaufgang«, hauchte Martin kraftlos neben ihm und sackte an der Brunnenumrandung in sich zusammen.

»Jawohl, und damit hast du die Prüfung nicht bestanden. Bruder Peter, bestrafe ihn entsprechend unseren Regeln.«

»Nichts dergleichen wird hier geschehen«, schaltete sich jetzt Questenberg ein. Der Abt ging auf Martin zu und sogar in die Knie, um ihm in die Augen sehen zu können. Obwohl der Abt keinen Ton von sich gab, konnte man sehen, wie anstrengend diese ungewohnte Bewegung für den alten Mann war. »Nicht, bevor du mir erklärt hast, was passiert ist, Martin.«

»Ich ... nun.« Martin straffte sich und fand zu alter Selbstsicherheit zurück. »Ich hatte alle Prüfungen zügig gemeistert und stand nun vor dem blau geschuppten Dämon. Um ungesehen an ihm vorbeizukommen, habe ich mich entschieden, den Bannkreis zu vernichten, um ihm Salz in die Augen zu werfen. Ich war ja ohnehin der letzte Prüfling, das konnte also niemanden gefährden. Mein Vorhaben glückte. Er wurde blind und rannte brüllend an mir vorbei, sodass ich nur noch zur Treppe hätte laufen müssen. Bevor ich dies aber tun konnte, hat mir jemand auf den Kopf geschlagen und ich wurde ohnmächtig.«

»Was für ein lächerliches Lügenmärchen. Er wird von dem Dämon eins auf die Mütze bekommen haben und deswegen zu Boden gegangen sein. Was nur beweist, dass er die Prüfung nicht bestanden hat.«

»Der Dämon war blind, das kann ich bestätigen«, mischte sich Lukas ein. »Nur so war es uns möglich, ihm zu entkommen.« *Und weil ich ihm vorgemacht habe, dass eine gewisse rot geschuppte Dämonin mit ihm einmal ausgehen möchte.*

»Schwöre bei deiner Ehre als Novize der Akademie der schwarzen Feldschere, dass du die Wahrheit sagst«, forderte der Abt Martin nun auf.

»Das schwöre ich, ehrwürdiger Vater.«

Questenberg klopfte ihm verständnisvoll auf die Schulter.

Bitte lasst ihn bestehen, flehte Lukas und überlegte sich bereits, wie er mit Martin würde fliehen können, wenn die Meister ihn zum Tode verurteilten.

Stöhnend kam Questenberg langsam zum Stehen. Die von Bruder Peter angebotene Hand ignorierte er geflissentlich. »Novize Martin, wir alle haben hören können, was sich in dem alten Brunnen abgespielt hat. Auch wie du das Schicksal von uns allen über dein Schicksal und das deines Freundes gestellt hast, indem du darauf verzichten wolltest, den Brunnen zu öffnen, damit der Dämon nicht fliehen kann. Die Stäbe sind nur mit Rost beschichtet. Darunter bestehen sie aus echtem Silber. Diesen Eingang hätte das Wesen mit all seinen Kräften nur mithilfe eines Menschen öffnen können. Dein Verhalten ist eines wahren Feldschers würdig. Dies war die wahre Prüfung. Das und die hervorragenden Leistungen, die du in allen Lectiones seit deiner Ankunft hier vollbracht hast, führen dazu, dass du dein Examen hiermit bestanden hast.«

»Das könnt Ihr nicht ...«, setzte August an, doch ein heftiger Schwinger von Fritz in seinen Bauch ließ den Herzogssohn sofort verstummen.

»Und jetzt alle ab ins Bett mit euch und wascht euch vorher. Niemand sollte mit Dämonengestank schlafen gehen. Jeder, der medizinische Hilfe braucht, wird sie nun natürlich bekommen. Ach ja, und die Mägde haben im Refektorium ein Festmahl bereitet für alle, die Hunger haben.«

Bei der Erwähnung der Mägde zwinkerte Lukas Martin zu.

Der lächelte beseelt.

Es nimmt also manchmal doch alles ein gutes Ende, freute sich Lukas und genoss die Strahlen der aufgehenden Frühlingssonne.

In demselben Moment gab es einen Tumult vor dem Haupttor.

»Was ist da los?«, bellte Questenberg.

Eine der schwarz gekleideten Wachen rannte auf sie zu. Atemlos erklärte er: »Vor dem Tor stehen Profose und Landsknechte aus dem mansfeldischen Heer. Sie suchen einen Fahnenflüchtigen namens Lukas Holub.«

Mit weit aufgerissenen Augen blickte Martin Lukas an.

Nichts im Leben wird wirklich richtig gut.

Ende

Das Abenteuer geht weiter ...

ÜBER DEN AUTOR

Greg Walters wurde 1980 in Sachsen-Anhalt geboren und lebt mit seiner Frau und zwei Töchtern in Braunschweig, wo er an einem Gymnasium Geschichte und Politik unterrichtet. Im Jahr 2015 erfüllte er sich mit der Veröffentlichung seines Debütromans „Die Geheimnisse der Âlaburg" einen lang gehegten Traum. Zahlreiche weitere erfolgreiche Publikationen folgten, von denen mittlerweile einige ins Englische übersetzt wurden. Mit „Der Lehrling des Feldschers" gewann Greg Walters 2020 den renommierten Kindle Storyteller Award und stand auf der Shortlist des Selfpublishing Buchpreises.

Mit Mira Valentin und Sam Feuerbach bildet Greg Walters die populäre Autorengemeinschaft Weltenbauer3. Im Juni 2021 erreichte ihr gemeinsamer Roman „Schattenstaub - Die Prüfung" Platz 1 der Amazon Charts.

www.gregwalters.de

Romane

Die Farbseher Saga
Die Bestien- Chroniken

Die Feldscher Chroniken
Die Akademie der schwarzen Feldschere
Schattenstaub
Minen der Macht
Die Gargoyles von Notre Dame

Die Bücher sind als eBook, Taschenbuch und Hörbuch erhältlich.

Preise und Nominierungen:

- 2019: Shortlist Deutscher Phantastik Preis (DPP): Bestias – Die Bestien Chroniken I (Jugendbuch des Jahres)
- 2020: Kindle Storyteller Award: Der Lehrling des Feldschers
- 2020: Shortlist (Top 3) Deutscher Selfpublishing Buchpreis: Der Lehrling des Feldschers
- 2021: Shortlist Seraph-Literaturpreises für Phantastik: Der Lehrling des Feldschers

NEWSLETTER-ANMELDUNG auf www.gregwalters.de

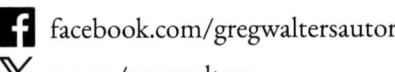 facebook.com/gregwaltersautor
x.com/gregwalters_
instagram.com/gregwalters_author
tiktok.com/@gregwalters_author

Tödliche Bestien haben die Macht in der Welt übernommen.
Nur in der ewigen Stadt Kol leistet die menschliche
Zivilisation noch Widerstand. Geschützt von einer magischen
Kuppel, trotzt sie den unnatürlichen Kreaturen. Doch auch
innerhalb der Stadtmauern ist es alles andere als sicher, denn
dort lauert das gefährlichste aller Wesen – der Mensch.
Nominiert für den Deutschen Phantastik Preis 2019.

GREG WALTERS

DER
LEHRLING
DES
FELDSCHERS

Wir schreiben das Jahr 1642. Im Heiligen Römischen Reich tobt seit 24 Jahren ein mörderischer Krieg und er scheint kein Ende zu nehmen. Als plündernde Soldaten Gustavs Familie und Zuhause zerstören, ändert sich auch sein Leben von Grund auf. Der Wundarzt Martin nimmt ihn auf und offenbart Gustav eine Wahrheit, die für ihn alles ändert. *„Gustav, ich muss dir sagen, es gibt auf der Welt Dämonen, die sich von Menschenfleisch ernähren. Genau deshalb sind wir hier auf dem leichenübersäten Schlachtfeld. Die Toten sind ihre Belohnung dafür, dass sie am Tage für die Sache der Menschen gekämpft haben und wir Feldschere sind hier, um ihre Verletzungen zu heilen."*

SAM
FEUERBACH

BERNHARD
HENNEN

MIRA
VALENTIN

GREG
WALTERS

TORSTEN
WEITZE

MINEN
DER
MACHT

DER UNHEILER

Wie ein gigantischer Trichter bohrt sich die Minenstadt in die
Tiefe. Unter dem Ächzen der Schlammträger, Schürfer und
Treträder kennt die Gier der Oberen nach den
geheimnisvollen Artefakten längst verschütteter Zeiten keine
Grenzen. Ein grausiger Fund stört die profitable
Betriebsamkeit. Auf eine derart entstellte Leiche ist Gunter,
der Hauptmann der Schlammringwache, noch nie gestoßen –
dem toten Grubenarbeiter wachsen Pflanzen aus Mund und
Augen. Weitere Leichen tauchen auf. Inmitten von Intrigen
und Irrsinn begreift Gunter, dass ausgerechnet seine
Hauptverdächtigen, ihm helfen können, das Geheimnis der
Toten aufzudecken. Doch kann er ihnen trauen, oder ziehen
sie ihn nur noch tiefer hinunter in den Schlamm der Grube?

SAM FEUERBACH
MIRA VALENTIN
GREG WALTERS

SCHATTEN
STAUB
DIE PRÜFUNG

Der #1 Amazon Bestseller Ein letzter Herbst vor dem Ende
der Welt. Wenn im Winter der Fluss gefriert, wird der
Schattenstaub über das Eis kriechen und gierig das
verbliebene Leben des Kontinents verschlingen. Eine
Prüfung, so unerbittlich und tödlich wie dieser Feind, soll
Rettung bringen. Die Magier des Lichts suchen nach drei
Helden, auf deren breiten Schultern, die Hoffnung des
ganzen Volkes lasten kann. Drei Recken, die aus den blutigen
Spielen hervorgehen – kampferprobt, tollkühn und
entschlossen. Bei der Göttin des Lichts! Was haben der alte
Mönch, die betrunkene Räuberin und der junge Ziegenhirte
nur in der Prüfung verloren? *Der erste gemeinsame
Weltenbauer-Roman von Mira Valentin, Greg Walters und
Sam Feuerbach*

GREG WALTERS

DIE
GEHEIMNISSE
DER
ÂLABURG

**Ein Mensch, der von der Magie beherrscht wird, in
Zwerg, der nicht zaubern kann, in übergewichtiger
Zwergelbe, in hinkender Ork. Sie können die Welt
retten – oder vernichten.** Leik, 16 Jahre, erlebt einen
Winter, der sein ganzes Leben auf den Kopf stellt. Er trifft
seine erste Liebe, besucht eine Universität, in der Magie
gelehrt wird, und findet zum ersten Mal im Leben Freunde.
Aber seine Welt ist dem Untergang geweiht. Nur wenn Leik
es schafft, die Farben der Zauberei richtig einzusetzen, kann
er sie retten. Denn außer ihm kann niemand auf der Welt alle
drei magischen Farben sehen. Das macht ihn
außergewöhnlich – und gefährlich ...